大家講堂
學術・民國選書

文藝心理學

朱光潛／著

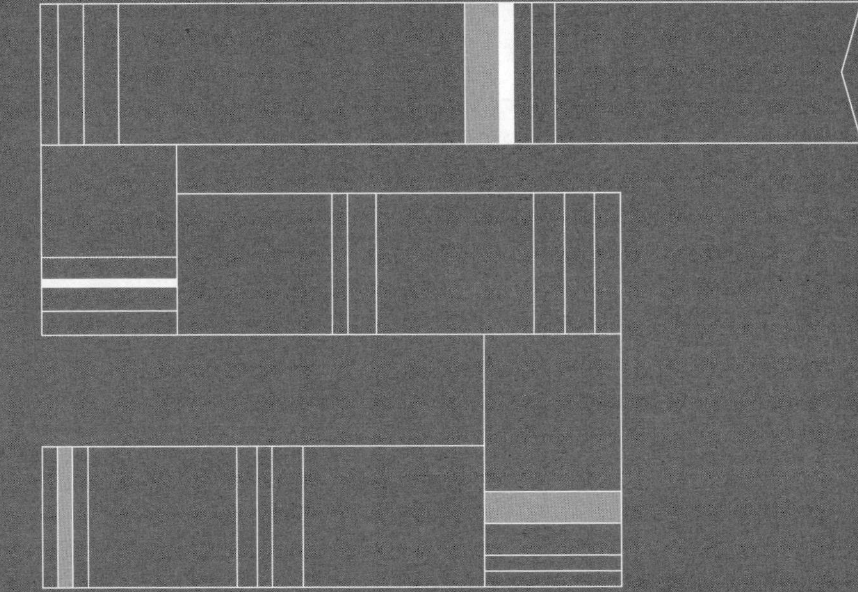

五南圖書出版公司 印行

學識之法門・智慧之淵藪

——序五南「大家講堂」

曾永義

五南圖書陸續推出一套叢書叫「大家講堂」。這裡的「大家」，固然不是舊時指稱高門貴族的「大戶人家」，也不是用來尊稱漢代才女班昭「曹大家」的「大家」；但也包含兩層意義：一是指學藝專精，歷久彌著，影響廣遠的人物，如古之「唐宋八大家」，今之文學、史學、藝術、科學、哲學等等之「大家」或「大師」；二是泛指衆人，有如「大夥兒」。而這裡的「講堂」，雖然還是一般「講學廳堂」的意思，只是它已改變了實質的形式，既沒有講席，也沒有聽席；因爲這講席上的大師已經化身在書本之中，只要你打開書本，大師馬上就浮現在你眼前，對你循循善誘；而你自然的也好像坐在聽席上，悠悠然受其教誨一般。於是這樣的講堂，便可以隨著你無遠弗屆，無時不達。只要你有心向學，便可以隨時隨地學習，受益無量。而由於這樣的「講學廳堂」是由諸多各界大師所主持的講席，是大夥兒都可以入坐的聽席，所以是名副其實的「大家講堂」。

長年以來，我對於五南出版公司創辦人兼發行人楊榮川先生甚爲佩服。他行年已及耄耋，猶以學術文化出版界老兵自居，認爲傳播知識、提升文化是他矢志的天職。他憂慮網路資訊，擾亂人心，占據人們學識、智慧、性靈的生活。使往日書香繚繞的社會，呈現一片紛亂擾攘的空虛。於是他親自策畫「經典名著文庫」，聘請三十位學界菁英擔任評議，自民國一〇七年，迄今已出版一一〇種。他卻發現所收錄之經典大多數係屬西方，作爲五千年的文化中國，卻只有孔孟老莊哲學十數種而已，實屬缺憾，爲此他油然又興起淑世之心，要廣設「大家講堂」，再度興起人們「閱讀大師」的脾胃，進而品會大師優異學識的法門，探索大師智慧的無盡藏。潛移默化的，砥礪切磋的，再度鮮活我們國民的品質，弘揚我們文化的光輝。

我也非常了解何以榮川先生要策畫推出「大家講堂」來遂他淑世之心的動機和緣故。我們都知道，被公認的大家或大師，必是文化耆宿、學術碩彥。他們著作中的見解，必是薈萃自己畢生的眞知卓見，或言人所未嘗言，或發人所未嘗發；任何人只要沾溉其餘瀝，便有如醍醐灌頂，頓時了悟；而何況含茹其英華！或謂大師博學深奧，非凡夫俗子所能領略，又如何能夠沾其餘瀝、茹其英華？是又不然，凡稱大家大師者，必先有其艱辛之學術歷程，而爲創發之學說，而爲建構之律則；但大師之學養必能將其象牙塔之成果，融會貫通，轉化爲大衆能了解明白之語言例證，使人如坐春風，趣味橫生。

譬如王國維對於戲曲，先剖析其構成爲九個單元，逐一深入探討，再綜合菁華要義，結撰爲人人能閱讀的《宋元戲曲史》，使戲曲從此跨詩詞之地位而躋之，躋入大學與學術殿堂。魯迅和鄭振鐸也一樣，分別就小說和俗文學作全面的觀照和個別的鑽研，從而條貫其縱剖面、組織其橫剖面，成就其《中國小說史略》、《中國俗文學史》，使古來中國之所謂「文學」，頓開廣度和活色。又如胡適先生《中國古代哲學史大綱》，誠如蔡元培在爲他寫的〈序〉中所言，他能夠先解決先秦諸子材料眞僞的問題。又能依傍西洋人哲學史梳理統緒的形式；因而在他的書裡，才能呈現出「證明的方法」、「扼要的手段」、「平等的眼光」、「系統的研究」等四種特長，要言不繁的導引我們進入中國古代哲學的苑囿，聆賞先秦諸子的大智大慧。

也因此榮川先生的「大家講堂」一方面要彌補其「經典名著文庫」的不足，便以收錄一九四九年以前國學大師之著作爲主。凡其核心之學術代表著作，既爲畢生研究之精粹，固在收錄之列；而其具有普世之意義與價值，經由大師將其精粹轉化爲深入淺出之篇章者，其實更切合「大家講堂」之名實與要義，尤爲本叢書所要訪求。

記得我在上世紀八〇年代，也已經感受到「學術通俗化、反哺社會」的意義和重要，曾以此爲題，在《聯副》著文發表，並且身體力行，將自己在戲曲研究之心得，轉化其形式而爲文建會製作之「民間劇場」，使之再現宋元「瓦舍勾欄」之樣貌，並據此規畫「民俗技藝園」（今之宜蘭傳統藝術中心），作爲維護薪傳民俗技藝之場所，並藉由展演帶動社會及各級學校重視民俗技藝之熱潮，乃又進一步以「民俗技藝」作文化輸出，巡迴演出於歐美亞非中美澳洲列國，可以說是一個很成功的例證。近年我的摯友許進雄教授，他是世界甲骨學名家，其學術根柢之深厚、成就之豐碩無須多言，他同樣體悟到有如「大家講堂」的旨趣；乃以通俗的筆墨，寫出了《字字有來頭》七冊和《漢字與文物的故事》四冊，頓時成爲兩岸極暢銷之書。其《字字有來頭》還要出版韓文翻譯本。

已經逐步推出的「大家講堂」，主編蘇美嬌小姐說，爲了考量叢書在中華學識和文化上的意義和價值，因此其出版範圍先以「國學」，亦即以中國文史哲爲限。而以作者逝世超過三十年以上之著作爲優先。而在這裡我要強調的是：「大家」或「大師」的鑑定務須謹嚴；其著作最好是多方訪求，融會學術菁華再予以通俗化的篇章。如此才能眞正而容易的使「大家」或「大師」在他主持的「大家講堂」上，如「隨風潛入夜，潤物細無聲」的春雨那樣，普遍的使得那熱愛而追求學識的一大夥人，都能領略其要義而津津有味。而那一大夥人也像蜜蜂經歷繁花香蕊一般，細細的成就，釀成自家學識法門的蜜汁；而久而久之，許許多多大家或大師的智慧，也將由於那一大夥人不斷的探索汲取，而使之個個成就爲一己的智慧淵藪。我想這應當更合乎策畫出版「大家講堂」的遠猷鴻圖。

榮川先生同時還策畫出版「古釋今繹系列」和「中華文化素養書」做爲「大家講堂」的姐妹編，爲此使我更加感佩他堅守做爲「出版界老兵」的淑世之心。

二〇二〇年元月二十九日晨

序於臺北森觀寓所

目次

序

八年前我有幸讀孟實先生〈無言之美〉初稿，愛它說理的透澈。那篇講稿後來印在《民鐸》裡，好些朋友都說好。現在想不到又有幸讀這部《文藝心理學》的原稿，眞是緣分。這八年中孟實先生是更廣更深了，此稿便是最好的見證；我讀完了，自然也感到更大的欣悅。

美學大約還得算是年輕的學問，給一般讀者說法的書幾乎沒有；這可窘住了中國翻譯介紹的人。據我所知，我們現在的幾部關於藝術或美學的書，大抵以日文書爲底本：往往薄得可憐，用語行文又太將就原作，像是西洋人說中國話，總不能夠讓我們十二分聽進去。再則這類書裡，只有哲學的話頭，很少心理的解釋，不用說生理的。像「高頭講章」一般，美學差不多變成醜學了。奇怪的是「美育代宗教說」提倡在十來年前，到如今才有這部頭頭是道、醰醰有味的談美的書。

「美育代宗教說」只是一回講演；多少年來雖然不時有人提起，但專心致志去提倡的人並沒有。本來這時代宗教是在「打倒」之列了，「代替」也許說不上了；不過「美育」總還有它存在的理由。江紹原先生和周豈明先生先後提倡過「生活之藝術」，孟實先生也主張「人生的藝術化」。他在《談美》的末章專論此事：他說，「過一世生活好比做一篇文章」；又說，「藝術的創造之中都必寓有欣賞，生活也是如此」；又說，「生活上的藝術家也不但能認眞，而且能擺脫。在認眞時見出他的嚴肅，在擺脫時見出他的豁達」；又說，「不但善與美是一體，眞與美也無隔閡」。——關於這句抽象的結論，他有透澈的說明，不僅僅搬弄文字。這種藝術的態度便是「美育」的目標所在。

話是遠去了，簡截不繞彎地說罷。你總該不只一回念過詩，看過書畫，聽過音樂，看過戲（西洋的也好，中國的也好）；至少你總該不只一回見過「眞山眞水」，至少你也該見過鄉村郊野。你若眞不留一點意，也就罷了；若你覺得「美」而在領略之餘還要好奇地念著「這是怎麼回事」，我介紹你這部書。人人都應有念詩看書畫等權利與能力，這便是「美育」；事實上不能如此，那當別論。美學是「美育」的「百尺竿頭更進一步」，或者說是拆穿「美」的後臺的。有人想，這種尋根究底的追求已入理智境界，不獨不能增進「美」的欣賞，怕還要打消情意的力量，使人索然興盡。所謂「七寶樓臺，拆碎不成片段」，正可用作此解。但這裡是一個爭論；世間另有人覺得明白了欣賞和創造的過程可以得著更準確的力量，因爲也明白了走向「美」的分歧的路。至於知識的受用，還有它獨立的價値，自然不消說的。何況這部《文藝心理學》寫來自具一種「美」，不是「高頭講章」，不是教科書，不是咬文嚼字或繁徵博引的推理與考據；它步步引你入勝，斷不會教你索然釋手。

這是一部介紹西洋近代美學的書。作者雖時下斷語，大概是比較各家學說的同異短長，加以折衷或引申。他不想在這裡建立自己的系統，只簡截了當地分析重要的綱領，公公道道地指出一些比較平坦的大路。這正是眼前需要的基礎工作。我們可以用它作一面鏡子，來照自己的面孔，也許會發現新的光彩。書中雖以西方文藝爲論據，但作者並未忘記中國；他不斷地指點出來，關於中國文藝的新見解是可能的。所以此書並不是專寫給念過西洋詩、看過西洋畫的人讀的。他這書雖然並不忽略重要的哲人的學說，可是以「美感經驗」開宗明義，逐步解釋種種關聯的心理的，以及相伴的生理的作用，自是科學的態度。在這個領域內介紹這個態度的，中國似乎還無先例；一般讀者將樂於知道直到他們自己的時代止的對於美的事物的看法。孟實先生的選擇是煞費苦心的；他並不將一大堆人名與書名向你頭頂上直壓下來，教你望而卻步或者皺著眉毛走上去，直到掉到夢裡而後已。他只舉出一些繼往開來的學說，爲一般讀者所必須知道的。所以你念下去時，熟人漸多，作者這樣騰出地位給每一家學說足夠的說明和例證，你這樣也便於捉摸、記憶。

但是這部書並不是材料書，孟實先生是有主張的。他以他所主張的爲取捨衡量的標準，折衷和引申都從這裡發腳。有他自己在裡面，便與教科書或類書不同。他可是並不偏狹，相反的理論在書中有同樣充分的地位；這樣的比較其實更可闡明他所主張的學說——這便是「形象的直覺」。孟實先生說：「凡美感經驗都是形象的直覺……形象屬於物……直覺屬於我……在美感經驗中，我所以接物者是直覺而不是尋常的知覺和抽象的思考；物所以對我者是形象而不是實質成因和效用。」（第一章）他在這第一章裡說明美感的態度與實用的及科學的態度怎樣不同，美感與快感怎樣不同，美感的態度又與批評的態度怎樣不同。末了他說明美感經驗與歷史的知識的關係；他說作者的史跡就了解說非常重要，而了解與欣賞雖是兩件事，卻不可缺一。這種持平之論，眞是片言居要，足以解釋許多對於考據家與心解家的爭執。

全書文字像行雲流水，自在極了。他像談話似的，一層層領著你走進高深和複雜裡去。他這裡給你來一個比喻，那裡給你來一段故事，有時正經，有時詼諧；你不知不覺地跟著他走，不知不覺地

「到了家」。他的句子、譯名、譯文都痛痛快快的，不扭捏一下子，也不盡繞彎兒。這種「能近取譬」、「深入顯出」的本領是孟實先生的特長。可是輕易不能做到這地步；他在《談美》中說寫此書時「要先看幾十部書才敢下筆寫一章」，這是謹嚴切實的功夫。他卻不露一些費力的痕跡，那是功夫到了家。他讓你念這部書只覺得他是你自己的朋友，不是長面孔的教師、寬袍大袖的學者，也不是海角天涯的外國人。書裡有不少的中國例子，其中有不少有趣的新穎的解釋：譬如「文氣」、「生氣」、「即景生情，因情生景」，豈不都已成了爛熟的套語？但孟實先生說文氣是「一種筋肉的技巧」（第八章），生氣就是「自由的活動」（第六章），「即景生情，因情生景」的「生」就是「創造」（第三章）。最有意思的以「意象的旁通」說明吳道子畫壁何以得力於裴旻的舞劍，以「模仿一種特殊的筋肉活動」說明王羲之觀鵝掌撥水，張旭觀公孫大娘舞劍而悟書法（第十三章），又據弗萊因斐爾斯的學說，論王靜安先生《人間詞話》中所謂「有我之境」實是無我之境，所謂「無我之境」倒是有我之境（第三章）（作者注：這一段已移到《詩論》裡去了）。這些都是入情入理的解釋，非一味立異可比。更重要的是從近代藝術反寫實主義的立場為中國藝術辯護（第二章），他是在這裡指出一個大問題；近年來國內也漸漸有人論及，此書可助他們張目。東漢時蔡邕得著王充《論衡》，資為談助；《論衡》自有它的價值，絕不僅是談助。此書性質與《論衡》迥不相類，而兼具兩美則同：你想得知識固可讀它，你想得一些情趣或談資也可讀它；如入寶山，你絕不會空手回去的。

朱自清，一九三二年四月，倫敦

作者自白

這是一部研究文藝理論的書籍。我對於它的名稱，曾費一番躊躇。它可以叫做《美學》，因為它所討論的問題通常都屬於美學範圍。美學是從哲學分支出來的，以往的美學家大半心中先存有一種哲學系統，以它為根據，演繹出一些美學原理來。本書所採的是另一種方法。它丟開一切哲學的成見，把文藝的創造和欣賞當作心理的事實去研究，從事實中歸納得一些可適用於文藝批評的原理。它的對象是文藝的創造和欣賞，它的觀點大致是心理學的，所以我不用《美學》的名目，把它叫做《文藝心理學》。這兩個名稱在現代都有人用過，分別也並不很大，我們可以說，「文藝心理學」是從心理學觀點研究出來的「美學」。

這部書還是我在外國當學生時代寫成的。原來預備早發表，所以朱佩弦先生的序還是一九三二年在倫敦寫成的。後來自己覺得有些地方還待修改，一擱就擱下了四年。在這四年中我拿它做講義在清華大學講過一年，今年又在北京大學的《詩論》課程裡擇要講了一遍。每次講演，我都把原稿更改過一次。只就分量說，現在付印的稿子較四年前請朱佩弦先生看過的原稿已超過三分之一。第六、七、八、十、十一諸章都完全是新添的。

在這新添的五章中，我對於美學的意見和四年前寫初稿時的相比，經過一個很重要的變遷。從前，我受從康德到克羅齊一線相傳的形式派美學的束縛，以爲美感經驗純粹地是形象的直覺，在聚精會神中我們觀賞一個孤立絕緣的意象，不旁遷他涉，所以抽象的思考、聯想、道德觀念等都是美感範圍以外的事。現在，我覺察人生是有機體；科學的、倫理的和美感的種種活動在理論上雖可分辨，在事實上卻不可分割開來，使彼此互相絕緣。因此，我根本反對克羅齊派形式美學所根據的機械觀和所用的抽象的分析法。這種態度的變遷我在第十一章〈克羅齊派美學的批評〉裡說得很清楚。我兩次更改初稿，都以這個懷疑形式派的態度去糾正從前尾隨形式派所發的議論。我對於形式派美學並不敢說推倒，它所肯定的原理有許多是不可磨滅的。它的毛病在太偏，我對於它的貢獻只是一種「補苴罅漏」。做學問持成見最誤事。有意要調和折衷，和有意要偏，同樣地是持成見。我本來不是有意要調和折衷，但是終於走到調和折衷的路上去，這也許是我過於謹愼，不敢輕信片面學說和片面事實的結果。

現在一般人對於研究文藝理論，似乎還存有一種不應有的輕視。創作者說：「我沒有你那些文藝理論，還是能創作；你有了那些文藝理論，還是不能創作。」欣賞者說：「文藝的美妙和神祕是不能用科學方法分析的，你把它加以科學方法的分析，結果是使『七寶樓臺，拆碎不成片段』。」這些話固然都「持之有故，言之成理」，但是研究文藝理論者並不必因此而消滅他的生存權。他可以作如下的辯護：

一切事物都有研究的價値。科學並不把世間事物劃爲「應研究的」和「不應研究的」兩種。除非是自甘愚昧，除非是強旁人跟著他自甘愚昧，文藝創作者和欣賞者沒有理由菲薄旁人對於文藝作科學的活動，這就是說，根據創作和欣賞的事實，尋求關於文藝的原理。

一個人研究一種學問，原因不外兩種：一種是那種學問對於他有直接的實用，像兒童心理學對於教育家；一種是它雖沒有直接的實用，而它的問題卻易引起好奇心，人要研究它，好比小孩子們要鑽進迷徑裡去尋出路，只因爲這事本身有趣。關於文藝理論的研究，我們縱退一步承認它對於創作和欣賞無實用，也不能就因此把它一筆勾銷。它既有問題，就能刺激好奇心，就能引起研究的興趣。

何況文藝理論的研究，對於創作和欣賞並非毫無實用哩！先就創作說，「眼高」固然有「手低」的，「眼低」而「手高」的似乎並不多見。文藝到現代大致已離開「自然流露」而進到「有意刻畫」的階段，這就是說，它已經變成有「自意識」的活動了。每個藝術家遲早都不免要思量到內容與形式、藝術與人生、寫意與寫實種種問題上去。他個人在實際經驗中所體驗得來的，像達．芬奇的《畫論》、歌德和愛克曼的《談話錄》、羅丹的《藝術論》、福樓拜的《書信集》之類，固然十分可寶貴；但是每個藝術家不一定都有功夫和興趣，尤其不一定都有冷靜的分析力，去作理論的建設。如果他稍稍留心治文藝理論者所得的結果，也許對於平常自己所思量的問題不至持偏狹的甚至於錯誤的見解。在文藝方面，錯誤的見解流弊之大，並不亞於低劣的手腕。

說到欣賞，文藝理論的研究簡直是不可少的。既云欣賞，就不能不明白「價值」的標準和藝術的本質。如果你沒有決定怎樣才是美，你就沒有理由說這幅畫比那幅畫美；如果你沒有明白藝術的本質，你就沒有理由說這件作品是藝術，那件作品不是藝術。世間固然也有許多不研究美學而批評文藝的人們，但是他們好像水手說天文，看護婦說醫藥，全憑粗疏的經驗，沒有嚴密的有系統的學理做根據。我並不敢忽視粗疏的經驗，但是我敢說它不夠用，而且有時還誤事。

趁這個機會，我不妨略說個人的經驗。從前我絕沒有夢想到我有一天會走到美學的路上去。我前後在幾個大學裡做過十四年的學生，學過許多不相干的功課，解剖過鯊魚，製造過染色切片，讀過建築史，學過符號名學，用過熏煙鼓和電氣反應表測驗心理反應，可是我從來沒有上過一次美學課。我原來的興趣中心第一是文學，其次是心理學，第三是哲學。因爲歡喜文學，我被逼到研究批評的標準、藝術與人生、藝術與自然、內容與形式、語文與思想諸問題；因爲歡喜心理學，我被逼到研究想像與情感的關係、創造和欣賞的心理活動以及趣味上的個別的差異；因爲歡喜哲學，我被逼到研究康德、黑格爾和克羅齊諸人討論美學的著作。這麼一來，美學便成爲我所歡喜的幾種學問的聯絡線索了。我現在相信：研究文學、藝術、心理學和哲學的人們如果忽略美學，那是一個很大的欠缺。

本書附載〈近代實驗美學〉三篇，略述近代心理學家作美學實驗所走的路徑、所用的方法和所得的結果。這些都是枯燥的事實，但是我相信科學家最重要的訓練是學會看重枯燥的事實，和在枯燥的事實中尋出趣味，所以這三篇對於文藝心理學者或許不無裨補。

本書泛論文藝，我另外寫了一部《詩論》，應用本書的基本原理去討論詩的問題，同時，對於中國詩作一種學理的研究。

這部書的完成靠許多朋友的幫助。第一是朱佩弦先生，他在歐洲旅途匆忙中替我仔細看過原稿，作了序，還給我許多謹慎的批評。第六章〈美感與聯想〉就是因爲他對於原稿不滿意而改作的。其次是夏丏尊先生，他在這個書業不景氣的年頭，讓這部比較專門的書有出版的機會。最後是內子今吾，她在本書起稿時給我許多鼓勵，稿成後又辛辛苦苦地一再校正錯誤。趁這個機會，我向他們表示感謝。

一九三六年春天在北平

第一章　美感經驗的分析㈠：形象的直覺

近代美學所側重的問題是：「在美感經驗中我們的心理活動是什麼樣？」至於一般人所喜歡問的「什麼樣的事物才能算是美」的問題還在其次。這第二個問題也並非不重要，不過要解決它，必先解決第一個問題；因爲事物能引起美感經驗才能算是美，我們必先知道怎樣的經驗是美感的，然後才能決定怎樣的事物所引起的經驗是美感的。

什麼叫做美感經驗呢？這就是我們在欣賞自然美或藝術美時的心理活動。比如在風和日暖的時節，眼前盡是嬌紅嫩綠，你對著這燦爛濃郁的世界，心曠神怡，忘懷一切，時而覺得某一株花在向陽帶笑，時而注意到某一個鳥的歌聲特別清脆，心中恍然如有所悟。有時夕陽還未西下，你躺在海濱一個崖石上，看著海面上金黃色的落暉被微風蕩漾成無數細鱗，在那裡悠悠蠕動。對面的青山在蜿蜒起伏，彷彿也和你一樣在領略晚興。一陣涼風掠過，才把你猛然從夢境驚醒。「萬物靜觀皆自得，四時佳興與人同。」你只要有閒功夫，竹韻、松濤、蟲聲、鳥語、無垠的沙漠、飄忽的雷電風雨，甚至於斷垣破屋，本來呆板的靜物，都能變成賞心悅目的對象。不僅是自然造化，人的工作也可發生同樣的快感。有時你鎭日爲俗事奔走，偶然間偷得一刻餘閒，翻翻名畫家的冊頁，或是在案頭抽出一卷詩、一部小說或是一本戲曲來消遣，一轉瞬間你就跟著作者到另一世界裡去。你陪著王維領略「興闌啼鳥散，坐久落花多」的滋味。武松過岡殺虎時，你提心吊膽地掛念他的結局；他成功了，你也和他感到同樣的快慰。秦舞陽見著秦始皇變色時，你心裡和荊軻一樣焦急；秦始皇繞柱而走時，你心裡又和他一樣失望。人世的悲歡得失都是一場熱鬧戲。

這些境界，或得諸自然，或來自藝術，種類千差萬別，都是「美感經驗」。美學的最大任務就在分析這種美感經驗。要知道近代美學對於此種分析所得的結論，我們不能不把美學和哲學的淵源指點出來。

美學是從哲學分支出來的。從休謨（Hume，一七一一—一七七六）、康德（Kant，一七二四—一八〇四）一直到現在，近代哲學都偏重知識論。知識論的根本問題就是：我們如何知道宇宙事物的存在？這個問題引起近代哲學家特別注意到以心知物時的心理活動。比如說我們知道這張桌子，「知」的方式是否只有一種呢？據近代哲學家的分析，對於同一事物，我們可以用三種不同的「知」的方式去知它。最簡單最原始的「知」是直覺（intuition），其次是知覺（perception），最後是概念（conception）。拿桌子爲例來說。假如一個初出世的小孩子第一次睜眼去看世界，就看到這張桌子，他不能算是沒有「知」它。不過他所知道的和成人所知道的絕不相同。桌子對於他只是一種很混沌的形象（form），不能有什麼意義（meaning），因爲它不能喚起任何由經驗得來的聯想。這種見形象而不見意義的「知」就是「直覺」。假如這個小孩子在看到桌子時同時看到他的父親伏在桌上寫字，或是聽到人提起「桌子」的名稱，到第二次他看見這張桌子時，他就會聯想到他的父親寫字或是「桌子」這個名稱，桌子對於他於是就有意義了，它是與父親寫字和「桌子」字音有關係的東西。這種由形象而知意義的知就是通常所謂「知覺」。在知覺的階段，意義不能離開形象，知的對象還是具體的個別的事物。假如這個小孩子逐漸長大，看到的桌子逐漸多，其中有圓的，有方的，有黃色的，有黑色的，有木製的，有石製的，有供寫字用的，有供開飯用的，形形色色不同，但是因爲同具桌子所必有的要素，它們統叫做「桌子」。此時小孩子不免常把一切桌子所同具的要素懸在心目中想，這就是說，離開個別的桌子的形象而抽象地想到桌子的意義。做到這一步，他對於桌子就算是有一個「概念」了。概念就是超形象而知意義的知，它是經驗的總結帳，知的成熟，科學的基礎。

在理論上，這三種知的發展過程，直覺先於知覺，知覺先於概念。但是在實際經驗中它們常不易分開。知覺絕不能離直覺而存在，因爲我們必先覺到一件事物的形象，然後才能知道它的意義。概念也絕不能離知覺而存在，因爲對於全體屬性的知必須根據對於個別事例的知。反過來說，知覺也不能離概念而存在，因爲知覺是根據以往經驗去解釋目前事實，而以往經驗大半取概念的形式存在心中。比如說「這是一張桌子」時，我們是在知覺桌子，同時也是在用概念，因爲「桌子」是全類事物的共名，就是一個概念。因此近代哲學家常否認知覺和概念可分割開來。現代意大利美學家克羅齊（Croce）在他的《美學》裡開章明義就說：「知識有兩種，一是直覺的（intuitive），一是名理的（logical）。」他所謂「名理的知識」就兼指知覺與概念。

據以上的分析，知的方式根本只有兩種：直覺的和名理的。這個分別極重要，我們必先明白這個分別然後才能談美感經驗的特徵。像克羅齊所說的，直覺的知識是「對於個別事物的知識」（knowledge of indivldual things），名理的知識是「對於諸個別事物中的關係的知識」（knowledge of the relations between them）。一切名理的知識都可以歸納到「A爲B」的公式。比如說「這是一張桌子」，「玫瑰是一種花」，「直線是兩點之間最短的距離」。這個「A爲B」公式中B必定是一個概念，認識「A爲B」就是知覺A，就是把一個事物「A」歸納到一個概念「B」裡去。看見A而不能說它是某某，就是對於A沒有名理的或科學的知識。就名理的知識而言，A自身無意義，它必須因與B有關係而得意義。我們在尋常知覺或思考中，絕不能在A本身上站住，必須把A當著一個踏腳石，跳到與A有關係的事物上去。直覺的知識則不然。我們直覺A時，就把全副心神注在A本身上面，不旁遷他涉，不管它爲某某。A在心中只是一個無沾無礙的獨立自足的意象（image）。A如果代表玫瑰，它在心中就只是一朵玫瑰的圖形。如果聯想到「玫瑰是木本花」，就失其爲直覺了。這種獨立自足的意象或圖形就是我們所說的「形象」。

直覺與名理的知識有別，如上所述。從康德以來，哲學家大半把研究名理的一部分哲學劃爲名學和知識論，把研究直覺的一部分劃爲美學。嚴格地說，美學還是一種知識論。「美學」在西文原爲aesthetic，這個名詞譯爲「美學」還不如譯爲「直覺學」，因爲中文「美」字是指事物的一種特質，而aesthetic在西文中是指心知物的一種最單純最原始的活動，其意義與intuitive極相近。本書爲便利了解起見，仍沿用「美學」這個譯名，不過讀者須先明白本書所謂「美感的」，和「直覺的」意義相近。「美感的經驗」就是直覺的經驗，直覺的對象是上文所說的「形象」，所以「美感經驗」可以說是「形象的直覺」。這個定義已隱寓在aesthetic這個名詞裡面。它是從康德以來美學家所公認的一條基本原則，我們現在把它詳加解說。

就上文所引的美感經驗實例看，無論是藝術或是自然，如果一件事物叫你覺得美，它一定能在你心眼中現出一種具體的境界，或是一幅新鮮的圖畫，而這種境界或圖畫必定在霎時中霸占住你的意識全部，使你聚精會神地觀賞它，領略它，以至於把它以外一切事物都暫時忘去。這種經驗就是形象的直覺。形象是直覺的對象，屬於物；直覺是心知物的活動，屬於我。在美感經驗中心所以接物者只是直覺，物所以呈現於心者只是形象。心知物的活動除直覺以外，我們前已說過，還有知覺和概念。物可以呈現於心者除形象以外，還有許多與它相關的事項，如實質、成因、效用、價值等。在美感經驗中，心所以接物者只是直覺而不是知覺和概念；物所以呈現於心者是它的形象本身，而不是與它有關係的事項，如實質、成因、效用、價值等意義。

這番話很抽象，現在舉一個實例來說明。比如說你在看一棵梅花。同是一棵梅花，可以引起三種不同的態度。看到梅花，你就想到它的名稱，在植物分類學中屬於某一門某一類，它的形狀有哪些特徵，它的生長需要哪些條件，經過哪些階段，這裡你所取的是科學的態度。其次，看到梅花，你就想起它有什麼實用，值多少錢，想拿它來做買賣或是贈送親友，這裡你所取的是實用的態度。科學的態度只注重梅花的實質、特徵和成因；除開實質、特徵和成因，梅花對於科學家便無意義。實用的態度只注重梅花的效用，除開效用，梅花對於實用人便無意義。但是梅花除了實質、特徵、成因、效用等以外，是否還有什麼呢？換句話說，假如你不認識梅花，對於它沒有絲毫的知識，不知道它的名稱、特徵、效用等，你能否還看見什麼呢？你當然還可以看見叫做「梅花」的那麼一種東西在那裡，這就是說，你還可以看見梅花本來的形象。在實際上我們認識梅花太熟了，知道它和其他事物的關係太多了，一看見它就不免引起許多關於它的聯想，就想到它的實質、特徵、效用等，以至於把它的本來形象都完全忘掉或忽略過去了。通常我們對於一件事物，經驗愈多，知識愈豐富，聯想也就愈複雜，如果要丟開它的一切關係和意義，也就愈困難。老子說：「爲學日益，爲道日損。」這句話很可以應用到美感經驗上去。學是經驗知識，道是直覺形象本身的可能性。對於一件事物所知的愈多，愈不易專注在它的形象本身，愈難直覺它，愈難引起眞正純粹的美感。美感的態度就是損學而益道的態度。比如見到梅花，把它和其他事物的關係一刀截斷，把它的聯想和意義一齊忘去，使它只剩一個赤裸裸的孤立絕緣的形象存在那裡，無所爲而爲地去觀照它，賞玩它，這就是美感的態度了。在科學態度中，梅花因與其他事物有關係而得意義；在實用態度中，梅花因其可效用於人而生價值。在美感態度中它除去與其他事物有關係以及可效用於人兩點之外，自有意義，自有價值，梅花對於科學家和實用人都倚賴旁的事物而得價值，所以它的價值是「外在的」（extrinsic），對於審美者則獨立自足，別無倚賴，所以它的價值是「內在的」（intrinsic）。

從心理學觀點看，刺激、知覺、反應三者是一氣貫串的。刺激是知覺的成因，知覺是反應動作的預備，一般知覺都含有實用性。宇宙中事事物物本來都很零亂複雜。從微生物的觀點看，世界只是一團混沌，除了某者爲營養、某者爲災害一個分別之外，它不覺得四圍事物別有什麼精微的意義。如果生物全像微生物那樣簡單，許多分別都絕不會存在。人體組織較複雜，需要較多，適應環境的方法也較周詳。爲便利實用起見，人逐漸根據經驗把四圍的事物分類立名，說天天吃的東西叫做「飯」，天天穿的東西叫做「衣」，某種感覺叫做「紅」，某種形體叫做「大」，於是事物才有所謂「意義」。

「意義」本來大半都起於實用。在許多人看，衣服除了是穿的，飯除了是吃的以外，就別無意義。所謂「知覺」就是感官接觸某種事物時，心裡明白它的意義。明白它的意義，其實就是明白它的效用。一旦明白了它的效用，就可以對它起適用的反應動作。

就這種意義說，一般動物都可以說是有「知覺」。貓見著鼠，知道它是可吃的；鼠見著貓，知道它是吃鼠的；於是一個追捕，一個逃遁。人對於外物的態度也有若干類似，不過有一個重要的異點。動物知覺事物時立刻就依本能的衝動，發爲反應動作。從刺激到知覺，從知覺到反應動作，都是直率倉皇的，中間不容有片刻的停頓。人卻有反省的本領。所謂反省，就是把所知覺的事物懸在心眼裡，當作一幅圖畫來觀照。人能反省，所以能鎮壓住本能的衝動，在從知覺到反應的懸崖上勒韁駐馬，去玩索心所知的物和物所感的心。這副反省的本領是人類文化的發軔點，科學、哲學、宗教、藝術、政治等都是從這副本領出來的。這副反省的本領用之於實用方面則爲「謀定而後動」，用之於科學方面則爲冷靜的思考，用之於美感的方面則爲康德所說的「無所爲而爲的觀賞」（disinterested contemplation）。

在美感的態度中，我們也是在從知覺到反應動作的懸崖上勒韁駐馬，把事物擺在心目中當作一幅圖畫去玩索。不過審美者的目的不像實用人，不去盤問效用，所以心中沒有意志和欲念；也不像科學家，不去尋求事物的關係條理，所以心中沒有概念和思考。他只是在觀賞事物的形象。唯其偏重形象，所以不管事物是否實在，美感的境界往往是夢境，是幻境。把流雲看成白衣蒼狗，就科學的態度說，爲錯覺；就實用的態度說，爲妄誕荒唐；而就美感的態度說，則不失其爲形象的直覺。

美感經驗是一種極端的聚精會神的心理狀態。全部精神都聚會在一個對象上面，所以該意象就成爲一個獨立自足的世界，這個道理德國心理學家閔斯特堡（Münsterberg）在他的《藝術教育原理》裡發揮得最透闢，現在引一段來印證：

如果你想知道事物本身，只有一個方法，你必須把那件事物和其他一切事物分開，使你的意識完全為這一個單獨的感覺所占住，不留絲毫餘地讓其他事物可以同時站在它的旁邊。如果你能做到這步，結果是無可疑的：就事物說，那是完全孤立；就自我說，那是完全安息在該事物上面，這就是對於該事物完全心滿意足，總之，就是美的欣賞。

有人說，「藝術要擺脫一切然後才能獲得一切」。藝術所擺脫的是日常繁複錯雜的實用世界，它所獲得的是單純的意象世界。意象世界儘管是實用世界的迴光返照，卻沒有實用世界的牽絆，它是獨立自足，別無依賴的。比如一個畫家在聚精會神地欣賞一棵古松，那棵古松對於他便成爲一個獨立自足的世界。在觀賞的一剎那中，他忘卻這棵古松之外還另有一個世界。目前意象世界彷彿是一種夢境，如果另外世界的事物闖進意識中來，便不免使他從夢境中驚醒了。比如在觀賞古松時，如果他猛然想到它可以避風息涼或是造橋架屋，這一念之動中他就搬了一回家，跑回到實用世界中去了。不但如此，在凝神觀照時，古松的是非眞假也被置於度外，心裡絕無暇想到圖畫中的古松和山上長的古松有虛實的分別。作爲美感對象時，無論是畫中的古松或是山上的古松，都只是一種完整而單純的意象。眞實虛僞的肯定或否認，如「此松是實有的」，「此松是假想的」之類，仍屬於名理的知識，它的對象是關係條理而不是形象本身。意象的孤立絕緣是美感經驗的特徵。在觀賞的一刹那中，觀賞者的意識只被一個完整而單純的意象占住，微塵對於他便是大千；他忘記時光的飛馳，刹那對於他便是終古。

「用志不紛，乃凝於神。」美感經驗就是凝神的境界。在凝神的境界中，我們不但忘去欣賞對象以外的世界，並且忘記我們自己的存在。純粹的直覺中都沒有自覺，自覺起於物與我的區分，忘記這種區分才能達到凝神的境界。我們在上文把美感經驗中的我和物分開來說，只是爲解釋便當起見，其實美感經驗的特徵就在物我兩忘，我們只有在注意不專一的時候，才能很鮮明地察覺我和物是兩件事。如果心中只有一個意象，我們便不覺得我是我，物是物，把整個的心靈寄託在那個孤立絕緣的意象上，於是我和物便打成一氣了。關於這一點，叔本華在他的《意志世界與意象世界》卷三裡說過下面一段很透闢的話：

> 如果一個人憑心的力量，丟開尋常看待事物的方法，不受充足理由律（the law of sufficient reason）的控制去推求諸事物中的關係條理——這種推求的最後目的總不免在效用於意志——如果他能這樣地不理會事物的「何地」、「何時」、「何故」以及「何自來」（where, when, why, whence），只專心觀照「何」（what）的本身；如果他不讓抽象的思考和理智的概念去盤踞意識，把全副精神專注在所覺物上面，把自己沉沒在這所覺物裡面，讓全部意識之中只

有對於風景、樹林、山嶽或是房屋之類的目前事物的恬靜觀照，使他自己「失落」在這事物裡面，忘去他自己的個性和意志，專過「純粹自我」（pure subject）的生活，成為該事物的明鏡，好像只有它在那裡，並沒有人在知覺它，好像他不把知覺者和所覺物分開，以至二者融為一體，全部意識和一個具體的圖畫（即意象——引者）恰相疊合；如果事物這樣地和它本身以外的一切關係絕緣，而同時自我也和自己的意志絕緣——那麼，所覺物便非某某物而是「意象」（idea）或亙古常存的形象……而沉沒在這所覺物之中的人也不復是某某人（因為他已把自己「失落」在這所覺物裡面）而是一個無意志、無痛苦、無時間的純粹的知識主宰（pure subject of knowledge）了。

叔本華以為人生大患在有我，我的主宰為意志。人人都是他自己的意志的奴隸，有意志於是有追求掙扎，有追求掙扎於是有悲苦煩惱。在欣賞文藝時我們暫時忘去自我，擺脫意志的束縛，由意志世界移到意象世界，所以文藝對於人生是一種解脫。

物我兩忘的結果是物我同一。觀賞者在興高采烈之際，無暇區別物我，於是我的生命和物的生命往復交流，在無意之中我以我的性格灌輸到物，同時也把物的姿態吸收於我。比如觀賞一棵古松，玩味到聚精會神的時候，我們常不知不覺地把自己心中的清風亮節的氣概移注到松，同時又把松的蒼勁的姿態吸收於我，於是古松儼然變成一個人，人也儼然變成一棵古松。總而言之，在美感經驗中，我和物的界限完全消滅，我沒入大自然，大自然也沒入我，我和大自然打成一氣，在一塊生展，在一塊震顫。

美感經驗就是形象的直覺。這裡所謂「形象」並非天生自在一成不變的，在那裡讓我們用直覺去領會它，像一塊石頭在地上讓人一伸手即拾起似的。它是觀賞者的性格和情趣的返照。觀賞者的性格和情趣隨人隨時隨地不同，直覺所得的形象也因而千變萬化。比如古松長在園裡，看來雖似一件東西，所現的形象卻隨人隨時隨地而異。我眼中所見到的古松和你眼中所見到的不同，和另一個人所見到的又不同。所以那棵古松就呈現形象說，並不是一件唯一無二的固定的東西。我們各個人所直覺到的並不是一棵固定的古松，而是它所現的形象。這個形象一半是古松所呈現的，也有一半是觀賞者本當時的性格和情趣而外射出去的。明白這層道理，我們就可以明白直覺與形象是相因爲用的。我們在上文說「直覺屬於我，形象屬於物」，原是一種粗淺的說法。嚴格地說，直覺除形象之外別無所見，形象除直覺之外也別無其他心理活動可見出。有形象必有直覺，有直覺也必有形象。直覺是突然間心裡見到一個形象或意象，其實就是創造，形象便是創造成的藝術。因此，我們說美感經驗是形象的直覺，就無異於說它是藝術的創造。

一九八一年七月讀校樣時寫

作者補注　西文中的aesthetic，在我早期的論著中，都譯作「美感」，後來改譯爲「審美」。後者較妥。醜，也屬於審美範疇。本章談到的「知識論」，即現在較通用的「認識論」。

第二章　美感經驗的分析㈡：心理的距離

一

美感起於形象的直覺，不帶實用目的，既如前述，現在我們可以討論從這個原理產生出來的一個很重要的學說。一般人站在實用世界裡面，專心去滿足實際生活的需要，忘記這個世界是可以當作一幅圖畫供人欣賞的。在美感經驗中，我們所對付的也還是這個世界，不過自己跳脫實用的圈套，把世界擺在一種距離以外去看。阿爾卑斯山谷裡的一條汽車路上風景極好，路旁插著一個標語牌勸告遊人說：「慢慢走，欣賞啊！」一般人在這車如流水馬如龍的世界裡，都像阿爾卑斯山下的汽車，趁著平路拚命向前跑；不過也有些比較幸運的人們偶爾能聽「慢慢走」的勸告，駐腳流連一會兒，來欣賞阿爾卑斯山的奇景。在這一駐腳之間，他應付阿爾卑斯山的態度就已完全變過，他原來只把它當作一個很好的開汽車兜風的地方，現在卻把它推遠一點當作一幅畫來看。

英國心理學家布洛（Bullough）仔細研究過這個道理，推演了一條原則出來，叫做「心理的距離」（psychical distance），這個原則不僅把從前關於美感經驗的學說都包括無餘，而且對於文藝批評也尋出一個很適用的標準，我們現在把它詳細介紹出來。

什麼叫做「心理的距離」呢？我們最好舉一個實例來說明。

比如說海上的霧。乘船的人們在海上遇著大霧，是一件最不暢快的事。呼吸不靈便，路程被耽擱，固不用說；聽到若遠若近的鄰船的警鐘，水手們手慌腳亂地走動，以及船上的乘客們的喧嚷，時時令人覺得彷彿有大難臨頭似的，尤其使人心焦氣悶。船像不死不活地在駛行，茫無邊際的世界中沒有一塊可以暫時避難的乾土，一切都任不可知的命運去擺布，在這種情境中最有修養的人也只能做到鎮定的程度。但是換一個觀點來看，海霧卻是一種絕美的景致。你暫且不去想到它耽誤了程期，不去想到實際上的不舒暢和危險，你姑且聚精會神地去看它這種現象，看這幅輕煙似的薄紗，籠罩著這平謐如鏡的海水，許多遠山和飛鳥被它蓋上一層面網，都現出夢境的依稀隱約，它把天和海連成一氣，你彷彿伸一隻手就可握住在天上浮游的仙子。你的四圍全是廣闊、沉寂、祕奧和雄偉，你見不到人世的雞犬和煙火，你究竟在人間還是在天上，也有些猶豫不易決定。這不是一種極愉快的經驗麼？

這兩種經驗的分別完全起於觀點的不同。在前一種經驗中，海霧是實用世界中的一片段，它和你的知覺、情感、希望以及一切實際生活需要都連瓜帶葛地固結在一塊，成了你的工具或是你的障礙。你的全部實際生活逼得你不得不畏危險，逼得你不得不求平安，所以你不得不討厭這耽誤程期帶危險性的海霧。換句話說，你和海霧的關係太密切了，距離太接近了，所以不能用「處之泰然」的態度去欣賞它。在後一種經驗中，你把海霧擺在實用世界以外去看，使它和你的實際生活中間存有一種適當的「距離」，所以你能不為憂患休戚的念頭所擾，一味用客觀的態度去欣賞它。這就是美感的態度。

二

「距離」含有消極的和積極的兩方面。就消極的方面說，它拋開實際的目的和需要；就積極的方面說，它著重形象的觀賞。它把我和物的關係由實用的變為欣賞的。就我說，距離是「超脫」；就物說，距離是「孤立」。從前人稱讚詩人往往說他「瀟灑出塵」，說他「超然物表」，說他「脫盡人間煙火氣」，這都是說他能把事物擺在某種「距離」以外去看。反過來說，「形為物役」，「凝滯於物」，「名韁利鎖」，都是說把事物的利害看得太「切身」，不能在我和物中間留出「距離」來。

人們迫於生存競爭的需要，通常都把全副精力費於飲食男女的營求，這豐富華嚴的世界除了可效用於生活需要之外，便無其他意義，所以美感上的「距離」往往極難維持。一個海邊農夫當別人稱讚他的門前海景美時，常會羞澀地轉過身來指著屋後的菜園說：「門前雖然沒有什麼可看的，屋後這一園菜卻還不差。」我們大多數人誰不像這位海邊農夫呢？一看到瓜果就想到它是可以摘來吃的，一看到瀑布就想到它的水力可以利用來發電，一看到圖畫或雕刻就估算它值多少錢，一看到美人就起占有的衝動。一般事物對於我們都有一種「常態」，所謂「常態」就是糖是甜的，屋子是居住的，女人是生孩子的之類的意義，都是在實用經驗中積累的。這種「常態」完全占住我們的意識，我們對於「常態」以外的形象便視而不見，聽而不聞。經驗日益豐富，視野也就日益窄隘。所以有人說，我們對於某種事物見的次數愈多，所見到的也就愈少。

但是偶然之間，我們也間或能像叔本華所說的，「丟開尋常看待事物的方法」，見出事物的不平常的一面，於是天天遇見的、素以爲平淡無奇的東西，例如：破牆角伸出來的一枝花，或是林間一片陰影，便陡然現出奇姿異彩，使我們驚訝它的美妙。這種陡然的發現常像一種「靈感」或「天啓」，其實不過是由於暫時脫開實用生活的約束，把事物擺在適當的「距離」之外去觀賞罷了。我們在遊歷時最容易見出事物的美。東方人陡然站在西方的環境中，或是西方人陡然站在東方的環境中，都覺得面前事物光怪陸離，別有一種美妙的風味。這就因爲那個新環境還沒有變成實用的工具，一條街還沒有使你一眼看到就想起銀行在哪裡，麵包店在哪裡；一棵不認得的樹還沒有使你知道它是結果的還是造屋的，所以你能夠只觀照它們的形象本身，這就是說，它們和你的欲念和希冀之中還存有一種適當的「距離」。池塘中園林的倒影往往比較實在的園林好看，也是因爲存在「距離」的緣故。

藝術家和詩人的長處就在能夠把事物擺在某種「距離」以外去看。他們看一條街只是一條街，不是到某銀行或是某商店去的指路標；看一棵樹只是一棵樹，不是結果實的或是架屋造橋的材料。在藝術家的心目中，這個世界只是許多顏色、許多線形和許多聲音所縱橫組合而成的形象。我們一般人和科學家替這個世界尋出許多分別，定出許多名稱，立出許多意義，來做實用生活的指導。藝術家們把這些分別、這些名稱和這些意義都忽略過去，專以情趣爲標準，重新把這個世界的顏色、形狀和聲音組合出條理來，另成一種較可滿意的世界。他們把事物的價值完全換過，極平常的事物經過他們的意匠經營，可以變成很美的印象。莫奈（Monet）、凡・高（Van Gogh）諸大畫家往往在一張椅子或是一只蘋果中，表現出一個情趣深永的世界來。我們通常以爲我們自己所見到的世界才是眞實的，而藝術家所見到的僅爲幻象。其實究竟哪一個是眞實，哪一個是幻象呢？一條路還是自有本來面目，還是只是到某銀行或某商店去的指路標呢？這個世界還是有內在的價值，還是只是人的工具和障礙呢？

三

就超脫目前實用的效果說，科學家也和藝術家一樣能維持「距離」。科學家的態度純是客觀的，他的興趣純是理論的。所謂「客觀的態度」就是把自己的成見和情感丟開，從「理論的」角度來看待事物。但是藝術家的「超脫」和科學家的「超脫」並不相同。科學家須超脫到「不切身的」（impersonal）地步。藝術家一方面要超脫，一方面和事物仍存有「切身的」關係。科學是一種最不切身的（就是說最重客觀的）活動，藝術卻是一種最切身的（就是說最重主觀的）活動。我們在上章已經說過，觀賞美的形象時須「失落自我」，何以現在又說藝術是最「切身的」活動呢？這兩句話不但不衝突，而且歸根到底還只是一句話，就是說，藝術不能脫離情感。情感是「切身的」，在美感經驗中，情感專注在物的形象上面，所以我忘其爲我。所謂「距離」是指我和物在實用觀點上的隔絕，如果就美感觀點說，我和物幾相疊合，距離再接近不過了。

藝術是最切身的，是要能表現情感和激動情感的，所以觀賞者對於所觀賞的作品不能不了解。如果他完全不了解，便無從發生情感的共鳴，便無從欣賞。了解是以已知經驗來詮釋目前事實。如果對於某種事物完全沒有經驗，便不能完全了解它。莊子說：「瞽者無以與乎文章之觀，聾者無以與乎鐘鼓之聲。豈惟形骸有聾盲哉？夫知亦有之。」生來沒有戀愛經驗的人讀戀愛小說，總不免隔霧看花，有些模糊隱約。反過來說，我們愈能拿自己的經驗來印證作品，也就愈能了解它，欣賞它。我們每讀到好詩文時，就驚訝作者「先得我心」，覺得非常快慰。亞理斯多德所以說藝術的快感起於認識，起於發現「那就是那個」的感覺。古希臘雕刻家造神像時，還是以凡人爲模型。但丁描寫地獄，也還是拿我們的世界做藍本。凡是藝術作品都是舊材料的新綜合，唯其是舊材料，所以旁人可以了解；唯其是新綜合，所以見出藝術家的創造，和實用世界有距離。比如「吹皺一池春水」一句詞所用的字都是人人所認識的，「皺」和「春水」的景象也是人所常見的，不過把這六個字綜合在一起卻是馮延巳的新創。藝術能超脫實用目的，卻不超脫經驗。藝術家儘管自己不落到人情世故的圈套裡，可是從來沒有一個眞正的大藝術家不了解人情世故；藝術儘管和實用世界隔著一種距離，可是從來也沒有一個眞正的大藝術作品不是人生的返照。觀賞者的經驗各各不同，了解的能力也不一致，藝術趣味的分歧也即由於此。

照這樣看，在美感經驗中，我們一方面要從實際生活中跳出來，一方面又不能脫盡實際生活；一方面要忘我，一方面又要拿我的經驗來印證作品，這不顯然是一種矛盾麼？事實上確有這種矛盾，這就是布洛所說的「距離的矛盾」（the antinomy of distance）。創造和欣賞的成功與否，就看能否把「距離的矛盾」安排妥當，「距離」太遠了，結果是不可了解；「距離」太近了，結果又不免讓實用的動機壓倒美感，「不即不離」是藝術的一個最好的理想。這個原理很重要，我們來把它詳加研究。

莎士比亞寫過一部關於夫妻猜疑的悲劇，叫做《奧瑟羅》（Othello）。假如一個人素來疑心妻子不忠實，受過很大的痛苦，他到戲院裡去看演這部戲，一定比尋常人較能了解奧瑟羅的境遇和情感。戲中情節愈和他自己的經驗相符合，他的了解也就愈深刻。照理，他應該是一個最能欣賞這部悲劇的人，但是事實往往不然。這種暗射到切身經驗的情節最容易使他想起自己和妻子處在類似的境遇，忘記目前只是一場戲，忘記去玩索劇中人物的行動，他不是在看戲而是在自傷身世了。他固然也覺到很強烈的情感，但是這種情感起於實際上的猜忌，不是起於欣賞戲的美。他不能在自己和戲劇之中維持一種適當的「距離」，所以戲劇對於他由藝術品一變而爲撥動猜忌的導火線。如果他能夠維持「距離」，把劇中情節完全當作一幅畫看，雖然拿自己的經驗來了解它，卻不因此觸動自己的心事，借他人的酒來泄自己的悶，那麼，以他來欣賞《奧瑟羅》，實在比尋常人較占便宜，因爲他能了解尋常人所不能了解的纖微奧妙。不過在猜忌中看猜忌戲，不回頭把自己的戲在心中復演一遍，卻不是一件易事。《奧瑟羅》對於猜疑妻子的丈夫「距離」實在太近了。藝術的理想是距離近而卻不至於消滅。距離近則觀賞者容易了解，距離不消滅則美感不爲實際的欲念和情感所壓倒。

欣賞者對於所欣賞事物的態度通常分爲「旁觀者」和「分享者」兩類，「旁觀者」置身局外，「分享者」設身局中（詳見第三章），分享者往往容易失去我和物中應有的距離。一個觀劇者看見演曹操的戲，看到曹操的那副老奸巨猾的樣子，不覺義憤填胸，提起刀走上臺去把那位扮演曹操的角色殺了。一般人看戲雖不至於此，卻也常不知不覺地把戲中情節看成眞實的。有一個演員演一個窮發明家，發明的工作快要完成時，爐中火熄了，沒有錢去買柴炭，大有功虧一簣的趨勢，觀衆中有一個人鄭重其事地捧一塊錢去送他，向他說：「拿這塊錢買炭去罷！」在一般演戲者看，扮演到使觀衆忘其爲戲時，技藝已算到家了，但是觀衆在忘其爲戲時便已失去美感的態度，像上文殺曹操和送錢買炭的人都是由美感的世界回到實用的世界裡去了。看戲到興酣采烈之際鼓掌叫好，一方面雖是表示能欣賞，同時卻也已離開欣賞的態度而回到實用的態度。這都是「距離」的消失。

四

不但在欣賞方面有這種「距離的矛盾」，在創造方面也是如此。從一方面說，作者如果把自己的最切身的情感描寫出來，他的作品就不至於空疏不近情理。但是從另一方面說，他在描寫時卻不能同時在這情感中過活，他一定要把它加以客觀化，使它成為一種意象，他自己對於這情感一定要變成一個站在客位的觀賞者，換一句話說，他一定要在自己和這情感之中闢出一個「距離」來。法國心理學家德拉庫瓦（Delacroix）在他的《藝術心理學》裡說：

> 感受和表現完全是兩件事。純粹的情感，剛從實際生活出爐的赤熱的情感，在表現於符號、語言、聲音或形象之先，都須經過一番返照。雷奴維埃（Renouvier）以為藝術家須先站在客位來觀照自己，然後才可以把自己描摹出來，表現出來，這是很精當的話。藝術家如果要描寫自己切身的情感，須先把它外射出來，他須變成一個自己的模仿者。托馬斯．曼（Thomas Mann）說：「生糙的熱烈的情感向來是很平凡的不中用的……強烈的情感並無藝術的意味。藝術家一旦還到人的地位來在情感中過活時，就失其為藝術家了。」

藝術家之所以爲藝術家，不僅在能感受情緒，而尤在能把所感受的情緒表現出來；他能夠表現情緒，就由於能把切身的情緒擺在某種「距離」以外去觀照。所以通常所謂「主觀的」、「寫自傳的」藝術家實在還是客觀的。我們普通人也常感到強烈的悲喜，常常告訴人說：「我可惜不是文學家，不然，我的經驗可以寫成一部極好的小說。」我們何以有情感而不能表現於藝術作品呢？這就由於不能在自己和自己的情感中留出「距離」來，不能站在客觀的地位去觀照自己的生活。凡藝術家都須從切身的利害跳出來，把它當作一幅畫或是一幕戲來優遊賞玩。這本來要有很高的修養才能辦到。

五

懂得「距離」的道理，文藝上許多問題就可以迎刃而解了。

在近代文藝思想上，形式和內容的衝突是很劇烈的。一方面我們有浪漫運動所遺傳下來的「爲藝術而藝術」的口號。這個口號的涵義甚多，最重要的就是側重形式而看輕內容，以爲美僅在形式，而內容的好壞則無關緊要。另一方面我們又有弗洛伊德（Freud）派心理學者的文藝爲欲望昇華說，依這一說，文藝能感動人，就因爲它能使隱意識中的欲望得到化裝的滿足。文藝既與欲望有關，就不能不與內容有關，假如許多作品之中如果不含有滿足性欲「情意綜」（complexes）的材料，它們的勢力就絕不至有那樣廣大。這兩說都很言之成理，究竟誰是誰非呢？根據「距離」的原則說，它們都各走極端，藝術不能專爲形式，卻也不能只是欲望的滿足。藝術是「切身的」，表現情感的，所以不能完全和人生絕緣。偏重形式的藝術總不免和人生「距離」得太遠，不能引起觀賞者的興趣。但是美感經驗的特點在「無所爲而爲地觀賞形象」。無論是創造或是欣賞，我們都不能同時在所表現的情感中過活，一定要站在客位把這種情感當作一幅圖畫去觀賞。如果作者寫性欲小說，讀者看性欲小說，都是爲著滿足自己的性欲，那就和爲著餓去吃飯，爲著冷去穿衣一樣，只是實用的活動而不能算是美感經驗了。藝術的內容儘管有關性欲，可是我們在創造或欣賞的那一頃刻中，卻不能同時在受性欲衝動的驅遣，要在客位把它當作形象看。弗洛伊德派的錯處在把藝術和本能情感的「距離」縮得太小。

六

在近代文藝運動中寫實主義和理想主義的爭執也頗激烈。寫實主義偏重模仿自然，要在實際生活中尋材料，用客觀的方法表現出來。它最忌諱摻雜主觀的情感和想像。理想主義以爲藝術和自然是相對的；它是人爲的，創造的，雖拿自然做材料，卻須憑主觀的情感和想像加以選擇配合；藝術要把自然加以理想化，不能像照相那樣呆板。我們既明白「距離」的原則，這兩派的爭執也就不難解決了。藝術是一種精神的活動，要拿人的力量來彌補自然的缺陷，要替人生造出一個避風息涼的處所。它和實際人生之中應該有一種「距離」。主觀的經驗須經過客觀化而成意象，才可表現於藝術。至於經驗的選擇也不免有意地或無意地受情感和想像的支配。所以嚴格地說，凡是藝術都必帶有幾分理想性，都必是反對極端的寫實主義的。極端的寫實主義在理論上很難成立。寫實者也還是人而不是照相機，既然是人就無法把情感和想像完全丟開。所以寫實主義根本不免帶有若干理想主義。一般寫實派作者的弊病在把「距離」擺得太近，甚至於完全失去「距離」。比如戲劇家把目前群衆正鬧得很熱烈的問題做題材，來編一部劇本，他也許因此博得很大的歡迎，但是群衆的濃厚的趣味是以目前問題爲主而不是以劇本爲主，他們的活動仍然是實用的而不是美感的。作者在實際生活中雖是得到一場勝利，而在藝術上卻不一定是成功。

我們天天看得見的事物比較難以引起美感，就因爲它和我們的「距離」太近，所帶的實用的牽絆太多。比如一幅寫實派的描寫巫峽或是西湖的畫，在沒有見過巫峽或西湖的人們看，總帶有若干美的意味，但是在西湖或巫峽的本地人看，它的趣味就不免比較淡薄些。這就因爲距離的遠近不同。寫實派的作品通常都把「距離」擺得太近，容易引起關於實際生活的聯想，以至擾亂美感，但是這種作品未始不可以被人看成理想的。同是一個作品，在熟悉內容的人看是寫實的，在未曾經過其中情節的人看卻是理想的；在拘泥實際的人看是寫實的，在能超脫的人看則可以變成理想的。一般人常從道德的觀點批評藝術家，說某人的作品淫穢，某人的作品傷風敗俗，其實眞正藝術家偶爾用淫穢的材料時，往往並不想到它在實際上是否淫穢，只把它當作一幅畫看。一般人看到淫穢的形象便想到淫穢的事實，撥動淫穢的念頭，就由於不能在藝術品和實際生活之中保存應有的「距離」。

寫實派的弊病在「距離」不及，理想派的弊病則在「距離」太過。純任理想而藐視現實，結果往往不是空疏，就是荒渺無稽，使人無法了解，所以不能引起興趣，打動情感。理想主義的最普遍的毛病是普泛化（generalisation）和抽象化（abstraction）。關於這兩種寫法，布洛曾經說過一段很精當的話：

普泛化和抽象化的作品缺點在應用的範圍太空泛，不能引起人們的切身的情趣；它太少個別事物的具體性，應用到一切人都沒有什麼差別。它想取悅於一切人，結果卻是不能取悅於任何人。歐幾里得幾何學中的公理不屬於任何人，就因為一切人都要承認它是真的。像愛國、友誼、愛情、希望、生和死一類的普泛的概念對於張三、李四和對於我都是一般的痛癢。我或則不能感到它們和我有什麼切身的關係，或則雖然能夠感到切身的關係，它們又很明顯地具體地變成我的愛國、我的友誼、我的愛情、我的希望、我的生和死。一個公理或是一個普遍的理想，因為是從普泛化來的，對於我的「距離」太遠了，使我完全不能具體地領略它；倘若我能夠具體地領略它，我又落到實際生活裡去，它和我的「距離」又太近了，因此，理想派藝術的弊病就在它的距離本來太過，在應用到各個人身上去時又嫌不及。

七

理想主義和寫實主義對於「距離」一個是太過，一個是不及。凡是藝術都要有幾分近情理，卻也都要有幾分不近情理。它要有幾分近情理，「距離」才不至於過遠，才能使人了解欣賞；要有幾分不近情理，「距離」才不至於過近，才不至使人由美感世界回到實用世界去。我們在上文說過，凡是藝術都要帶有若干理想性，都是反寫實主義的。這並非說現實界的東西絕對不能拿來做藝術的材料。現實界的事物雖然和實用的關聯太密，「距離」太近，但是經過藝術家的剪裁，它也可以落到適宜的「距離」上面。英國詩人濟慈（Keats）所作的〈聖亞格尼斯的前夕〉，是寫一對情人在夜間私奔的故事。它的題材是一股極熱烈的愛情，並且有描寫肉體美的地方，「距離」似乎太近了，可是濟慈把背景寫得非常陰冷，以一件人間性極重的事擺在一個超人間性的輪廓裡，便成一幅清幽嚴肅的圖畫，不至叫讀者引動性欲的凡念。這是一個善於製造「距離」的好例。《西廂記》寫張生初和鶯鶯定情的詞是：「軟玉溫香抱滿懷，春至人間花弄色，露滴牡丹開。」這其實只是說交媾，「距離」再近不過了。但是王實甫把這種淫穢的事跡寫在很幽美的意象裡面，再以音調很和諧的詞句表現出來，於是我們的意識遂被這種美妙的形象和聲音占住，不想到其他的事。自然也有人讀這幾句詞因而動淫欲的，這是由於他們自己的藝術的趣味薄弱，錯處並不在王實甫。概括地說，韻文比散文「距離」較遠，所以許多很淫穢的事表現於散文仍然是近於淫穢，表現於詩詞就比較「雅馴」些；許多很悲慘的事表現於散文仍然是近於悲慘，表現於詩詞就比較和平些。「關雎樂而不淫，哀而不傷」，也就是因為這個道理。同是描寫淫穢事跡的文字，上文所引的《西廂記》詞句就比《水滸》裡潘金蓮和西門慶的故事以及《紅樓夢》裡秦鐘和智能、寶玉和襲人、賈璉和鮑二家的一類故事比較地不露痕跡些，雖然這幾段散文也算是藝術上的傑作了。《紅樓夢》所寫的全是兒女私情，可是作者要把它擺在「金玉姻緣」一個神祕的輪廓裡面，《列那狐的故事》是諷刺中世紀封建制度中人物的，可是作者要把它擺在動物界的輪廓裡；《格列佛遊記》是譏誚英國政治風俗的，可是作者要把它擺在大人國和小人國的輪廓裡，用意都在製造「距離」。莎士比亞的悲劇中情節本來大半都極悲慘，例如：哈姆雷特的飲鴆，麥克白的暗殺，朱麗葉的慘死，如果在實際生活中發生，一定使人毛骨悚然，可是擺在藝術的爐中煉過，本來的辣性也就消淨了（參見第十六章）。

藝術家的剪裁以外，空間和時間也是「距離」的兩個要素。愈古愈遠的東西愈易引起美感。這和旅行家到新地方容易見出事物的美是一個道理。比如卓文君的私奔，海倫后的潛逃，在百世之下雖然傳為佳話，在當時人看，卻是一種穢行醜跡。當時人受種種實際問題的牽絆，不能把這樁事情從極繁複的社會習慣和利害觀念中劃出，專當作一個意象來觀賞。我們時過境遷，所以比較自由，能夠純粹以美感的態度對付它。藝術是有時間性和空間性的。同是一個作品，在某一時代中因為「距離」太近，看起來是寫實的，過一個時代因為「距離」較遠，實際的牽絆被人遺忘了，所留的全是一幅圖畫，就變成富於浪漫色彩的作品。荷馬的史詩是一個好例。文藝好比老酒，年代愈久，味道愈醇。但是時空的「距離」如果太遠，我們缺乏了解所必需的經驗和知識，也就無從欣賞。極古的作品要有注解，有時雖有注解，我們仍然嫌它艱晦。現在一般人讀《楚辭》或阮籍〈詠懷詩〉就不免有些費解了。地方色彩過重的作品也是如此。要真正了解外國文學往往是一件極難的事。所以同一作品，就內容說，當時人和本國人比後世人和外國人欣賞較易；就實際的牽絆容易壓倒美感態度說，當時人和本國人卻也比後世人和外國人欣賞較難。初讀外國詩的人往往覺得字字珠璣，極平常的字句也似乎有很大的價值；可是下過幾十年功夫之後，外國詩的情感和音節終於仍有不可澈底了解的地方，這就是由於「距離的矛盾」。

八

各種藝術的性質不同，「距離」也生來就有遠近。「距離」最近的是戲劇，因為它用極具體的方法把人情世故表現在眼前。這最容易使人離開美感世界而回想到實用世界，所以戲劇家想出許多方法來把「距離」推遠，從前人作戲劇大半取時代很遠的材料。近代作者才取現代社會問題入劇本，但是仍採用種種方法使它和現實界不相混淆。美國奧尼爾（Eugene O'Neill）的《奇怪的插曲》（*Strange Interlude*）裡面的角色，在臺上憑著旁人把自己的心中隱事低聲說出，就是一個好例。古希臘和中國舊戲的角色往往戴面具或穿高跟鞋，表演時用歌唱的聲調。一般戲臺都和觀眾隔開。這都是推遠「距離」的方法。造形藝術中以雕刻的距離為最近，因為它表現立體，和實物幾乎沒有分別。歷來雕刻家也有許多推遠「距離」的方法。埃及雕刻往往把人體加以抽象化，不表現個性。古希臘雕刻大半只表現靜態，近代雕刻家才逐漸在線紋和姿勢上暗示運動，但是多數人仍主張運動的暗示應減至最低限度。雕像的體積往往比實物較大或較小，通常都安置在臺座上面。這都是為著避免過於近似實物的毛病。圖畫只能表現平面，所以「距離」較大。西方古代畫藝和中國的一樣不用遠近陰影，對於形象也只求神骨的妙肖而不求骸體的逼真。中世紀的東歐派和波斯藝術家把人物的形象加以不自然的延長或縮短，作為建築帳幕的裝飾。近代畫的技巧日漸進步，寫實的色彩也逐漸濃厚，畫家的目的幾乎不外在引起幻覺，於是畫藝的「距離」便日漸由遠而近了。

九

藝術和實際人生之中本來要有一種「距離」，所以免不了幾分形式化，免不了幾分不自然。演戲用歌唱的聲調，雕刻用抽象化的人體，圖畫改變人物的本來面目，詩用音韻，都是因爲這個道理。近代技巧的進步逐漸使藝術逼近實在和自然，這在藝術上不一定是進步。中國新進藝術家看到西方藝術的技巧很完善，畫一匹馬就活像一匹馬，布一幕月夜深林的戲景就活像月夜深林，以爲這眞是絕大本領，拿中國藝術來比，眞要自慚形穢。其實西方藝術本來固然有長處，中國藝術本來也固然有短處，但是長處並不在逼近自然，短處也並不在不自然。西方藝術的寫實運動從文藝復興以後才起，到十九世紀最盛。一般人仍然被這個傳統的寫實的習慣固囿住，所以「皇家學會」派的畫家大半還在「妙肖自然」方面下功夫。但是現代眞正的藝術家卻是向一個新方向走。這個新方向完全是反寫實主義的。後期印象（post-impressionism）派的大師塞尙（Cezanne）是最好的代表。看他的作品，你絕對看不出寫實派的浮面的逼眞，第一眼你只望見顏色和形體的諧和的配合，要費一番審視，才能辨別它所表現的是一片崖石或是一座樓臺。他們的理想是要使造形藝術逼近音樂，完全在形式方面見出美來，不帶「表意的成分」。在學理方面，貝爾（Clive Bell）的名著《藝術論》是值得注意的。這種反寫實的運動發生之後，學者對於從前諸名家的作品也逐漸加以新評價。從前人只知推重十六世紀的意大利派，現在許多學者卻把中世紀的拜占庭（Byzantine）派和意大利的「原始派」（primitifs）的作品看得更珍重。從此可知西方人已逐漸覺悟技巧的進步和藝術的進步是兩件事了。

從歐洲藝術的新傾向看，我們覺得在這裡應該替中國舊藝術作一個辯護。罵舊戲拉著嗓子唱高調不近情理的人們，如果看到瓦格納（Wagner）的歌劇，也許恍然大悟這種玩藝兒原來不是中國所特有的。如果他們再稍稍費點功夫研究古希臘的劇藝，也許知道戴面具、打花臉、穿高跟鞋，也不一定是野蠻藝術的特徵。在圖畫雕刻方面，遠近陰影原來是技巧上的一大進步，這種技巧的進步原來可以幫助藝術的進步，但是無技巧的藝術終於勝似非藝術的技巧。中世紀諸大教寺的雕像的作者原來未嘗不知道他們所雕的人體長寬的比例不近情理，然而他們的作品並不因此而失其價值。就技巧論，現在一個普通的學徒也許比喬托（Giotto）還更高明，但是喬托的作品終於不朽。中國從前畫家本有「遠山無皺，遠水無波，遠樹無枝，遠人無目」的說法，但是畫家精義並不在此。看到吳道子的人物或是關仝的山水而嫌他們不用遠近陰影，這種人對於藝術只是「腓力斯人」（Philistines）而已。

總之，藝術的某種習慣既然造成很悠久的歷史，縱然現代的時尚叫我們覺得它有些離奇，它自己卻未嘗沒有存在的理由。本章所說的「距離」就是它的存在的理由之一。戲劇的化裝，雕刻的抽象化，圖畫的缺乏遠近陰影，詩的音韻之類，都可以叫我們把日常實用世界忘去，無沾無礙地來諦視美的形象。

作者補注 本章第八節中談到的「造形藝術」，西文原為plastic art，通常譯作「造型藝術」，其實起於誤解。該詞原義側重製造「形象」而沒有製造「典型」的意思。本文集一律改用「造形藝術」。

一九八一年七月讀校樣時寫

第三章　美感經驗的分析㈢：物我同一

一

在凝神觀照時，我們心中除開所觀照的對象，別無所有，於是在不知不覺之中，由物我兩忘進到物我同一的境界。比如我們在第一章所舉的欣賞古松的例，看古松看到聚精會神時，我一方面把自己心中清風亮節的氣概移注到松，於是松儼然變成一個人；同時也把松的蒼老勁拔的情趣吸收於我，於是人也儼然變成一棵古松。這種物我同一的現象就是近代德國美學家討論最劇烈的「移情作用」。有人拿美學上的移情作用說和生物學上的天演說相比，以為它們有同樣的重要，並且把移情作用說的倡導者立普斯（Lipps）稱為美學上的達爾文。在一般德國美學家看，它是美學上的最基本的原則，差不多一切美學上的問題都可以拿它來解答。不過諸家對於移情作用的解釋各各不同，有時並且互相矛盾。在本章和次章中，我們想把一些紛亂的問題提綱挈領地整理清楚。

說粗淺一點，移情作用是外射作用（projection）的一種。外射作用就是把在我的知覺或情感外射到物的身上去，使它們變為在物的。先說知覺的外射。事物有許多屬性都不是它們所固有的，它們大半起於人的知覺。本來是人的知覺，因為外射作用便成為物的屬性。比如桌上擺著一個蘋果，我一眼看到，就知道它紅、香、甜、圓滑、沉重。我們通常把紅、香、甜等都看成蘋果的屬性，以爲它本來就有這些屬性；縱然沒有人知覺它，這些屬性也還是在那裡。但是嚴格地說，這種常識是不精確的。蘋果本來只有使人感受紅、香、甜種種知覺的可能性，至於紅卻起於視覺，香卻起於嗅覺，甜卻起於味覺，其他仿此。單拿紅色來說，這是若干長的光波射到眼球網膜上所生的印象。如果光波長一點或短一點，或是網膜構造換一個模樣，紅的色覺便不會發生。有一種色盲根本就不能辨紅色，就是視覺健康的人在黃昏或黑暗中也看不清紅花的顏色。再比如說沉重。從前我用手提過同樣的東西，那時候皮膚和筋肉都發生一種特殊感覺，這種皮膚感覺和筋肉感覺，與當時的視覺發生了關聯，以後我遇見這樣的東西就聯想起從前用手提它時所得的皮膚和筋肉感覺，於是知道它像什麼樣的「沉重」。我覺得它重，你也許覺得它輕，重量感覺是和膂力成反比例的。此外還有許多似乎在物的屬性，用心理學研究起來，都是由知覺外射出來的。從此可知嚴格地說，我們應該說：「我覺得這個蘋果是紅的、香的、甜的、沉重的、圓滑的。」通常我們把「我覺得」三字省略去，於是「我覺得它如此如此」就變成「它如此如此」了。我們不說「我覺得天氣熱」或是「天氣叫我發熱」而直說「天氣熱」，不說「我覺得路太長，時間太久」而直說「路太長，時間太久」。這都是把我的知覺外射爲物的屬性。習久成自然，我們反覺得把話說得精確一點有些離奇。常識與科學、哲學的衝突大半起於此。

次說情感、意志、動作等心理活動的外射。我們對於人和物的了解和同情，都因爲有「設身處地」或「推己及物」一副本領。本來每個人都只能直接地了解他自己的生命，知道自己處某種境地，有某種知覺、情感、意志和活動，至於知道旁人旁物處某種境地有同樣知覺、情感、意志和活動時，則全憑自己的經驗而推測出來的。《莊子・秋水》篇有這樣一段故事：「莊子與惠子遊於濠梁之上。莊子曰：『鯈魚出游從容，是魚樂也。』惠子曰：『子非魚，安知魚之樂？』莊子曰：『子非我，安知我不知魚之樂？』」這個道理可以推廣到一切己身以外的人和物，如果不憑自己的經驗去推測，人和物的情感是無從了解的，這種推測自然有時錯誤。小孩子常和玩具談話，不肯讓人去敲打它，有時還讓它吃飯睡覺，這也是因爲他「設身處地」地體驗玩具的情感和需要。我們成人也並沒有完全脫離這種心理習慣。詩人和藝術家看世界，常把在我的外射爲在物的，結果是死物的生命化，無情事物的有情化。這個道理我們在下文還要舉例詳解。

移情作用只是一種外射作用，換句話說，凡是外射作用不盡是移情作用。移情作用和一般外射作用有什麼分別呢？它們有兩個最重要的分別。第一，在外射作用中物我不必同一，在移情作用中物我必須同一，我覺得花紅，紅雖是我的知覺，我雖然把我的知覺外射爲花的屬性，我卻未嘗把我和花的分別忘去，反之，突然之間我覺得花在凝愁帶恨，愁恨雖是我外射過去的，如果我眞在凝神觀照，我絕無暇回想花和我是兩回事。第二，外射作用由我及物，是單方面的；移情作用不但由我及物，有時也由物及我，是雙方面的。我看見花凝愁帶恨，不免自己也陪著花愁恨；我看見山聳然獨立，不免自己也挺起腰桿來。概括地說，知覺的外射大半純是外射作用，情感的外射大半容易變爲移情作用。

二

移情作用在德文中原爲Einfühlung。最初採用它的是德國美學家費肖爾（R. Vischer）、美國心理學家蒂慶納（Titchener），把它譯爲empathy。照字面看，它的意義是「感到裡面去」，這就是說，「把我的情感移注到物裡去分享物的生命」。黑格爾（Hegel）說過：「藝術對於人的目的在讓他在外物界尋回自我。」這話已隱寓移情說，洛慈（Lotze）在他的《縮形宇宙論》裡說得更清楚：

> 凡是眼睛所見到的形體，無論它是如何微瑣，都可以讓想像把我們移到它裡面去分享它的生命。這種設身處地地分享情感，不僅限於和我們人類相類似的生物，我們不僅能和鳥鵲一齊飛舞，和羚羊一齊跳躍，或是鑽進蚌殼裡面，去分享它在一張一翕時那種單調生活的況味，不僅能想像自己是一棵樹，享受幼芽發青或是柔條臨風的那種快樂；就是和我們絕不相干的事物，我們也可以外射情感給它們，使它們別具一種生趣。比如建築原是一堆死物，我們把情感假借給它，它就變成一種有機物，楹柱牆壁就儼然成為活潑潑的肢體，現出一種氣魄來，我們並且把這種氣魄移回到自己的心中。

這是移情說的雛形，到了立普斯的手裡就變成美學上一條最基本的原理。立普斯如何解釋移情作用，待下文詳說，現在我們多舉事例，來證明移情作用是一種最普遍的現象。

最明顯的例子是欣賞自然。大地山河以及風雲星斗原來都是死板的東西，我們往往覺得它們有情感，有生命，有動作，這都是移情作用的結果。比如雲何嘗能飛？泉何嘗能躍？我們卻常說雲飛泉躍。山何嘗能鳴？谷何嘗能應？我們卻常說山鳴谷應。詩文的妙處往往都從移情作用得來。例如：「天寒猶有傲霜枝」句的「傲」，「雲破月來花弄影」句的「弄」，「數峰清苦，商略黃昏雨」句的「清苦」和「商略」，「徘徊枝上月，空度可憐宵」句的「徘徊」、「空度」、「可憐」，「相看兩不厭，唯有敬亭山」句的「相看」和「不厭」，都是原文的精彩所在，也都是移情作用的實例。

在聚精會神的觀照中，我的情趣和物的情趣往復回流。有時物的情趣隨我的情趣而定，例如：自己在歡喜時，大地山河都隨著揚眉帶笑；自己在悲傷時，風雲花鳥都隨著黯淡愁苦。惜別時蠟燭可以垂淚，興到時青山亦覺點頭。有時我的情趣也隨物的姿態而定，例如：睹魚躍鳶飛而欣然自得，對高峰大海而肅然起敬，心情濁劣時對修竹清泉即洗刷淨盡，意緒頹唐時讀〈刺客傳〉或聽貝多芬的〈第五交響曲〉便覺慷慨淋漓。物我交感，人的生命和宇宙的生命互相回還震蕩，全賴移情作用。

移情作用有人稱為「擬人作用」（anthropomorphism）。拿我做測人的標準，拿人做測物的標準，一切知識經驗都可以說是如此得來的。把人的生命移注於外物，於是本來只有物理的東西可具人情，本來無生氣的東西可有生氣，所以法國心理學家德拉庫瓦教授把移情作用稱為「宇宙的生命化」（animation de l'univers）。從理智觀點看，移情作用是一種錯覺，是一種迷信。但是如果沒有它，世界便如一塊頑石，人也只是一套死板的機器，人生便無所謂情趣，不但藝術難產生，即宗教亦無由出現了。詩人、藝術家和狂熱的宗教信徒大半都憑移情作用替宇宙造出一個靈魂，把人和自然的隔閡打破，把人和神的距離縮小。這種態度在一般人看，帶有神祕主義，其實「神祕主義」並無若何神祕，不過是相信事物裡面藏有一種不可思議的意蘊。本來事物自身無所謂「意蘊」。意蘊都是人看出來的，所謂「仁者見仁，智者見智」。分析起來，神祕主義的來源仍是移情作用。從在一草一木中見出生氣到極玄奧的泛神主義，從認定一件玩具有靈魂到推想整個宇宙有主宰，範圍廣狹雖有不同，道理卻是一樣。在物我同一中物我交感，物的意蘊深淺常和人的性分深淺成正比例。深人所見於物者深，淺人所見於物者亦淺。一朵花對於我只是一朵花，對於你或許是凝愁帶恨，對於另一人或許是「欣欣向榮」。英國詩人華茲華斯說：「一朵微小的花對於我可以喚起不能用淚表達出來的那麼深的思想。」一朵花如此，一切事也都如此。

各民族的神話和宗教大半都起於擬人作用，這就是推己及物，自己覺得一切舉動有靈魂意志或心做主宰，便以為外物也是如此，於是風有風神，水有水神，橋有橋神，谷有谷神了。多神教就是如此起來的。推廣一點說，全體宇宙的運行也似乎是心靈意志的表現，宇宙也似應有一種主宰，於是一神教就起來了。神和宇宙的關係向來有兩種看法。一種看法把神放在宇宙之外，他和宇宙的關係好比匠人和作品，或是船長和船一樣。他站在虛空裡轉運法輪，於是宇宙才能運行。老子說：「天地不仁，以萬物為芻狗。」李白說：「誰揮鞭策驅四運？」就是用這種看法。另一種看法以為宇宙全體是神的表現，神無處不在，大而時代的推移，山河的更改，小而昆蟲的蠕動，草木的榮枯，都只是一個神的「顯聖」。這就是泛神主義。近代許多西方詩人都用這種看法。歌德、華茲華斯和雪萊是顯著的例。無論如何，神都是人所創造的，都是他自己的返照，都是擬人作用或移情作用的結果。

三

移情作用對於文藝的創造也有很大的影響。在文學家的傳記筆錄裡，我們常遇到描寫移情經驗的文字。法國女小說家喬治・桑（George Sand）在她的《印象和回憶》裡說：

我有時逃開自我，儼然變成一棵植物，我覺得自己是草，是飛鳥，是樹頂，是雲，是流水，是天地相接的那一條水平線，覺得自己是這種顏色或是那種形體，瞬息萬變，去來無礙。我時而走，時而飛，時而潛，時而吸露。我向著太陽開花，或棲在葉背安眠。天鷚飛舉時我也飛舉，蜥蜴跳躍時我也跳躍，螢火和星光閃耀時我也閃耀。總而言之，我所棲息的天地彷彿全是由我自己伸張出來的。

象徵派詩人波德萊爾（Baudelaire）說：

你聚精會神地觀賞外物，便渾忘自己存在，不久你就和外物混成一體了。你注視一棵身材停匀的樹在微風中蕩漾搖曳，不過頃刻，在詩人心中只是一個很自然的比喻，在你心中就變成一件事實：你開始把你的情感欲望和哀愁一齊假借給樹，它的蕩漾搖曳也就變成你的蕩漾搖曳，你自己也就變成一棵樹了。同理，你看到在蔚藍天空中迴旋的飛鳥，你覺得它表現「超凡脫俗」一個終古不磨的希望，你自己也就變成一個飛鳥了。

藝術家們不但看自然景物時能夠這樣「體物入微」，就是對於自己所創造的人物和情境也往往如此。法國小說家福樓拜（Flaubert）在他的信札裡曾有這麼一段話描寫他寫《包法利夫人》的經過：

寫書時把自己完全忘去，創造什麼人物就過什麼人物的生活，真是一件快事。比如我今天就同時是丈夫和妻子，是情人和他的姘頭，我騎馬在一個樹林裡遊行，當著秋天的薄暮，滿林都是黃葉，我覺得自己就是馬，就是風，就是他們倆的甜蜜的情語，就是使他們的填滿情波的眼睛瞇著的太陽。

此外文藝創作家的同樣的自供不勝枚舉。福樓拜素來被人認爲寫實派的大師，他描寫極客觀的情境，也還是設身處地，親領身受地分享其中人物的生命，可見文藝上客觀和主觀的分別是很勉強的。

移情作用對於創造文藝的影響還可以在另一方面見出。文學的媒介是語言文字。語言文字的創造和發展往往與藝術很類似。照克羅齊看，語言自身便是一種藝術，語言學和美學根本只是一件東西。不說別的，單說語言文字的引申義。在各國語言文字中引申義大半都比原義用得更廣。引申義大半起源於類似聯想和移情作用，尤其是在動詞方面。例如：「吹」、「打」、「行」、「走」、「站」、「誘」等原來都表示人或其他動物的動作，現在我們可以說「風吹雨打」、「這個辦法行」、「電走了」、「車站住了」、「花香誘蝶」等。古文中引申義更多，例如：「子路拱之」的「拱」引申爲「衆星拱北辰」的「拱」，「招我以弓」的「招」引申爲「言易招尤」的「招」，「鯉趨而過庭」的「趨」引申爲「世風愈趨愈下」的「趨」，「我欲仁斯仁至矣」的「欲」引申爲「星影搖搖欲墜」的「欲」。這些引申義現在已用成習慣，我們不復覺其新鮮，但是創始者創一個引申義時，大半都帶有幾分藝術的創造性。整個的語言的生展就可以看成一種藝術。

四

在藝術的欣賞中，移情作用也是一個重要的成分。例如：寫字，橫直鉤點等筆畫原來都是墨塗的痕跡，它們不是高人雅士，原來沒有什麼「骨力」、「姿態」、「神韻」和「氣魄」。但是在名家書法中我們常覺到「骨力」、「姿態」、「神韻」和「氣魄」。康有爲在《廣藝舟雙楫》中說字有十美：「一曰魄力雄強，二曰氣象渾穆，三曰筆法跳越，四曰點畫峻厚，五曰意態奇逸，六曰精神飛動，七曰興趣酣足，八曰骨法洞達，九曰結構天成，十曰血肉豐美。」這十美除第九以外大半都是移情作用的結果，都是把墨塗的痕跡看作有生氣有性格的東西。這種生氣和性格原來存在觀賞者的心裡，在移情作用中他不知不覺地把字在心中所引起的意象移到字的本身上面去。字所以能引起移情作用者，因爲它像一切其他藝術一樣，可以表現作者的性格和臨池時的興趣，它也可以說是「抒情的」。顏魯公的字就像顏魯公，趙孟頫的字就像趙孟頫。不但如此，同是一個書家，在正襟危坐時寫的字是一種意態，在酒酣耳熱時寫的字又是一種意態；在風日清和時寫的字是一種意態，在風號雨嘯時寫的字又是一種意態。某境界的某種心情都由腕傳到筆端上去，所以一點一畫變成性格和情趣的象徵，使觀者覺得生氣蓬勃。作者把性格和情趣貫注到字裡去，我們看字時也不知不覺地吸收這種性格和情趣，使在物的變成在我的。例如：看顏魯公的字那樣勁拔，我們便不由自主地聳肩聚眉，全身的筋肉都緊張起來，模仿它的嚴肅；看趙孟頫的字那樣秀媚，我們也不由自主地展頤揚眉，全身筋肉都弛懈起來，模仿它的裊娜的姿態。

移情作用並不限於眼睛看得見的形體。比如音樂純粹是一種形式的藝術，我們只能聽出抑揚頓挫開合承轉的關係，但是也能在這種純爲形式的關係之中尋出情感來，說某種曲調悲傷，某種曲調快活。這是什麼緣故呢？立普斯在〈美感的移情作用〉一文中討論「節奏」（rhythm）的道理，曾對於這個問題給了一個有趣的答案。所謂「節奏」是各種藝術的一個普遍的要素，形體的長短大小相錯雜，顏色的深淺濃淡相調和，都是節奏。不過在音樂中節奏用得最廣。音樂的節奏就是長短高低宏纖急緩相繼承的關係，這些關係時時變化，聽者所費的心力和所用的心的活動也隨之變化。因此，聽者心中自發生一種節奏和音樂的節奏相平行。聽一曲高而緩的調子，心力也隨之作一種高而緩的活動；聽一曲低而急的調子，心力也隨之作一種低而急的活動。這種高而緩或低而急的心力活動常蔓延浸潤，使全部心境和它同調共鳴。高而緩的節奏容易引起歡欣鼓舞的心情，低而急的節奏容易引起抑鬱淒惻的心情。這些情調原來在我，在物我同一的境界中，我們把在我的情調外射出去，於是音樂也有情調了。

寫字和聽音樂只是兩個實例，其他藝術所引起的移情作用可以由此類推。

五

從以上許多實例看，我們可以見出移情作用為用之廣。現在我們再進一步來研究它的原因。我們已經說過，在凝神觀照中物我由兩忘而同一，於是我的情趣和物的姿態往復回流。這話已略將移情作用的原因指出，不過還嫌籠統，我們應該把它再說清楚一點。

移情說發源於立普斯。他的學說大半以幾何形體所生的錯覺為根據。它的精華全在《空間美學》（*Raumaesthetik*）一部書裡，現在我們引用他所常舉的一個實例來說明他對於移情作用的見解。

比如說古希臘「多利克式」（Doric）石柱。古希臘的神廟建築通常都不用牆，讓一排一排的石柱來撐持屋頂的壓力，這種石柱往往很高大，外面刻著凸凹相間的縱直的槽紋。照物理學說，我們看石柱時應該覺得它承受重壓順著地心吸力而下垂，但是看「多利克式」石柱，我們卻往往覺得它聳立飛騰，現出一種出力抵抗不甘屈撓的氣概。這裡有兩個問題：第一，我們何以不覺得它下垂？第二，我們何以覺得它上騰？

先解決第一個問題。這裡我們首先要明白物體本身和形象的分別。比如石柱上下粗細一律時，就物體本身說，它的力量強弱也應該上下一律；可是就形象說，它的中腰卻好像比上下較細弱。這種錯覺的發生，是因爲柱的中腰在受重壓時是最易彎曲或折斷的部分。古希臘建築家往往把石柱的中腰雕得比上下較粗壯，以彌補這種細弱的錯覺。它本來是中腰略粗（就物體本身說），看起來卻仍是上下一律（就形象說）。這種形象立普斯稱之爲「空間意象」（spatial image）。在觀賞石柱時，我們只以它的「空間意象」爲對象，並非以它的物體本身爲對象，所以對於物體本來下垂的事實便無暇顧到了。換句話說，下垂屬於石柱本身，不下垂屬於它的形象或「空間意象」。

同理，石柱使我們覺得它聳立上騰的也是它的「空間意象」而不是它的本身。這裡我們可以引用立普斯自己的話來說明：

> 石柱在聳立時，聳立的動作是誰發出來的呢？是做成石柱的那堆頑石麼？不是，它不是石柱本身而是石柱所呈現給我們的「空間意象」；它是線、面和形，而不是線、面、形所圍成的物體。作伸張和收縮的姿態者也是這些線、面和形。

不過我們何以覺得這些線、面、形所成的「空間意象」作聳立上騰種種動作，卻又另是一個問題。立普斯的答案是「類似聯想」。知覺都是憑以往經驗解釋目前事實。我們最原始、最切身的經驗就是自己的活動以及它所生的情感，我們最原始的推知事物的方法也就是根據自己的活動和情感，來測知我以外一切人物的活動和情感。我們不知道鼠被貓追捕時的情感，但是記得起自己處危境的恐懼；我們不知道一條線在直立著和橫排著的時候有什麼不同，但是記得起自己在站著和臥著時的分別。以己測物，我們想像到鼠被追的恐怖；同理，我們也想像線在直立時和我們在站著時一樣緊張，在橫排時和我們在臥著時一樣弛懈安閒。我們覺得石柱聳立上騰，出力抵抗，也是因爲這個道理。我們也硬著頸項，挨過艱難困苦，親領身受過出力抵抗時的一種特殊的身心的緊張。這種經驗已凝結爲記憶，變爲「自我」的一部分。現在目前的石柱不也是在那裡撐持重壓麼？不是彷彿在挺起腰桿向上面的重壓說「你要壓倒我，我偏要騰起來」麼？我和石柱就出力抵抗一點經驗說，有些類似。這個類似點就成爲移情作用的媒介。石柱的姿態引起我出力抵抗的記憶，在聚精會神中，我們忘記物我的分別，於是出力抵抗、聳立上騰雖本來是我心中的意象，就移到石柱身上去了。

我見石柱而想起聳立上騰、出力抵抗的況味時，心中只是有這麼一種抽象觀念呢，還是同時局部地或全部地復演這些動作呢？我是否覺到聳立上騰、出力抵抗的「運動的衝動」（motor impulse）呢？這個問題是立普斯和旁人爭論的焦點所在，我們在下章還要詳論，現在只說立普斯自己的主張。他是一位極端厭惡「身心平行」說者，反對拿生理來解釋心理，所以否認移情作用伴有任何筋肉運動的感覺。依他說，移情作用是一種美感經驗。在美感經驗中，筋肉感覺愈明瞭，自我意識也就愈清醒，美感也就愈淡薄。比如看一座「擲鐵餅者」的雕像，我們如果覺到很強烈的筋肉感覺，注意力就不免由形象轉到自己的身體，就不能算是享美了。移情作用全以觀念爲媒介，石柱所引起的是聳立上騰、出力抵抗的觀念，我們所移授於石柱的也還是這種觀念，自己並不必聳起肩膀，挺起腰桿來。

照這樣說，移情作用不全是一種聯想作用麼？立普斯又竭力聲明這是誤解。可引起聯想的事物只能喚起某情感的記憶而不能「表現」那個情感，它和那個情感的關係是偶然的。可引起移情作用的事物不但能喚起某情感的記憶，而且還能「表現」那個情感，它和那個情感的關係是必然的。比如有一座陰暗的房屋是一個親愛的亡友住過的，我如果因哀悼亡友而覺得它淒慘，那只是聯想；我如果因爲它本身的線紋、色調、形狀而覺得它淒慘，那才是移情。引起移情作用的事物必定是一種情趣的象徵，例如：松菊耐寒，象徵勁節；火焰炙人，象徵熱情。法國美學家巴希（Victor Basch）把移情作用叫做「象徵的同情」（sympathie symbolique），就是因爲這個道理。

六

移情作用是否盡是美感經驗呢？美感經驗是否盡帶移情作用呢？這兩個問題也是美學家所常爭論的。立普斯一派學者如谷魯斯（K. Groos）、浮龍・李（Vernon Lee）等把美感經驗和移情作用看成一件事。依立普斯看，移情作用所以能引起美感，是因爲它給「自我」以自由伸張的機會。「自我」尋常都囚在自己的軀殼裡面，在移情作用中它能打破這種限制，進到「非自我」（nonego）裡活動，可以陪鳶飛，可以隨魚躍。外物的形象無窮，生命無窮，自我伸張的領域也就因而無窮。移情作用可以說是由有限到無限，由固定到自由。這是一種大解脫，所以能發生快感。但是這種快感何以就是美感呢？立普斯的移情對象能「表現」情感說已見上文，那就是一部分理由。他還有一說，與克羅齊的形象直覺說很相近。他再三地解釋過，「自我」和「非自我」同一時，所謂「自我」並非「實用的自我」而是「觀賞的自我」（contemplative ego），所謂「非自我」並非物體本身而是它的「空間意象」或「形象」，所謂「同一」並非以「實用的自我」與「非自我」的物體相同一，而是以「觀賞的自我」與「非自我」的形象相同一。「自我」和「非自我」都是淨化過來的，所以它們的同一所生的不是尋常快感而是美感。立普斯繞大彎子說話，玄祕氣很重，其實歸根到底，他的主張還是像我們在第一章所說的：「在美感經驗中，心所以接物者只是直覺而不是知覺和概念；物所以呈現於心者是它的形象本身而不是與它有關係的事項，如實質、成因、效用、價值等意義。」話到此爲止，立普斯的學說是大致不差的，但是他還有其他更玄祕的話。比如他論悲劇的美感時，否認谷魯斯的模仿說，以爲「模仿痛苦仍不外是自己感受痛苦」。「我固然要在自己心中把劇中悲苦的實境創造出來，但是不像持模仿說者那樣辦法，我創造它是用同情，是用移我於物，在物見我的情感。」他又說：「使我覺得暢快的並不是浮士德（Faust）的絕望而是我自己的同情。」依他看，我所同情的人物雖不必實有其人，但從倫理觀點看，必定是我所讚許的，所以我在分享他的情感時才能意識到「自我價值」（self-value）。一切美感之中，依立普斯說，都含有「自我價值」的意識。這裡他已離開科學立場，無緣無故地把道德觀念拉進美感來，而且「自我價值」意識說與「物我同一」說也互相矛盾。物我的界限既忘去，我們何以覺到「自我價值」呢？

一般持移情說者都跟著立普斯把移情作用和美感經驗看成同義詞。美國學者杜卡斯（Ducasse）在他的《藝術哲學》裡竭力反對這種看法。依他看，移情作用是一種極普遍的現象，凡是知覺到或是想像到別的人物在發動作或受動作時，我們都要用移情作用：

但是知覺或想像動作是一回事，以美感態度來觀照這知覺到或想像到的動作卻另是一回事。無移情作用，即不能對於別人的動作起美感的觀照，因為覺到別人的動作根本要靠移情作用……但是無移情作用也可以有美感的觀照，例如：顏色、臭味之類，幾乎不能引起移情作用，但能引起美感的觀照。線形、動態（motion）等也是如此，雖然我們的自然傾向是常把事物看成活動的。就另一方面說，我們可以有（而且是在大部分移情實例中常有）移情作用，而對於移情作用所使我覺到的事物並不起美感的觀照，因為我們注意及知覺別人所作所受的事，通常不是為美感而是為實用或隨意取樂。

杜卡斯的大意是說：美感經驗只有在對象爲可發動作或受動作的事物時，才必須有移情作用；如果它是靜物如顏色、線形、臭味之類，即不必有移情作用。杜卡斯的毛病在不用「移情作用」的習慣義，只把它看成一種「知」的過程，與「情」根本無涉。而且他對於近代實驗美學似乎沒有注意到，否則他應該明白一切事物，連顏色、線形等在內，都可以起移情作用，例如：紅色可以看成熱烈的，藍色可以看成平靜的，直線可以看成剛勁的，橫線可以看成安逸的之類。

不過美感態度不一定帶移情作用卻是事實。移情作用只是一種美感經驗，不能起移情作用也往往可以有很高的審美力。德國美學家弗萊因斐爾斯（Müller Freienfels）把審美者分爲兩類，一爲「分享者」（mitspieler, participant），一爲「旁觀者」（zuschauer, contemplafor）。「分享者」觀賞事物，必起移情作用，把我放在物裡，設身處地，分享它的活動和生命。「旁觀者」則不起移情作用，雖分明察覺物是物，我是我，卻仍能靜觀形象而覺其美。這和尼采的意見暗合。尼采分藝術爲兩種，一種是狄俄倪索斯式（Dionysian，酒神的），專在自己的活動中領略世界的美，例如：音樂、跳舞；一種是阿波羅式（Apollonian，日神的），專處旁觀的地位以冷靜的態度去欣賞世界的美，例如：圖畫、雕刻。前者是分享，後者是旁觀。

這兩種人誰最富於審美力呢？持移情說者當然袒護「分享者」。其實這是偏見。英國學者羅斯金（Ruskin）在《近代畫家》裡所說的「情感的誤置」（pathetic falacy）就是「移情作用」的別名。據他說，第一流詩人都看清事物的本來面目，第二流詩人才有「情感的誤置」，把自己的情感誤移於外物。這種分別我們在《詩論》裡討論「有我之境」與「無我之境」時另加詳論，現在只舉演戲和看戲爲例，證明「旁觀者」如果不比「分享者」的藝術的趣味較高，至少也可以並駕齊驅。

從名演員的傳記看，戲有兩種演法。一種是取分享者的態度，忘記自己在演戲，彷彿自己變成所扮演的角色，分享他或她的情感，一切動作、姿勢、言笑全任當時情感支配，自然流露，出於不得已。法國著名女演員莎拉・邦娜（Sarah Betnhardt）就是如此。她說：「通常我們可以把人生憂患一齊丟開，在演戲的那幾點鐘內，把自己的性格脫去，另穿上一個性格，在另一生活的夢境中往復周旋，把一切都忘去。」她談到在倫敦演拉辛（Racine）的悲劇《斐德爾》（*Phédre*）的經驗說：「我悲痛，我哭泣，我哀求，我呼號，這一切全是眞的；我的痛苦是人所不能堪的，我的淚是酸辛熱烈的。」當時法國著名的男演員安托萬（Antoine）的演法也是如此。他談到演易卜生的《群鬼》時曾經說過：「從第二幕以後，我什麼都忘去了，忘記觀衆，忘記戲所生的印象；幕閉後，我還是在嗚咽，還是垂頭喪氣，過了一些時候才能恢復原狀。」另一種演法是取旁觀者的態度，時時明白自己是在演戲，表情儘管非常生動自然，而一舉一動一言一笑卻都是用心揣摩得來的，面上儘管慷慨淋漓，而心裡卻非常冷靜。中國演舊戲的人們大半是如此，扮演一個角色都先須經過長期的學習訓練，怎樣笑，怎樣掀鬍鬚，都有一定不移的「家法」。十八世紀英國著名演莎士比亞戲劇的演員伽立克（Garrick）也是最好的例。他有一次演理查（Richard），演到興酣局緊時，神色生動，如出自然，他的女配角見到他那副可怕的樣子，在臺上嚇慌了，他卻仍能以眼示意，叫她鎮定些。十九世紀意大利著名的女演員杜斯（La Duse）也說她無論表演到如何生動時，心裡依然是冷靜的。

這兩種演法根本不同，在分享者起移情作用，演什麼角色就變成什麼角色，旁觀者不起移情作用，演任何角色都意識到他自己。這兩種究竟哪一種比較優勝呢？十八世紀法國哲學家狄德羅（Diderot）在《談演員的矛盾》（*Paradoxe sur le Comédien*）中，竭力主張演員須能很冷靜地控制自己，時時聽著自己的聲音，瞟著自己的姿態動作，切忌分享所扮演的人物的情感。這個主張後來演為戲藝中的所謂「不動情感」（insensibilité）主義，影響頗大。不過也有人辯護「分享者」的演法，以為狄德羅的主張太偏，俄國著名導演柯米沙耶夫斯基（Komisarjevsky）說：「一個戲角如果瞟著自己表演，絕不能感動觀衆，或是有若何創造的意味。」在我們看，上述兩派都各有極成功者，兩種演法各有長短，演者應顧到自己性之所近，不必勉強走哪一條路。不過有一點是很顯然的，在舞臺上創造性格時，冷靜的有意的揣摩也可以成功，移情作用並非必要的條件。

看戲者也有分享者和旁觀者兩種。分享者看戲如看實際人生，到興會淋漓時自己同情於某一個人物，便把自己當作那個人物，他成功時陪他歡喜，他失敗時陪他懊喪。比如看《哈姆雷特》，男子往往把自己看成哈姆雷特，女子往往把自己看成皇后或莪菲麗雅。有些人可以同時分享幾個人物的情感。比如看《哈姆雷特》，無論是男是女，注意到哈姆雷特時便變成哈姆雷特，注意到莪菲麗雅時便變成莪菲麗雅。演員出沒無常，觀賞者的移情對象也轉變無常。此外也有些人雖不把自己看成一個角色，卻闖進戲裡去湊熱鬧，彷彿他自己也是戲中角色之一，或者戲中角色是他的實際世界中的仇人或友人。一位英國老太婆看《哈姆雷特》到最後決鬥的一幕，大聲警告哈姆雷特說：「當心呀，那把劍是上過毒藥的！」這一班人看戲最起勁，所得的快感也最大。但是這種快感往往不是美感，因為他們不能把藝術當作藝術看，藝術和他們的實際人生之中簡直沒有距離，他們的態度還是實用的或倫理的。真正能欣賞戲的人大半是冷靜的旁觀者，看一部戲和看一幅畫一樣，能總觀全局，細察各部，衡量各部的關聯，分析人物的情理。這種活動當然仍是科學的而不是美感的。但是經過這番衡量分析以後，整個作品所現的形象才愈加明顯，美者愈見其美，所得的美感也愈加濃厚。

總之，移情作用與物我同一雖然常與美感經驗相伴，卻不是美感經驗本身，也不是美感經驗的必要條件。

第四章　美感經驗的分析㈣：美感與生理

一

尼采說過，美學只是一種應用生理學。我們在上章說過，立普斯竭力反對雜用生理學的解釋於美學。究竟美學和生理學有無關係呢？近代多數美學家的答覆都是肯定的。立普斯講移情作用雖絕口不說它的生理的基礎，但是繼起的學者所討論最烈的卻恰在這一點。對於這個問題貢獻最多的要推谷魯斯、閔斯特堡和浮龍・李三個人。閔斯特堡的學說可以說是替立普斯的移情說尋出了一個生理的基礎，我們先來介紹它。

閔斯特堡的美感對象「孤立說」，我們在第一章已經介紹過。他的移情說就從孤立說出發。他平生對於心理學偏重「動」的方面，想力矯前人偏重「知」的方面的積習。「知覺」和「運動」是相依爲命的，運動都要伴有知覺，知覺也都要伴有運動。知覺所伴著的運動往往不僅限於某感覺器官，而廣播到全身去。單拿視覺來說，物體在空中時，不但眼球要向上翻轉，即全身筋肉也要向上運動，取仰視的姿勢。物體偏左偏右或偏下時，全身也要作「適應」的運動。適應運動的目的在把被感覺的事物放在最適宜的視閾裡面，使它發生最明顯的印象。在運動時，運動神經流先須經過激動，由神經中樞放散到運動器官上去。這種運動神經流的激動和放散，通常叫做「運動的衝動」（motor impulse）（這個名詞應該譯爲「動機」，因爲「動機」用來指有意識的行爲原動力已成習慣，所以這裡用「運動的衝動」）。運動就是運動的衝動實現於動作。但是運動的衝動不必盡實現於動作，它總共有三種可能。

最普通的是「遏止」（inhibition）。心無二用，體也無二用。筋肉已伸張時就不能同時作彎屈的運動，全體器官都是如此。某運動的衝動開始時，如果運動器官已在作另一種動作，它就不免被遏止。比如我坐在房子裡讀書，聽到外面路上有聲音，想起來出去看看，這就是一種運動的衝動。如果我專心讀書，這種去看的衝動就要被遏止；如果好奇心勝利，我終於起來出去看，讀書的衝動也就被遏止了。我們平時感官所受的刺激甚多，引起衝動的甚少，衝動實現於運動的更少，都是被遏止的緣故。

衝動的第二種可能就是實現於動作。比如我看到一件東西，隨即伸手去捉它，或是提腳去逃免它，或是作其他有益實用的動作。這種動作都有實用的目的。目的都在將來，都在事物本身以外。所以在通常的動作中，我不過把目前事物做達到目的的橋梁，我心裡想到這事物以外的目的，又想到自己在發生動作，並不聚精會神地看這事物本身。

但是此外還有第三種可能，便是美感經驗中的移情。在美感經驗中所觀賞的形體在意識中完全「孤立」，意識中除它以外便沒有任何觀念和它同時並存。因爲沒有第二個觀念可以遏止它，所以運動的衝動被形象激動之後，便自由向運動器官發散。但是衝動平時在放散到運動器官時都引起動作，在美感經驗中衝動雖放散到運動器官而卻不至引起動作，因爲動作都有實用的目的，意識全爲形象所占住時，便想不到實用的目的。這種未受遏止而卻亦未實現於動作的衝動是美感中一個要素，它發生一種運動感覺，我們彷佛覺得緊張，覺得力量的流動，覺得作運動的準備，並且覺到運動所擬取的方向。我們覺得所睹的形象中有氣力流轉，覺得它在運動，便是這種運動感覺的外射。形象在意識中既完全孤立，我除它以外便不想到任何事物，自己的運動和運動感覺自然也被遺忘。如果念頭一轉到自己或自己的運動感覺，形象在意識中便失其爲孤立了。因此，我不把運動感覺歸原到己體而把它們外射到形象上去。這就是移情作用的由來。閔斯特堡在《藝術教育原理》裡說：「形象彷佛有氣魄和力量，都起於衝動所生的感覺。實在是我們自己在伸縮筋肉，我們卻以爲是線在伸屈，在聳立騰起，在向下壓或是向上衝。總而言之，如果目睹的形象眞是孤立，意識中眞沒有其他觀念，運動的衝動就不會引起使我們明知其出於己體的動作，本來在我心中的力量感覺便被認爲線的力量了。」

這番話只解釋移情作用，而沒有解釋移情作用所伴著的美感。何以有些形象使我們歡喜，有些形象使我們嫌惡呢？依閔斯特堡說，形象能否引起美感，就看它在意識中能否孤立；它在意識中能否孤立，就看它是否適合我們的身體組織。他在《藝術教育原理》裡又說：

> 凡是線形都應該配得恰合身體的天然的力量，應該能表現我們的筋肉機能的和諧。身體中神經流的貫注本有天然的節奏，如果線形逆著這天然的節奏來感動我們，我們的注意就不免被引到自己的身體，形象在意識中就不能孤立，我們就覺得運動感覺係屬於自己了。舉一個例

來說，身體是左右對稱的，天然的運動傾向也是左右平衡；因此我們也要線形配得左右相對，不偏不倚。但是身體上下是不對稱的，我們對於筋肉力量的分配，覺得下半身應穩定，上半身應輕便；因此我們不要線形上下對稱，它的下部也要現出穩定的樣子，上部也要現出輕巧靈活的樣子。

在我們意識中引起的運動的衝動愈豐富繁複，線形的美感的價值也愈高。不過最簡單的對稱的圖形也就很美，因為它的線紋所表現的力量完全和身體中天然的力量相吻合。

從心理學觀點看，凡是單線或複合線的形式美都可以拿配稱身體中天然的運動力量這個道理來說明。不過我們應該不要忘記，只有線形在意識中完全孤立時，這番話才真確；如果它一旦和其他事物的觀念夾雜在一起，運動的反應就被認為自己的活動而不復是線形的力量了。

二

閔斯特堡的形象吻合身體組織說在近代美學思想中影響頗大，浮龍・李、蘭格斐爾德以及帕弗爾的學說都與它很相近，卻都沒有它清楚。他所謂運動係專指爲求知覺更加明瞭的器官適應運動。谷魯斯教授也著重移情作用所伴著的運動，不過他所說的運動是指對於形象運動的模仿。我們在上章已提及立普斯攻擊模仿說，模仿說的倡導者便是谷魯斯。

模仿是動物的最普遍的衝動，看見旁人發笑，自己也隨之發笑；看見旁人踢球，自己的腳也隨之躍躍欲動；看見瓦匠彎腰像要墮地的樣子，自己也覺得戰戰兢兢，這是日常的經驗。凡是知覺都要以模仿爲基礎。看見圓形物體時，眼睛就模仿它，作一個圓形的運動。電車移動時我們說它「走」，筋肉方面也感受到類似行走的衝動。寺鐘響時我們的筋肉也似一鬆一緊，模仿它的節奏。尋常知覺都要伴著若干模仿，不過谷魯斯以爲美感的模仿和尋常知覺的模仿微有不同。尋常知覺的模仿大半實現於筋肉動作，美感的模仿大半隱在內而不發出來。谷魯斯把它稱爲「內模仿」（inner imitation）。

「內模仿」可以說是「象徵的模仿」。象徵作用是一切記憶的基礎。以往經驗凝結爲記憶之後，再現於意識時便無須和盤托出，其中一個微細的節目就可以代替它，象徵它。比如我在西湖住過些日子，在那裡增加許多經驗，對於它發生一種特殊的情趣，都在記憶裡結集成一個整體。後來我只聽到西湖的名字或是只吃到西湖產的蓴菜，便在這種特殊情趣裡再生活一次，西湖的名字或蓴菜便成爲全部西湖經驗的象徵。「內模仿」也是以局部活動象徵全體活動。比如說模仿石柱的騰起，我們並不必伸腰聳肩作上騰的姿勢，只要筋肉略一蠕動，甚至於只起一種運動的衝動，就可以引起上騰的情感了。有人反對「內模仿」說，以爲我們觀察事物所發的運動往往不是模仿的。谷魯斯說知覺圓形就是用眼睛模仿圓形，據斯屈拉東（Stratton）的實驗，我們觀察曲線時眼球運動是起伏無常的，並不循曲線的軌道。反對模仿說者往往拿這個實驗做論證。其實這個實驗並不能推翻「內模仿」說。因爲「內模仿」原來不是全部模仿，眼球的起伏斷續的運動未嘗不可象徵曲線的運動。蘭格斐爾德的意見就是如此。

谷魯斯以為「內模仿」是美感經驗的精髓，其實就是「移情作用」。我們可以說，立普斯所說的「移情作用」偏重由我及物的一方面，谷魯斯所說的「內模仿」偏重由物及我的一方面。要明瞭它的意義，我們最好把他的名著《動物的遊戲》中所舉的實例移譯在這裡：

一個小孩子在路上看見許多小孩子在戲逐一個同伴，站住旁觀了幾分鐘，愈看愈高興，最後也跟著他們追逐。在我看來，這幾分鐘的旁觀就是對於那運動現象的最初步的美感的觀賞。這裡已經有「內模仿」，不過它只是真的外模仿的準備。再如一個小孩子參加一個複雜的遊戲，假扮囚虜，須站在那裡不動，一直等到同黨的人來營救他。在等待時他對於旁人行動的注意的諦視就是一種較純粹的美感的觀賞，因為模仿的傾向被遊戲規則所遏止，不能實現於動作。但是他一旦恢復行動的自由，就馬上跟著他們一齊玩了。再如一個人在看跑馬，真正的模仿當然不能實現，他不但不願離開他的座位，而且他有許多理由不能去跟著馬跑，所以他只心領神會地在模仿馬的跑動，在享受這種內模仿所生的快感。這就是一種最簡單、最基本、最純粹的美感的觀賞了。再比如說看戲，扮演的動作和聲調原來不過使我們明瞭劇中所表現的心理的變遷，但是我們的體膚卻有若干模仿演員的姿態。我們在聽故事時，故事所用的字不過是一種符號，但是我們卻能感到它們所表現的情感，像詩人席勒所說的：「英雄正流盼，美人亦低眉。」有時我們在書上讀到一個故事也能發生內模仿。唐璜（Don Juan）的例就可以證明這種模仿本能的強烈，他要把書本子中的理想實現於事實。此外像好讀描寫海上生活的書籍的少年們常想當水手，讀《少年維特之煩惱》的人們想自殺，都是模仿的好例。像這後面幾個例子已經是「超過美感以外」（extra aesthetic）的移情作用了，和宗教上對於聖徒奇蹟的模仿，以及狂熱者從自暗示得來的「聖蹟」一類現象都是根本相同的。

它們是「超過美感以外的」，因爲模仿的衝動既實現於動作，注意力就不免離開形象而返觀自我。谷魯斯把移情作用分爲三級。在第一級中觀賞形象所生的運動衝動和感覺沒有定所，我們不覺得它們屬於自我，彷彿它們原來就在形象裡面。在第二級中這些感覺雖然很弱，對於意識卻發生若干影響，我們依稀隱約地覺到形象的活動和情感是由我外射出去的。在第三級中運動衝動過於強烈，我們明知它們出於自我，所以外射的活動不復發生。第一級就是通常所說的美感的移情作用，第三級已不復有移情作用，至於第二級是否存在頗可置疑，因爲我們既意識到自我的外射，在我的情感就很難認爲物有了。

據一般心理學家的研究，就知覺時所起的意象說，人可以分爲兩類。一種人知覺事物時立刻就起運動意象。比如看打網球，眼睛還沒有看出球場中的形樣，手足的筋肉便已感到打網球的運動感覺。這種人屬於「運動類」（motor-type）。另有一種人知覺事物時立刻就起視覺或聽覺的意象。比如聽說打網球，目中就現出一幅打網球的畫景來，筋肉卻不起若何變化。這種人屬於「知覺類」（sensorial-type）。谷魯斯自己屬於「運動類」，所以在早年著作中以爲無論何人在美感經驗中都必帶「內模仿」，而「內模仿」也都必帶筋肉活動。後來因爲受立普斯的批駁，他才把從前的學說略加更改。他承認他從前所說的話只能應用於「運動類」的人們，「內模仿」有時是很殘缺不全的衝動，不必盡帶筋肉的動作，不過他仍以爲「運動類」的人們比「知覺類」的人們較富於欣賞力。「內模仿」無論是否帶有筋肉的活動，卻都伴有衝動的感覺，這種衝動的感覺就是美感的要素。

三、

谷魯斯以外，移情說的重要宣傳者要推英人浮龍．李（Vernon Lee）。不過她的主張前後頗不一致。她在早年和湯姆生（C. Anstruthen Thomson）合著一文，叫做〈美和醜〉。那時候她還沒有讀過立普斯和谷魯斯的著作，她的主張有許多地方卻和這兩位德國學者暗合。她注意到移情現象，她也注意到模仿，同時她又想把當時頗盛行的「蘭格—詹姆斯情緒說」應用到美學方面。〈美和醜〉的理論是浮龍．李的，理論所根據的事實是湯姆生的。湯姆生屬於上文所說的「運動類」，在觀賞形象時，不但筋肉發生運動，即呼吸循環諸器官也起很明顯的反應。比如她在〈美和醜〉中自省看花瓶的經驗所寫出的報告就是一個好例。她說：

這裡有一個花瓶，是古玩中和近代農家器皿中所常見的。看這花瓶時我特別感覺到它是一個整體。我的身體感覺是很平靜、很勻稱的，各部分都互相呼應。眼睛注視瓶底時，我的腳緊按在地上；看到瓶體向上升起時，我的身體也隨之向上升起；看到瓶腰逐漸擴大時，我微覺頭部有一種壓力向下垂引。瓶是左右對稱的，兩肺的活動也因而左右平衡。瓶腰的曲線左右同時向外突出，眼光移到瓶腰最粗部時，我隨即作吸氣運動，看到曲線凹入時，我隨即作呼氣運動，於是兩肺都同時弛懈起來，一直看到瓶頸由細轉粗時，我又微作吸氣運動。瓶的形樣又使我左右擺動以保持平衡，左邊的曲線把身體的重心移到左邊，右邊的曲線又把它移回到右邊。看到瓶的形象，周身同時發生一串極勻稱的適應運動，我覺得瓶子是一個和諧的整體，就因為這些適應運動齊全而和諧。

這番話顯然和谷魯斯的「內模仿」說很相近。在觀賞花瓶時我們彷彿就把自己的身體變成一個花瓶。不過它和谷魯斯的學說有一個重要的異點。谷魯斯偏重筋肉的運動的衝動，浮龍．李則同時顧到呼吸循環種種有機感覺。她見到觀賞形象時呼吸循環種種器官也要起變化，所以想拿「蘭格—詹姆斯情緒說」來解釋美感。「蘭格—詹姆斯情緒說」是怎麼一回事呢？情緒發動時身體上都要起變化，例如：喜笑時展頤，悲哀時垂淚，恐懼時臉色變白，羞恥時臉色變紅。一般心理學家都以爲情緒是因，身體變化是果。蘭格（Lange）和詹姆斯（W. James）卻把這個因果次第倒轉過來。在他們看，事物的印象直接引起身體上的有機變化，這些變化所生的感覺之總和就是情緒。所以笑不由於喜，喜實由於笑，逃遁不是因爲恐懼，恐懼實因爲逃遁。這個情緒說在十九世紀後半期很風行。浮龍．李受了它的影響，以爲美感也是如此。比如上文所說的看花瓶時所起的各種身體變化就是美感的成因。她以爲採納「蘭格—詹姆斯情緒說」，我們就可以尋出一個辨別美醜的標準。凡是形象，能引起有益於生命的身體變化，就可發生快感，就是美的；不能引起有益於生命的身體變化，就可發生不快感，就是醜的。

這個學說能否成立，就要看「蘭格—詹姆斯情緒說」能否成立。「蘭格—詹姆斯情緒說」雖曾風行一時，現在卻已爲多數心理學家所擯棄。它的缺點在把情緒看作完全是一種知的活動，把「情的方面」（affective side）忽略去了。一種印象要和器官有利害關係，要能打動我們的情趣，然後才能引起身體變化。情趣不存在，身體變化就無從發生。器官感覺是完全屬於知的心理活動，如果要變成情緒，一定先要加上「情」的成分。浮龍・李的美感說也正坐此弊，美感也絕不只是器官感覺所構成的。她後來讀立普斯和谷魯斯的著作，思想爲之一變，立普斯曾批駁過她的學說，她自己覺得錯誤，於是把「蘭格—詹姆斯情緒說」拋開。她自己承認是立普斯的嫡傳弟子，曾跟著立普斯批評谷魯斯的模仿說，可是她仍然著重美感所伴著的生理的變化。

立普斯反對生理的解釋，她既然相信他，卻又著重生理的變化；谷魯斯主張移情必帶模仿，她既然反對他，卻又承認生理的變化和線形的組合相呼應，這不是自相矛盾麼？爲免去這種矛盾起見，她特別著重「線形運動」（movement of lines）和「人物運動」（human movement）的分別。這種分別是否能成立，是否能幫助她逃開矛盾，我們待下文再說，現在先來解釋她的意思。要了解她所說的線形運動和人物運動的分別，我們最好把她在〈美和醜〉中所引的湯姆生的看雕像自省的報告移譯在這裡：

我在看雕像的運動時，要用身體去臨摹的並不是它所表現的人物運動。我看Hermes時沒有作抱兒姿勢的傾向，看Apoxyomenos時沒有作揩去肘上油垢的運動的傾向，看「臨死的角鬥者」也沒有倒下地的傾向。這些雕像所以使我感動的並不是它們所表現的動作。我只顧到藝術作品的情趣，至於它所含的人物的情趣，我卻不過問。這個意思可以拿一個實例來說明。比如我在諦視「密羅斯愛神」雕像時，我並不說：「好一個美人，可惜她沒有胳膊！」我只說：「她好像一只輕艇在浮動。」我的身體隨著她的線紋而左右擺動以維持平衡（她微傾左半身，我微傾右半身，我站在她對面，所以保持平衡的方法和她相反）。我看她覺得愉快，因為我覺得她又是女子，又是揚帆的輕艇，這種混合使她現出那副鎮定而莊嚴的神情。我和她的關聯以我的運動的衝動為媒介。她的衣裳和身體都一樣和我有關聯，都在運動，都在保持平衡。她看來並不像是一個穿著死衣的活女子，她和她的衣裳混成一個整體。她的腳上顯然有一種壓力，我的腳也隨之按壓在地上，她的大理石的身軀顯然是向上聳立，我的身軀也隨之向上聳立，她的美麗的頭現出一種很輕微的壓力，我的頭也隨之向下沉墜。這些運動固然可以說是模仿的，但是我模仿「密羅斯愛神」時作這些運動，模仿文藝復興時代的牌坊或是中世紀的聖杯時也還是作這些運動。這些運動就是一切藝術的基礎。

從這段話看，我們可以說，人物運動是具體的，例如：吃飯、走路、穿衣等；線形運動是抽象的，例如：上舉、下壓、斜傾、平衡、曲折等。人物運動可同時具線形運動，而線形運動卻沒有人物運動所附帶的具體的意義。依浮龍・李說，我們在移情作用中所模仿的是線形運動而不是人物運動。我們在上文所引的谷魯斯的「內模仿」的實例都是人物動作的模仿。所以浮龍・李反對谷魯斯的「內模仿」說。她何以要把線形運動的模仿和人物運動的模仿分開，而單提出線形運動的模仿作為美感的活動呢？我們在她的著作中可以尋出兩層理由。

第一層理由是美醜的標準。線形運動的模仿和人物運動的模仿都發生運動感覺和器官感覺，不過性質卻有差別，前者是美感而後者卻不必是美感。比如模仿走路所生的筋肉感覺和實際走路時所生的筋肉感覺在性質上並無二致，我們不能說它美也不能說它醜。至於模仿線形運動時，則所生的運動感覺可以隨線形是否適合身體組織而有快或不快的分別。對稱的線形合於對稱的身體，所以發生快感；上重下輕的線形不合於上輕下重的身體，所以發生不快感。發生快感的線形就是美的，發生不快感的線形就是醜的。照這樣說，我們就有一個辨別美醜的標準了。我們在上文見過閔斯特堡的學說，浮龍・李的美感說和它頗近似，都著重知覺的適應運動。

其次，線形運動的模仿是移情作用的必要條件，人物運動的模仿則須先有移情作用而後才能發生。比如面前有一座山像從平地爬起，爬起來是一種人物運動，山本不能爬起來而我把它看成爬起來的，這是移情作用的結果。如果我模仿它的爬起（人物運動），我須先把它看成爬起來的，所以人物運動的模仿須在移情作用已發生之後。但是我們如何把它看成爬起來的呢？這卻是模仿線形運動的結果。山本來有兩條線紋從平地起逐漸向上斜矗交會。我看它時，眼睛和身體都須順著這兩條斜線向上運動，這就是說，我須模仿這種線形的運動。這種模仿所生的運動感覺和我自己爬起來時的運動感覺相同，所以提醒記憶中爬起的意象。在聚精會神中我們忘記自己的存在，所以把這種爬起的感覺歸到山的身上去，這就是移情作用。所以移情作用要藉線形運動的模仿爲基礎。所謂「模仿」都須有一個模型。模型爲人物時，我們固然可以同時模仿它的線形和它的動作姿勢。模型爲無生命的物體時，我們只有線形可模仿。無生命的物體本來也可以看成有生命，可是這須先經過移情作用。谷魯斯把「內模仿」看成移情作用，好像是說無生命的物體在移情作用之先已有動作姿勢可做模仿的模型。在立普斯和浮龍・李看，這是於理說不通的。

四

統觀上文，我們可以見出「移情作用」和「內模仿」的問題是很複雜的。各家的學說往往互相衝突，究竟誰是誰非呢？我們現在最好再舉一個實例來說明，一方面把本章和上章所介紹的學說作一個總結束，一方面指出它們的爭論的焦點所在，看看能否尋一個比較滿意的結論出來。

我們姑且再拿立普斯所舉的石柱爲例。石柱本來是無生氣的，順著壓力向地心下垂的。但是我們在觀賞石柱時，卻覺得它昂然聳立上騰，露出一種出力抵抗不甘撓屈的神情。這個現象就是立普斯所說的「移情作用」。它是怎樣發生的呢？

立普斯以爲這個問題可以純粹用心理學來解釋。石柱承受重壓仍然站著不倒，這個印象在我的記憶中喚起出力抵抗和上騰的觀念。觀念的喚起是由於類似聯想，觀念的外射是由於物我同一。

多數學者卻以爲移情作用的生理的基礎不可抹煞，不過同是用生理的解釋者意見亦復不一致。谷魯斯說，移情作用就是內模仿。我觀賞石柱時暗地模仿它的騰起，結果於是有運動感覺。這種運動感覺微弱「無定所」，所以外射到石柱身上去。

這個「內模仿」說曾被立普斯批駁，浮龍．李亦不以爲然。你必先把石柱看成騰起的，然後才能模仿騰起的運動，所以先有移情作用而後才能有內模仿。谷魯斯誤在把所模仿的模型看成人物運動，其實它只是線形運動。比如看石柱，我們的眼睛和身體順著石柱的線紋由下而上，同時呼吸循環諸器官也起變化，作仰視的適應。這種線形運動的模仿所生的感覺引起騰起的觀念。線形的美醜以合不合身體組織爲準。這個學說著重伴著知覺的適應運動，和閔斯特堡的主張相同。

這些學者們對於「移情作用」之前的心理狀況是同意的，他們都以爲要有移情作用，先要有物我同一，意識到自己的活動時，移情作用就不能發生，我們可以把這一點看作已經公決的議案。一般學者們所爭辯的在移情作用發生時心理狀況和生理狀況如何。這個問題可以分爲兩個：

一、移情作用是否像立普斯所主張的，純以觀念爲媒介，不要藉助於生理的解釋呢？這就是說，它只是一種觀念聯想呢，還是這種聯想必須伴有運動的衝動和感覺呢？

二、假使我們必須藉助於生理的解釋，是採谷魯斯的「內模仿」說，還是採浮龍．李的「線形運動」說呢？或者我們再追問一句：人物運動的模仿和線形運動的模仿是否眞有分別呢？谷魯斯的學說和浮龍．李的學說是否眞兩不相容呢？

第一個問題是比較容易解決的。我們在這裡無解決身心關係問題的必要，單從近代心理學說觀點看，像「聳立」、「騰起」、「出力抵抗」一類的觀念都是「運動的意象」（moto-image）。在運動的意象復現於記憶時，以往運動經驗至少也須有一部分復現出來。比如想到「聳立」時，我們雖不必實地作聳立的運動，至少也要感覺到一種聳立的衝動，筋肉及其他器官至少也須經過一種很微細的變化。這種身體變化不能不返照到意識，因此就不能不影響到全部美感經驗。既然如此，我們便不能把生理的問題一筆抹煞。所以立普斯所說的純粹的心理學的解釋是不能成立的。要懂得美感的移情作用，就要懂得它所伴著的生理的變化。

至於人物運動和線形運動的分別是很牽強的。模仿人物運動時和模仿線形運動時所用的器官組織根本並無二致。人物運動，如果抽象地看，也就是線形運動。比如燕子貼水斜飛時，我們的視線隨著它移轉，筋肉也隨著它緊張弛懈，這單是模仿人物運動呢？還單是模仿線形運動呢？浮龍・李攻擊「內模仿」說時，以爲我們先要把石柱看成騰起的，然後可模仿騰起的運動，所以人物運動的模仿必以移情作用爲條件，而移情作用又必以線形運動的模仿爲條件。這種辯駁雖然言之成理，其實不能成立。在美感經驗中我們既純以直覺觀賞形象，形象是否有生氣，運動是否爲人物的或線形的，我們就無暇顧及了，我們只覺得形象是在那裡運動而已。如果用推理作用來辨明這些分別，我們就已經從幻夢中驚醒，美感經驗就不免隨之消失了。在觀賞形象時我們所發出的運動或衝動，無論其爲模仿人物的抑爲模仿線形的，原因都在運動的意象復現於記憶，目的都在增進知覺的明顯。眼球向上轉動去看空中飛鳥，或是手臂陪著雕像作伸手的姿勢，以至於浮龍・李所說的身體各器官隨著山的線形而變化，表面雖似不同，道理都是一樣，都是伴著知覺的適應運動。無論是人物運動或是線形運動，適合身體組織時都可發生快感，不適合身體組織時都可以發生不快感。我們固然歡喜左右平衡的線形，不歡喜上重下輕的線形；可是我們也歡喜輕巧靈便的動作，不歡喜笨拙的動作。無論是模仿人物運動或是模仿線形運動，所生的感覺如果不太強烈，以至破壞物我的同一，都可以增進美感；如果太強烈，使我們覺得它出於己體，都可以減殺美感。浮龍・李的分別實在沒有顧到這些事實。

鮑申葵（Bosanquet）在他的《美學三講》裡批評浮龍・李，認為她把線形看得太重。好像除線形以外，美感的形象便無其他要素似的，其實色調的和諧也屬於美感形象而卻不能納入線形。浮龍・李所以偏重線形者，和立普斯厭聽模仿說一樣，都是受當時美學思想上的形式主義的影響。形式主義以為藝術的要素全在形式的配合，內容完全不關緊要。比如看一幅畫時，你不必問畫中人物是誰，他們在做什麼事，或是畫的背後有什麼寓意，你只看它的形色如何配合，就能夠引起美感。倘若你因為畫的人物是但丁或是拿破侖，畫中事實是耶穌臨刑或是聖母升天，才感覺到趣味，那就不是美感了。由此例推，人物運動自然也是屬於「內容」而不是屬於「形式」的，所以浮龍・李要把它一筆勾銷。

在我們看，藝術上的形式和內容，線形運動和人物運動，都是不能勉強分開的。浮龍・李的學說和谷魯斯的學說其實並非兩不相容。蘭格斐爾德（Langfield）大體採谷魯斯的「內模仿」說，而同時又不廢線形與身體組織適合說，是很可以注意的。他在《美感的態度》裡說：

走進一個博物院裡，我們猛然碰見一座伸著手的古希臘雕像，也許把它誤認作一個人在伸手給我們握，不由自主地起伸手的衝動，但是雕像本身其實並沒有含預備握手的姿勢，所以我的這一個動作不能說是和雕像線紋運動相諧合。這個出自誤解的態度所以不是美感的，和我們欣賞雕像時所應取的態度完全不同。欣賞雕像時我們也有伸手的傾向，但是目的在去領略線紋的價值，這是「陪」雕像伸手，和前面的「向」雕像伸手不同。「陪」雕像伸手的運動是和雕像相諧合的。

他後來又說：

我們碰見一件事物可以取兩種不同的運動的態度，一種是在事物裡面的適應，屬於美學；一種是向著事物的適應，不屬於美學。比如看見一棵樹在日光裡面蕩漾，我們也許起伸手去阻止它的衝動，這種態度是防衛的；也許起陪著它一齊搖擺的衝動，這是為著親嘗它的蕩漾的滋味。

所謂陪著雕像伸手，陪著樹搖擺，就是谷魯斯所說的「內模仿」，浮龍．李所說的「人物運動的模仿」，但是這種模仿是要「領略線紋的價值」。後來他說：「事物如果要引起快感，必定要能引起完整的移情反應，因為神經系統構造需要這種完整。完整（unity）是美的要素也就是因為這個道理。」照這樣看，他的主張又近於閔斯特堡和浮龍．李的。我們既然否認模仿人物運動和模仿線形運動的分別，所以覺得蘭格斐爾德的主張頗能調和谷魯斯和浮龍．李的爭執，並非自相矛盾。

第五章　關於美感經驗的幾種誤解

一

我們現在總結以上四章對美感經驗的分析，可以得到下列幾個結論：

一、美感經驗是一種聚精會神的觀照。我只以一部分「自我」——直覺的活動——對物，一不用抽象的思考，二不超意志和欲念；物也只以一部分——它的形象——對我，它的意義和效用都暫時退避到意識閾之外。我只是聚精會神地觀賞一個孤立絕緣的意象，不問它和其他事物的關係如何。

二、要達到這種境界，我們須在觀賞的對象和實際人生之中關出一種適當的距離。藝術的成功或失敗，就靠它對於觀賞者的距離遠近何如。距離太近，它容易引人回到實際人生裡去，便失其爲孤立絕緣的意象。距離太遠，它又不能引起興趣，使人難了解欣賞。

三、在聚精會神地觀賞一個孤立絕緣的意象時，我們常由物我兩忘走到物我同一，由物我同一走到物我交注，於無意之中以我的情趣移注於物，以物的姿態移注於我。但是這種移情作用雖常伴著美感經驗，而卻非美感經驗的必要條件。有些藝術趣味很高的人常愈冷靜愈見出形象的美。

四、在美感經驗中，我們常模仿在想像中所見到的動作姿態，並且發出適應運動，使知覺愈加明瞭，因此，筋肉及其他器官起特殊的生理變化。我們在聚精會神時，雖不必很明顯地意識到筋肉運動的感覺及其他生理變化，但是它們可以影響到美感經驗。

五、形象並非固定的。同一事物對於千萬人即現出千萬種形象，物的意蘊深淺以觀賞者的性分深淺為準。直覺就是憑著自己情趣性格突然間在事物中見出形象，其實就是創造；形象是情趣性格的返照，其實就是藝術。形象的直覺就是藝術的創造。因此，欣賞也寓有創造性。

這些結論得到了，我們現在可以進一步討論關於美感經驗的幾個普遍的誤解。

第一個誤解是美感與快感的混淆。喝一杯好酒，看見一個中意的女子，你稱讚「美」；讀一首詩，看一幅畫，或是聽一曲音樂，你也還是同樣地稱讚「美」。這兩類經驗顯然不是一致的。它們雖然都生快感，而兩種快感不一定都是美感。許多人因為不能分別快感和美感，便索性否認它們有分別，以為快感就是美感，美感也就是快感。十九世紀英國學者羅斯金曾經很坦白地說過：「我從來沒有看見過一座古希臘女神的雕像比得上一位血色鮮麗的英國姑娘一半美。」如果快感就是美感，血色鮮麗的英國姑娘的引誘力當然比古希臘女神的雕像的較強大。但是羅斯金所說的英國姑娘的「美」和古希臘女神的雕像的「美」，兩個「美」字的意義是否相同呢？荷蘭畫家倫勃朗（Rambrandt）所畫的滿面皺紋的老太婆以及《紅樓夢》裡的劉姥姥，都沒有什麼風姿可邀羅斯金的青眼，比血肉鮮麗的英國姑娘相去自然不能以道里計，可是在藝術上仍不失其為美。反之，許多血色鮮麗的英國姑娘或任何國的姑娘做了平凡畫匠的模特兒，或是印在紙菸、香水廣告牌上時，不一定就叫人起美感。從此可知美感與尋常快感究竟是兩回事。

有些美學家見到快感不盡是美感，於是替它們勉強定出一個分別來，卻又往往不如人意。英國「享樂派美學」（Hedonistic Aesthetic）就犯了這個毛病。倍恩（Bain）說，美感是可以使許多人共享的，尋常快感則爲各個人所獨有。美的東西人人都覺得美，使你生快感的東西對於我或許是索然無味。他忘記天下之口有同嗜，酒美時同飲者常無異議，而上品的藝術則往往有曲高和寡的弊病。格蘭特．亞倫（Grant Allen）以爲美感限於耳、目兩種「高等感官」（higher senses），至於舌、鼻、皮膚、筋肉、內臟等「低等感官」則不能發生美感。他沒有說出充足的理由來。如論事實，這種分別實在是很勉強。美感與筋肉感覺有密切關係，我們在第四章已經說過。著名畫評家貝冉孫（Berensen）在《佛羅倫薩畫家論》裡便以爲要欣賞佛羅倫薩畫家的線紋的力量，我們要用筋肉感覺去領會。其他「低等感官」也未嘗不可發生美感。例如：「暗香浮動月黃昏」，「三杯兩盞淡酒，怎敵他晚來風急」，「客去茶香餘舌本」，「冰肌玉骨，自清涼無汗」，這些名句所描寫的是何種感覺呢？近代有一派詩人專門想從感官方面打動情趣。顏色和聲音固然是他們所看重的，氣味及筋肉感覺也並不被輕視。我們只稍讀濟慈或波德萊爾的詩便知道。如果格蘭特．亞倫的話靠得住，生來就聾盲的人們就不能有美感，但是生來就聾盲的女作家海倫．凱勒（Helen Keller）卻以美感銳敏著名。美國美學家馬夏爾（H. R. Marshall）以爲尋常快感復現於記憶時，就失其本質；而美感則在復現於記憶時，仍與原來實際所經驗的沒有差別。例如：美酒的快感是不能回憶起來的，而藝術的快感則可以回憶起來。其實尋常快感和美感在復現於記憶時，是否像實際所經驗的一般活躍，隨人而異，不能定爲標準。饕餮者回想起一種美味，津津樂道，不亞於實在嘗它。這裡我們可以引一段法國美學家顧約（I. M.

Guyau）在《現代美學問題》第一卷第六章中的一段話來證明：

> 我們每個人大概都可以回想起一些享受美味的經驗，與美感的享受無殊。有一年夏天，在比利牛斯山裡遊行大倦之後，我碰見一個牧羊人，向他索乳，他就跑到屋裡取了一瓶來。屋旁有一小溪流過，乳瓶就浸在那溪裡，浸得透涼像冰一樣。我飲這鮮乳時好像全山峰的香氣都放在裡面，每口味道都好，使我如起死回生，我當時所感到那一串感覺，不足「愉快」兩字可以形容的。這好像是一部田園交響曲，不從耳裡聽來而從舌頭嘗來……味感實在帶有美感性，所以也產生一種較低級的藝術——烹調的藝術。柏拉圖拿烹調和修辭學相比，實在不僅是一種開玩笑的話。

顧約說這番話，原來要證明格蘭特・亞倫的高等感官與低等感官說的錯誤。他自己雖然也還是錯誤，因爲他還是把快感和美感混在一起。不過他的話很可以證明尋常快感不能回憶說的錯誤。如果說尋常快感到再現於記憶時每每變成美感，倒有幾分眞理。顧約在比利牛斯山飲乳時所享受的只是快感，到他著書時回憶那種風味，便雜有幾分美感在裡了。

如果把美感經驗看成形象的直覺，它和尋常快感的分別就不難尋出了。

第一，美感是不沾實用，無所爲而爲的，尋常快感則起於實用要求的滿足。例如：喝美酒所得的快感由於味感得到所需要的刺激，和飽食暖衣的感覺同爲實用的，與觀賞形象無關。有時喝酒自然也可以成為一種藝術，但是藝術的滋味不在飲酒所得的口腹方面的快感，而在飲酒使人忘去現實而另闢一天地，陶潛、劉伶、李白之流都是用酒來把實際人生的距離推遠，酒對於他們只是造成美感經驗的工具。至於看美人所生的快感可以為美感，也可以不為美感。如果你覺得她是一個可希求的配偶，你所謂「美」就只是說滿足性欲的條件。如果你能超脫本能的衝動，只把她當作線紋勻稱的形象看，絲毫不動欲念，那就和欣賞雕像或畫像一樣了。美感的態度不帶意志，所以不帶占有欲。許多收藏書畫古董的人往往把占有某人的墨跡或某朝的銅器為誇口的事，這種人大半只有滿足占有欲所生的快感而不能有美感。

第二，美感是性格的返照，是我的情趣和物的情趣往復回流，是被動的也是主動的。尋常快感完全受外來的刺激支配，我的情趣和物的姿態並不能融成一氣，所以只能說是被動的。美感經驗同時是主動的和被動的，蘭格斐爾德有一個很好的比喻：「美感的態度好比順水行舟，隨流曲折。就隨著水流動移說，我們是主動的；就對於移舟的水力不加抵抗說，我們是被動的。如果我們要逆流行駛，或是故意要轉一個彎，那就失其為美感態度了。」

第三，我們在享受尋常快感時，意識中很明顯地覺到自己是在享受快感。在美感經驗中意識中只有一個孤立絕緣的意象，如果同時想到「我現在覺得愉快」，注意力就由意象本身轉到意象所生的影響，心中便有兩件事，一是所欣賞的意象，一是它使我愉快一件事實，所欣賞的意象便不復孤立絕緣，而我的活動也不復是直覺的而是名理的了。我們對於一件藝術品或是一幅自然風景，欣賞的濃度愈大，就愈不覺得自己在欣賞它，愈不覺得它所生的感覺是愉快的。如果自己覺到快感，就好比提燈尋影，燈到影滅，美感的態度便已消失了。美感所伴的快感在當時都不覺得，到過後才回憶起來。比如讀一首詩或是看一幕戲，當時我們只是心領神會，如魚得水，無暇他及，後來回想，才覺得這一番經驗很愉快。

這種分別本來淺而易見，但是現代有兩派從心理學觀點研究美學的人們卻因爲不明白這種很淺易的分別而走入迷途。第一就是佛洛伊德派學者。他們把文藝看作欲望的化裝的滿足。比如嬰兒生來對於母親有性愛，被道德觀念壓抑下去，仍設法要求滿足。古希臘的俄狄浦斯（Oedipus）弒父娶母的神話和索福克勒斯根據這神話所寫的悲劇，就是這種性愛的化裝的表現。我們並不否認原始的欲望是文藝的一個很大的原動力，但是我們否認原始欲望的滿足就是藝術所給我們的特殊感覺。佛洛伊德派的文藝觀還是要納到「享樂派美學」裡去，它的錯誤在把欲望滿足的快感看成美感，或是於這種快感以外，在文藝中沒有見出所謂「美感」是怎麼一回事。文藝的內容儘管有關性欲，可是我們在創造或欣賞時，卻不能同時意識到性欲的驅遣以及它的滿足，必須把佛洛伊德派所稱的「化裝的表現」當作一種獨立自足的意象看。

此外德國和美國近來有許多研究「實驗美學」的心理學家，也犯著同樣的毛病。他們把造形藝術分剖爲零碎的顏色及線形，把音樂分剖爲零碎的音調，然後拿這些零碎的顏色線形和音調來測驗觀者或聽者，問他們歡喜哪一種，討厭哪一種，哪一種所生的心理和生理變化何如。測驗過幾十人或幾萬人後，他們於是把結果造成統計，說某種顏色對於某種人、某種年齡是最美的，某種線形對於某種人、某種年齡是最醜的。他們忘記藝術品美在全體的整一與和諧，這種全體並不等於部分之和。拿拆開來的顏色線形和音調來論定整個藝術作品的美醜，也無異於從斬碎的肢體中尋求活人的生命。其次，他們忘記一種顏色線形或音調使人愉快或不愉快，大半由於生理作用。對於生理最愉快的東西雖然容易引起美感，而它本身不一定就是美的。他們的錯誤在把快感混爲美感。

二

在凝神觀照中，我們不但無暇察覺到經驗是否愉快，並且也無暇去判斷對象的美醜，所以美感態度與批評態度有別。康德把討論美學的一部分哲學叫做《判斷力批判》（*Critique of Judgment*），又鑄了「美感的判斷」（Aesthetic Judgment）一個名詞來稱呼美感觀照，釀成後來學者的許多誤會。美感觀照是一種極單純的直覺活動，對於所觀照的對象並不加肯定或否定，所以不用判斷。判斷或批評是名理的活動，是以理智去判別是非美醜，與直覺有別。在批評時我是我而作品是作品，我不能沉醉在作品裡面。批評的態度要冷靜，要脫離沉醉的狀態，對於所觀照事物加以公平正直的估價。本來「批評」兩個字的意義向來沒有定準，「判別是非美醜」一個意義至少是多數人所採取的。一般人所謂批評就是「司法式」的批評。這種批評和美感態度絕對不能同時存在，因爲它所根據的標準大半是一些陳腐的格律，而不是自己的切身的經驗。一個人只要記得「悲劇不宜摻雜喜劇」、「劇情宜單整不宜繁複」、「悲劇的主角應該是有微瑕的善人」之類的條文，便可以去批評莎士比亞，不必問他自己在莎士比亞的作品中是否得到什麼好處。一般人所謂「批評的態度」須用理智，眞正的美感的態度則全憑直覺；批評的態度須預存美醜的標準，美感的態度則忌雜有任何成見；批評的態度把我放在作品之外去評判它的美惡，美感的態度則把我放在作品中間去分享它的生命。這兩種活動根本不同，所以克羅齊說「詩人在為批評家時便失其為詩人」。

在文藝方面，理想的批評必有欣賞作基礎。欣賞就是美感的態度。一個人必先自有藝術的經驗然後才可以批評藝術。十六世紀英國詩人瓊森（Ben Jonson）說得好：「只有詩人，而且並非一切詩人，只有第一流詩人，才有批評詩人的本領。」近人艾略特（T. S. Eliot）也說：「理想的批評家就是作者自己。」如果自己沒有藝術的經驗，不了解創作的甘苦，只根據幾條死板的規律來說是說非，總不免是隔靴搔癢。因此，近代美學家如克羅齊、斯賓幹（Spingarn）等主張所謂「創造的批評」。照他們看，在整個的藝術活動之中，創造和欣賞與批評是一氣貫串的。創造和欣賞根本只是一回事，都是突然間心中直覺到一種形象或意象，批評則是創造和欣賞的迴光返照，見到意象之後反省這種意象是否完美。《舊約》的《創世記》開端說上帝已創造了世界，放眼一看，見著它很完美，這是一個最好的批評實例。眞正的批評家都應該像創造世界的上帝一樣，看見自己的作品而察覺它美或不美。如果批評者不是著作者自己，他也必須先把所批評的作品變成自己的。做到這步，他才能從作品裡層窺透它的脈搏氣息，才能尋出它的內在的價值，不只是拿外來的標準和義法去測量它。創造是造成一個美的境界，欣賞是領略這種美的境界，批評則是領略之後加以反省。領略時美而不覺其美，批評時則覺美之所以為美。不能領略美的人談不到批評，不能創造美的人也談不到領略。批評有創造欣賞做基礎，才不懸空；創造欣賞有批評做終結，才底於完成。就批評為「創造的批評」而言，它和美感的態度雖然有直覺和反省的分別，卻彼此互相補充。

三

我們分析美感經驗時，再三說明它是單純的直覺，不帶任何名理的思考。這一點最易引起誤會。有人會問：要欣賞一件文藝作品，絕不能不先了解它的意義，如果要了解它的意義，我們如何能不用名理的思考呢？比如讀一首詩，我們絕不能馬上就把它當作一個意象懸在心眼前，必定先懂得每字每句的意義，分析它的音韻方面的技巧，知道詩人在某種情境之下做成這首詩，這就是用名理的思考，這就是取科學的態度了。我們回答說，這番話絲毫不錯，不過和我們的主旨並不衝突。我們只說美感經驗和名理的思考不能同時並存，並非說美感經驗之前後不能有名理的思考。美感經驗之前的名理的思考就是了解，美感經驗之後的名理的思考就是批評，這幾種活動雖相因為用，卻不容相混。

談到這裡，我們可以附帶地討論一個相關的問題。美感經驗既全在欣賞形象而不旁遷他涉，它和歷史的知識有無關係呢？要解決這個問題，我們須回到藝術和人生的問題。從一方面說，藝術生於直覺，直覺的對象全在形象本身，與實際人生無涉，所以欣賞作品和了解作者的生平是兩件不相同的事。從另一方面說，藝術是情感的表現，與生活經驗息息相關，欣賞作品又不能不了解作者生平的遭際。近代美學家如克羅齊、貝爾（Clive Bell）等都側重第一個觀點。貝爾在《藝術論》裡說：

欣賞藝術，我無須知道作者的生平。我斷定這幅畫比那幅畫好，實在不用歷史的幫助。但是我如果要解釋一個作者的藝術何以日漸退化，知道他害過大病或是娶了一位太太，每天都要他做飯，倒是有些用處。看出他的退化，這純粹是美感判斷；來解釋這種退步的原因，這卻是歷史家的事。

貝爾的話是針對現代傳記研究的風氣而發的。這種風氣從法國泰納（Taine）和聖伯夫（Sainte-Beuve）兩位批評家以後才盛行。據泰納說，造成各國文學的三大主動力是時代、環境和民族性，要了解一國文學，必先把這三件事了解清楚。這三件事通常都屬於歷史的範圍。聖伯夫則特別注重泰納所忽略的一個要素，就是作者自己的個性。他以爲文學和生物學一樣，是一種「研究心靈的自然科學」。所以他特別注重作者的生平，雖然一件很微細的瑣事軼聞他也不肯放鬆。從他以後，有一派學者專門在傳記上做功夫，例如：英國的斯特雷奇（Lytton Stretchy）、法國的莫洛亞（André Maurois）、德國的路德維希（E. Ludwig），都是從傳記入手去研究文學的。此外弗洛德派心理學者也看重作者生平和作品的關係。他們以爲文藝是欲望的滿足，作者不滿意於現實世界，才創造理想世界以彌補缺陷，因此要了解作品，必須知道作者的內心生活，尤其是他的隱意識的生活。

歷史派和美學派的見解和方法似乎都太偏，彼此可以互相補充。了解和欣賞雖是兩回事；但是二者不可缺一，了解是欣賞的預備，欣賞是了解的成熟。只就欣賞說，作者的史跡是題外事；但就了解說，作者的史跡卻非常重要。所以遇到一種藝術作品，我們應作兩種疑問：第一，這件作品所表現的情感如何發生？它的動機何在？它與作者生平有何關係？作者是否受過旁人的影響？他創造這種作品時的經過如何？其次我們應問這種作品是不是藝術？它能否引起美感經驗？我在欣賞它時心境起何種變化？第一類問題是歷史的和心理學的，第二類問題是美學的。聖伯夫派學者只言歷史，弗洛伊德派學者只言心理學，所以只注意到第一類問題。克羅齊派學者只言美學，所以只注意到第二類問題。其實這兩類問題都不可偏廢。未了解絕不足以言欣賞；只了解而不能欣賞，也只做到史學的功夫，沒有走進文藝的領域。

舉一個實例來說。從前注詩家往往好牽強附會，在每首詩裡都要見出「微言大義」，把戀愛詩也解作忠君愛國。這固然是錯誤。但是往日中國士大夫確有在作品中隱寓家國之感的習慣，我們不能一概否認。比如陶潛的詩是直截平淡的，要了解他，似乎不要多少的歷史的幫助。但是如果我們不知道他痛恨劉裕篡晉一件史實以及晉朝社會環境和士大夫的習氣，對於〈歸去來辭〉、〈桃花源記〉、〈飲酒〉、〈詠荊軻〉諸作就不免有些隔膜。從此可知作者生平的事實和欣賞他的作品並非毫無關係。一般富於考據癖的學者的錯誤不在從歷史傳記入手研究文學，而在穿鑿附會與忘記文學之爲藝術。他們以爲作者一字一句都有來歷，於是拿史實來牽強附會，曲爲之說。例如：《紅樓夢》有多少「考證」和「索隱」？它的主人究竟是納蘭成德（即納蘭性德——編者），是清朝某個皇帝，還是曹雪芹自己？這些問題被「紅學家」鬧個不休，他們忘記藝術是創造的，雖然可以受史實的影響，卻不必受史實的支配。一個意象世界原不必實有其事。尤其可笑的是他們因考據而忘欣賞，既然把作品的史實考證出來以後，便以爲能事已盡，而不進一步把作品當作藝術去欣賞。考證的目的原來在幫助了解，了解的目的原來在幫助欣賞。考證而不欣賞，無異於種而不穫。這種「功成而不居」的精神原可佩服，不過從美感觀點看，究竟是一種缺陷。

第六章　美感與聯想

承認美感經驗爲形象的直覺，我們還可以解決另一個糾紛的問題，就是美感與聯想的關係。聯想是一種最普遍的作用，通常分爲兩種。一種是類似聯想，例如：看到菊花想起向日葵，因爲它們都是花，都是黃色，在性質上有類似點。一種是接近聯想，例如：看到菊花想起中山公園，又想起陶淵明的詩，因爲我在中山公園裡看過菊花，在陶淵明的詩裡也常遇到提起菊花的句子，兩種對象雖不同，而在經驗上卻曾相接近。這兩種聯想有時混在一起，例如：看到菊花想起陶淵明，一方面是一種接近聯想，因爲陶淵明常做菊花詩；一方面也是一種類似聯想，因爲菊花有高人節士的氣概，和陶淵明的性格很類似。

凡是兩個觀念聯在一起想時都用聯想，例如：說「人是動物」，「這個聲音像是張三的」、「妻就是老婆」、「美感經驗是形象的直覺」、「流雲如白衣蒼狗」、「衣在箱子裡」等。從此可知凡是可以用一個完全語句表示的知識都是聯想作用的結果。這就是說，聯想是知覺、概念、記憶、思考、想像等心理活動的基礎，意識在活動時就是聯想在進行。從前哲學家如霍布斯（Hobbes）、詹姆斯諸人把思想分爲有意旨的（voluntary thought）和聯想的（associative thought）兩種。「聯想的思想」是自由起伏飄忽不定的。例如：我此刻從菊花想起，想到中山公園，由中山公園想到溥心畬的畫展、潭柘寺、蛇、〈古舟子詠〉中一行詩、鴉片煙等。從菊花到鴉片煙雖似牛頭不對馬嘴，其中聯想線索前後相承，卻有關係可尋；雖有關係可尋，卻都是偶然的。換一個時間，換一個環境，我也許可以由菊花想起許多其他事物。夢中的思想往往完全是聯想的。「有意旨的思想」也是由甲到乙由乙到丙逐漸前進，但是在輾轉前進時步步受一個主旨控制，它所走的方向是由主旨指定的。甲和乙、乙和丙相承是以必然關係爲線索的。日常思考都是用這種「有意旨的思想」。其實「有意旨的思想」也還脫離不了聯想，所不同者不過是一個是有定向、有必然關係的聯想，一個是飄忽的偶然的聯想罷了。現在我們沿舊習慣，說聯想作用時單指飄忽的偶然的聯想，就是與「有意旨的思想」有別的「聯想的思想」。

在觀照自然或藝術時，我們最容易起聯想，因爲我們暫時丢開實際生活的種種牽制，心裡沒有一個主旨指定思路的方向，平時可以限制聯想的種種力量都暫時失其作用。一般人覺得一件事物美時，大半因爲它能喚起甜美的聯想。最簡單的實例是顏色的偏好。我們對於顏色，往往因民族、年齡、性別、教育不同而各有所偏好，有人偏好紅色，有人偏好青色。據一派心理學家看，這都是由於聯想作用。例如：紅是火和血的顏色，所以看到紅令人覺得溫暖，感到熱情。青是田園草木的顏色，所以看到青色令人聯想到鄉村生活的安閒。再比如看畫。圖畫的美本來在顏色、線紋、陰影諸成分的諧和配合所現出的意象。多數人看畫卻不著重這一點而著重畫裡的故事。鄉下人歡喜把孟姜女、薛仁貴、桃園三結義、安天會的圖糊在壁上做裝飾，並不是因爲能欣賞那些木板雕刻，而是因爲它們可以引起許多有趣的故事的聯想。這種心理習慣是很普遍的，所以往日畫家都喜歡用歷史宗教的題材。例如：

〈拿破侖的結婚〉、〈乾隆南巡〉、〈耶穌臨刑〉之類的圖畫雖然本身不一定有什麼價值，卻爲多數人所愛看。詹姆斯說，有一位老修道婦站在一幅〈耶穌臨刑圖〉前合掌仰視，悠然神往。旁人問她那幅畫如何，她回答說：「眞美！你看上帝是多麼仁慈，讓自己的兒子去犧牲，來贖全人類的罪孽！」在音樂方面聯想的勢力更大。據近代實驗美學的結果，純粹的音樂嗜好是極稀罕的，許多人歡喜音樂，都不是因爲欣賞聲音的和諧，而是因爲歡喜它所喚起的視覺的意象。我們在實驗報告裡摘一兩節出來看：

> 我彷彿坐在皇后的大廳裡。一位穿紅袍的女子在拉提琴，另外一個女子在伴著琴聲唱歌。那位拉琴者的面容很淒慘，她生平一定有什麼失意的事。
>
> ——劍橋大學 Meyers 教授的實驗報告

> 聽瓦格納的〈林間微響〉時我很明顯地看見一叢青綠的橡樹和棕櫚，橡樹高低如普通的橡樹，棕櫚有時高達三四米……我隱約聽見橡樹的最高枝有一隻夜鶯在歌唱……我想那隻夜鶯是黃色夾黑色，但是我並沒有看見它。
>
> ——巴黎大學 Delacroix 教授的實驗報告

中國許多詩人描寫音樂的詩也可當作實驗報告看。例如李頎的〈聽董大彈胡笳〉：

空山百鳥散還合，萬里浮雲陰且晴。
嘶酸雛雁失群夜，斷絕胡兒戀母聲……
幽音變調忽飄灑，長風吹林雨墮瓦。
迸泉颯颯飛木末，野鹿呦呦走堂下。

韓愈的〈聽穎師彈琴〉：

暱暱兒女語，恩怨相爾汝。
劃然變軒昂，勇士赴敵場。
浮雲柳絮無根蒂，天地闊遠隨飛揚。
喧啾百鳥群，忽見孤鳳凰。
躋攀分寸不可上，失勢一落千丈強。

白居易的〈琵琶行〉：

大弦嘈嘈如急雨，小弦切切如私語。
嘈嘈切切錯雜彈，大珠小珠落玉盤。

間關鶯語花底滑，幽咽泉流冰下難。

同樣的實例甚多，不勝枚舉。這些名句所描寫的都只是音樂所喚起的聯想而不是音樂本身。

這種聯想所生的情感是不是美感呢？從前英國有一派心理學家用聯想解釋一切美感經驗。這種見解流行很久，到康德時才受動搖。康德分美爲「純粹的」（pure beauty）和「有依賴的」（dependent beauty）兩種。「純粹的美」只在顏色、線形、聲音諸原素的諧和的組合中見出。這種美的對象完全是一種不具意義的模型（pattern）。我們看這種模型時，心靈的活動最自由，不受眞、善、效用、目的種種觀念的限制。最好的例是不表物形的阿拉伯式的圖案、音樂、雲彩、瀑布、星辰等。「有依賴的美」則於形式之外別具意義，使人由形式旁遷到意義上去。例如：人和其他生物的美都夾雜有目的、效用等實用的觀念在內。我們讚美一匹馬，因爲它活潑、雄壯、輕快；讚美一棵橡樹，因爲它茂盛、挺拔、堅強。這些觀念都是由實用生活得來的，因如此等類的性質而覺得一種事物美，那種美就不是純粹的而是有依賴的。依康德看，除了不表物形的圖案畫、刺繡、建築、磁器、音樂之外，藝術作品大半是模仿的（imitative）。它們的價值不外在模仿是否逼眞以及所模仿的事物性質是否在生命上有價值兩點見出。這種價值都是「外在的」，實在不足據以爲憑來斷定作品本身的美醜。因聯想而見到事物的美，自然更不是純粹的美了。

美感是否有關聯想的問題與形式和內容的問題密切相關。康德是偏重形式而忽視內容的。他的學說在近代影響極大。近代藝術無論在理論方面或在實施方面，都在傾向形式主義。向來學者歡喜把藝術分爲兩個成分，一個是「內容」，又稱「表現的成分」（representative element）或「聯想的成分」（associative element）；一個是「形式」，又稱「形式的成分」（formal element）或「直接的成分」（immediate element）。比如說圖畫，題材或故事屬於「表現的成分」，顏色、線形、陰影的配合屬於「形式的成分」。再比如說詩，我們讀一首詩所了解的意義是「表現的成分」，它的音節則爲「形式的成分」。

近代藝術特別著重「形式的成分」，操之過激者甚至於反對藝術含有任何「表現的成分」。在理論方面，形式主義的始祖當然是康德。後來的哲學家如叔本華、尼采、克羅齊諸人特別著重藝術的自由獨立，不牽涉到科學倫理種種問題，他們所主張的其實還是變相的形式主義。在文人方面，佩特（Walter Pater）以爲一切藝術都以逼近音樂爲指歸，因爲在音樂裡內容和形式混化無跡。他像是主張內容和形式有同等的重要，其實仍是偏重形式，因爲音樂的最高境界是只見形式而不見內容的。前章所引過的貝爾的《藝術論》更是一種極端的形式派的宣言。

就實施方面說，圖畫中的後期印象主義幾乎把「表現的成分」減低到零度。比如看一幅塞尙的畫，你起初只望見許多顏色、線形湊合在一起，成爲一種很和諧的「模型」，須費過一番審視和猜度，才知道所畫的是房子還是崖石。立體派的畫也可以說是想以形式來化除內容。本來是一個人體，卻用許多小立方形、橢圓形等堆砌成一種「模型」，使你一眼看到就覺得那模樣好看，而忽略它所表現的是人體。在音樂方面，從瓦格納把音樂配合戲劇成爲「樂劇」之後，「表現的成分」才漸增多，近代的理論和實施都是向瓦格納起反動。依樂理學家漢斯立克（Hanslick）看，音樂只是拿許多高低長短不同的音，組成一種很美的形式。在其他藝術之中，形式之後都有意義，在音樂中則形式之後絕對沒有什麼意義。音樂的美完全是形式的美。舒曼（Schumann）反對在音樂裡尋意義，更加劇烈。他說：「批評家老是想知道音樂家無法用文字表現出來的東西，他們對於所談的問題往往十分沒有懂得一分。天！將來有一天人們不問我們在神聖的作品之後隱寓什麼意義麼？把第五階音辨清楚罷，別再來擾我們的安寧！」近代音樂自然也還有描寫風物和敘述故事的，但是大半不是上品。在詩歌方面，法國近來的「純詩運動」（La Poësie Pure）就是一種極端的形式主義的表現。依照伯列蒙（Abbé Brémond）說，詩應該像音樂一樣，在未令人明瞭意義之前，就能用聲音像通電流似地直接地打動讀者或聽者的心靈。因此，詩的重要成分在聲音不在意義，這就是說，在形式不在內容。英國斯溫伯恩（Swinburne）和法國象徵派詩人做詩，就是把聲音看得特別重要。

在這種形式主義彌漫全世界的時代，聯想作用在美感經驗中的位置自然大受打擊。一般學者反對聯想與美感有關，理由不外四種：

一、在美感經驗中我們聚精會神於一個孤立絕緣的意象上面，不旁遷他涉，聯想則最易使精神渙散，注意力不專，使心思由美感的意象本身移到許多其他事物上面去。拿牛希濟的「記得綠羅裙，處處憐芳草」兩句詞爲例來說，在審美時，我看到芳草，就一心一意地領略芳草的情趣；在聯想時，我看到芳草，就想到綠羅裙，又想到穿羅裙的美人，既想到穿羅裙的美人，心思就已不復在芳草了。康德所說的「有依賴的美」就是由形象本身聯想到它的價值效用所見到的美。凡是聯想都是「有依賴的」。

二、聯想由甲到乙，由乙到丙，關係全是偶然的，沒有藝術的必然性。比如一幅畫以西湖秋月為題材，如果觀者不專注意畫的本身而信任聯想，則甲可因西湖而聯想到鯉魚，乙可以因夜月而聯想到從前在月夜中遊過的採石磯。鯉魚、採石磯和〈西湖秋月〉畫漫不相關，不能形成一個藝術的整體。

三、注重聯想就是注重內容。許多人讀詩看畫，大半先問它的內容如何，所謂內容就是情節。他們以為有些情節可以喚起堂皇典麗的聯想，有些情節只能喚起醜陋平凡的聯想，所以藝術應該慎擇題材。題材選得好，再裝上堂皇典麗的內容，人家一看，自然就聯想到一些很美的意象。但是內容並不能決定藝術的好壞。許多畫家同時畫一棵樹，許多小說家同時描寫一個社會，他們的成績並不能相提並論。如果你不是藝術家，縱有極好的內容，也不能創造好作品出來。反之，如果你是藝術家，極平凡的題材可以點鐵成金。印象派大師如莫奈、凡・高諸人不是往往在一張椅子、一個蘋果或是幾間破屋之中表現出情深意永的世界麼？以題材的聯想來打動觀衆，只是取巧偷懶，並不是藝術家的勾當。

四、從近代實驗美學的結果看，聯想最豐富的人大半欣賞力也最低。尤其在音樂方面，對於音樂有修養的人大半只注意到聲音的起承轉合，不想到意義，也不發生視覺的幻象（參看本書《近代實驗美學》中所引的實驗報告）。

這些攻擊聯想的話都很言之成理，但是終有不愜人心處。換一個觀點看，聯想對於藝術的重要實在不能一概抹煞，因為知覺和想像都以聯想為基礎，無論是創造或是欣賞，知覺和想像都必須活動，尤其在詩的方面。普列斯柯特在他的《詩的心理》（*Prescott: The Poetic Mind*）裡援引霍布斯的「有意旨的思想」和「聯想的思想」的分別，以為詩完全屬於「聯想的思想」，和夢極相似。詩境往往是一種夢境，在這種境界中，詩人愈能丟開日常「有意旨的思想」，愈信任聯想，則想像愈自由，愈豐富。柯爾律治（Coleridge）在吃鴉片煙之後睡眼朦朧之中，做成他的名詩〈忽必烈汗〉，是一個最好的例證。我們將來在講創造的想像時還要詳細說明這個道理。詩人在做詩時，自己固然彷彿在夢境裡過活，還要設法「催眠」讀者，使讀者也走到夢境裡，欣賞他所創造的世界。「催眠」的方法不外兩種，一種是以低徊往復的音樂，一種是以迷離恍惚的意象。這個道理法國美學家蘇里阿在《藝術中的暗示》（*Paul Souriau: La Suggestion dans l'Art*）裡說得最清楚。如果丟開聯想，不但詩人無從創造詩，讀者也無從欣賞詩了。

我們如果仔細研究法國象徵派的理論，可以更加明瞭詩和聯想的關係。從一方面說，象徵派提倡「純詩」，主張詩應該以音樂直接地打動感官，不借重於尋常理智的了解，所以把內容所引起的聯想減到最低限度。從另一方面說，他們又主張各種感官可以默契旁通，視覺意象可以暗示聽覺意象，嗅覺意象可以旁通觸覺意象，乃至於宇宙間萬事萬物無不是一片生靈貫注，息息相通，「香氣、顏色、聲音，都遙相呼應」（用波德萊爾的題為〈感通〉（*Correspondances*）中的詩句），所以詩人擇用一個適當的意象可以喚起全宇宙的形形色色來。蘭波（Rimbaud）也曾用〈母音〉為題做過一首十四行詩，渲染AEIOU五音所引起的視覺意象，例如寫I音的兩行：

I，燦爛的深紅，淋漓的噴血，
盛怒或沉醉而懺悔時的朱唇的笑。

由I音聯想到紅色、鮮血和美人的笑容，I音不過是一個導火線，深紅、鮮血、朱脣的笑容是由這導火線所迸發出來的光輝四射的意象世界。

詩的微妙往往在聯想的微妙，這個道理我們在中國詩裡也可以看出。例如李賀的〈正月〉：

上樓迎春新春歸，暗黃著柳宮漏遲。
薄薄淡靄弄野姿，寒綠幽風生短絲。
錦床曉臥玉肌冷，露臉未開對朝暝。
官街柳帶不堪折，早晚菖蒲勝綰結。

八句詩把整個的早春景象描寫得淋漓盡致。它的每個意象似乎都經過推敲來的，用意在用不同的富於代表性的事物刺激各種感官，使每種感官都覺得眼前是正月天氣。我們眼睛看到的是暗黃、淡靄、寒綠、短絲、剛發芽的柳、露臉未開的花和還不能打綰結的菖蒲，皮膚所感到的是幽風、曉臥的冷和薄薄淡靄以及「露臉未開對朝暝」的整個的氛圍空氣。寫早春，尤其是寫宮中的早春，只能著重視覺、觸覺和溫度感覺，因爲鳥鵲還未開始歌唱，聲音也容易打破遲遲早春的清寂幽寒的風味。我們只聽到遲緩的宮漏，但是在詩本身的音樂中，也彷彿覺得早春的情趣畢竟還是可以用耳來領略。只玩味「薄薄淡靄弄野姿，寒綠幽風生短絲」兩句，你如果只見到顏色，感到氣溫而聽不見什麼，你就失去此詩的許多的美妙。這種聲音的影響雖不易分析，但是細心總可以覺得出來。也許第一句的輕脆淡遠的風味是由「薄薄」疊字、首六字全用仄聲以及「靄」、「野」兩個柔和而響亮的上聲所傳出來的，第二句的紆遲、陰森、幽靜的風味是連用「幽」、「風」、「生」、「絲」四個陰平聲所傳出來的。

再如李商隱的〈錦瑟〉：

錦瑟無端五十弦，一弦一柱思華年。
莊生曉夢迷蝴蝶，望帝春心托杜鵑。
滄海月明珠有淚，藍田日暖玉生煙。
此情可待成追憶，只是當時已惘然。

全詩以五六兩句為最精妙，但與上下文的聯絡似不明顯，尤其是第六句像是表現一種和暖愉悅的氣象，與悼亡的主旨不合。向來注者不明白詩與聯想的道理，往往強為之說，鬧得一場糊塗。他們說：「玉生煙，已葬也，猶言埋香瘞玉也」，「滄海藍田言埋韞而不得自見」，「五六賦華年也」，「珠淚玉煙以自喻其文采」（見朱鶴齡《李義山詩集箋注》，萃文堂三色批本）。這些說法與上下文都講不通。其實這首詩五六兩句的功用和三四兩句相同，都是表現對於死亡消逝之後，渺茫恍惚，不堪追索的情境所起的悲哀。情感的本來面目各人只可親領身受而不可直接地描寫，如須傳達給別人知道，須用具體的間接的意象來比擬。例如：秦少游要傳出他心裡一點淒清遲暮的情感，不直說而用「杜鵑聲裡斜陽暮」的景致來描繪。李商隱的〈錦瑟〉也是如此。莊生、蝴蝶，固屬迷夢；望帝、杜鵑，亦僅傳言。珠未嘗有淚，玉更不能生煙。但滄海月明，珠光或似淚影；藍田日暖，玉霞或似輕煙。此種情景可以想像揣擬，斷不可拘泥地求於事實。它們都如死者消逝之後，一切都很渺茫恍惚，不堪追索；如勉強追索，亦只「不見長安見塵霧」，仍是迷離隱約，令人生哀而已。所以第七句說「此情可待成追憶」。四句詩的佳妙不僅在喚起渺茫恍惚不堪追索的意象，尤在同時能以這些意象暗示悲哀。「望帝春心」和「月明珠淚」兩句尤其顯然。五六兩句勝似三四兩句，因爲三四兩句實言情感，猶著跡象，五六兩句把想像活動區域推得更遠、更渺茫、更精微。一首詩中的意象好比圖畫的顏色陰影濃淡配合在一起，烘托一種有情致的風景出來。李商隱和許多晚唐詩人的作品在技巧上很類似西方的象徵派，都是選擇幾個很精妙的意象出來，以喚起讀者的多方面的聯想。這種聯想有時切題，也有時不切題。就切題的方面說，「滄海月明」二句表現消逝渺茫的悲哀，如上所述。但我們平時讀這兩句詩時常忽略這切題的一方面，珠淚、玉煙兩種意象本身已很美妙，我們的注意乃大半專注在這美妙的意象本身。從這個實例看，詩的意象有兩重功用，一是象徵一種情感，一是以本身的美妙打動心靈。這第二種功用雖是不切題的，卻自有存在的價值。

從這些實例看，我們可以知道聯想對於詩的重要。詩只是一個實例，其他藝術可以類推。比如歐洲紀元後第一世紀到十五世紀的圖畫雕刻大半以宗教故事爲題材。那時候的畫家和雕刻家有些是僧侶，有些是靠僧侶過活的，他們本來的用意在用藝術來宣傳宗教。當時人民多不識字，不能讀《聖經》，但是圖畫雕刻是有目共賞的，所以把《聖經》的故事用圖畫雕刻翻譯出來。當時人看到這種圖畫和雕刻，立刻就聯想到耶穌教的聖蹟，美的欣賞只是附帶的。我們現在把歐洲紀元後第一世紀到十五世紀一千多年的宗教藝術純粹地當作藝術看，已失當時作者的本意。依極端的形式派學者的主張，我們應該把它純粹地當作藝術看，把宗教的聯想一齊丟開。這種辦法實無異於丟開藝術的靈魂而專研究它的形體。羅馬時代避難的教徒在地窟的壁上畫一隻羊，中世紀雕刻家在「哥特式」大教寺的門上雕一幕《創世記》，或是文藝復興時代意大利畫家在僧院牆壁上畫一幅〈最後的晚餐〉，他們動一刀一筆，都有宗教的熱忱在驅遣。我們如果能聯想起許多歷史和宗教的知識，把當時產生那種藝術的背景和心理在想像裡再造出來，對於那種藝術的了解不更深刻麼？所得的美感不更濃厚麼？不比只顧到一眼就看到的顏色、線紋的配合較進一層麼？欣賞不能不藉助於聯想，因為它不能不藉助於了解。我們在前章已經說過，了解是欣賞的必有的預備，但不就是欣賞。聯想也是如此。所以聯想有助美感，與美感為形象的直覺兩說並不衝突。在美感經驗之中，精神須專注於孤立絕緣的意象，不容有聯想，有聯想則離開欣賞對象而旁遷他涉。但是這個意象的產生不能不藉助於聯想，聯想愈豐富則意象愈深廣，愈明晰。一言以蔽之，聯想雖不能與美感經驗同時並存，但是可以來在美感經驗之前，使美感經驗愈加充實。

來在美感經驗之前的聯想也不可以一概論，有些可以幫助美感，有些可以擾亂美感。舉一個很簡單的例來說明，比如林逋的「疏影橫斜水清淺，暗香浮動月黃昏」兩句詠梅詩，把梅花的神理風韻都傳出來了。它每個字都表現一個意象，每個意象都可以引起種種聯想。如果單看「疏」字，我們可以聯想到五服之外的親屬，或是「禹疏九河」，或是上皇帝的奏疏，其他仿此。在看這兩句詩時，我們如果因「疏」字而起這些紛亂的聯想，自然離詩太遠。實際上我們並不起這些聯想，因為「疏」字不是獨立的，它與「影」字相聯。這個「影」字引導我們對於「疏」字的聯想只朝一個指定的方向走，就是「稀疏」的「疏」。「疏影」也可以引起無數的聯想，如幾株楊柳的疏影或是幾個行人的疏影。在實際上我們也不這樣聯想，因爲「疏影」也不是獨立的，它是嵌在一首詠梅花詩裡面，全詩字句語氣都引導我們對於「疏影」的聯想只朝一個指定的方向走，就是梅花的疏影。從此可知藝術作品中些微部分都與全體息息相通，都受全體的限制。全體有一個生命一氣貫注，內容儘管複雜，都被這一氣貫注的生命化成單整。這就是藝術上的「寓雜多於整一」（variety in unity）這條基本原理，也就是批評學家和心理學家所常爭論的「想像」（imagination）和「幻想」（fancy）的分別。「幻想」是雜亂的，飄忽無定的，有雜多而無整一的聯想，例如：因「疏」字聯想到「禹疏九河」、「今年黃河水災」、「水災捐」等。「想像」是受全體生命支配的有一定方向和必然性的聯想，例如：上文林逋的梅花詩所喚起的整個境界。聯想在爲幻想時有礙美感，在爲想像時有助美感。

這個道理可以拿近代實驗美學的結果來證明。英國心理學家布洛（即倡「心理的距離」說者）試驗各種人對於顏色的反應，發現有一類人偏好某種顏色，大半因爲它所引起的聯想。聯想又有分別，比如同是青色，甲聯想到草木，乙聯想到他曾經喝過的青色藥水。甲的聯想帶有幾分客觀性，因爲多數人見到青色都聯想到草木，乙的聯想卻全是主觀的偶然的；所以甲比乙對於青色的反應較近於美感經驗。但是只是客觀性一個條件還不夠。如果甲眞正對於青色得到美感，他的從聯想內容（草木）得來的情感須能和從顏色本身（青色）得來的情感相融化，使顏色恰能表現聯想內容的神髓。依布洛看，聯想有「融化的」（fused）和「不融化的」（non-fused）兩種。「融化的聯想」就是上文所說的「想像」，可助美感；「不融化的聯想」就是「幻想」，與美感無關。據劍橋大學馬堯斯教授的實驗，音樂也是如此。如果音樂所聯想起的情景與音樂本身能融化成一氣，它就能增大音樂所引起的美感，不比偶然的散漫的聯想有破壞美感意象孤立的毛病。

我們在第三章裡講過移情作用和聯想的關係。比如姜白石的「數峰清苦，商略黃昏雨」兩句詞是把山看成人，把人的情感移到山身上去，這實在還是一種類似聯想，不過我們的意識不察覺到這種聯想的進行而已。立普斯要說明移情作用不僅是類似聯想，提出能「表現」和不能「表現」的分別。比如一座房子如果因爲是亡友的住所，使你覺得它淒慘，那只是聯想；如果它因爲線紋、顏色的配合而使你覺得它淒慘，它就算是能「表現」淒慘的情感，就能起移情作用。立普斯所謂「表現」就是布洛所謂「融化」，甲物能「表現」乙物情感，就因爲甲和乙能相「融化」成一整體，也就是因爲由甲到乙的聯想有必然關係，不僅出於幻想。

第七章　文藝與道德㈠：歷史的回溯

一

在持文藝獨立自主者看，文藝與道德絕無關係；在道德家看，文藝的價值必以其所含道德的教訓為準。這兩派人都不覺得文藝與道德的關係能夠成為問題。但是不喜拘執成見而好平心靜氣地尋求眞理的人們一定覺得這眞是一個最難的問題。在他們的長期尋求中，他們一定有時傾向文藝自主說，有時傾向文藝含道德教訓說，有時覺得兩說各有利弊，苦於彷徨無所依歸。在本篇中我們先把這個問題作一個簡單的歷史的回溯。看清各家的爭點所在，和這個問題的複雜性以後，我們再進一步參較事實作理論的建設。

在中國方面，從周秦一直到現代西方文藝思潮的輸入，文藝都被認為道德的附庸。這種思想是國民性的表現。中國民族向來偏重實用，他們不歡喜把文藝和實用分開，也猶如他們不歡喜離開人事實用而去講求玄理。「文」只是一種「學」，而「學」的目的都在「致用」。一個人的第一要務是效用於家國；沒有機會效用於家國，或是於效用家國之外還有剩餘的時間和精力，才去弄文學，所以孔子說：「行有餘力，則以學文。」揚雄以文章為「雕蟲小技，壯夫不為」。《國語》、〈離騷〉、《孫子兵法》、《史記》以及許多詩文名著，據說都是不得志的「賢者」的「發憤之作」。

這並非說中國人不尚文，世界上沒有比中國人更尚文的民族，不過中國人尚文，不是看重它本身的美，而是看重它的效用。最淺顯的效用是動聽。「言之無文，行之不遠。」話要說得漂亮，人家才相信你的道理。孔子勸人學詩，因爲「不學詩，無以言」，雖學詩而「使於四方，不能專對」，仍是無用。但是詩文的最大的效用在有益於世道人心。孔子讚美〈關雎〉，因爲它「樂而不淫，哀而不傷」；勸小子學詩，因爲「詩可以興，可以觀，可以群，可以怨，邇之事父，遠之事君，多識於草木鳥獸之名」。詩是一種「教」，它的教義是「溫柔敦厚」。儒家在歷代都居獨尊的地位，向來論詩文者大半只是替孔子所說的幾句老話下注腳。

孔子祖護詩文，全從道德政治著想，以爲詩文是道德政治中所必須有的一個節目。兩漢以後，文人和詩人逐漸成爲一種特殊的職業階級。多數作者對於道德政治本沒有什麼興趣或創見，因爲要維持他們的職業的尊嚴，便硬說他們的胸中原來有一番大道理，他們的作品是有益於世道人心的。這種習慣的養成與漢以後帝王「尊經」有關。文學的最高的理想既是六經，而六經的主旨既在啓發微言大義，則繼起的文學自不能「言之無物」。持此說最早的人是揚雄。他說：「書不經，非書也；言不經，非言也。」言必學經，所以他把自己的《法言》比《論語》，《太玄》比《易經》。魏晉時風氣稍轉變，文學逐漸離開經學的束縛，幾乎要走上獨立自主的路。一時代表文藝思想的著作如曹丕的《典論·論文》、曹植的〈與楊德祖書〉和〈與吳質書〉，以及陸機的〈文賦〉之類，都很少漢人的道學氣和經學氣。陸機的〈文賦〉尤其值得注意，因爲他純粹地從文學觀點去討論文學，絲毫不拿道德來裝飾門面。梁昭明太子編《文選》，不列經史子的文章，一方面打破漢人尊經的思想，同時也對純文學運動加以有力的推助。不過漢人尊經明道的思想也並未完全消滅。桓範的《世要論．序作》篇裡有這一段話：「夫著作書論者，乃欲闡宏大道，述明聖教，推演事理，盡極情類，記是貶非，以爲法式。」這還是揚雄的老話。齊梁時有兩部重要的批評著作，恰好代表當時文學上兩種相反的傾向。一部是劉勰的《文心雕龍》，代表傳統的「文必明道」的思想。他開章明義，便是〈原道〉，接著就是〈徵聖〉、〈宗經〉。〈原道〉篇的結論是「道沿聖以垂文，聖因文而明道」，和「辭之所以能鼓天下者，乃道之文也」。另外一部是鍾嶸的《詩品》，代表重純文學的傾向。像陸機的〈文賦〉，他純粹地站在文學立場言文學。他攻擊永嘉以後的詩，因爲它們「理過其辭，淡乎寡味」或「平典似道德論」。就大體說，在六朝時，純文學的勢力比較浩大，詩文都比較少經學氣和道學氣，但是六朝文學後來爲世所詬病，也恰在這一點。唐人菲薄六朝文學，不是說它「彩麗競繁，興寄都絕」，就是說它「綺麗不足珍」，意思只是說它除漂亮話以外，沒有什麼道德的教訓。韓愈的最大的功勞，據一般人看，就在挽救六朝的綺靡，恢復文道的一貫。其實他繼揚雄之後，開了一般中國文人的惡習氣，就是本來只是一個玩弄辭章的文人，好爲大言以欺世，說他自己是周公、孔聖人的繼承者。從韓愈以後，「文以載道」、「言之有物」就成爲一般文人的門面語了。清朝桐城派文人把學問分成考據、義理、詞章三項，以爲無論是學者或是文人，這三種功夫都不可缺一。所謂「義理」仍是從前人所說的「道」。宋朝學者偏重理學，往往疑文學害道。程頤的《語錄》裡有這一段：「或問作文害道？程子曰，害也。凡爲文不專意則不工，專意則志局於此，又安得與天地同其大也。《書》曰：『玩物喪志』，爲文亦玩物也。」這番話和歐洲中世紀教會攻擊文藝的主張，幾同一鼻孔出氣。

「文以載道」說經過許多文人的濫用，現出一種淺薄俗濫的氣味，不免使人「皆掩鼻而過之」。但是我們不要忘記這種俗濫的學說實在反映一種意義很深的事實。就大體說，全部中國文學後面都有中國人看重實用和道德的這個偏向做骨子。這是中國文學的短處所在，也是它的長處所在；短處所在，因爲它箝制想像，阻礙純文學的盡量發展；長處所在，因爲它把文學和現實人生的關係結得非常緊密，所以中國文學比西方文學較淺近、平易、親切。西方文藝和西方宗教一樣，想於現世以外求解救，要造另一世界來代替現世，所以特重想像虛構。中國文藝和中國倫理思想一樣，要在現世以內得解救，要把現世化成理想世界，所以特重情感眞摯，實事求是。中國偉大的詩人如屈原、陶潛、阮籍、杜甫、李白等都是要極簡樸、極眞誠地把他們的憂生憂世憂民的熱情表白出來，絕對沒有想像虛構的俳優氣。在中國文學中，道德的嚴肅和藝術的嚴肅並不截分爲二事。這一個優點不是「文以載道」說所能包括，也不是對於「文以載道」說的厭惡所能抹煞的。

二

在西方各國，文藝與道德的問題鬧得更劇烈。古希臘人把詩人和立法者看成一樣的重要，以爲他們都是教導人向好處走。柏拉圖對於這種傳統的思想極懷疑。在他的名著《理想國》第十卷裡，他把詩人們加上桂冠，灑上香水，向他們說了一段很客氣的話之後，把他們一齊趕出理想國的境外。在他看，詩人有兩大罪狀。第一，感官所接觸的世界是虛幻的，理智所領悟的世界才是眞實的。感官世界只是「理式」（ideas）世界的模仿；詩和其他藝術又是感官世界的模仿，所以和眞實隔著兩重。換句話說，詩和其他藝術所說給我們聽的，不是眞理而是謊話。我們愈信詩，愈迷信謊話，愈難尋求眞理。第二，一個完全的善人都要能以理智控制情感，詩和其他藝術都容易使人丟開理智而放任情感。我們愈喜詩，愈失理智，愈易變成情感的奴隸。柏拉圖尤其不肯寬容荷馬，因爲一國要想強盛，對於它素所崇拜的神和英雄必定表示極端的敬仰，荷馬及其他詩人所描寫的神和人簡直是一樣無惡不作，所描寫的英雄簡直和平常人一樣驕傲、怯懦、愚蠢。這樣打破國家的信仰中心，就是危害國家的命脈。總之，詩和其他藝術的影響是不道德的，搖惑人心的，所以詩人和藝術家都不應在一個理想國裡有立足地。柏拉圖這篇攻擊詩人的罪狀是後來關於文藝和道德一切爭執的發軔點。

亞理斯多德是柏拉圖的最大的弟子，他的《詩學》似乎處處針對著他的老師的學說，竭力替詩辯護。柏拉圖罵詩說謊，他卻以爲詩有詩的眞理，比較歷史更富於哲學的意蘊，因爲歷史只記載已然的特殊的事實，而詩卻須表現必然的普遍的眞理。這就是說，詩並非感官世界的模仿，它要超過感官世界，指出事物的必然關係來，使人一見到就覺得它深中情理。其次，柏拉圖罵詩放任情感，他卻以爲情感是人性中所固有的，要想心理健康，我們應該給情感以適當的發洩的機會。比如悲劇的功用就在「用引起哀憐和恐怖的情節，來發散這些情緒」。人生來就有哀憐和恐怖等情緒，如果不讓它們發散，淤積起來即可以釀成苦悶及其他心理的變態。悲劇給它們發散的機會，於是它們就不會擾亂心理的健康。一般詩的功用也就在解放情感。亞理斯多德可以說是藝術獨立自主說的始祖，不把詩看成一種教訓。他在《詩學》第二十五章裡鄭重地聲明道：「評詩的標準和政治及其他技藝的標準絕不相同。」這句話彷彿是說柏拉圖不應該從政治和道德的觀點去嘲笑荷馬。他在《詩學》中提起歐里庇得斯（Euripides）不下二十次，其中貶多於褒，但是每次貶他，都著重藝術上的缺點，始終沒有從倫理的觀點罵他一句。討論戲劇結構時，他說一般人都喜看善有善報惡有惡報的結局，但是這種趣味實在很低下，看到懲報公平所生的快感實在不是美感。從這幾點看，亞理斯多德顯然不承認藝術應含有道德的教訓。

在古代文藝思潮中，亞理斯多德是孑然孤立的。他以前和他以後，多數學者都以爲文藝和道德不能分離。羅馬批評家賀拉斯（Horace）在文藝中見出兩重功能，第一是教訓，其次才是發生快感。這種見解後來成爲假古典派的金科玉律。從第四世紀起一直到第十五世紀止，一千多年中歐洲人都完全被耶穌教牢籠住。耶穌教在中世紀最重苦行。人們都要犧牲現世的快樂去謀來世的解救。文藝的欣賞是一種現世的快樂，所以是一種罪孽。這種苦行主義雖然沒有把藝術的衝動完全壓制下去，中世紀一千多年的文藝卻深深地染上宗教的色彩。諸大教寺的圖畫雕刻都是「寓言的」（allegorical），都要在虛構的意象之後隱寓一種宗教理想或道德教訓。文學也是如此。當時偉大的作家如但丁（Dante）、薄伽丘（Boccaccio）、彼特拉克（Petrarch）等都自以爲微言大義的啓發者。他們都相信文藝和道德是密切相關的。

從但丁時代起，文藝復興的勢力已逐漸露頭角。文藝復興有多方面，最重要的是精神的解放，是由中世紀耶穌教的苦行主義和來世主義，回到古希臘的現世主義和享樂主義。文藝復興時代的人生理想是完全人，所謂完全人要在多方面盡量地發展人的可能性。人性中美的要求與善和眞的要求是平等的，我們不應該讓善和眞的要求把美的要求抹煞去。這種自由發展的精神產生了薄伽丘、喬叟（Chaucer）、莎士比亞和塞萬提斯（Cervantes）一班偉大的作者。文藝在這個時代如春雷暴發，萬卉齊新，一般人對於文藝也猛然發生一種狂熱。但是這種新精神的爆發對於教會的權威極不利，於是一般教會中人如意大利的莎伏那羅拉（Savonayola）、法國的波舒哀（Bossuet）、英國的高生（Gosson），都竭力攻擊詩和戲劇，以爲當時人心不古，世道衰微，都是藝術所惹的禍事。在意大利有一班人基於宗教的虔誠，把許多珍貴的圖畫和古希臘悲劇的寫本都扔到火坑裡去。在英國有所謂「清教徒（puritan）的反動」，看見文學的影響不利於道德，主張把它一律廢去。錫德尼（Sidney）想替詩爭一口氣，做成他的名著《爲詩辯護》，但是他的立場仍是倫理的。清教徒罵文學傷風敗俗，他不說文學自有獨立存在的價値，卻引許多例證說明文學究竟是有益於世道人心的。清教徒在十七世紀握過短期的政權，那時候英國所有戲院都被政府禁閉。大詩人彌爾頓（Milton）也屈服在這種清教徒的影響之下，自稱著《失樂園》的用意是在「向人類宣明神道」。除宗教的勢力之外，還有假古典主義的影響。它也是衛護道德的。十七世紀法國悲劇家如高乃依（Corneille）和拉辛都謹守賀拉斯的文藝寓教訓的信條，用戲劇來宣傳英雄主義或宗教信仰。在英國方面，瓊森不滿意於莎士比亞，就因爲他不守「詩的公道」，讓善惡不得公平的報償。

在柏拉圖以後，托爾斯泰以前，從道德觀點討論文藝者以盧梭爲最重要。在他看，文藝和科學都是文化腐化自然人的利器。達蘭貝爾（D'Alembert）提倡在日內瓦設戲院時，盧梭寫了一封萬言的長信去勸阻他。他以爲人性本來好善惡惡，戲劇卻往往使罪惡顯得可愛，德行顯得可笑，所以它的影響是最危險的。瑞士人如果要保持山國居民的樸素天眞，最好不要模仿近代「文化城市」去設戲院來傷風敗俗。盧梭的見解和柏拉圖與托爾斯泰的見解先後輝映。

三

就大概說，從古希臘一直到十九世紀，文藝寓道德教訓，是歐洲文藝思想中一個主潮；到了十九世紀，它才產生動搖。使它動搖的有兩種勢力。

第一是浪漫主義所附帶的「爲文藝而文藝」（art for art's sake）的信條。浪漫主義就是自由主義，輕理智而重情感和想像，所以對於從前的淺狹的道德觀是一個重大的打擊。「爲文藝而文藝」一句話起於雨果（V. Hugo），但是它的熱烈的布道人是戈蒂耶（Gautier）。他在《藝術家》（*L'Artiste*）裡宣告主張說：

> 我們相信藝術的獨立自主。藝術對於我們不是一種工具，它自身就是一種鵠的。在我們看，一個藝術家如果關心到美以外的事，就失其為藝術家了。我們始終不了解意思（l'idèe）和形式（la forme）何以能分開。形式美就是意思美，因為如果無所表現，形式算得什麼呢？

後來在他自己的《詩序》裡，他的態度更爲劇烈。他說：

這詩有什麼用處？美就是它的用處。這還不夠麼！花、香氣、鳥兒以及一切還沒有因效用於人而喪失本來面目者都是如此。就大概說，一件東西有用便不美。一沾實用，一落入實際生活，它就由詩變為散文，由自由變為奴屬。藝術可以一言蔽之，它就是自由，是奢侈，是餘裕，是閒逸中的心靈開展。圖畫、雕刻、音樂都絕對沒有什麼用場。刻得精緻的寶石、稀罕的玩具和新奇的裝飾都是世間多餘之物。但是誰願意把它們塗銷呢？所謂幸福並不在凡是實用不可少的東西我應有盡有，不受苦並不就是享福。用處最少的東西就是最令人高興的東西。世間有，而且永遠有，一般愛藝術的人們覺得安格爾（**Ingres**）和德拉庫瓦（**Eugène Delacroix**）的油畫以及布朗熱（**Boulanger**）和德康（**Decamps**）的水彩畫比火車輪船還更有用。

從這個觀點看，藝術家應該專在形式上做功夫，不管內容是否合乎道德。左拉（Zola）常罵以道德教訓討好群衆的作家爲投機分子。他在〈文學中的道德〉一文裡說：

在拿道德作投機勾當者以外，才尋出真正作家，他們只服從脾胃，不存心勸善，也不存心勸惡。

在〈淫穢文學〉一文裡，他又說：

作家寫得不好，就是罪大惡極。文學中「罪惡」一詞別無意義……一個寫得好的詞句也就是一種德行。

「爲文藝而文藝」的主張本發源於法國。後來海涅（Heine）把它傳到德國去，惠司勒（Whistler）、王爾德（Wilde）和佩特把它傳到英國去，釀成所謂「唯美主義」，於是它風靡一世，從前藝術寓道德教訓之說便爲人所唾棄了。

「爲文藝而文藝」在十九世紀文人的心目中只是一種信仰，並沒有什麼深奧的理論的根據。但是當時還另有一種較深厚的勢力，給從前文藝必寓道德教訓說以更大的打擊，這就是從康德到克羅齊一線相承的唯心主義的美學。這派美學從美感經驗的分析證明藝術和道德是兩種不同的活動。道德是實用的，起於意志的；美感經驗是直覺的，不涉意志欲念的。像遊戲一樣，它是剩餘精力的自由流露，是「無所爲而爲的觀賞」，所以與道德實用無關。這個道理克羅齊說得最明白。他在《美學綱要》裡說：

藝術不是意志活動所產生的。造成好人的善良意志不能造成一個藝術家。它既然不是意志活動所產生的，就與道德上的分別無關……一個藝術家固然可以在想像中表現一個從道德觀點可褒或可貶的行動；但是他的表現，因為只是一種想像，不應該因此受褒或受貶。世間沒有一條刑律可以定一個意象的死刑或判它下獄，世間也沒有一個頭腦清楚的人對它下道德的判斷。判定但丁的弗朗西絲卡（Francesca）為不道德的，或是莎士比亞的考狄利婭（Cordelia）為道德的——這些角色對於但丁和莎士比亞純為藝術的，好比音樂的音調一樣——實無異於判定一個三角形為不道德的，或是一個方形為道德的。

唯心派美學家中過激者不但否認文藝可以用道德的標準來衡量，並且主張人生和整個宇宙也必須以藝術的眼光去看，而不能以道德的眼光去看。尼采就是這樣想。他說宇宙全是罪孽，人生全是苦痛，如從道德的觀點去看它們，它們就簡直應該毀滅。但是如果從藝術的觀點看，這罪惡貫盈的世界和人生實在是一幅驚心動魄的莊嚴燦爛的圖畫。在他看，一切藝術，尤其是古希臘的悲劇，就是苦於道德觀的日暮途窮，把世界翻成藝術的意象來解救苦惱。

四

文藝界的「爲藝術而藝術」的呼聲，和美學界的「無所爲而爲的觀賞」的理論，雖然是鬧得氣焰沖天，可是終於沒有把從前文藝寓道德教訓的信條完全打倒。十九世紀還有些很大的思想家和藝術家仍然很忠實地相信文藝和道德不能分家。沒有一個詩人比雪萊（Shelley）更富於革命性，更愛護藝術，但是也沒有一個詩人比雪萊更相信文藝負有重大的道德的使命。他的最苦心經營的長詩都含有改善人類的道德的目的。其實並不僅是雪萊，十九世紀比較偉大的作者沒有一個甘心坐在象牙之塔裡面，而不睜著一雙哀憐的眼睛看著十字街頭的。席勒、雨果、華茲華斯、托爾斯泰、易卜生……這些名字不都是確憑確據麼？我們沒有數歌德，他是一般人所認爲不甚關心世事的，但是誰說在《浮士德》裡面歌德不曾有意地要表現一種健康的人生觀呢？

把這件事實記在心裡，我們就知道托爾斯泰的《何謂藝術》一書並不是一種反時代潮流的作品。它是歐洲人的數千年的傳統思想的總匯。像柏拉圖一樣，他的話說得過火一點，所以人家覺得奇怪。向來哲學家分眞善美爲三事，以爲眞屬於哲學科學範圍，善屬於倫理宗教範圍，美屬於藝術範圍。倡藝術獨立自主說者大半附和此說。藝術無關眞與善，因爲它的目的在美。我們一般人也承認美是藝術所特別追求的。托爾斯泰要根本推翻這種見解。他說：

> 就主觀方面說，美是供給我們一種特殊快感的。就客觀方面說，美是絕對完全的東西，我們承認它絕對完全，只因為從這種絕對完全的表現中，我們得到一種快感……總之，在一切「美」中使我們愉快者不引起欲望……我們如果要了解藝術的意義，一定要否認藝術活動的目的在美或快感。

然則藝術的目的究竟在哪裡呢？我們先要明白藝術的性質。藝術像語言一樣，是傳達的工具。語言傳達思想，藝術則傳達情感。托爾斯泰接著說：

在自己的心中回想起一種自己經驗過的情感，回想起之後，於是用動態、線條、顏色或是語言表出的形式把它傳達出來，使旁人也可以經驗到同樣的情感——這就是藝術活動。藝術是一種「人的活動」，它的要義可以一言以蔽之：一個人有意地用具體的符號，把自己所曾生活過的情感傳給旁人；旁人受這些情感傳染，也感覺到這些情感。

因此，藝術有消除隔閡，把人類的情感融成一片的功效。「傳染力愈強，藝術也就愈有價值。」藝術的傳染性有三個條件：一、所傳達的情感的個性強弱，二、傳達情感的形式顯晦，三、藝術家的眞誠的程度，就是說，他對於所傳達的情感自己是否很強烈地感覺到。這三個條件之中以第三種爲最重要。但是這些條件只就藝術本身而言，此外藝術的取材（就是它所傳達的情感），也可以判定藝術的價值。就耶穌教的國家說，托爾斯泰以爲值得傳達的情感一定能「鞏固人和人以及人和上帝的團結」。

耶穌教藝術，這就是說，我們時代的藝術，應該有普遍性，應該把人類團結起來。只有兩種情感可以團結人類：第一，認識神與人的親子關係，和人與人的兄弟關係所生的情感；其次，一切人都可感覺到的普通生活的情感，像嬉笑、哀憐、歡愉、靜穆等情感。只有這種情感可以做藝術的好材料。

藝術的目的在融合情感，不在設立界限，所以最簡樸的小百姓所能了解的藝術才是最高的藝術。托爾斯泰拿這些標準衡量近代歐洲藝術，以爲它腐化已達極點。「藝術既成爲職業的對象，它的命脈——眞誠——就喪失殆盡了。」一般人所公認爲偉大的作家，像古希臘三大悲劇家、但丁、莎士比亞、拉斐爾、米開朗琪羅、巴赫（Bach）、貝多芬之流，都被托爾斯泰所唾罵，因爲他們缺乏宗教的深沉，偏重性欲及其他無價值的情感。最後他說：

> 每個有理性有道德的人應該步柏拉圖以及耶教和回教的教師的後塵，把這個問題重新這樣地解決：寧可不要藝術，也莫再讓現在流行的腐化的虛偽的藝術繼續下去。

總之，藝術的目的在宣傳道德和宗教，並不在產生美感。近代藝術只求替有閒階級製造遣閒工具，滿足驕奢淫逸者的快感欲，對於社會是一種有罪的浪費。托爾斯泰要把藝術從象牙之塔搬到十字街頭。他和英國羅斯金和莫里斯（William Morris）諸人都是反對當時「爲藝術而藝術」的風尚。這種風尚，在他們看，最容易使藝術走到職業化和階級化的路，結果是由與人生隔絕而腐化。這個思潮在現代很強盛。法國一般從社會學觀點研究美學者，和俄國主張文藝大衆化者，大半直接地或間接地承受托爾斯泰的影響。

托爾斯泰是一位虔敬的耶教信徒，不免把宗教的成見應用到藝術理論上去。但是近代科學家中也有些人深深地覺到文藝和道德的密切關係，雖然他們對於道德並沒有什麼成見。英國心理學派批評家理查茲（Richards）就是如此。在他看，談到究竟，藝術總須有價值。「價值」起於事物對於人生的關係。離開人生，便不能有所謂「價值」。藝術家的任務就在保存和推廣人生中最有價值的經驗。什麼是最有價值的經驗呢？人類生來有無數自然衝動（impulses）。這些自然衝動如食欲、性欲、名欲、利欲、哀憐、恐懼、歡欣、愁苦之類往往互相衝突。在實際生活中我們讓某一種衝動自由實現，便須把所有的相反的衝動一齊壓抑住或消滅去。但是壓抑或消滅不是理想的辦法，它是一種可惜的損耗。道德的問題就在如何使相反的衝動調和融洽，並行不悖；就在對於它們加以適宜的組織（organization）。「對於人類可能性損耗最少的就是最好的組織。」換句話說，在最有價值的經驗中，最多數的相反的衝動和興趣能得最大量的調和，遭最少量的損耗和壓抑。活動愈多方，愈繁複，愈自由，愈不受阻礙，則生命亦愈豐富。據理查茲說，藝術的經驗是最豐富的經驗，因爲在想像的世界裡，實際生活的種種限制不存在，自然的衝動雖往往彼此互相衝突，我們卻可把它們同時放在一個調和的系統裡，不必藉壓抑一部分衝動才可以給另一部分衝動以自由發展的機會。舉一個例來說，哀憐和恐懼兩種情緒本來帶著兩種相反的衝動，哀憐的衝動是趨就，恐懼的衝動是避免。悲劇可以同時引起哀憐和恐懼，所以同時給兩種相反的衝動以自由發展的機會。藝術作品愈偉大，它所調和的衝動也就愈繁複；用尋常語言來說，就是想像愈豐富，意義愈深廣。世間事有因都有果，一個人如果眞正了解一部有價值的文藝作品，他的性情和思想必定經過若干改變。一個人如果在讀了一部書以後和在未讀它以前完全是一樣，氣質毫無變化，那只有兩種可能的解釋，不是他自己有缺點，就是那一部書有缺點。說文藝與道德應分開的人們，不但不了解道德，也並沒有了解文藝。

理查茲的學說一方面應用弗洛伊德派心理學，一方面也反映近代的人生觀。弗洛伊德派心理學告訴我們，自然衝動是不能勉強壓抑下去的，如果把它們勉強壓抑下去，會釀成種種心理的變態。被壓抑的欲望在繞彎子尋出路時，於是有文藝。理查茲雖不附和文藝爲欲望的昇華說，卻承認壓抑自然衝動是一種生機的損耗。其次，就人生哲學說，從柏拉圖到中世紀耶教的大師都主張用理智去節制本能和情感。耶教的苦行主義簡直把本能和情感當作罪孽的根源，要把它們完全消滅去。從文藝復興以後，人們才逐漸放棄苦行主義的壓抑政策，求人生多方面的盡量的自由發展。歌德的《浮士德》是這種近代人生觀的結晶。理查茲以爲我們如果要盡量地發展人的可能性，須走文藝的路，因爲在文藝中相反的衝動可以調和。

關於文藝與道德問題的學說甚多，本篇只舉其犖犖大者。從這個簡單的歷史的回溯看，我們可以見出這個問題雖然鬧了幾千年之久，到現在仍是沒有公認的結論。留心這個問題的人們尚有精心探討的必要，不是武斷或盲從所可了事的。

第八章　文藝與道德㈡：理論的建設

一

在歷史上文藝與道德的問題鬧了二千餘年之久，許多偉大的思想家和藝術家都捲入戰團，到今天還沒有得到一個結局。這件事實固然顯出問題的繁難，同時也引起我們懷疑從前人討論這問題的態度和方法都有很大的缺陷。就態度說，他們都先很武斷地堅持一種信仰而後找理由來擁護它。就方法說，他們對於文藝和道德的關係，不是籠統地肯定其存在，就是籠統地否認其存在。其實就某種觀點看，文藝與道德密切相關，是不成問題的；就另一種觀點看，文藝與道德應該分開，也是不成問題的。從前人的錯誤在沒有認清文藝和道德在哪幾方面有關係，在哪幾方面沒有關係，於是「文藝與道德有關」和「爲文藝而文藝」兩說便成爲永遠不可調和的衝突。在本篇裡我們想平心靜氣地把這兩說衡量一下，看它們的長短所在，然後參較事實，仔細分析文藝與道德的關係，求出一個較可滿意的結論。

文藝寓道德教訓說在歷史上占勢力最長久，而在近代也最爲人所唾棄。它在種種方面都叫人不滿意。第一，從心理學方面說，它根本誤解美感經驗。在創造或欣賞的一頃刻中，我們心中只有一個獨立自足的完整意象。這種意象完全是想像的，我們不能拿評判實事實物的標準來評判它。天上的一片雲或是園中的一朵花，在我們無所爲而爲地觀賞時，便自成一世界，既不能教忠教孝，也不能誨奸誨淫。凡是藝術作品所表現的意象都是如此，它和實際人生是隔著一個距離的。藝術的任務在忠實地表現人生，不在對於人生加以評價。評價是倫理範圍裡的事，與藝術無直接關係。從道德觀點看，《紅樓夢》裡的賈政比賈赦、尤三姐比尤二姐都較易博得同情；但是從藝術觀點看，他們應該等量齊觀，作者把他們都寫得盡情盡理。我們欣賞賈赦、尤二姐以及西門慶、潘金蓮之類的人物，並非因爲在道德上同情他們，乃是因爲他們在藝術上是成功的作品。

其次，從哲學方面看，文藝寓道德教訓說根據的人生觀太狹隘。人性本來是多方的，需要也是多方的。人性中本有飲食欲，渴而無所飲，飢而無所食，固然是一種缺乏；人性中本有求知欲而沒有科學和哲學活動，本有美的嗜好而沒有藝術的活動，也未始不是一種缺乏。眞和美的需要也是人生中一種飢渴——精神上的飢渴。柏拉圖和耶教徒把想像和情感看成人性中的危險物，想用理智把它們壓制下去。它們能否受壓制還是一個問題，縱或能受壓制，也還是剝削一部分天性去培養另一部分天性，究竟不是一種理想的辦法。健康的人生觀應該能容許多方面的調和的發展。壓抑、剝削、摧殘，最多只能造成畸形的發展，最後總不免流於褊狹虛僞。我們細看歷史，就可以發現在一種文化興旺的時候，健康的人生觀和自由的藝術總是並行不悖，古希臘史詩和悲劇時代、中國的西漢和盛唐時代以及英國莎士比亞時代可以爲證；一種文化到衰敗的時候，才有狹隘的道德觀和狹隘的「爲藝術而藝術」主義出現，道德和文藝才互相衝突，結果不但道德只存空殼，文藝也走入頹廢的路，古希臘三世紀以後，中國齊梁時代以及歐洲十九世紀後半期可以爲證。

道德上有訓練，有修養，藝術上也有訓練，有修養。這兩種修養都可以使人達到孔子所說的「思無邪」的境界。從道德觀點說，「思無邪」是胸有把握，不至爲邪念所引誘。從藝術觀點說，它是專心致志地無所爲而爲地欣賞一個孤立絕緣的意象，注意力不旁遷他涉。一個人如果因看見內容涉及淫穢事跡的作品（如《西廂記》、《紅樓夢》、《金瓶梅》之類）而動淫欲，他不但是道德的罪人，對於藝術也是孽蠹。我們對於一般人所斥爲淫穢的作品可以持兩種態度：一種是索性不看它或是把它毀去，免得它引動邪欲凡念；一種是儘管看它，它淫而我不淫。前者是「風帆不動，賢者心自動」，後者是「風帆雖動，賢者心不動」。請問道德家，這兩種態度哪一種較合於道德的理想呢？從前怕藝術傷風敗俗而主張把它消滅或加以道德化的人們都不免是「風帆不動，賢者心自動」。他們的心地本來不純潔，愈易引誘所以愈怕引誘，以爲把引誘的來源割斷，就可以一清百清。其實心術不正，什麼地方不是引誘？一個人要保持貞潔，不一定要做太監，做了太監，也不一定就能保持貞潔。孔子究竟是一個修行有素的人，所以他刪詩定樂時，肯把桑間濮上之音和清廟明堂之葉並存不廢。「才不才亦各言其子」，淫不淫亦各言其志。詩既在言志，我們就只能看它言得是否入情入理，不應問「志」的本身何如。

情感自由和思想自由一樣，是不應受壓迫而且也不能受壓迫的。文藝是情感的自由發展的區域。情感的勢力實在比理智的更強大，所以文藝對於人的影響非常深廣。道德家看到這種影響，往往用兩種方法來駕馭它。

第一種方法是利用。在歷史上道德、宗教和政治都利用過文藝做宣傳品。中國唐宋以後的古文家要用文載道，西方假古典派作者要藉詩歌、戲劇作教訓的工具，結果是文藝走上很褊狹、陳腐、膚淺的路。歐洲中世紀耶教徒要利用文藝宣傳宗教，結果到文藝復興時代，文藝變成解放精神、打破宗教束縛的主要的原動力。法國大革命時代當局要利用文藝宣傳平等、自由，結果是文藝衰落。以近代最偉大的騷動和改革做背景而沒有產生一種偉大的文藝作品，實在是一件可詫異惋惜的事。據布呂納介（Brunetière）的研究，法國革命時帶宣傳性的戲劇極發達，但是在當時轟動一時的劇本大半都平凡幼稚，現在已沒有一部值得我們注意。據歷史的教訓看，利用文藝爲宣傳工具只有兩種結果，不是像中世紀宗教藝術向利用者倒戈，就是像假古典時期和法國革命時期，文藝因不能自由發展而僵死。

道德家的第二種駕馭文藝的方法是壓迫，或美其名曰「檢查」、「審定」。柏拉圖是第一個主張文藝要經國家審定的人，不過他的理想國並未實現，他的文藝主張也徒托空言。中世紀耶教徒一方面想利用文藝，同時也設法鉗制文藝，但是說來很奇怪，最放任不羈的也莫過於中世紀歐洲文藝。雖然在表面上它有時塗了一些宗教的色彩做護身符，大概和外國人在賣給中國的貨物上大書「提倡國貨」的字樣同一伎倆。英國清教徒當政時以爲戲劇傷風敗俗，嚴加禁止，但是查理二世復辟以後，戲劇復興，偏要觸犯清教徒所忌諱的猥褻佻達的言貌。近代各國政府多設專門機關去檢查審定文藝作品。福樓拜的《包法利夫人》和波德萊爾的詩集《罪惡之花》都受法國政府檢舉過，惹起轟動一時的訴訟。喬伊斯（J. Joyce）和勞倫斯（Lawrence）的幾種名著也被英國政府禁止過。但是這些被禁止的書籍銷行反而更廣。政府的干涉恰好替它們做了廣告。「防民之口，甚於防川。」有遠見的政治家和道德家最好讓思想和情感自由流露，如設堤防去阻止它們，一旦到堤防決口時，它們便不免泛濫橫流，走到另一極端，影響反更壞。到了最後，文藝作品的檢查審定者還是人民自己。哪一個時代沒有一些無藝術價值而且有害世道人心的作品？但是這些作品中哪一部後來不遭自然淘汰？一般負檢查審定文藝作品之責的官吏不幸大半都不是理想的文藝的裁判者，他們不是見地狹隘，就是趣味低下，結果不但是無補於世道人心，而且引起一般人對於文藝與道德的討論生極強烈的反感。現在我們拿文藝和道德相提並論，彷彿自覺犯了替審定檢查諸公張目的嫌疑，一般人也不免起「掩鼻而過之」的態度。這種反感實可惋惜，因為它釀成許多偏見。

二

我們在分析美感經驗時，大半採取由康德到克羅齊一線相傳的態度。這個態度是偏重形式主義而否認文藝與道德有何關聯的。把美感經驗劃成獨立區域來研究，我們相信「形象直覺」、「意象孤立」以及「無所為而為地觀賞」諸說大致無可非難。但是根本問題是：我們應否把美感經驗劃為獨立區域，不問它的前因後果呢？美感經驗能否概括藝術活動全體呢？藝術與人生的關係能否在美感經驗的小範圍裡面決定呢？形式派美學的根本錯誤就在忽略這些重要的問題。

第一，我們須明白美感經驗只是藝術活動全體中的一小部分。美感經驗是純粹的形象的直覺，直覺是一種短促的、一縱即逝的活動；藝術的完成則需要長時期堅持的努力。比如做詩，詩的精華在情趣飽和的意象。這種意象突然間很新鮮地湧現於作者的眼前，他覺得它有趣，把它抓住記載下來，於是有詩。美感經驗只限於意象突然湧現的一頃刻。但是做詩卻不如此簡單。在意象未湧現以前，作者往往須苦心構思，才能尋到它。縱然它有時不招自來，也必須在潛意識中經過長期的醞釀。在意象湧現的一頃刻中，詩人心中固然只直覺到一個孤立絕緣的意象，對於它不加以科學的思考或倫理的評價。但是直覺之後，思考判斷自然就要跟著來。作者得到一個意象不一定就用它，須斟酌它是否恰到好處；假如不好，他還須把它丟開另尋較滿意的意象。這種反省與修改雖不是美感經驗，卻仍不失其爲藝術活動。美感經驗只能有直覺而不能有意志及思考；整個藝術活動卻不能不用意志和思考。在藝術活動中，直覺和思考更遞起伏，進行軌跡可以用斷續線表示。形式派美學在這條斷續線中取出相當於直覺的片段，把它叫做美感經驗，以爲它是孤立絕緣的。這在方法上是一種大錯誤，因爲在實際上直覺並不能概括藝術活動全體，它具有前因後果，不能分離獨立。形式派美學既然把美感經驗劃爲獨立區域，看見在這片刻的直覺中文藝與道德無直接關係，便以爲在整個的藝術活動中道德問題也不能闖入，這也未免是以偏概全，不合邏輯。

其次，縱使我們退一步想，假定美感經驗與藝術活動完全相等，如形式派所主張的，我們也要明白這種等於藝術活動全體的美感經驗絕不能劃爲獨立區域。人在生理和心理兩方面都是完整的有機體，其中部分與部分，以及部分與全體都息息相關，相依爲命。我們固然可以指出某一器官與某另一器官的分別，但是不能把任何器官從全體宰割下來，而仍保存它的原有的功能。我們不能把割碎的四肢五官堆砌在一塊成爲一個活人，生命不是機械，部分之和不一定等於全體，因爲此外還有全體所特有的屬性。同理，我們固然可以在整個心理活動中指出「科學的」、「倫理的」、「美感的」種種分別，但是不能把這三種不同的活動分割開來，讓每種孤立絕緣。在實際上「美感的人」同時也還是「科學的人」和「倫理的人」。文藝與道德不能無關，因為「美感的人」和「倫理的人」共有一個生命。形式派美學在把「美感的人」從整個的有機的生命中分割出來時，便已把道德問題置於文藝範圍之外。我們如果承認這種分割合理，便須附帶地否認文藝與道德的關係。但是這種分割與「人生為有機體」這個大前提根本相衝突。承認人生為有機體，便不能不否認藝術活動可以孤立絕緣，便不能不承認文藝與道德有密切的關係。形式派美學的錯誤在過信十九世紀以前所盛行的機械觀和分析法，這個毛病我們將來批評克羅齊派美學時還要詳加討論。

以上專論形式派美學對於文藝與道德問題的誤解，此外十九世紀後半期文人所提倡的「為文藝而文藝」，在理論上有更多缺點。喊這個口號的人們不但要把藝術活動和其他活動完全分開，還要把藝術家和社會人生絕緣，獨闢一個階級，自封在象牙之塔裡，禮讚他們的唯一尊神——美。這種人和狹隘的清教徒恰走兩極端，但是都要摧殘一部分人性去發展另一部分人性。這種畸形的性格發展絕不能產生眞正偉大的藝術，因為從歷史看，偉大的藝術都是整個人生和社會的返照，來源豐富，所以意蘊深廣，能引起多數人發生共鳴。「為文藝而文藝」的倡和者把藝術和人生的關係斬斷，專在形式上做功夫，結果總不免流於空虛纖巧。戈蒂耶和王爾德的成就我們是看得見的。

三

在以上兩節中我們發現「爲道德而藝術」和「藝術獨立自主」兩個相反的主張各有各的眞理，也各有各的毛病。爲在事實中求理論的佐證起見，我們最好朝另一個方向去研究，就是拿以往藝術作品來分析，看它們和道德的關係究竟如何。以文藝與道德關係爲標準，作品可以分爲三類：㈠有道德目的者，㈡一般人所認爲不道德者，㈢有道德影響者。

一、所謂有道德目的，就是作者有意要在作品中寓道德教訓。這類作品中有具極大藝術價值的，如《新舊約》、中世紀的耶教藝術、但丁的《神曲》、班揚的《天路歷程》、彌爾頓的《失樂園》、雨果的《悲慘世界》、托爾斯泰的小說以及易卜生、蕭伯納諸人的戲劇都是顯著的例；也有沒有藝術價值的，如華茲華斯的宣傳教義的十四行詩（ecclesiastical sonnet）、假古典時代的教訓詩（didactic poem）、法國革命時代帶宣傳性的戲劇、中國的無數的「善書」和「陰騭文」都是最顯著的例。從這些證據看，我們不能因爲作者有道德目的，就斷定他的作品好或壞。

二、一般人所謂不道德的作品定義非常難下。通常大半指材料或內容中有不道德的事跡。像《金瓶梅》、《九尾龜》、法國皮耶路易的《愛神》、英國勞倫斯的《虹》和《恰特里夫人的情人》之類都被人稱爲「淫書」。照柏拉圖看，荷馬的史詩和古希臘的悲劇，都是不道德的，因爲它們把神和英雄描寫得像平常人一樣可以犯罪作惡，破壞國民的中心信仰。瓊森常不滿意於莎士比亞，因爲他的悲劇裡沒有道德目的，使善惡同歸於盡。法國政府禁止波德萊爾的《罪惡之花》第一版，因爲「裡面有些題材最好是丟去不寫」，如死屍惡臭裸體美之類。德國政府禁止《西線平靜無戰事》影片，因為它會教青年厭惡戰爭，妨礙國家主義。從這些實例看，我們可見從題材內容斷定作品的道德或不道德，很少有作品可以宣告無罪。人生本來有許多不道德的事情，自然難免不反映到藝術作品裡去。人世不是天堂，所以藝術品不盡是潔白無瑕的仙子的行讚。其次，以上所舉的作品在藝術上大半都有很高的價值，一般人或是一部分人雖然以為它們是不道德的，作者們自己卻否認有什麼不道德的目的。材料內容的道德與不道德並不足以決定作品的藝術的價值。但丁在《神曲．地獄》部何嘗沒有描寫奸盜邪淫？歌德在《浮士德》裡何嘗沒有描寫惡魔大逆？但是原來醜劣的材料都經藝術熔鑄成為美妙的形象。藝術的功用就在征服醜劣的自然，世間固然有些不道德的作品，如坊間流行的許多淫書，宣傳狹義的愛國主義和揶揄外國人的影片，甚至於提倡狹義的英雄主義的小說，都應該以輿論的力量去淘汰。作者們大半有意迎合群眾的心理弱點，藉藝術的旗幟，幹市儈的勾當，不僅在道德上是罪人，從藝術觀點看，他們尤應受譴責。他們的作品根本不是藝術，所以不能作道德與藝術問題的論證。

三、有道德影響與有道德目的應該分清。有道德目的是指作者有意宣傳一種主義，拿文藝來做工具。有道德影響是指讀者讀過一種藝術作品之後在氣質或思想方面生較好的變化。有道德目的的作品固然有時可生道德影響。一切喜劇和諷刺小說都不免有幾分道德目的，都要使人知道個人言動笑貌和社會制度習慣的缺點可笑，應該設法避免。這類作品如果在藝術上成功，無形中都可以產生道德影響。法國如果沒有拉伯雷（Rabelais）、莫里哀（Molière）和伏爾泰（Voltaire）諸諷刺作家，人情風俗的變遷也許另是一樣。有道德目的的作品不一定就生道德影響，很少有人因為讀善書、陰騭文而變成眞正的君子。有時狹隘的道德目的反而產生不道德的影響，《水滸》的作者何嘗不說要教人忠孝節義，但是許多強盜流氓都是要模仿梁山泊的好漢。最可注意的是沒有道德目的的作品往往可以發生最高的道德影響。莎士比亞的悲劇是最好的例。就目的說，莎士比亞絕對沒有什麼道德主張要宣傳；就內容說，悲劇的事跡如女逐父、夫殺妻、臣叛君、弟弒兄之類大半是不道德的。但是在眞正了解一部悲劇之後，我們並不頹喪，反而覺得感發興起，一方面情感彷彿經過一番淨化和尊嚴化，一方面對於人生世相也得一種深刻的觀照。粗略地說，凡是第一流藝術作品大半都沒有道德目的而有道德影響，荷馬史詩、古希臘悲劇以及中國第一流的抒情詩都可以爲證。它們或是安慰情感，或是啓發性靈，或是洗滌胸襟，或是表現對於人生的深廣的觀照。一個人在眞正欣賞過它們以後，與在未讀它們以前，思想氣質不能是完全一樣的。

四

我們關於文藝與道德問題的主張大要在上文已可見出，現在把紛亂的線索理清楚，作一個總結束。

關於任何學問，答案的誤謬往往由於問題的曖昧。從前許多學者對於文藝與道德的關係發出許多錯誤議論，就因爲「文藝與道德有無關係」這個問題太籠統。爲精確起見，它應該分爲下列幾個問題：

一、在美感經驗中，從作者的觀點與讀者的觀點看，文藝與道德有何關係？
二、在美感經驗前，從作者的觀點與讀者的觀點看，文藝與道德有何關係？
三、在美感經驗後，從作者的觀點與讀者的觀點看，文藝與道德有何關係？

我們現在逐條研究。

一、在美感經驗中，無論是創造或是欣賞，心理活動都是單純的直覺，心中猛然見到一個完整幽美的意象，霎時間忘去此外尚有天地，對於它不作名理的判斷，道德問題自然不能闖入。西門慶引誘潘金蓮原是不道德的行為，武松拒絕潘金蓮的引誘原是道德的行為，但在《水滸》和《金瓶梅》的作者和讀者看，這兩面文章同樣地有趣，同樣地入情入理。使人覺得有趣和入情入理，武松、西門慶和潘金蓮在藝術上都是成功的角色。在覺得有趣和入情入理的那一頃刻，作者和讀者都只用直覺觀賞純意象，無暇從道德的觀點去褒獎武松或是譴責西門慶和潘金蓮。我們還可以進一步說，藝術的作品是否成功，就要看它能否使人無暇取道德的態度，而專把它當作純意象看，覺得它有趣和入情入理。就美感經驗本身說，我們贊成形式派美學的結論，否認美感與道德觀有關係。

二、一個人不能終身都在直覺或美感經驗中過活，藝術的活動不僅限於短促的一縱即逝的美感經驗。一個藝術家在突然得到靈感、見到一個意象（即直覺或美感經驗）以前，往往經過長久的預備。在這長久的預備期中，他不僅是一個單純的「美感的人」，他在做學問，過實際生活，儲蓄經驗，觀察人情世故，思量道德、宗教、政治、文藝種種問題。這些活動都不是形象的直覺，但在無形中指定他的直覺所走的方向。稍縱即逝的直覺嵌在繁複的人生中，好比沙漠中的湖澤，看來雖似無頭無尾，實在伏源深廣。一頃刻的美感經驗往往有幾千萬年的遺傳性和畢生的經驗學問做背景。道德觀念也是這許多繁複因素中一個重要的節目。莎士比亞和荷馬不同，歌德或易卜生又和莎士比亞不同，這不僅由於形式技巧的變遷，他們所表現的人生觀照和了解也不一致。有些作家無意於表現道德觀而道德觀自現，莎士比亞和陶潛可以爲證；也有些作家很坦白地自認有意表現道德觀而亦無傷於文藝，托爾斯泰和蕭伯納可以爲證。說在美感經驗以前，文藝與道德密切相關，實無異於說藝術與時代背景和作者個性有關。這個道理本極平凡淺顯，但是「爲文藝而文藝」說的倡和者卻把它忽略過去了。

其次，就讀者方面說，一個人的道德的修養和見解，往往也可影響到他對於文藝的趣味。同是一個藝術作品對於甲引起美感態度，對於乙則引起道德態度。瓊森嫌莎士比亞的《李爾王》（*King Lear*）最後一幕中孝女考狄利婭死得太慘，不忍卒讀，到後來他編注這部悲劇，才勉強把它讀下去。看戲者常憤恨秦檜賣國，替岳飛抱不平，看小說者常希望在結局時有情人竟成眷屬。這些都是道德態度。就藝術觀點說，以道德態度應付藝術，是趣味低劣的表現，是人類的一種弱點。但是就實際經驗看，這種弱點非常普遍。藝術本應引起美感態度而卻引起道德態度，是失其應有的功用，所以藝術家不能不顧到人類的這個普遍的弱點，設法使他的作品不受它影響。這裡我們要回到「距離」說了。藝術與道德的距離須配得恰到好處，這是美感經驗成立的必要條件。如果一件作品引起道德上的反感，如《李爾王》對於瓊森；或是引起道德上的同情，如看戲者憤恨秦檜，替岳飛抱不平，美感經驗就根本不能成立了。

三、在美感經驗以後，文藝與道德的問題更爲複雜。我們一方面要顧到價值的標準，一方面要顧到文藝所產生的道德的影響。

先說價值的標準。我們評判藝術作品的價值，應該純粹地從文藝觀點著眼，還是同時要顧到道德的觀點呢？依形式派美學說，文藝自成一獨立區域，自有價值，評判價值的標準應該完全在它本身中尋出，道德的標準是外來的，不能應用。英人布拉德雷在《牛津詩歌演講集》（Bradley: *Oxford Lectures on Poetry*）裡〈爲詩而詩〉篇裡說得最清楚：

> 「為詩而詩」一個公式對於詩的經驗怎樣解說呢？依我看，它說以下數事：第一，這種經驗自身就是一種目的，有一種內在價值；值得有，並不為它本身以外的緣故。第二，它的詩的價值就只限於這種內在價值。詩儘管有外在價值，比如說它可以效用於文化或宗教，可以傳教訓，慰情感，助成一種美舉，或是替詩人得利，得名，得良心上的安慰。那麼，更好，就讓我們為這些緣故把詩看得有價值。但是就其為一種可喜的想像的經驗而言，詩的價值不能直接地因它的外在價值決定，它應該完全從詩的本身判定。這兩條原則以外，我們還可以再加一條，雖然這並不必要：無論詩人自己在做詩時或是讀者在體驗詩時，考慮到外在目的，就難免降低詩的價值。因為這種考慮容易把詩從它自己的特殊空氣中拉出來，以至變化它的本質。

理查茲在《文學批評原理》裡對於這種「爲詩而詩」的議論曾加辯駁，我們大致同意。所謂外在價值，如文化、宗教、教訓、慰情感、得名利等，實在不能等量齊觀。名利固然不能決定詩的價值，至如文化、宗教、教訓、情感諸因素對於詩的價值卻非毫無影響。文藝作品原來不可以一概論，有可以完全從文藝本身定價值的，如陶潛的〈桃花源記〉，韓愈的〈毛穎傳〉，謝靈運和王維的寫景詩以及柳宗元的山水雜記之類純粹的想像的或狀物的作品都屬於這一類（這類文學在中國實在稀少）；也有不能完全從文藝本身定價值的，如屈原的〈離騷〉，阮籍、杜甫、白居易、陸游、元好問諸人的詩，大部分元曲，以及一般諷刺作品，在這些實例中，作者原來有意地或無意地滲透一種人生態度或道德信仰到作品裡去，我們批評它的價值時，就不能不兼顧到那種人生態度或道德信仰的價值。比如我們批評屈原和杜甫的詩，不能把他們的人格和憂世忠君的熱忱看作與他們的藝術毫無關係。所以一般「爲文藝而文藝」的倡和者所反對的以道德的標準去評定文藝的價值，也還有有斟酌的餘地。

其次，文藝能發生道德的影響，連形式派美學家也並不否認，他們所著重的有兩件：一、作者不應該顧慮到這種影響，二、讀者不應該以這種影響去評判文藝的價值。這兩條我們已經討論過，現在回到道德的影響本身來研究。文藝能產生怎樣的道德的影響呢？

第一，就個人說，藝術是人性中一種最原始、最普遍、最自然的需要。人類在野居穴處時代便已有圖畫詩歌，兒童在剛離襁褓時便作帶有藝術性的遊戲。嗜美是一種精神上的飢渴，它和口腹的飢渴至少有同樣的要求滿足權。美的嗜好滿足，猶如眞和善的要求得到滿足一樣，人性中的一部分便有自由伸展的可能性。汩喪天性，無論是在眞、善或美的方面，都是一種損耗，一種殘廢。從前人論文藝的功能，不是說它在教訓，就是說它在娛樂，都是爲接受藝術者著想，沒有顧到作者自己。其實文藝有既不在給人教訓又不在供人娛樂的，作者自己的「表現」的需要有時比任何其他目的更重要。情感抑鬱在心裡不得發洩，近代心理學告訴過我們，最容易釀成性格的乖僻和精神的失常。文藝是解放情感的工具，就是維持心裡健康的一種良劑。古代人說：「爲道德而藝術」，近代人說：「爲藝術而藝術」，英國小說家勞倫斯說：「爲我自己而藝術（art for my own sake）。」眞正的大藝術家大概都是贊同勞倫斯的。

藝術雖是「爲我自己」，倫理學家卻不應輕視它在道德上的價值。人比其他動物高尚，就是在飲食男女之外，還有較高尚的營求，藝術就是其中之一。「生命」其實就是「活動」。活動愈自由，生命也就愈有意義，愈有價值。實用的活動全是有所爲而爲，受環境需要的限制；藝術的活動全是無所爲而爲，是環境不需要人活動而人自己高興去活動。在有所爲而爲時，人是環境需要的奴隸；在無所爲而爲時，人是自己心靈的主宰。我們如果研究倫理思想史，就可以知道柏拉圖、亞理斯多德和中世紀耶教大師們，就學說派別論，彼此相差很遠，但是談到「最高的善」，都以爲它是「無所爲而爲的觀賞」（disinterested contemplation）。這樣看，美不僅是一種善，而且是「最高的善」了。

第二，就社會說（讀者在內），藝術的功用，像托爾斯泰所說的，在傳染情感，打破人與人的界限。我們一般人都囿在習慣所劃定的狹小世界裡，對於此外的世界都是痴聾盲啞，視而不見，聽而不聞，食而不知其味。藝術家比較常人優勝，就在他們的情感比較眞摯，感覺比較銳敏，觀察比較深刻，想像比較豐富。他們不但能見到比較廣大的世界，而且引導我們一般人到較廣大的世界裡去觀賞。像一位英國學者所說的，藝術家「借他們的眼睛給我們去看」（lend their eyes for us to see）。古希臘悲劇家和莎士比亞使我們學會在悲慘世界中見出燦爛華嚴，阿里斯托芬和莫里哀使我們學會在人生乖訛中見出詼浪笑傲，荷蘭畫家們使我們學會在平凡醜陋中見出情趣深永的世界。在拜倫（Byron）以前，歐洲遊人沒有讚美過威尼斯，在透納（Turner）以前，英國人沒有注意到泰晤士河上有霧。沒有謝靈運、陶潛、王維一班詩人，我們何曾知道自然中有許多妙境？沒有普魯斯特（Proust）、勞倫斯一班小說家，我們何曾知道人心有許多曲折？藝術是啓發人生自然祕奧的靈鑰，在「山重水復疑無路」時，它指出「柳暗花明又一村」。

這種啓發對於道德有什麼影響呢？它伸展同情，擴充想像，增加對於人情物理的深廣眞確的認識。這三件事是一切眞正道德的基礎。從歷史看，許多道德信條到缺乏這種基礎時，便爲淺見和武斷所把持，變爲狹隘、虛僞、酷毒的桎梏，它的目的原來說是在維護道德，而結果適得其反，儒家的禮教，耶教的苦行主義，日本的武士道，都可以爲證。雪萊在〈詩的辯護〉中說得最好：

> 道德的大原在仁愛，在脫離小我，與非我所有的思想行為和身體的美妙點相同一。一個人如果要真是一個大好人，必須能深刻地廣闊地想像；他必須能設身處一個別人或許多別人的地位，人類的憂喜苦樂須變成他的憂喜苦樂。達到道德上的善，頂大的津梁就是想像；詩從這種根本地方下手，所以能發生道德的影響。

總之，道德是應付人生的方法，這種方法合式不合式，自然要看對於人生了解的程度何如。沒有其他東西比文藝能給我們更深廣的人生觀照和了解，所以沒有其他東西比文藝能幫助我們建設更完善的道德的基礎。蘇格拉底的那句老話是多麼簡單，多麼惹人懷疑，同時，它又是多麼深永而眞確！

「知識就是德行！」

一九八一年七月讀校樣時寫

作者補注　討論文藝與道德關係的七、八兩章，是在北洋軍閥和國民黨專制時代寫的，其中「道德」實際上就是指「政治」。

第九章　自然美與自然醜——自然主義與理想主義的錯誤

一

在日常語言中「美」、「醜」兩個字用來形容自然和用來形容藝術，簡直沒有分別。其實「自然美」和「自然醜」與「藝術美」和「藝術醜」應該分開來說。這種看法雖然與常識相衝突，但是要眞正了解美的本質，我們必須把藝術的美醜和自然的美醜分清。本章先說自然美與自然醜的意義。

「自然」（nature）的意義本來很混。假古典派學者以爲自然就是「眞理」或「人性」，蒲柏（Pope）說：「研究古人就是研究自然」，因爲古人在他們的作品中已經把眞理和人性表現得透闢無餘了。現在一般人把「自然」看成與「人」相對的，人以外的事物，如天地星辰、山川草木、鳥獸蟲魚之類，統稱爲「自然」。有時「自然」與「人爲」相對，人也歸在「自然」裡，人工所造作的就不是「自然」。但是這種意義也不十分精當，一片自然風景裡也可以包括城郭樓臺在內。我們現在姑且用一個最概括的意義，說自然就是現實世界，凡是感官所接觸的實在的人和物都屬於自然。

從來學者對於自然的態度可略分爲兩種，「自然主義」（naturalism）和「理想主義」（idealism）〔注意：這專就對於自然的態度而言，不是指藝術的作風，所以這裡所說的「自然主義」和法國小說家左拉所倡的「自然主義」是兩回事。我們這種用法的根據是法國美學家拉羅（Lalo）的《美學導言》〕。

自然主義起源比較近。各民族在原始時代對於自然都不很能欣賞。應用自然景物於藝術，似以中國爲最早，不過眞正愛好自然的風氣到陶潛、謝靈運的時代才逐漸普遍。《詩經》應用自然，和古代圖畫應用自然一樣，只把它當背景或陪襯，所以大半屬於「興」，「興」就是從觀察自然而觸動關於人事的情感。從晉唐以後，因爲詩人、畫家和僧侶的影響，讚美自然才變成一種風尙。在西方古代文藝作品中描寫自然景物的非常稀罕。西方人愛好自然，可以說從盧梭起，浪漫派作家又加以推波助瀾，於是「回到自然」的呼聲便日高一日。

中國藝術家欣賞自然，和西方人欣賞自然似乎有一個重要的異點。中國人的「神」的觀念很淡薄，「自然」的觀念中雖偶雜有道家的神祕主義，但不甚濃厚。中國人對待自然是用樂天知足的態度，把自己放在自然裡面，覺得彼此尙能默契相安，所以引以爲快。陶潛的「衆鳥欣有托，吾亦愛吾廬」，「平疇交遠風，良苗亦懷新」諸句最能代表這種態度。西方人因爲一千餘年的耶穌教的浸潤，「自然」和「神」兩種觀念常相混合。他們欣賞自然，都帶有幾分泛神主義的色彩。人和自然彷彿是對立的。自然帶著一種神祕性橫在人的眼前，人捧著一片宗教的虔誠向它頂禮。神是無處不在的，整個自然都是神的表現，所以它不會有什麼醜惡。在盧梭看，自然本來盡善盡美，有人於是有社會，有文化；有了社會和文化，醜惡就跟著來了。詩人華茲華斯也是這樣想。他在一首詩裡向書呆子們勸告：「站到光明裡來，讓自然做你的師保」，「自然所賦予的智慧是甜蜜的，好事的理智把事物意義弄得面目全非，我們用解剖去殘殺。」這種泛神主義的自然觀決定了藝術家對於自然的態度。自然既是盡美盡善，最聰明的辦法就是模仿自然。「模仿自然」本是西方藝術史中一個很古老的理想，古希臘人的藝術的定義就是「模仿」，柏拉圖反對藝術，就因爲它只模仿感官世界。這種藝術觀在歷代都有攻擊者和擁護者。近代作家中擁護「藝術模仿自然」說者以羅斯金爲最力。依他看，人工造作的東西無論如何精巧，都不能比得上自然。他說：「我從來沒有見過一座古希臘女神的雕像，有一個血色鮮麗的英國姑娘的一半美。」最自然的就是最常見的，最常見的就是最美的。「凡是美的線形都是從自然中最常見的線形抄襲來的。」例如：古希臘有柱無牆平頂式的建築是模仿剪去枝葉的樹林，「哥特式」尖頂多雕飾的建築是模仿連枝帶葉的樹林，羅馬圓頂式的建築是模仿天空和地平線。因此，羅斯金勸建築家們到樹林裡去從自然研究建築原理。自然既已盡美，所以藝術家模仿自然，最忌以己意加以選擇。他說：「人在這個世界裡所能成就的最偉大的事業，就是睜著眼睛去看，然後把所見到的東西老老實實地說出來。」「完美的藝術都能返照全體自然，不完美的藝術才有所不屑，有所取捨。」「純粹主義者揀選精粉，感官主義者雜取秕糠，至於自然主義者則兼容並包，是粉就拿來製糕餅，是草就拿來做床墊。」

羅斯金的論調並非孑然孤立的。法國古典派畫家安格爾告訴他的學徒說：「你須去臨摹，像一個傻子去臨摹，像一個恭順的奴隸去臨摹你眼睛所見到的。」十九世紀法國雕刻家羅丹的《藝術論》也差不多和羅斯金一鼻孔出氣。他說：「我在什麼地方學雕刻？在深林裡看樹，在路上看雲，在作業室裡研究模型；我處處都在學，只是不在學校裡學。」他勸我們說：「第一件要事就是堅信自然全美，記得這個原理，然後睜開眼睛去觀察。」「我們的不幸都由於要跟著蠢人們去塗抹自然的本來面目。」他說他自己向來不曾有意地改變自然。「如果我要改變我所見到的，加以潤飾，我必定不能作出有價值的東西。」左拉所提倡的自然主義雖專指藝術作風，與羅斯金的帶有宗教色彩的自然主義有別，但對於藝術與自然的關係，見解亦頗相同。這種自然主義是寫實主義的後身。它以爲藝術像科學一樣，應該是「實驗的」，凡所描寫都要拿出證據來，這種證據必定是自然所供給的。左拉看到他的小說《小酒店》編成劇本表演時，興高采烈地說：「簡直和眞的一樣！人們來的來，去的去，有些坐在桌子旁邊，有些站在櫃臺前面，簡直就是一個小酒店的樣子！」他這樣洋洋自得，就因爲覺得他的藝術妙肖自然。寫實主義和自然主義現在雖已過去，它們的餘波卻仍未盡消滅。

在羅斯金、羅丹和一般自然主義者看，自然本來就盡美盡善，藝術家唯一的成功捷徑就在模仿整個的自然，絲毫不用選擇。這種理論顯然有許多難點。美醜是相對的名詞，有比較然後有美醜。如果把自然全體都看成一樣美，就沒有分別美醜的標準，就否認美醜有比較，那麼，「美」也就漫無意義了。

藝術的功用如果在忠順地模仿自然，既有自然，又何須藝術呢？法國畫家盧梭（Théodore Rousseau）有一次在山裡臨摹一棵大橡樹，一個過路的鄉下人問他在幹什麼，他很詫異地說：「你分明看見，我是在臨摹那棵大橡樹呀！」那位鄉下人仍是莫名其妙，繼續問他：「那有什麼用處呢？橡樹不是已經長在那兒麼？」波斯有一位畫家畫了一條魚，自己很得意，一個鄉下人見到，頗不以爲然：「上帝造魚都給它一條性命，你給它一個身體，不給它性命，這不是造孽麼？」這些鄉下人的話看來雖愚蠢可笑，其實含有至理。藝術的功用原在彌補自然的缺陷，如果自然既已完美，藝術便成贅疣了。

妙肖自然並不是藝術的最高的成就，所以攝影不能代圖畫，蠟人不能代雕刻，電影不能代戲劇。如果妙肖自然是藝術的最高的成就，則藝術縱登峰造極，也終較自然為減色。什麼音樂可以模仿急風迅雷，什麼雕刻可以模仿高峰大海呢？畫家塞尙告訴左拉說：「我本來也想臨摹自然，但是終於做不到。我不能『再造』太陽，但是我能『表現』太陽，這對於我也就行了。」左拉自己是自然主義的領袖，他也承認「藝術作品只是隔著情感的屏障所窺透的自然一隅」。說「隔著情感的屏障」，便承認藝術不能離開作者的個性，說「自然一隅」便非抄襲自然全體。寫實派以福樓拜的成就最大，他就這樣地罵寫實主義：

> 大家所共稱的寫實主義與我毫不相干，雖然他們硬要拉我做一個主教。自然主義者所追求的都是我所鄙視的，他們所喝采的都是我所厭惡的。在我看來，技巧細節，地方掌故，以及事物在歷史上的真確，都卑卑不足道，我所到處尋求的只是美。

從種種方面看，自然主義都是很難成立的。

二

與自然主義相對峙的是理想主義。在理想派看，自然並不全美，美與醜相對，有比較然後有美醜，美自身也有高下等差，藝術對於自然，應該披沙揀金，取長棄短。理想主義比自然主義較勝一籌，因爲它雖不否認藝術模仿自然，卻以爲這種模仿並不是呆板的抄襲，須經過一番理想化。理想化有兩種意義。一種是指憑著想像和情感，將自然事物重新加以組織、整理和融會貫通，使所得的藝術作品自成一種完整的有機體，其中部分與全體有普遍的必然的關聯。因此，藝術作品雖自然（natural）而卻不是生糙的自然（nature），它表現出藝術家的理想性格和創造力。就這個意義說，理想主義是對的，凡是藝術都帶幾分理想性，因爲它都帶有幾分創造性和表現性。這種見解發源於亞理斯多德。他在《詩學》裡說詩比歷史更是「哲學的」（意思是說更眞），因爲歷史只記載已然的個別的事物，詩則須表現必然的普遍的眞理，前者是模仿殊相，後者是模仿共相。用近代語言來翻譯，他的意思是說歷史只記載自然界繁複錯亂的現象，詩和藝術則更進一層把自然現象後面的原理，用具體的形式表現出來。

後人誤解亞理斯多德所說的「共相」（universals），以爲「共相」就是「類型」（type），於是理想主義的另一種意義就起來了。所謂「理想」（ideal）就是「類型」，類型就是最富於代表性的事物，「代表性」就是全類事物的共同性。依這一說，藝術所應該模仿的不是自然中任何事物而是類型。比如說畫馬，不能只著眼某一匹馬，須把一切馬的特徵畫出，使人看到所畫的馬便覺得一切的馬都恰是這樣。同理，藝術所表現的人物，都不應只能適合於某一時某一地，要使人隨時隨地都覺得它近情近理。如果「天下老鴉一般黑」，你畫老鴉就一定把它畫成黑的；縱然你偶然遇到白的或灰的老鴉，也千萬不要理會它，因爲那不是「類型」。這種理想主義在各種藝術的古典時代最流行。比如古希臘造形藝術表現人物大半都經過兩重理想化。第一，它選擇模型，就著重本來已合理想的人物，男子通常都是力士，女子通常都是美人。第二，在表現本來已合理想的形體時，古希臘藝術家又加上一重理想化，把普遍的精要的提出，個別的瑣細的丟開。他們的女神和力士大半都有一個共同的模樣（即類型）。個性是古典藝術所不甚重視的。文藝復興時代意大利畫家受古希臘影響甚深，所以他們所表現的男子也大半魁梧奇偉，女子也大半明媚窈窕。十七世紀以後，在古希臘時代出於藝術家本能的，在假古典派作家便變成一種很鮮明的主義。在詩的方面如布瓦洛（Boileau）和蒲柏（Pope），在畫的方面如雷諾茲（Reynolds）和安格爾（Ingres），在雕刻方面爲溫克爾曼（Winckelmann），都主張藝術忽略個性而側重類型。

理想派的藝術在以往占過很久的勢力，不過從浪漫主義和寫實主義代興以後，它就逐漸消沉了。近代藝術所著重的不是類型而是個性。在近代學者看，類型是科學和哲學對於具體事物加以抽象化的結果，實際上並不存在。藝術的使命在創造具體的形象，具體的形象都要有很明顯的個性。一個模樣可以套上一切人物時，就不能很精妥地適用於任何個別的人物。許多人物的共同性，在古典派認爲精要，在近代人看，則不免粗淺、平凡、陳腐。鼻子是直的，眼睛是橫的，這是古典派所謂「類型」。但是畫家圖容肖像，如果只把直鼻橫眼一件平凡的事實表現出來，就不免千篇一律。

畫家的能事不在能把鼻子畫得直，眼睛畫得橫，而在能表現每個直鼻子橫眼睛所以異於其他直鼻子橫眼睛的。莎士比亞的夏洛克（Shylock），莫里哀的阿爾巴貢（Harpagon），巴爾札克的葛朗臺（Grandet），以及吳敬梓的嚴貢生都是守財奴，卻各有各的本色特性，所以都很新鮮生動。如果藝術只模仿類型，則從莎士比亞創造夏洛克之後，一切文學家都可以擱筆，不用再寫守財奴了。粗淺、平凡和陳腐都是藝術所切忌的。詩人維尼（Alfred de Vigny）在〈牧羊人的屋〉裡說：

愛好你所永世不能見到兩回的。

象徵派詩人魏爾蘭（Verlaine）也說：

不要顏色！只要毫釐之差的陰影！

這些勸告在近代人心裡已留下很深的印痕。在文藝趣味方面，人類心靈歡喜到精深微妙的境界去探險，從前人的「類型」和普遍性已經不能引人入勝了。

三

從表面看，自然主義和理想主義似乎相反，其實它們都承認自然中原來就有所謂「美」，所不同者自然主義以爲美在自然全體，理想主義以爲美僅在類型。它們都以爲藝術美是自然美的拓本，所不同者自然主義忌選擇，理想主義則重選擇。理想主義仍重模仿，所以在實際上仍是一種精煉的自然主義。德拉庫瓦教授在他的《藝術心理學》裡有一段話批評這兩種不同的藝術觀，說得很精當：

寫實主義和理想主義有一個共同的假設：藝術是天生自在的，或是在經驗的實在界裡，或是在超經驗的實在界裡。藝術家的能事只在把現成的提取出來。其實藝術永不會是天生自在的，無論是經驗的或是超經驗的實在界裡都沒有現成的藝術。藝術就是創造，是人力。藝術的意象向來不是自然事物的拓本，它是藝術家創造出來熔化事物的。人把所見到的形象擺在心裡反省一過，加以意匠經營，融會貫通，然後把心中所得的圖畫外射出去，使它具有形體。這是人的作品實現於外物界，並非自然本身的作品。

這番道理是自然主義和理想主義所共同忽視的。自然只是死物質，藝術卻須使這種死物質具有生動的形式。自然好比生鐵，藝術作品則爲熔鑄錘煉而成的鐘鼎。藝術家的心靈就是熔鑄的洪爐和錘煉的鐵斧。熔鑄錘煉之後才有形式，才有美。藝術不但不模仿自然，並且還要變化自然，所以如果我們用模仿自然的標準去衡量藝術，沒有一件上流作品不露有幾分不自然。我們在說「距離」時（參看第二章）已舉過許多實例，現在再引歌德和愛克曼的談話來說明藝術改變自然的道理。歌德有一天拿一幅呂邦斯（Rubens）的木刻畫給愛克曼看，讓他指出畫的好處。

歌德：你看這畫中的事物，像羊群、草車、馬、回家的工人等，光線是從哪一方來的？

愛克曼：光線是從我們這方投影到畫的裡層去的。回家的工人們都在最豐滿的光線裡，這樣產生的印象頂好。

歌德：你看這種好印象是怎樣產生的？

愛克曼：因為背景陰暗，所以人物愈現得明顯。

歌德：那陰暗的背景是怎樣畫出來的？

愛克曼：人物旁邊有一叢樹投射一片很濃的陰影，所以背景現得陰暗。呃，這倒有些奇怪！人物由我們這方投影到畫的裡層去，而樹林卻由畫的裡層投影到我們這方來。光線從兩個相反的方向發出來。這種辦法絕對地與自然相反了。

歌德（微笑）：要點就在這裡。這些地方正顯出呂邦斯是一位大畫家，顯出他的自由心靈能超越自然，使自然牽就他的卓越的心裁。那兩重光線實在是違背自然，你的話不錯，但是它雖然是反乎自然，卻也是超乎自然。我說它是大畫家的大膽的筆法，他用天才證明藝術不全受自然所定下的必然法則所奴使，但自有它的特殊法則……藝術家對於自然有兩重關係，他同時是自然的主人和奴隸。他是它的奴隸，因為他必須使用人世的工具，才能叫人懂得；他是它的主人，因為他奴使這些人世的工具，使它們效用於他的卓越的心裁。藝術家要使觀眾見到一種總印象，這種總印象在自然中尋不著，它是他自己的心的產品，或者說，他的心被一股靈氣所鼓動的結果。如果我們隨意瀏覽這張畫，裡面一切事物都使我們覺得自然，覺得它彷彿是自然的拓本。這樣美的畫在自然中向來見不著，普尚（Poussin）和勞冉（Claude Lorrain）的風景畫也是如此，我們都覺得它們自然，但是在自然中卻尋不著它們。

歌德的這番話把藝術和自然的關係很具體地指出，像他的許多關於文藝的話一樣，是最值得尋思的。凡是真正藝術都極自然，但都不是自然的拓本，因爲在自然中見不著它。

如果藝術的功用在模仿自然，則自然美一定產生藝術美，自然醜也一定產生藝術醜。但是事實與此恰相反。自然美可以化爲藝術醜，許多香水、紙菸廣告上的美人畫就是好例。以人而論，面孔倒還端正，眉目倒還清秀；以畫而論，則大半惡劣不堪。自然醜也可以化爲藝術美。莎士比亞的全部悲劇都描寫惡人和惡事，莫里哀的全部喜劇都描寫醜人和醜事，但在藝術上都是登峰造極的作品。從前藝術家大半都怕用醜材料，近代藝術家才知道化自然醜爲藝術美爲難能可貴。荷蘭畫家倫勃朗歡喜描寫老朽，西班牙畫家浮勒斯克茲歡喜描寫殘廢。雕刻家羅丹和愛樸斯丹（Epstein）尤其歡喜用醜陋的模型。羅丹說：

俗人往往以為現實界中他們所公認為醜的東西都不是藝術的材料。他們想禁止我們表現他們所不歡喜的自然事物。這其實是大錯。在自然中人以為醜的東西在藝術可以變成極美。人以為醜的事物不外是殘廢、羸弱，令人聯想到疾病，不合康強原則的，例如：矮子、跛子、破爛的窮人、惡人、罪人、不道德的人以及擾亂社會的、失常態的人所有的性格和行為，弒親者、叛國者和不問良心的野心家等，都是醜的。這些人物只能撞災惹禍，大家給他們一個罪名，本很合理。但是大藝術家們和大文學家們對於這些醜人物卻仍一律採用。他們彷彿有幻術家的魔棍，能化醜為美：這是一種點金術，一劑仙方。

從以上所引的事實和理論看，我們可以得到兩個結論：

一、藝術的美醜和自然的美醜是兩回事。

二、藝術的美醜不是模仿自然的美醜所得來的。

四

我們說「自然美」和「自然醜」時，「美」和「醜」的意義究竟如何呢？它不外下列兩種：

一、「美」是使人發生快感的，「醜」是使人發生不快感的。例如：論簡單的線形，有規律的曲線美，無規律的曲線醜；論簡單的顏色，飽和的紅色美，不飽和的紅色醜；論簡單的音調，和諧的美，嘈雜的醜。這種分別完全起於生理作用。外物刺激感官時，如果適合生理構造，我們便愉快，便覺得它美，否則便不愉快，便覺得它醜。藝術常利用這種自然美，但是它本身不就是藝術美。許多單調的音樂，聽起來很悅耳，但是不能引起深刻的情緒。許多顏色調和的圖畫，看起來很爽快，但是毫無意味。許多甜蜜的小說，讀起來暫時很快意，但是毫無藝術價值。

二、「美」是事物的常態，「醜」是事物的變態。說「自然美」和「自然醜」時，通常大半用這個意義。法國學者孟德斯鳩有一段話把這個意義解釋得最清楚：

> 畢非爾神父說美就是最普遍的東西集合在一塊所成的。這個定義如果解釋起來，實在是至理名言。他舉例說，美的眼睛就是大多數眼睛都像它那副模樣的，口鼻等也是如此。這並非說醜的鼻子不比美的鼻子更普遍，但是醜的種類繁多，每種醜的鼻子卻比美的鼻子為數較少。這正像一百人之中如果有十人穿綠衣，其餘九十人的衣服顏色都彼此不同，則綠衣終於最占勢力一樣。

比如說鼻子，它通常都是從上面逐漸高到下面，所以最美的鼻子如「懸膽」。如果鼻子上下一樣粗細如臘腸，或是鼻孔朝天，那就太稀奇古怪了。稀奇古怪便是失常態。通常人說一件事物醜，其實不過是因爲它稀奇古怪。宋玉描寫理想的美人說：「增之一分則太長，減之一分則太短，著粉則太白，施朱則太赤。」凡美的事物都安不上「太」字，一安上「太」字就不免有些醜了；「太」就是超過常態，就是稀奇古怪。

人物都以常態為美。健全是人體的常態，耳聾、口吃、面麻、頸腫、背駝、足跛等都不是常態，所以顯得醜。一般生物的常態是生氣蓬勃，活潑靈巧，所以就自然美而論，豬不如狗，魚不如蛇，樗不如柳，老年人不如少年人。非生物也是如此。山的常態是巍峨，所以巍峨最易顯出山的美；水的常態是浩蕩明媚，所以浩蕩明媚最易顯出水的美。同理，花宜清香，月宜皎潔，春風宜溫和，秋風宜淒厲。常態所以使人覺得美，與實用觀念有關。凡是一種形狀或性質在全類事物中最普遍，它對於該類事物一定有特殊利益，這也還是應用生物學上「適者生存」一條原理。例如：康健圓滿是人體美的要件，多病多愁的脆弱的女子有時也顯得美，這並不能打破原則，因為女子惹人憐才易惹人愛，脆弱對於女子還是有生物的特殊功能。康德以為自然美很少有純粹的，就因為自然事物易引起實用的聯想，由實用聯想而覺到事物美（例如：由康健而覺到人體美），那種美只能算是「有倚賴的」（參看第六章）。這第二種意義的「自然美」有時也為藝術所利用。它就是古典主義所推尊的「類型」。但是它與藝術究竟有別。許多描寫類型的作品都很平凡、粗淺、陳腐，可以為證。

第十章　什麼叫做美

一

藝術的美醜既不是自然的美醜，它們究竟是什麼呢？

有人問聖・奧古斯丁：「時間究竟是什麼？」他回答說：「你不問我，我本來很清楚地知道它是什麼；你問我，我倒覺得茫然了。」世間許多習見周知的東西都是如此，最顯著的就是「美」。我們天天都應用這個字，本來不覺得它有什麼難解，但是哲學家們和藝術家們摸索了兩三千年，到現在還沒有尋到一個定論。聽他們的爭辯，我們不免愈弄愈糊塗。我們現在研究這個似乎易懂的字何以實在那麼難懂。

我們說花紅、胭脂紅、人面紅、血紅、火紅、衣服紅、珊瑚紅等，紅是這些東西所共有的性質。這個共同性可以用光學分析出來，說它是光波的一定長度和速度刺激視官所生的色覺。同樣地，我們說花美、人美、風景美、聲音美、顏色美、圖畫美、文章美等，美也應該是所形容的東西所共有的屬性。這個共同性究竟是什麼呢？美學卻沒有像光學分析紅色那樣，把它很清楚地分析出來。

美學何以沒有做到光學所做到的呢？美和紅有一個重要的分別。紅可以說是物的屬性，而美很難說完全是物的屬性。比如一朵花本來是紅的，除開色盲，人人都覺得它是紅的。至於說這朵花美，各人的意見就難得一致。尤其是比較新比較難的藝術作品不容易得一致的讚美。假如你說它美，我說它不美，你用什麼精確的客觀的標準可以說服我呢？美與紅不同，紅是一種客觀的事實，或者說，一種自然的現象，美卻不是自然的，多少是人憑著主觀所定的價值。「主觀」是最紛歧、最渺茫的標準，所以向來對於美的審別，和對於美的本質的討論，都非常紛歧。如果人們對於美的見解完全是紛歧的，美的審別完全是主觀的、個別的，我們也就不把美的性質當作一個科學上的問題。因為科學目的在於雜多現象中尋求普遍原理，普遍原理都有幾分客觀性，美既然完全是主觀的，沒有普遍原理可以統轄它，它自然不能成為科學研究的對象了。但是事實又並不如此。關於美感，紛歧之中又有幾分一致，一個東西如果是美的，雖然不能使一切人都覺得美，卻能使多數人覺得美。所以美的審別究竟還有幾分客觀性。

研究任何問題，都須先明白它的難點所在，忽略難點或是回避難點，總難得到中肯的答案。美的問題難點就在它一方面是主觀的價值，一方面也有幾分是客觀的事實。歷來討論這個問題的學者大半只顧到某一方面而忽略另一方面，所以尋來尋去，終於尋不出美的眞面目。

大多數人以為美純粹是物的一種屬性，正猶如紅是物的另一種屬性。換句話說，美是物所固有的，猶如紅是物所固有的，無論有人觀賞或沒有人觀賞，它永遠存在那裡。凡美都是自然美。從這個觀點研究美學者往往從物的本身尋求產生美感的條件。比如就簡單的線形說，柏拉圖以為最美的線形是圓和直線，畫家霍加斯（Hogarth）以為它是波動的曲線，據德國美學家斐西洛（Fechner）

的實驗，它是一般畫家所說的「黃金分割」（golden section），即寬與長成一與一・六一八之比的長方形。古希臘哲學家畢達哥拉斯（Pythagoras）以為美的線形和一切其他美的形象都必顯得「對稱」（symmetry），至於對稱則起於數學的關係，所以美是一種數學的特質。近代數學家萊布尼茲（Leibniz）也是這樣想，比如我們在聽音樂時都在潛意識中比較音調的數量的關係，和諧與不和諧的分別即起於數量的配合勻稱與不勻稱。畫家達・芬奇（Leonardo da Vinci）以為最美的人顏面與身材的長度應成一與十之比。每種藝術都有無數的傳統的祕訣和信條，我們只略翻閱討論各種藝術技巧的書籍，就可以看出在物的本身尋求美的條件的實例多至不勝枚舉。這些條件也有為某種藝術所特有的，如上述線形美諸例；也有為一切藝術所共有的，如「寓整齊於變化」（unity in variety）、「全體一貫」（organic unity）、「入情入理」（verisimilitude）諸原則。一般人都以為一件事物如果使人覺得美時，它本身一定具有上述種種美的條件。

美的條件未嘗與美無關，但是它本身不就是美，猶如空氣含水分是雨的條件，但空氣中的水分卻不就是雨。其次，就上述線形美實驗看，美的條件也言人人殊；就論各種藝術技巧的書籍看，美的條件是數不清的。把美的本質問題改為美的條件問題，不但是離開本題，而且愈難從紛亂的議論中尋出一個合理的結論。具有美的條件的事物仍然不能使一切人都覺得美。知道了什麼是美的條件，創作家不就因而能使他的作品美，欣賞家也不就因而能領略一切作品的美。從此可知美不能完全當作一種客觀的事實，主觀的價值也是美的一個重要的成因。這就是說，藝術美不就是自然美，研究美不能像研究紅色一樣，專門在物本身著眼，同時還要著重觀賞者在所觀賞物中所見到的價值。我們只問「物本身如何才是美」還不夠，另外還要問「物如何才能使人覺到美」或是「人在何種情形之下才估定一件事物為美」？

二

以上所說的在物本身尋求美的條件，是把藝術美和自然美混為一事，把美看成一種純粹的客觀的事實。此外有些哲學家專從價值著眼。所謂「價值」都是由於物對於人的關係所發生出來的。比如說「善」（good）是人從倫理學、經濟學種種實用觀點所定的價值，「眞」（truth）是人從科學和哲學觀點所定的價值。「美」本來是人從藝術觀點所定的價值，但是美學家們往往因為不能尋出美的特殊價值所在，便把它和「善」或「眞」混為一事。

「善」的最淺近的意義是「用」（useful）。凡是善，不是對於事物自身有實用，就是對於人生社會有實用。就廣義說，美的嗜好是一種自然需要的滿足，也還算是有用，也還是一種善。不過就狹義說，美並非實用生活所必需，與從實用觀點所見到的「善」是兩種不同的價值。許多人卻把美看作一種從實用觀點所見到的善。我們在第二章裡所說的海邊農夫以為門前海景不如屋後一園菜美，是以有用為美的最好的實例。在色諾芬（Xenophon）的《席上談》裡有一段關於蘇格拉底的趣事。有一次希臘舉行美男子競賽，當大家設筵慶賀勝利者時，蘇格拉底站起來說最美的男子應該是他自己，因為他的眼睛像金魚一樣突出，最便於視；他的鼻孔闊大朝天，最便於嗅；他的嘴寬大，最便於飲食和接吻。這段故事對於美學有兩重意義：第一，它顯示一般人心中所以為美的大半是指有用的；第二，它也證明以實用標準定事物的美醜，實在不是一種精確的辦法，蘇格拉底所自誇的突眼、朝天鼻孔和大嘴雖然有用，仍然不能使他在美男子競賽中得頭等獎。

我們在討論文藝與道德時（參看第七章），也提到許多人想把「美的」和「道德的」混為一事，我們的結論是這兩種屬性雖有時相關而卻不容相混。現在我們無須複述舊話，只作一句總結說：「美」和「有用的」、「道德的」各種「善」都有分別。

有一派哲學家把「美」和「眞」混為一事。藝術作品本來脫離不去「眞」，所謂「全體一貫」、「入情入理」諸原則都是「眞」的別名。但是藝術的眞理或「詩的眞理」（poetic truth）和科學的眞理究竟是兩回事。比如但丁的《神曲》或曹雪芹的《紅樓夢》所表現的世界都全是想像的、虛構的，從科學觀點看，都是不眞實的。但是在這虛構的世界中，一切人物情境仍是入情入理，使人看到不覺其為虛構，這就是「詩的眞理」。凡是藝術作品大半是虛構（fiction），但同時也都是名學家所說的假然判斷（hypothetical judgment）。例如：「泰山為人」本不眞實，但是「若泰山為人，則泰山有死」則有眞實。藝術的虛構大半也是如此，都可以歸納成「若甲為乙，則甲為丙」的形式，我們不應該從科學觀點討論甲是否實為乙，只應問在「甲為乙」的假定之下，甲是否有為丙的可能。柏拉圖和亞理斯多德的爭執即起於此種分別。柏拉圖見到「甲為乙」是虛構，便說詩無眞理；亞理斯多德見到「若甲為乙，則甲為丙」在名學上仍可成立，所以主張詩自有「詩的眞理」。我們承認一切藝術都有「詩的眞理」，因為假然判斷仍有必然性與普遍性；但是否認「詩的眞理」就是科學的眞理，因爲假然判斷的根據是虛構的。

我們所說的不分美與眞的哲學家們所指的「眞」，並非「詩的眞理」而是科學或哲學的眞理。多數唯心派哲學家都犯了這個毛病，尤其是黑格爾。據他說，「概念（idea）從感官所接觸的事物中照耀出來，於是有美」，換句話說，美就是個別事物所現出的「永恆的理性」。美的特質爲「無限」（infinitude）和「自由」（freedom）。自然是有限的，受必然律支配的，所以在美的等差中位置最低。同是自然事物所表現的「無限」和「自由」也有程度的差別，無生物不如生物，生物之中植物不如動物，而一般動物又不如人，美也隨這個等差逐漸增高。最無限、最自由的莫如心靈，所以最高的美都是心靈的表現。模仿自然，絕不能產生最高的美，只有藝術裡面有最高的美，因爲藝術純是心靈的表現。藝術與自然相反，它的目的就在超脫自然的限制而表現心靈的自由。它的位置高低就看它是否完全達到這個目的。詩純是心靈的表現，受自然的限制最少，所以在藝術中位置最高；建築受自然的限制最多，所以位置最低。

英國學者司特斯（Stace）在他的《美的意義》裡附和黑格爾的學說而加以發揮。在他看，美也是概念的具體化。概念有三種。一種是「先經驗的」（a priori concepts），即康德所說的「範疇」，如時間、空間、因果、偏全、肯否等，爲一切知覺的基礎，有它們才能有經驗。一種是「後經驗的知覺的概念」（empirical perceptual concepts），如人、馬、黑、長等。想到這種概念時，心裡都要同時想到它們所代表的事物，所以不能脫離知覺。它們是知覺個別事物的基礎，例如：知覺馬必用「馬」的概念。另一種是「後經驗的非知覺的概念」（empirical nonperceptual concepts），例如：「自由」、「進化」、「文明」、「秩序」、「仁愛」、「和平」等。我們想到這些概念時，心中不必同時想到它們所代表的事物，所以是「非知覺的」，游離不著實際的。這種「後經驗的非知覺的概念」表現於可知覺的個別事物時，於是有美。無論是自然或是藝術，在可以拿「美」字來形容時，後面都寫有一種理想。不過這種理想須與它的符號（即個別事物）融化成天衣無縫，不像在寓言中符號和意義可以分立。

哲學家討論問題，往往離開事實，架空立論，使人如墮五里霧中。我們常人雖無方法辯駁他們，心裡卻很知道自己的實際經驗，並不像他們所說的那麼一回事。美感經驗是最直接的，不假思索的。看羅丹的「思想者」雕像，聽貝多芬的交響曲，或是讀莎士比亞的悲劇，誰先想到「自由」、「無限」種種概念和理想，然後才覺得它美呢？「概念」、「理想」之類抽象的名詞都是哲學家們的玩藝兒，藝術家們並不在這些上面勞心焦思。

三

統觀以上種種關於美的見解，可以粗略地分為兩類。一類是信任常識者所堅持的，著重客觀的事實，以為美全是物的一種屬性，藝術美也還是一種自然美，物自身本來就有美，人不過是被動的鑑賞者。一類是唯心派哲學家所主張的，著重主觀的價值，以為美是一種概念或理想，物表現這種概念或理想，才能算是美，像休謨在他的《論文集》第二十二篇中所說的：「美並非事物本身的屬性，它只存在觀賞者的心裡。」我們已經說過，這兩說都很難成立。如果美全在物，則物之美者人人應覺其爲美，藝術上的趣味不應有很大的分歧；如果美全在心，則美成爲一種抽象的概念，它何必附麗於物，固是問題，而且在實際上，我們審美並不想到任何抽象的概念。

我們介紹唯心派哲學家對於美的見解時，沒有談到康德，康德是同時顧到美的客觀性與主觀性兩方面的，他的學說可以用兩條原則概括起來：

一、美感判斷與名理判斷不同，名理判斷以普泛的概念爲基礎，美感判斷以個人的目前感覺爲基礎，所以前者是客觀的，後者是主觀的。

二、一般主觀的感覺完全是個別的，隨人隨時而異。美感判斷雖然是主觀的，同時卻像名理判斷有普遍性和必然性。這種普遍性和必然性純賴感官，不藉助於概念。物使我覺其美時，我的心理機能（如想像、知解等）和諧地活動，所以發生不沾實用的快感。一人覺得美的，大家都覺得美（即所謂美感判斷的必然性和普遍性），因爲人類心理機能大半相同。

康德超出一般美學家，因爲他抓住問題的難點，知道美感是主觀的，憑藉感覺而不假概念的；同時卻又不完全是主觀的，仍有普遍性和必然性。依他看，美必須藉心才能感覺到，但物亦必須具有適合心理機能一個條件，才能使心感覺到美。不過康德對於美感經驗中的心與物的關係似仍不甚了解。據他的解釋，一個形象適合心理機能，與一種顏色適合生理機能，並無分別；心對美的形象，和視官對美的顏色一樣，只處於感受的地位。這種感受是直接的，所以康德走到極端的形式主義，以爲只有音樂與無意義的圖案畫之類，純以形式直接地打動感官的東西才能有「純粹的美」，至於帶有實用聯想的自然物和模仿自然的藝術都只能具「有依賴的美」。因爲它們不是純粹由感官直接感受而要藉助於概念的（參看第六章）。這種學說把詩、圖畫、雕刻、建築一切含有意義或實用聯想的藝術以及大部分自然都擯諸「純粹的美」範圍之外，顯然不甚圓滿。他所以走到極端的形式主義者，由於把美感經驗中的心看作被動的感受者。

美不僅在物，亦不僅在心，它在心與物的關係上面；但這種關係並不如康德和一般人所想像的，在物爲刺激，在心爲感受；它是心藉物的形象來表現情趣。世間並沒有天生自在、俯拾即是的美，凡是美都要經過心靈的創造。我們在第一章已詳細分析過，在美感經驗中，我們須見到一個意象或形象，這種「見」就是直覺或創造；所見到的意象須恰好傳出一種特殊的情趣，這種「傳」就是表現或象徵；見出意象恰好表現情趣，就是審美或欣賞。創造是表現情趣於意象，可以說是情趣的意象化；欣賞是因意象而見情趣，可以說是意象的情趣化。美就是情趣意象化或意象情趣化時心中所覺到的「恰好」的快感。「美」是一個形容詞，它所形容的對象不是生來就是名詞的「心」或「物」，而是由動詞變成名詞的「表現」或「創造」，這番話較籠統，現在我們把它的涵義抽繹出來。

第一，我們這樣地解釋美的本質，不但可以打消美本在物及美全在心兩個大誤解，而且可以解決內容與形式的糾紛。從前學者有人主張美與內容有關，有人以爲美全在形式，這問題鬧得天昏地暗，到現在還是莫衷一是。「內容」、「形式」兩詞的意義根本就很混沌，如果它們在藝術上有任何精確的意義，內容應該是情趣，形式應該是意象：前者爲「被表現者」，後者爲「表現媒介」。「未表現的」情趣和「無所表現的」意象都不是藝術，都不能算是美，所以「美在內容抑在形式」根本不成爲問題。美既不在內容，也不在形式，而在它們的關係——表現——上面。

其次，我們這種見解看重美是創造出來的，它是藝術的特質，自然中無所謂美（「自然美」一詞另有意義，詳見第九章）。在覺自然為美時，自然就已告成表現情趣的意象，就已經是藝術品。比如欣賞一棵古松，古松在成為欣賞對象時，絕不是一堆無所表現的物質，它一定變成一種表現特殊情趣的意象或形象。這種形象並不是一件天生自在、一成不變的東西。如果它是這樣，則無數欣賞者所見到的形象必定相同。但在實際上甲與乙同在欣賞古松，所見到的形象卻甲是甲乙是乙，所以如果兩個人同時把它畫出，結果是兩幅不同的圖畫。從此可知各人所欣賞到的古松的形象其實是各人所創造的藝術品。它有藝術品所常具的個性，因為它是各人臨時臨境的性格和情趣的表現。古松好比一部詞典，各人在這部詞典裡選擇一部分詞出來，表現他所特有的情思，於是有詩，這詩就是各人所見的古松的形象。你和我都覺得這棵古松美，但是它何以美？你和我所見到的卻各不相同。一切自然風景都可以作如是觀。陶潛在「悠然見南山」時，杜甫在見到「造化鐘神秀，陰陽割昏曉」時，李白在覺得「相看兩不厭，惟有敬亭山」時，辛棄疾在想到「我見青山多嫵媚，青山見我應如是」時，都覺得山美，但是山在他們心中所引起的意象和所表現的情趣都是特殊的。阿米兒（Amiel）說：「一片自然風景就是一種心境」，唯其如此，它也就是一件藝術品。

第三，離開傳達問題（參看第十一章）而專言美感經驗，我們的學說否認創造和欣賞有根本上的差異。創造之中都寓有欣賞，欣賞之中也都寓有創造。比如陶潛在寫「採菊東籬下，悠然見南山」那首詩時，先在環境中領略到一種特殊情趣，心裡所感的情趣與眼中所見的意象卒然相遇，默然相契。

這種契合就是直覺、表現或創造。他覺得這種契合有趣，就是欣賞。唯其覺得有趣，所以他藉文字爲符號把它留下印痕來，傳達給別人看。這首詩印在紙上時只是一些符號。我如果不認識這些符號，它對於我就不是詩，我就不能覺得它美。印在紙上的或是聽到耳裡的詩還是生糙的自然，我如果要覺得它美，一定要認識這些符號，從符號中見出意象和情趣，換句話說，我要回到陶潛當初寫這首詩時的地位，把這首詩重新在心中「再造」出來，才能夠說欣賞。陶潛由情趣而意象而符號，我由符號而意象而情趣，這種進行次第先後容有不同，但是情趣意象先後之分究竟不甚重要，因爲它們在分立時藝術都還沒有成就，藝術的成就在情趣意象契合融化爲一整體時。無論是創造者或是欣賞者都必須見到情趣意象混化的整體（創造），同時也都必覺得它混化得恰好（欣賞）。

最後，我們的學說肯定美是藝術的特點。這是一般常識所贊助的結論，我們所以特別提出者，因爲從托爾斯泰以後，有一派學者以爲藝術與美毫無關係。托爾斯泰把藝術看成一種語言，是傳達情感的媒介。這種見解與現代克羅齊、理查茲諸人的學說頗有不謀而合處。就「什麼叫做藝術」這個問題的答案說，托爾斯泰實在具有特見。他的錯誤在沒有懂得「什麼叫做美」，他歸納許多十九世紀哲學家所下的美的定義說：「美是一種特殊的快感。」他接受了這個錯誤的美的定義，看見它與「藝術是傳達情感的媒介」這個定義不相容，便說藝術的目的不在美。近來美國學者杜卡斯（Ducasse）在他的《藝術哲學》裡附和托爾斯泰，也陷於同樣的錯誤。托爾斯泰和杜卡斯等人忘記情感是主觀的，必客觀化爲意象，才可以傳達出去。情趣和意象相契合混化，便是未傳達以前的藝術，契合混化的恰當便是美。察覺到美尋常都伴著不沾實用的快感，但是這種快感是美的後效，並非美的本質。藝術的目的直接地在美，間接地在美所伴的快感。

四

如果「美」的性質不易明白。「醜」的定義更難下得精確。「美」字的相反字是「不美」，「不美」卻不一定就是「醜」。許多事物不能引起我們的好惡，我們對於它們只是漠不關心，它們對於我們也只是不美不醜。所以在美學中，「醜」不完全是消極的，應該有一種積極的意義。它的積極的意義是什麼呢？

一般人所說的醜大半不外指第九章所說的「自然醜」的兩種意義。它或是使人生不快感，如無規律的線形和嘈雜的聲音；或是事物的變態，如人的殘缺和樹的臃腫。我們已經見過，這兩種意義的「醜」與「藝術醜」之「醜」應該有分別，因為這些自然醜都可以化為藝術美。

此外「醜」對於一般人也許還另有一個意義，就是難了解欣賞的美。一位英國老太婆看見埃及的金字塔，很失望地說：「我向來沒有見過比它更醜拙的東西！」一般人的藝術趣味大半是傳統的，因襲的，他們對於藝術作品的反應，通常都沿著習慣養成的抵抗力最小的途徑走。如果有一種藝術作品和他們的傳統觀念和習慣反應格格不入，那對於他們就是醜的。凡是新興的藝術風格在初出世時都不免使人覺得醜，假古典派對於「哥特式」（gothic）藝術的厭惡，以及許多其他史例，都是明證。但是這種意義的「醜」起於觀賞者的弱點，並非藝術本身的「醜」。

我們所要明白的就是藝術本身的「醜」究竟是怎麼一回事。這個問題為許多近代美學家所爭辯過。據克羅齊說：美是「成功的表現」（successful expression），醜是「不成功的表現」（unsuccessful expression）。這兩句結論中第一句是我們所承認的，但是第二句關於「醜」的話卻有一個大難點。把「醜」和「美」都擺在美學範圍裡並論時，就是承認「醜」和「美」同樣是一種美感的價值。也是「不成功的表現」就不算是藝術，就是美感經驗以外的東西，那麼，「醜」（美感經驗以外的價值）就不能和「美」（美感經驗以內的價值）並列在同一個範圍裡面了。換句話說，是藝術就必定是美的，藝術範圍之內不能有所謂「醜」。「藝術醜」這個名詞就不能成立。如果我們全部接受克羅齊的美學，勢必走到這種困境，因為克羅齊把美看成絕對的價值，不容有程度上的比較。

英國美學家鮑申葵在他的《美學三講》裡把這個困難說得最清楚：

情感表現於形象，於是有美。一件事物與美相衝突，或產生一種影響與美的影響恰相反者——這就是我們所謂的醜——它自身不是有表現性的形象，就是沒有表現性的形象。如果它是沒有表現性的形象，那麼，就美感說，它就沒有什麼意義。如果它是有表現性的形象，那麼，它就寓有一種情感，就落到美的範圍以內了。

依鮑申葵說，醜的形象須同時似有表現性而實無表現性。它好像是表現一種情感，但是實在沒有把它表現出來。它把想像引到一個方向去，同時又把想像的去路打斷，好比閃爍很快的光，剛引起視覺活動，馬上就強迫它停住，所以引起失望與不快感。有心要露出有表現性的樣子，而實在空洞無所表現，於是有醜，所以醜只可以在虛僞的矯揉造作、貌似神非的藝術裡發現。自然中不能有這種意義的醜，因爲自然不能像人一樣，有意地作表現的嘗試。

依我們看，鮑申葵雖然明白「醜」的問題難點，他的答案卻仍不甚圓滿，因爲他沒有見到似有表現性而實無表現性的東西究竟還不是「表現」或藝術。既不是表現或藝術，它就要落到以討論表現或藝術爲職務的美學範圍以外了。這種困難根本是從價值問題來的。如果承認美的價值是絕對的，那麼，一個形象或有表現性，或無表現性。有表現性就是美，否則就只是「不美」，「醜」字在美學中便無地位。如果承認美的價值是有比較的，則表現在「恰到好處」這個理想之下可以有種種程度上的等差。愈離「恰到好處」的標準點愈遠就愈近於醜。依這一說，「醜」、「美」一樣是美感範圍以內的價值，它們的不同只是程度的而不是絕對的。我們相信這個解釋是美醜問題難關的唯一出路。

第十一章　克羅齊派美學的批評——傳達與價值問題

一

近代美學派別甚多，幾乎每個重要的美學家都有獨到的見解，自成一派。所以美學研究是一件極難的事，如果依附某一家，就不免走上極偏的路，愈走離眞理愈遠；如果兼搜並包，取諸家學說作綜合比較的研究，則彼此意見相差太遠，對於同一問題的答案太多，又不免頭緒紛繁，無從清理。不過近代許多美學派別中有一個最主要的，就是十九世紀德國唯心哲學所醞釀成的一個派別。這派的開山始祖是康德，他的重要的門徒有席勒、黑格爾、叔本華、尼采諸人。這些人的意見固然仍是彼此紛歧，卻現出一個共同的基本的傾向。我們通常把這個傾向叫做唯心主義或是形式主義。意大利美學家克羅齊最後起，他可以說是唯心派或形式派美學的集大成者。在現代一般美學家中沒有一個人比得上他重要，無論是就影響或是就實際貢獻說。我們在本書裡大致是採取他的看法，不過我們和他意見不同的地方也甚多。在以上各章中我們已零星錯亂地指出我們所不敢掠美的和我們不贊成他的地方。因爲這一層有關本書的基本態度，我們不嫌略有重複，再把它單提出來作一個有條理的總結。

我們先把克羅齊所肯定的原則很簡賅地介紹出來。

克羅齊的全部美學都是從「藝術即直覺」這個定義推演出來的。直覺是最單純的，是在知覺和概念之前的知的活動。它的對象只是單純的未經肯否的意象。如果我們對於這種單純意象加以肯否，如判斷它是某某，直覺便進化為知覺，意象便進化為知識了。

藝術活動只是直覺，藝術作品只是意象。不過這並非說一切意象都可以算是藝術作品。比如做夢、看電影、讀冒險小說，或是隨時抬頭一看自然景物，閉目一思以往經驗，我們心中都有許多單純意象流轉承續，但是這些來去飄忽的意象絕非藝術作品。因此，藝術的意象和非藝術的意象應該有一個分別，克羅齊以為這種分別在有無整一性（unity）。非藝術的意象沒有經過美感的心靈綜合作用（aesthetic spiritual synthesis），所以零落錯亂，來去無定，這就是通常所謂「幻想」（fancy）。藝術的意象經過美感的心靈綜合作用，把原來紛亂的意象剪裁融會成為有生命的有機體，所以雜多之中有整一，這就是通常所謂「想像」（imagination）。非藝術的意象無形式（formless），藝術的意象有形式（form）。這種形式是心以物為憑藉而創造出來的。

使本來錯亂無形式的意象變為有整一形式的意象，要有一種原動力，這種原動力就是情感。生糙的情感不表現於具體的意象，非藝術；無所表現的意象也非藝術。藝術就是情感表現於意象。情感與意象相遇，一方面它自己得表現，一方面也賦予生命和形式給意象，於是情趣、意象融化為一體。這種融化就是所謂「心靈綜合」。直覺、想像、表現、創造、藝術以及美都是一件事，都是這種心靈綜合作用的別名，它們中間並無若何分別。因此，克羅齊把「藝術即直覺」這個定義引申為「藝術即抒情的直覺」。

這種學說的要點在直覺與表現的同一。一般人都把直覺和表現看成兩件事，所以說「意在言先」，「意內而言外」，直覺是意，表現是言。依這一說，「表現」是把在內的不具體的情趣和意象現為在外的具體的文字、聲音、顏色、形體等。克羅齊問道：直覺和表現既一在內，一在外，絕不相同，誰是第三者來造橋溝通它們呢？無文字的詩，無聲音的樂，無形色的畫，其物如何，我們能想像麼？世間沒有無意之言，也沒有無言之意。意何時發生，言就何時發生。比如你在未動筆之先，已有成竹在胸，你所謂「成竹」，並非一種無形無色的竹（這是不可思議的）。既有形有色，便是已經「表現」了的竹。當你直覺或想像到某形某色的竹時，你同時便已把它表現了。你的意中之竹便是你的畫中之竹。畫中之竹只是使已表現的意中之竹留痕跡，並非表現意中之竹。這就是說，直覺就是表現。如果用流行語言說，內容（直覺）就是形式（表現）。因此，向來所爭的「藝術重內容抑重形式」這個問題根本沒有意義。

藝術的活動即美感的活動，美感的活動即直覺的活動。它的要點是：在心中猛然見到一個情趣飽和意象而為它所吸引住。創造如此，欣賞也還是如此，所以創造和欣賞沒有重要的分別。凡是藝術作品都有物質的精神的兩方面。物質的方面如文學所用的語言文字，圖畫雕刻所用的形色，音樂所用的音調以及一般有形跡可求的東西。精神的方面就是情趣和意象融化而成的整個境界。物質的方面是死的，得精神貫注，才現出生氣，才算是藝術。如果你沒有見出精神而只見到形跡（即所謂「作品」），則形跡對於你仍是死的，仍然不是藝術。比如說一首詩，並不像一缸酒，釀成了之後，人人都可以享受。它是有生命的。個個人儘管看得見它的形跡，但是不一定都能領會到它的精神，而且各人所領會到的精神也不必一致。它好比一幅自然風景，對於不同的現象可以起不同的情趣和意象。每人所能領略到的境界都是他自已所創造的境界，是他的性格和經驗的返照。性格和經驗是人人不同的。不但如此，同是一首詩，同是一個人去讀，今天所領略到的和明天所領略到的也不會完全相同，因爲性格和經驗是生生不息的。欣賞一首詩就是再造一首詩，每次所再造的都是一首新鮮的詩。創造和欣賞永遠不會是復演，眞正的藝術的境界永遠是個別的、新鮮的，永遠是每個人憑著自己的當時當地的性格和經驗所創造出來的。無創造即無藝術。但是創造不是號稱「藝術家」的人們的專利品。每個人都能有直覺活動，即每個人都有幾分是藝術家。藝術的活動並不限於號稱「藝術家」的人們在「創作」時才進行，每個人在日常生活中都多少有審美的活動，這就是藝術的活動。

這是克羅齊美學中的幾個重要的肯定。他所否定的比他所肯定的較多。不過明白他所否定的，可以對於他所肯定的了解得更清楚。

一、藝術不是物理的事實（physical fact）。所謂「物理的事實」就是文字、聲音、顏色、形體等傳達的媒介。克羅齊所謂「創造」、「表現」、「藝術」，和一般人所說的意義不同，所以往往引起誤會。一般人所謂「創造」包含想像和傳達兩種活動。「想像」是心中醞釀出一個具體的情境，就是直覺到一種情趣飽和的意象。想像所得的是一種「腹稿」，即蘇東坡所說的「成竹在胸」，我們在上文所說的藝術的精神方面。「傳達」是選擇一種媒介或符號，把心中的意象翻譯出來，留一個固定的具體的痕跡，可以傳給別人看，或是留給自己後來看，例如：把詩寫在紙上，把圖畫在壁上，把音樂譜成曲子，這就是我們在上文所說的藝術的物質方面。一般人都把這第二步看作表現，把傳達出來的看作藝術。如果只是一個存在心裡的意象，還沒有表現出來成爲作品，就還不能算是藝術。克羅齊則以爲藝術創造在第一步——想像——就已經完成了。藝術的活動完全是心裡的活動。心裡直覺到一個形象，就是創造，就是表現。這形象本身就是藝術作品。至於傳達不過是把已在心裡醞釀成的藝術用物理的符號留下痕跡來，猶如把歌曲灌到唱片上去，只是一種「物理的事實」，不能算是藝術的活動。

因爲有表現然後有美，而表現不是「物理的事實」，所以克羅齊聯帶地否認「自然美」的存在。自然無所謂美不美。你覺得它美，因爲它在你的心中現出一個情趣飽和的意象，這就是說，它已經變爲藝術。「拿自然比藝術，便覺自然呆板。如果人不叫自然說話，它只是一個啞子。」

二、藝術不是「功利的活動」（utilitarian act）。功利的活動目的都在尋求快感而避免不快感。藝術固然可以生快感，但此種快感與實用需要滿足的快感不同。所以快感之外必另有一種元素可以區別藝術的快感與尋常快感。快感之外既另有一種元素爲藝術所特有，則藝術的定義即應著重此另一元素，「藝術是一種快感」的定義便不精當。

三、藝術不是「道德的活動」（moral act）。道德的活動出於意志。藝術是直覺，不涉意志，所以無關道德。這並非說藝術是不道德的。它既不是「道德的」，也不是「不道德的」，只是「無關道德的」（non-moral）。一般人都說藝術能陶冶性情，改良風化，激揚民氣。克羅齊說：「藝術不能做這些工作，猶如幾何學不能做這些工作，但是它的重要並不因此減少。」藝術和道德的標準不同，「美感的人格」（aesthetic personality）和「倫理的人格」也不一致。偏重歷史的批評家如聖伯夫等以為只要從作者身世中窺出他的人格，懂透他的心理，便能了解他的藝術。克羅齊頗反對這種「傳記的研究」，因為從實用生活所窺見的人格只是「倫理的人格」，而了解藝術的要務則在窺出作者的「美感的人格」，這與「倫理的人格」並無必然的關係，它必須求之於作品本身，不能求之於瑣聞軼事。所以克羅齊所著的《但丁》、《莎士比亞》、《歌德》諸書，力避傳記研究的方式，專以作品為根據，去把作者的「美感的人格」重新建造出來。

四、藝術不是「科學的活動」（scientific act），因為直覺不帶概念思考。藝術的對象是個別的具體的意象，科學的對象是普遍的抽象的公理。因此，批評的態度和藝術的活動不相容。批評不能離判斷的思考，既用判斷和思考，則直覺便已消滅，單純的意象便變為尋常的名理的知識。所以克羅齊說：「詩人死在批評家裡面。」

五、藝術不可分類。西方思想素重系統分析。批評家研究藝術，幾如自然科學家研究動植礦，分門別類，井井有條。藝術分為文學、音樂、圖畫、雕刻等，文學又分為抒情詩、敘事詩、喜劇、悲劇、小說、散文等。每門每類又各定出規律，作鑑別作品的標準。但是種類儘管分得密，規律儘管定得嚴，批評家和創作家總難互相就範。創作家出一種新作品，批評家尋不出「類」來收納它，總是拿規律來排斥它，罵它不合體裁。後來這種新作品逐漸占勢力了，批評家只好別立一新類來收納它，以它為根據，抽繹新規律出來。比如批評家最初罵「悲喜雜劇」，後來沒法子想，只得把它另設一類，對於「自由詩」也是如此。克羅齊最反對這種「排鴿窠」式的分類。他以為凡是藝術都各表現一種新鮮的個別的心靈狀況，所以每種作品都是新創，都自成一格，自有原則，不能拿同「類」作品的規律來範圍它。批評家遇到一種新作品，只應問它本身是否有生命，不應問它合不合某「類」的體裁和規律。

因為上述理由，克羅齊否認詩與散文的分別。一般人以有音律者為詩，無音律者為散文，其實醫方脈訣有音律不為詩，《新舊約》、柏拉圖對話集之類作品無音律亦不失其為詩。從美學觀點看，文學只有「詩與非詩」的分別，凡是純文學都應該屬於詩。

二

克羅齊的《美學大綱》如上所述。讀者一看就可以知道，我們把美感經驗解釋為「形象的直覺」，否認美感只是快感，排斥狹義的「為道德而文藝」的主張，肯定美不在物亦不在心而在表現，都是跟著克羅齊走。同時，我們否認藝術的活動可以擠入美感經驗的窄狹範圍裡去，承認藝術與知覺聯想仍有相當的關係，反對把「美感的人」和「倫理的人」與「科學的人」分割開來，主張藝術的「獨立自主」是有限制的，這都是與克羅齊背道而馳的。近代美學家可以粗略地分為「克羅齊派」與「非克羅齊派」。我們相信克羅齊派在大體上較近於眞理，不過我們也很明白他們的缺點。在我們看，克羅齊美學有三個大毛病，第一是他的機械觀，第二是他的關於「傳達」的解釋，第三是他的價值論。現在分別條陳我們的意見。

先說克羅齊美學所根據的機械觀。

十九世紀和二十世紀的哲學和科學思潮有一個重要的分別，就是十九世紀的學者都偏重機械觀，二十世紀的學者都偏重有機觀。機械觀是把一切物理現象和生理現象看成由無數極簡單的原子所構造成的。持機械觀的學者的唯一的武器是分析法，遇著一個混整的東西，把它分析成一些最簡單的元素，指出每元素的特性和諸元素的分別，便算盡了學問的能事。例如：十九世紀所最流行的心理學都從「構造主義」出發，把心理看成物理的混合物，像撥繭抽絲似的，逐漸分析下去，到最後所得的是單純的感覺（sensation）和單純的反射動作（reflex）。一切心理活動都被看成這些單純的感覺和反射動作所構造成的。這種機械觀在現代已爲一般學者所擯棄。現代學者所採取的是有機觀，著重事物的有機性或完整性，所研究的對象不是單純的元素，而是綜合諸元素成爲整體的關係。依這種看法，我們不能藉分析元素去明白完整的物理和生理現象，猶如不能借分析磚土泥瓦去明白一座房屋。機械觀以爲求得部分之和便可以知道全體，有機觀以爲要明白全體，必須研究全體所特有的屬性，所以機械觀所借重的分析法不可靠。例如：現代最占勢力的心理學是完形派心理學（Gestalt-psychology）。它反對舊心理學的機械觀和分析法，否認意識由單純的感覺所組成，行爲由單純的反射動作所組成。依這一說，單純的感覺和反射動作都是構造派心理學家所僞造的，實際上並不存在；實際上存在的只是「完形」、「整體」，或不可分析的應付整個環境的整個心理機能。

詳論機械觀與有機觀的長短，不是本篇範圍以內的事。我們可以概括地說，現代學者多數都承認無論在物理方面或心理方面，有機觀都較近於眞理。形式派美學的弱點就在信任過去的機械觀和分析法。它把整個的人分析爲科學的、實用的（倫理的在內）和美感的三大成分，單提「美感的人」出來討論。它忘記「美感的人」同時也還是「科學的人」和「實用的人」。科學的、實用的和美感的三種活動的理論上雖有分別，在實際人生中並不能分割開來。「美感的人」是抽象的，在實際上並不獨立存在。形式派美學把美感經驗從整個有機的生命中分割出來，加以謹嚴的分析，發現就觀賞的「我」說，只有單純的直覺，沒有意志和思考；就所觀賞的「物」說，只有單純的形象，沒有實質、成因、效用種種意義，照這種分析看，文藝自然與抽象思想和實用生活無關。我們如果承認美感經驗可以由整個有機的生命中分割出來加以分析，便須否認美感與抽象思想和實際生活的關係。但是這種分割與「人生為有機體」這個大前提根本相衝突。形式派美學的錯誤不在它分析所得的結果，而在它用分析法所假定的機械觀；不在它對於美感經驗以內所肯定的，而在它對於美感經驗以外所否定的。它的錯誤和十九世紀機械觀的心理學一樣，專分析部分而忘去全體所特有的屬性。單純的直覺和單純的感覺一樣地渺茫，在實際經驗中絕不能獨立自主。

一切現象都有前因後果，美感經驗絕不是例外。美感經驗只能算是藝術活動中的一部分。形式派美學把「美感經驗」和「藝術活動」看成同義，於是拿全副精神注在美感經驗本身，既不問它如何可以成立（因），又不問它的影響如何（果）。它否認藝術有關名理的思考和知識，作者在行文運思、修改錘煉時所用的活動是否為藝術的呢？它否認藝術有關聯想，想像和了解離開聯想如何進行呢？它否認藝術有關意志，大藝術家艱苦卓絕、百折不撓地效忠於藝術，是憑藉何種心理活動呢？它否認藝術有關道德和實際生活，大藝術家的平生遭際和他們對於人生的了解和信仰是否能影響他們的作品呢？它否認藝術有關物理的事實，媒介的不同是否能影響到作品？油畫和水彩畫、石雕和象牙雕是否無分別呢？這些問題都是克羅齊和一般形式派美學家所忽視的。任何藝術和人生絕緣，都不免由缺乏營養而枯死腐朽；任何美學把藝術看成和人生絕緣的，都不免像老鼠鑽牛角，沒有出路。克羅齊和一般形式派美學家都是以名學家出身。名學家研究藝術，都難免有些隔靴搔癢，亞理斯多德是最好的先例。

三

克羅齊要著重藝術是心的活動這層道理，所以把翻譯在內的意象爲在外的作品（即傳達）這件事實看得太輕。在他看，心裡直覺到一種形象或是想見一個意象，就算盡了藝術的能事。眞正藝術家都是自言自語者，沒有心思要旁人也看見他所見到的意象。如果他有意要把這個意象描繪出來成爲作品，目的是在爲自己備忘，或是傳達給別人，他便已變爲實用人了。克羅齊並不否認傳達這件工作也很重要，但是他否認傳達本身是創造，或是藝術的活動。

這種見解顯然是太偏激一點。第一，每個人都能用直覺，都能在心中想見種種意象，但是每個人不都是藝術家。爲什麼呢？藝術家除著能「想像」（這是他與一般人相同的）以外，還要能把所想的「像」表現在作品裡（這是他所獨有的本領）。藝術家絕不能沒有藝術作品。我胸中儘管可以想像出許多很美的「成竹」，但是到我蘸墨揮毫時，我的心裡意象不能支配我的筋肉活動，手不從心，無論如何出力，也不能把它畫在紙上，我所畫出來的和我心裡所想像出來的完全是兩回事。這就因爲我不是畫家，沒有傳達的技巧。因為沒有傳達的技巧，所以我不能把心裡所想像出來的外射於作品。從此可知傳達對於藝術是一種很重要的活動。

替克羅齊辯護的人們也許說：這番話雖有道理，可是並不能推翻「創造是直覺的在內的，傳達是實用的在外的」這個根本的分別。但是克羅齊的學說還有一個更大的毛病，就是他沒有顧到藝術家在心裡醞釀意象時，常不能離開他所常用的特殊媒介或符號。比如說所想到的意象是一棵竹子，這個意象可寫為詩，可寫為畫，可雕為像，甚至於可表為音樂和跳舞的節奏。從表面看，我們說意象是同一的，因為所用的媒介或符號不同，所以產生出不同的作品。其實不同的作品所表現傳達的意象並不能同一，畫家想像竹子時，要連著線條、顏色、陰影一起想，詩人想像竹子時，要連著字的聲音和意義一起想，音樂家想像竹子時，要連著聲調、節奏一起想，其餘類推。這就是說，克羅齊所謂直覺或創造，和他所謂傳達或「物理的事實」，在實際上是不能分開的。由創造到傳達，並非是由甲階段走到一個與甲完全不同的而且不相干的乙階段。創造一個意象時，對於如何將該意象傳達出去，心裡已經多少有些眉目了。這個道理在做詩文時更容易見出。做詩文所用的媒介或符號是語言文字。做詩文的人們很少有（也許絕對沒有）離開語言文字而運思的。創造與傳達所用的媒介物常相依為命。我們只稍留心藝術發達史，就知道這個道理。古希臘的建築用長石條，以柱為重；古羅馬的建築兼用泥石混合物，以牆及頂為重；中世紀「哥特式」輕牆重窗及頂，須以柱斜支高頂的重量，結果造成三種不同的藝術風格。這三種風格固然與時代背景有關係，但是也有一部分因為媒介的不同。不必遠說，我們只看用文言作詩文和用白話作詩文的分別，就可以知道傳達所用的媒介往往可以支配未傳達以前的

「意匠經營」。

由想像常受媒介影響這個事實看，傳達雖大體是「物理的事實」而實不全是「物理的事實」。還有一層，創造意象受傳達的影響，還不僅在媒介，最重要的還在心理的背景。想出意象來預備傳達出去，和想出意象不預備傳達出去，心理的背景大不相同。一個受社會影響支配，一個不受社會影響支配。照克羅齊說，藝術家都是自言自語者，沒有把自己的意境傳達給別人的念頭，因爲同情、名利等都是藝術以外的東西。這固然是一部分的眞理，但卻不是全部眞理。藝術家同時也是一種社會的動物，他有意無意之間總不免受社會環境影響。藝術的動機自然須從內心出發，但是外力可以刺激它，鼓勵它，也可以鉗制它，壓抑它。風氣的勢力之大實非我們意料所及。如果英國伊麗莎白後時代，戲劇不是最流行的娛樂，莎士比亞也許不會寫出他的許多傑作，如果拜倫生在十八世紀初葉，他也許和蒲柏做同樣的假古典派的詩。每時代的文學風格都與當時社會背景有關，我們只稍研究文學史就可以知道。人是社會的動物，到能看出自我和社會的分別和關聯時，總想把自我的活動擴張爲社會的活動，使社會與自我同情。同情心最原始的表現是語言。藝術本來也是語言的一種。沒有社會就沒有語言，也就沒有藝術。有一派心理學家〔如包爾溫（Baldwin）〕以爲藝術起於「自炫的本能」，固然太過重藝術的社會性，其實也不無眞理。藝術家有時雖看輕社會，鄙視它沒有能力欣賞較高的藝術，但是心中仍不免懸有一種未來的理想的同情者。鍾子期死後，伯牙就不再鼓琴，這眞是藝術家的坦白。有些人知道「千秋萬歲名，寂寞身後事」，所以把作品「藏之名山，傳之其人」。這種同情心的需要並不減低藝術的身分，而且藝術可珍貴的地方也就在此。幾千年前或幾萬里外的一個人的心裡的靈光一閃爍，還能在我們心裡引起共鳴反應，這種「不朽」是多麼偉大！克羅齊派學者把藝術完全看成個人的，否認傳達與藝術有密切關係，就沒有見出這種偉大。

四

英國心理學派批評家理查茲說過：「批評學說所必依靠的臺柱有兩個，一個是價值的討論，一個是傳達的討論。」關於傳達的討論，克羅齊的學說不甚圓滿，已如上所述。現在我們來看他對於價值的討論結果如何。所謂價值就是好壞美醜的問題。比如看到一件藝術作品，我們可以說，這是醜的或是美的麼？我們能夠比較兩個作品，說這個比那個更美麼？如果能夠，這美醜的標準是如何定出來的呢？

嚴格地說，克羅齊的美學中不能有價值問題。因爲批評價值時，被評判的對象一定是人人看得見、覺得著的。在藝術方面，這種被批評的對象通常是作品。克羅齊否認傳達爲藝術的活動，否認傳達出來的東西爲藝術，他所謂藝術完全是含蓄在心裡的意象，那是除自己以外沒有旁人能看得見的，所以旁人無法可以評判它的好壞美醜。就這一層說，我們可以見出克羅齊抹煞傳達的另一個毛病，就是抹煞傳達，勢不能不同時抹煞價值。他著重創造和欣賞的同一，忘記創造者和欣賞者有一個重要的分別。創造者直覺形象時，所憑藉的是自己的切身經驗，欣賞者將原形象再造出來時，所憑藉的第一是創造者所傳達出來的作品。就創造者說，美醜固可在形象本身見出，而就欣賞者說，形象的美醜必須於作品的美醜見出。普通所謂「批評」不僅批評意象本身（內容）的價值，尤其要批評該意象的傳達或表現（形式）是否恰到好處。這就是說，批評的對象不僅在意象本身，而尤在意象的傳達方式。克羅齊否認作品爲藝術，而欣賞者就失去被評判的對象了。

再近一層說，單論未傳達出來的形象或意象，它能否有美醜的分別呢？克羅齊也承認藝術的特殊價值是美，猶如善是倫理的特殊價值，眞是科學的特殊價值。在他看，「美就是成功的表現，說得更乾脆一點，就是表現，因爲沒有成功的表現並非表現。」醜則爲「沒有成功的表現」。美是絕對的，沒有程度的分別。凡是直覺都是表現，都是藝術，凡是藝術都是美的。大藝術家的直覺和一般人的直覺只在分量上有分別，在性質上並無分別。我們不能說這個藝術作品比那個更美。如果莎士比亞的《李爾王》悲劇是完美的表現，如果他的某一首十四行詩也是完美的表現，那麼，我們就不能說那部悲劇比那首十四行詩更美更偉大。這種說法在事實上固不能使人滿意，在名理方面也有很多毛病。克羅齊的美學可以用下列方程式總結起來：

直覺＝表現＝創造＝欣賞＝藝術＝美。

這個等式表面雖承認美的實在，實際上則根本推翻美醜的分別。凡是藝術都必爲成功的表現，都必定美，沒有成功的表現就不是藝術，那麼，醜（沒有成功的表現）就須落在藝術範圍之外，既是藝術就不能拿「醜」字去形容了。克羅齊如果澈底，就只能承認藝術與非藝術的分別，而在藝術範圍之內，不能承認美與醜的分別。這樣一來，藝術範圍之內，美成爲絕對價值，無比較可言了。絕對價值論其實根本否認價值的存在，因爲價值是長短高低善惡美醜等程度上的估計，必定有比較才能見出。我們在第十章裡承認「美」是形容「表現」的，卻同時承認「表現」在「恰到好處」這個標準點以下有許多程度上的分別，所以藝術範圍之內不但有美醜的分別，而美的本身也有等差。

「表現」有程度上的分別，是一切文藝批評的基本信條。我們說這一部書比那一部書寫得好，或是這一個藝術家比那一個藝術家偉大，都默認這個信條。藝術的最高理想自然是情（即情趣或內容）見（即表現）於詞（即意象或形式），恰到好處。但是實際上有情溢於詞的，也有詞富於情的。這兩種雖非完善的藝術，究仍不失其爲藝術。黑格爾分藝術爲三種，物質超於精神（即詞富於情）者爲象徵藝術，古埃及和印度藝術爲代表；精神恰好混化於物質（即情見於詞）者爲古典藝術，古希臘藝術爲代表；精神超於物質（即情溢於詞）者爲浪漫藝術，近代歐洲藝術爲代表。如依克羅齊的見解，則只有黑格爾所解釋的古典藝術才眞是藝術（他固然沒有這樣說，但這是他的表現說所應有的結論）。他自己也承認古典藝術和浪漫藝術對於意象和情趣各有偏重，同時卻肯定一切藝術必同時爲古典的與浪漫的，離不開意象也離不開情趣。但這只是理想，實際上藝術有偏於古典的亦有偏於浪漫的，克羅齊卻沒有在他的美的定義裡留位置給這兩種藝術。他以爲寓言不是藝術，因爲在寓言裡情趣與意象可分立。但是他如果嚴格地說話，中世紀的宗教藝術以及但丁的《神曲》都應該不是藝術了。如果依我們的比較價值論，寓言，偏於古典的和偏於浪漫的作品在藝術上仍有位置，雖然都不是理想的。

第十二章　藝術的起源與遊戲

一

我們在分析美感經驗時，特別著重形象的直覺不帶實用目的一層道理。欣賞和創造既都要和實際人生中保持一種「距離」，那麼藝術對於人生不是一種奢侈品麼？它的起源究應如何解釋呢？

第一個要點我們應先明白的就是藝術起源甚早，它並不是文化發達以後的產品。據考古學者的研究，穴居野處的人便已經有藝術。他們在洞壁所畫的獸像和他們日用的石器都是人類最古的藝術品。兒童在個體生命史中和野蠻人在種族生命史中是相平行的。在極幼稚的兒童中我們就可看出藝術的表現，例如：摶土作像、架枝爲屋、扮演成人以及歡喜聽故事等，都常流露很豐富的想像和美感的情趣。有一派學者並且進一步說，不但人類，就是冥頑的鳥獸便已有藝術的表現。藝術就是語言，語言也就是藝術，它們都是表達情思的工具，所以鳥鳴獅吼就是詩歌和音樂的雛形，雀躍猴戲便是跳舞和戲劇的雛形。從這些事實看，我們可以知道研究藝術的起源應該從研究野蠻人、兒童以及動物的活動入手。近百年來學者對於這種研究頗費苦心，他們結論如何呢？

最流行的學說把藝術溯源到遊戲。康德便已指出藝術和遊戲的類似。詩人席勒在他的《美感教育書簡》裡把這個學說加以發揮。在他看，藝術和遊戲同是不帶實用目的的自由活動，而這種活動則爲過剩精力的表現。造化的仁慈是無限的，它所賦予的精力不但可以使生物能應付生存競爭的需要，還有餘裕使他們可以自由揮霍。就生存競爭的需要說，生物是受必然律支配的；就過剩精力說，生物是自由的。他說：

> 獅子在無飢餓之迫及無敵獸可搏戰時，它的富裕的精力於是另尋出路，它於是在曠野中狂吼，把強悍的氣魄費在無所為而為的活動上面。昆蟲在光天化日之中蠕蠕飛躍，只是為著要表現生存的歡樂；鳥雀的和諧的歌聲也絕不是飢寒的呼號。這些現象中都顯然有自由的表現。所謂自由雖非脱淨一切束縛，卻是脱淨固定的外來的束縛。動物在工作時是迫於實際生活的需要，在遊戲時是過剩精力的流露，——是洋溢的生命在驅遣它活動。

孔子所謂「行有餘力，則以學文」，本是一句規範生活的格言。席勒的主張頗相近，不過他的話是一種科學的解釋。

席勒的精力過剩說經過英國斯賓塞的發揮闡明，影響於是更大。斯賓塞的新貢獻在拿生理學來解釋過剩精力的由來。高等動物的營養物比較低等動物的豐富，它們無須費全副精力來保存生命，所以有過剩精力。但是高等動物的過剩精力來源還不僅此。它們要用多方的活動應付多方的需要，在某特殊活動進行時，其他活動就須休息，休息就是恢復和增長精力的機會。因此，在高等動物中，精力常是供過於求。這種過剩精力須求發洩，如果它沒有機會發洩於收實效的鄭重其事的活動，就發洩於無所為而為的模仿的活動。例如：兒童沒有建築的需要，可用於建築的精力無可發洩，才架枝摶土，作造屋的遊戲。

德國生物學家谷魯斯以為遊戲實在不能拿席勒、斯賓塞的精力過剩說來解釋。如果遊戲完全由於過剩精力，則過剩精力發洩到無餘時，遊戲即應因之停止，但是眞正好遊戲的人和動物往往玩到精疲力竭時還不肯放手。小貓抓住一個紙團就可以玩個幾點鐘；終日埋頭苦費心思的學生到晚間對於一切事都沒有氣力去做，可是陪親友作牌戲，還是精神煥發，從此可知過剩精力縱是遊戲的助力，也絕不是它的主因。遊戲的花樣隨性別、年齡而差異，男孩的遊戲和女孩的遊戲不同，成年人的遊戲和幼童的遊戲不同，貓的遊戲和犬的遊戲又不同，過剩精力說也無從解釋這些遊戲形式的差異。把遊戲看作無目的的活動也是一種誤解，好遊戲者對於所作遊戲，都在想像中懸有固定的目的，許多遊戲如果不帶競爭就沒有趣味，便是明證。斯賓塞的遊戲模仿說也有毛病。依他說，模仿建築就要根據在實際生活中所得的建築的經驗，這個意義的模仿雖是常見，但不能用來解釋兒童的遊戲。兒童的遊戲活動都帶有幾分試驗性和創造性，很少根據自己的以往經驗。

因此，谷魯斯另提出一個學說來代替精力過剩說，它通常叫做「練習說」。他以為遊戲並非無目的的活動，實在是生命工作的準備。遊戲的目的就是把工作所要用的活動預先練習嫻熟，所以遊戲的形式隨動物種類而差異。小貓戲紙團，是練習將來捕鼠；女孩抱木偶，是練習將來做母親。遊戲就是學習，幼稚期是遊戲期也是學習期。「動物並非因為幼稚才有遊戲，它實在因為要遊戲才有幼稚期。」遊戲是根據一種普遍的本能而對於某種特殊的技藝預加練習。生命的需要是多方的，應付需要的活動也應該是多方的。如果每種活動都要有特殊本能做基礎，則有限的拘板的本能難以應付無限的變動不居的環境。有遊戲本能便可省去許多特殊本能，因爲許多特殊活動都可以利用遊戲在幼稚期學習。遊戲雖不像斯賓塞所說的全爲模仿，卻與模仿相輔而行。模仿也是一種普遍的本能，功用和遊戲也相似，都是利用普遍的本能預習特殊的技藝。模仿必有榜樣，遊戲卻有時全憑衝動，貓戲捕鼠，犬戲搏擊，都不必有榜樣。遊戲也有時利用模仿所得的活動，男孩戲營造，女孩戲育嬰，就帶有幾分模仿。谷魯斯以爲欣賞都帶有「內模仿」（詳見第四章）。欣賞是以遊戲的態度暗地模仿所欣賞的事物，如果遊戲全爲預習，何以在成年後遊戲仍不停止呢？遊戲是伴著快感的。本能的滿足，激烈的活動，以及自覺能駕馭環境所生的自尊心，都是快感的來源。兒童在遊戲中得到這許多快感，不肯放棄它們，所以到成年後仍然遊戲。谷魯斯晚年又拿「發散說」（catharsis），來補充「練習說」。本能的活動都帶有天然的情感。本能可實現，附帶的情感便可自由發洩，否則情感淤積起來，就有礙身心的發展。遊戲的功用就在使本能活動可實現，把可以爲患的附帶的情緒發洩出，因而把它的壞影響加以「淨化」。這一點頗值得注意，因爲它和亞理斯多德的悲劇發散說以及弗洛伊德的昇華說都頗相近（參見第十六章）。

谷魯斯的學說把遊戲和模仿都看作本能，是一個大缺點。所謂「本能」是得諸遺傳的對於特殊環境的特殊應付方法。例如：小雞初出世就能啄食是由於本能，但是這個本能只能應用於啄食，不能應用於營巢孵卵。遊戲和模仿都不像這樣固定的本能，都只是普遍的天然的傾向。犬戲搏擊，鳥戲歌舞，女孩戲育嬰，雖都是遊戲，而活動的方式卻不相同，把這許多不同的活動通稱爲「遊戲本能」或模仿本能，實在是太含混。不過「練習說」和「遊戲本能說」並無必然的關聯，後者雖不能成立，前者卻不必隨之俱倒。

關於遊戲問題還有許多其他學說。美國心理學家霍爾（Stanley Hall）說遊戲是個體的嬰兒時代復演種族的嬰兒時代，例如：人類祖先巢居，兒童戲爬樹，便是「復演」巢居生活。德國心理學家拉薩臘斯（Lazarus）說遊戲是逃免厭倦，藉活動來振作精神。這一說以遊戲爲「消遣」，與常識相符，與精力過剩說恰相反。這些學說都各有片面的眞理，也都各有難點。本章非專論遊戲，所以姑且把它們略去，只取最流行的「精力過剩說」與「練習說」來研究一番，看看藝術是否起源於遊戲。

「精力過剩說」我們立刻就可以把它拋開。這並不是因爲它錯誤，是因爲它太籠統。一切活動都是精力的表現，不但遊戲和藝術是如此，實際生活的工作亦莫不然。要說是沒有事幹，精力不得開銷才去遊戲，這在一部分人固然是事實，但也還是一件待解釋的事實。世間可用精力的活動極多，何以於工作之外又要遊戲和藝術呢？近代生活日漸繁忙，治生不暇者何以仍然不捨藝術呢？米勒（Millet）、高更（Gauguin）諸大畫家都是困苦終身的。席勒要讚美造化，讚美人生，以爲由精力過剩所得的自由活動是最可寶貴的天賦珍品；其實人生可貴，並不在有過剩精力時才可流露自由活動，而在能超過自然需要的緊迫，於精疲力竭時仍有自由活動的表現。在許多藝術家的奮鬥史中我們都可以見出這點眞理。

其次，如果「練習說」可以解釋遊戲，則文藝顯然與遊戲不同。誰能說音樂、圖畫等藝術是要把將來在實際生活上所用得著的本領預習嫻熟呢？和遊戲最類似的藝術莫過於戲劇，演戲的目的是在預習扮假面孔，將來好欺騙生存競爭場中的對手麼？我們已再三說明過，美感經驗不帶實用目的，如果應用「練習說」來解釋藝術，則非但藝術與美感無關，即美感也不能脫離實用目的了。

二

如果藝術上的遊戲說不過如此，我們就不用費時間去討論。但是問題並不如此簡單。我們縱然否認藝術就是遊戲，藝術起源於遊戲仍是一個可能的假設。要斷定這個假設能否成立，我們須作較精密的分析，看藝術和遊戲接近的地方在哪裡，由遊戲中可否演出藝術來，假如可能，再看演進的次第如何，藝術超過遊戲的地方在哪裡。

我們不肯輕於否認藝術和遊戲的關聯，最大的理由在從研究兒童心理學所得的事實。稍和兒童接觸過的人們都知道兒童同時是遊戲者又是藝術家，比如他在地上畫一個圓圈，在圓圈裡塗抹幾點幾劃、然後再畫兩條直線把它撐起，一說那是他爸爸或是他哥哥，這純是藝術呢？還純是遊戲呢？這並非偶然的關聯，我們把兒童遊戲的心理詳加分析，便可以見出藝術和遊戲有許多相類似的地方。

瑞士兒童心理學家皮亞傑（Piaget）曾舉過兩個實例，頗可引來作討論的起點。他的孩子有一天在廚房裡看見一隻死鴨，立刻就跑到會客室裡手腳朝天地臥在地板上，告訴人說：「我是死鴨。」有一天他和他的小女孩約瑟林在山上散步，約瑟林埋怨她父親走得太快，使她走得腳痛。她父親道歉說：「實在對不起，我並不是有意的。」走到半途時，約瑟林忽然止住她父親說：「現在你是約瑟林，我做爸爸，你向我埋怨，埋怨我走得太快。」她父親照辦了，她扮著他的口調說：「實在對不起，我並不是有意的。」

這一類的遊戲是極常見的。從這中間我們可以看出遊戲的一個特點，就是把意象加以客觀化。皮亞傑的孩子心裡剛印上一個「死鴨」的意象，要把它從心裡外射出來，使它變成一個具體的情境，於是自己就臥在地上扮死鴨；她心裡剛印上一個「道歉」的意象，要把它從心裡外射出來，使它變成一個具體的情境，於是請她的父親和她自己換過地位來扮演一次。意象本來是得諸外物界的，是客觀的事實所變成的主觀的觀念。實在世界都要先化成意象世界，才能爲知覺的對象。兒童在遊戲時把意象仍然還到外物界，看來雖似扮演外物，實在他的樣本是自己心裡的意象而不是意象所本的外物。意象之先的情境是實在的，意象之後的情境是他根據意象爲樣本而創造出來的。意造的情境雖是實在的情境所引起的，卻不受它拘束。例如：父親可以變成女兒，女兒可以變成父親，人可以變鴨，這都是經過幾分意匠經營的結果；依皮亞傑說，都經過象徵作用，把可聞可睹的具體的情境來象徵心裡的意象。藝術家的創作和兒童的遊戲，繁簡雖有不同，而歷程卻是一樣。他也是把意象加以客觀化，也是把心境從外物界所攝來的影子做樣本，加以若干意匠經營之後，換個新面目返射到外物界去，造成一個具體的形象。

兒童的圖畫也是如此。他心裡有一個人形，要把它表現出來——「表現」就是「客觀化」——所以在地上畫一個圓圈，加上幾個點和幾條線。他的樣本不是實在的人體，而是自己心裡的意象。兒童所能組成的人形的意象原來就很粗略，所以他的圖畫並非人形的寫眞，只是人形的象徵。他看人時，只注意到運動的部分，所以耳和軀幹往往被忽略去，手和腳常畫得一樣長，頭部常畫得比實際的大幾倍。兒童在遊戲時都用象徵，而他們的象徵的方法向來是很粗拙。一條竹棍可以拿來當馬騎，一個沙桶一會兒是屋，過一會兒是車，再過一會兒又是馬。但是在這種粗拙的象徵中便寓有許多藝術原理。他所用的象徵和象徵事物總有幾分類似點，所以含有幾分模仿作用在內。但是它也是創造的。像藝術家一樣，兒童觀察事物只注意到它的最新奇的片面，把其餘一切都丟開。他既然抓住這新奇的片面之後，便特別加以放大，加以誇張。他看人體時覺得最惹注意的是頭目，手足司運動也很有趣，所以就毅然把比較呆板的軀幹丟開，把全部筆墨都費在頭面手足的描寫。所以他的作品是經過選擇、放大、意造種種作用而來的。

把意象加以客觀化，就是於現實世界之外另造一種理想世界；凡是遊戲都是一種「想當然耳」的勾當；用科學的術語來說，都是一種「佯信」（make-believe）。成人對於荒誕無稽的事多不肯置信，因爲他的知識較廣，罣礙較多，不免處處受現實糾正和約束。兒童不受這種約束，所以他的幻想來去無礙，他的支配環境的辦法也比較靈巧。念頭一動，隨便什麼東西都可以任他的遊戲的手腕玩弄；你給他一個世界，他立刻可以造出無數世界來還給你。這樣的實例在文學家的回憶錄中是常常見到的。英國小說家斯蒂文森說：

> 我的堂兄弟和我每晨都吃麥粥。他吃時用糖，說他的國裡常被雪蓋著；我吃時用牛奶，說我的國裡常遭水災。我們互傳消息，說這裡還有一個小島浮在水面，那裡還有一片山谷沒有被雪蓋起，這裡的居民都住在木柴的棚裡，那裡的居民四季以船為家。

嬰兒在遊戲時意造空中樓閣大半都是如此。只要有一點實事實物觸動他的思路，他立刻就生出一個意境，立刻就把這個意境渲染得五光十彩。這種幻想有時隨生隨滅，有時可以維持到幾年之久，成爲有連續性的故事。德拉庫瓦教授舉過一個例子：一個小孩從五歲到九歲都在幻想一個故事。喬治·桑也說幼時心裡常有故事盤踞著。從這些實例看，兒童的幻想和文學的創作有幾分類似。

兒童的幻想一方面根據現實，一方面也是超脫現實的。他拿現實世界所生的意象做材料，另外造出一種或無數種比較合口胃的世界來。所以德拉庫瓦教授說：

> 兒童的遊戲……對於世界是執著也是遁逃；他一方面要征服它，同時也要閃避它；他在這個世界上面架起另一個世界出來，使自己得到自己有能力的幻覺。

遊戲和幻想的目的都在拿意造世界來彌補現實世界的缺陷。盧馬（Rouma）在他的《社會學的教育學》裡舉過這樣的一個實例：一個有心病的孩子一直到十一歲都是過孤單的生活，沒有伴侶來往。他於是意造一個角色出來做他的朋友。他常和這位想像的朋友談話，吃飯時在席上設一虛位讓他坐。旁人奪去這座位時，他就要生氣。像這樣的實例在幼兒園裡是常見的。嚴格地說，兒童的幻想大半是欲望的滿足。他心裡想起一種意境，就姑信以爲眞實，把它外射出去，成爲一種遊戲、故事或圖畫。依弗洛伊德派心理學者說，文藝也是欲望的滿足，它的符號也是象徵隱意識中的觀念。這種說法固然有些偏激，但確也有片面的眞理。就滿足欲望一點說，文藝和兒童幻想顯然有直接的關聯。

我們在上文說過，兒童對於意造的另一世界所抱的態度是「佯信」。這「佯信」的態度也很値得研究。我們拿成人的眼光來窺測兒童心理，把「意造的」和「實在的」劃得很清楚，把「信」和「不信」兩種態度也劃得很清楚，以爲兒童心中也有這樣很清楚的分別，其實這是大謬不然。在兒童心中一切分別都是很蒙混的，我和物都是同此心，同此理；人境和仙境也只有一壁之隔。我們在第三章所討論的「移情作用」在兒童中最爲流行。其實「移情作用」可以說是兒童所特有的看待外物的方法，人愈老愈難起「移情作用」。到成年後「移情作用」大半只在「僥幸的霎時」中才會發生，剛發生時立即消滅；兒童則時時刻刻都使用移情作用。他看見星說是天眨眼，看見露說是花垂淚，把沒有生氣的東西都看作和人一樣，和他做朋友，和他談話。他心中想到一個意象把它外射於遊戲，只是一瞬間的事，信和疑的問題很少闖到他的眼前。這種由意象直接變爲動作的活動，在心理學上通常叫做「念動的活動」（ideomotor activity），常發生於興會淋漓、心不旁注時。我們在第三章所說的「移情作用」和在第四章所說的「內模仿」都可以說是「念動的活動」。「念動的活動」是專心的結果。一般人往往以爲兒童不能專心，其實最專心的莫過於兒童。在他遊戲或幻想時，都是把全副精力擺在裡面，專心想到遊戲的動作，或幻想中的事變，把物和我的分別以及眞和僞的分別都忘去了。德拉庫瓦教授說得好：

兒童拿掃帚當馬騎時，心裡除騎馬這個動作之外什麼也沒有想到。騎馬這件事和附帶的動作與情感把他的意完全占住了，因而把掃帚變成馬。他固然沒有看到馬，可是也沒有看到掃帚。引起他的反應者並不是感官所接觸的實物，而是該實物所生的觀念；他一舉一動，都隨著這個觀念走。所謂「佯信」就是這種心的活動和物的富裕組合起來的，所以任何事物都可以變成一個玩具，一個性質固定的玩具也可以變成任何事物。這種佯信只要和現實有一點沾掛就行了；這種沾掛點是容易得到的，他只要專注意於本身真實的遊戲動作，或是看來像是真實的某一個細節。一個小孩子擺一個碟子在棉花製的小黑奴的手裡，擺得恰好叫它不落，向人說：「他真是一個小黑奴，你看他能用手捉東西。」這就是抓住和現實可相沾掛的一點，作佯信的根據。

總之，兒童在遊戲時常不自覺是在遊戲，他聚精會神到極點時，常把幻想的世界看成實在的世界。他在幻想世界中過活時，仍然持著鄭重其事的態度，不肯輕於放過近於荒唐或是不合邏輯的細節。教育家裴斯泰洛齊的孩子在三歲半時有一天戲扮屠戶，聽到他母親叫他的小名時，立刻抗議說：「不，你現在應該叫我屠戶了。」薩利（J. Sully）在《兒童心理學研究》中舉過很多類似的實例。有兩位小姊妹正在戲做買賣，她們的母親走進來向扮店主的姊姊吻了一吻，她的妹妹立刻就啼哭起來說：「媽媽，你向來不和開店的人接吻！」兒童聚戲時大家無形中都有一種了解，就是都相信所戲的玩意是眞的。如果有一個兒童插嘴說一句露破綻的話，大家就立刻都覺得掃興。兒童遊戲時常偷偷竊竊地瞞著大人們，不肯讓他們看見，也是怕他們嘲笑或批評，在熱烈燦爛的幻覺之上潑冷水。

我們費許多篇幅討論兒童對於幻想和遊戲的「佯信」，因爲這是遊戲和藝術一個最大的類似點。藝術家也和兒童一樣，在把熱烈燦爛的幻想外射爲具體的形象時，對於所意造的世界也不覺其虛幻。

席勒和斯賓塞拿遊戲比擬文藝時，都注重無目的的自由活動這個特點，谷魯斯反對他們，以爲遊戲都有固定的目的。其實這種爭執完全起於詞義的含混。席勒和斯賓塞所謂「無目的」，是指「無外在的實用的目的」，就這個意義說，他們的見解並不十分錯誤。遊戲和藝術的目的都不在活動本身以外的結果，而在活動本身所伴著的快感。比如兒童戲耕種或是演員扮演農夫，目的都不在收穫而在從這種活動本身中尋樂趣。遊戲和藝術的目的不是外在的，是爲活動而活動的，所以它們是自由的活動。

人類要求自由的活動，也是一件耐人玩味的事實。人是有生氣的。「生氣」的定義可以說就是「自由的活動」。不生則已，有生即不能不有動。亞理斯多德在《倫理學》裡說，人生的最後目的在求幸福，而幸福就是「不受阻撓的活動」。這句話實在是至理名言。人生最苦的事就莫過於不能動，所以疾病、幽囚、死滅是人所最厭畏的。嬰兒從墮地之後就處處尋機會活動，年齡愈長，活動也愈激烈，愈變化多端。許多兒童的遊戲在成人看來像是精力的浪費，其實在這種毫無實用的活動之中，兒童才見出自我的權能，才能享到生存的快樂。

人生來好動，所以厭惡限制。現實界雖是很寬廣，但是它不能任人盡量地自由活動，所以仍是有限制的。人不安於此，於是有種種苦悶和厭倦。雞能產卵固然是一件幸事，但是它不能產金卵，仍然是美中不足。實然的世界使人苦悶厭倦，人於是丟開它去另求可然的世界。苦悶起於人生對於「有限」的厭倦，幻想就是人生對於「無限」的尋求。「不可能」和「不可知」對於人都有極大的引誘力。小而兒童的遊戲和幻想，大而文藝、宗教和哲學，都是由有限求無限，由「可能」、「可知」求「不可能」、「不可知」的冒險。

因為要求「無限」、「不可能」和「不可知」，所以距離較遠的事物最能引起兒童的遐想。薩利說：「一片隱約在望的遠山在兒童的豐富的幻想之中常塞滿著無數奇形怪狀的景物。」他引的一位德國學者的話也說得很好：

兒童的幻想有一個普遍性，就是相信遼遠的天際外，或是樹林湖山以及一切眼睛所見到的事物的背後，都另有一個完全新奇的世界。我在兒童時和小朋友們在穀場裡戲捉迷藏，總覺得每捆草的後面一定有什麼奇怪的東西藏在那裡。但是我始終沒有起過不虔敬的念頭要把那捆草翻過來看看後面到底有什麼。

年齡愈長，對於現實的認識愈精確，現實的壓迫也就愈沉重。現實壓得使人沒有可以自由活動的機會，處處都是平凡和呆板，於是苦悶的心情也逐漸增加。人要在這呆板平凡的世界中尋出一點生機來排解這種苦悶，於是要活動，要冒險，要尋出一些出乎常軌的偶然的變動。「偶然」、「機會」、「運氣」都是「無限」的片面，所以它們常常能引起人的遐想，激發人的生氣。這種心理的要求在賭博中最容易見出。賭博全是一種「碰機會」的遊戲。有賭博癖者的眞正目的都不在贏錢。如果他知道沒有輸的可能，沒有到結局時就知道自己一定勝利，賭博的趣味便已十去八九。賭博所以能引人入勝者就在它的結果不能預定，使賭博者時時希望偶然的幸運恰好落到自己的頭上來，所贏的東西價值儘管很小，可是它是「偶然的幸運」的象徵，也就是「無限」的象徵，所以能引起很大的快慰。

人到愈閒散時，愈覺生活的單調，愈感到苦悶，愈想有偶然的事變來破岑寂：愈想有激烈的刺激來激起生氣；所以遊戲和文藝的需要在閒散時也愈緊迫，就這個意義說，「精力過剩說」確有幾分眞理。德拉庫瓦教授說：「苦悶是活動和幻想的最強的激動劑。心在苦悶時對於目前的時間和內心的節奏都感到乏趣，它除了這個節奏的單調和這個時間的悠久之外別無所感。因此，它希望從這個沉重而空虛的時間中跳出，去尋求生氣蓬勃的瞬息，去尋生活的豐富和圓滿。」這種心理是藝術和遊戲所共同的。就這一點說，文藝確是一種「苦悶的象徵」。

總觀上述各節，我們可以看出遊戲和藝術有四個最重要的類似點：一、它們都是意象的客觀化，都是在現實世界之外另創意造世界。二、在意造世界時它們都兼用創造和模仿，一方面要沾掛現實，一方面又要超脫現實。三、它們對於意造世界的態度都是「佯信」，都把物我的分別暫時忘去。四、它們都是無實用目的的自由活動，而這種自由活動都是要跳脫平凡而求新奇，跳脫「有限」而求

「無限」，都是要用活動本身所伴著的快感，來排解呆板現實所生的苦悶。

三

遊戲和藝術雖相類似，但是究竟是兩回事。世間許多好遊戲的兒童後來沒有成為藝術家，世間也有許多大藝術家在兒時並不好遊戲，音樂家貝多芬和莫扎特都是著例。小說家司各特和詩人雨果在幼時確是以遊戲著名的，不過這些實例既有正有反，便不能據為論證。

遊戲和藝術的異點究竟在什麼地方呢？谷魯斯、顧約、馬夏爾和蘭格斐爾德諸人都注重藝術的社會性，以為社會性存在與否，就是藝術和遊戲的根本區別。兒童遊戲時常怕旁人看見，所以躲在成人的背後。他們只圖自己高興，並沒有意思要拿遊戲來博得同情和讚賞。純粹的遊戲都是為著本身的快感，沒有客觀的價值。盡興極歡，便已達到遊戲的目的，不必有美醜的分別。斯蒂文森說：「我在幼時常用焦木塞畫一對鬍鬚，雖然沒有人看見，也覺得很趾高氣揚，我現在回想這種心境，仍恍然如在昨日。」兒童在遊戲時，愈沒有人看見，精神愈專注，幻想愈濃密，興致也愈暢快淋漓。他抓住一個玩具，可以單獨一個人接連玩上幾點鐘之久，不覺困倦。這種過度的唯我主義的色彩實在起於自我觀念的曖昧，他沒有把我和物分清楚，自己高興時以為旁人和鳥獸草木器皿等也都和自己一樣高興，所以沒有把自己的情感傳達給旁人以求同情的意思。兒童自然也有時歡喜成群作戲，但是每個人仍只顧到自己。他既然可以和貓狗玩，和玩具玩，自然也就可以和同年的小伴侶玩，但是他並沒有想到這些小伴侶是旁觀者或是同戲的夥伴，他把他們也不過看作玩具一樣，藉以實現自己的幻想罷了。他扮店主，他弟弟扮主顧時，他弟弟就只是主顧而不復是他弟弟，如果他弟弟不在時，他也可以拿傀儡做主顧。旁的兒童只是他的意造世界中的眞人物，他並沒有心思要他們對自己的遊戲本領表示同情和讚賞。他玩得高興時，他的伴侶頭撞痛了在號啕大哭，他心裡卻若無其事地仍繼續玩他的。從此可知遊戲的動機中很少有社會的成分。年齡漸長，遊戲中容或逐漸雜入社會的成分，但是那就不是純粹的爲遊戲而遊戲了。

遊戲不必有欣賞者，藝術的創造就不能不先有欣賞。遊戲只是表現意象，藝術則除「表現」之外還要「傳達」。藝術家見到一種意境或是感到一種情趣，一定要使旁人也能見到這種意境，也能感到這種情趣，心裡才得安頓，所以他才把它表現出來，傳達給旁人。傳達欲是同情心的表現。人是社會的動物，到能看出自我和社會的分別和關聯時，總想把自我的活動擴張爲社會的活動。同情心是爲群的也是爲我的。它是爲群的，因爲它要分享旁人的苦樂；它也是爲我的，因爲它要把自我伸張到和社會一樣大。同情心最初的表現是語言。藝術本來也是語言的一種。沒有社會就沒有語言，沒有社會也就沒有藝術。顧約說：「藝術的情緒根本是社會的。它的結果是擴張個體的生命，使它沉沒到較大的較普遍的生命裡去。藝術的最高目的就在產生帶有社會性的美感的情緒。」

包爾溫以爲藝術起於「自炫的衝動」（self-exhibiting impulse），也是注重藝術的社會性，不過把它看得太窄狹一點，因爲他只看到同情心的唯我的一面。有些藝術家自然反對這種論調。他們說：「我們是爲藝術而藝術，並非藉此求名，所以沒世無聞，也不以爲悔。」他們有時並且以爲社會和藝術是不相容的，要能不求迎合社會心理，才能創造出眞正藝術來。這些話都有片面的眞理，卻不能證明藝術沒有社會性。求「名」是一件事，求「知音」、「同情」又另是一件事。眞正藝術家儘管不求虛名，卻沒有不望知音、同情者。

因爲遊戲缺乏社會性，而藝術衝動的要素卻恰在社會性，所以遊戲不必有作品，而藝術則必有作品。作品的目的就在把所表現的意象和情趣留傳給旁人看。罕恩（Yrjo Hirn）在《藝術的起源》裡批評席勒、斯賓塞說道：「遊戲只要過剩精力已發洩，或是本能已得到暫時的練習，便算是達到目的。藝術的作用卻不僅在造作的活動，凡是眞正藝術的表現都必有一件東西做了出來，可以流傳下去。」換句話說，遊戲和藝術雖同是把意象加以客觀化，造成另一世界，遊戲的意造世界是「逢場作戲」的，轉瞬境遷，即歸烏有，而藝術的意造世界則不隨創造的活動同歸於盡，創造的活動儘管過去，而創造的成績則可永垂不朽。兒童在沙灘上堆砂爲屋，隨堆起，隨推倒，既已盡興，便無留戀；藝術家對於得意的作品，往往用慈母保護嬰兒的熱愛去珍護它。這個分別是顯而易見的。

藝術衝動既含有社會性，所用的材料和方法因之也和遊戲不同。遊戲對於材料是無所選擇的。一個意象不管是粗疏或是精美，一浮到兒童的靈活的腦裡，立刻就變成一個意造世界；一個玩具，無論有生氣或無生氣，一落到兒童的好玩的手裡，立刻就變成活躍的人物。遊戲所用的材料只是一種象徵，一種符號，它的本身價值如何，兒童常不過問。他想戲騎馬時，目前有掃帚就用掃帚，有凳子就用凳子，反正這不過是一種符號，重要的還是騎馬這個意象。藝術家對於材料就不能這樣隨便。無論是形色，是聲音或是文字，它一方面須能象徵，一方面也須有內在的價值。藝術的意象和情趣也是同樣的經過選擇陶煉來的。生糙粗率的意象和情趣對於藝術是無意義的，它一定要具有一種美形式。所謂「美形式」就是全體和部分的和諧。藝術作品是一個有機的整體，其中全體和部分都息息相關，各部分的大小和位置也須有內在的必然性，所以添一分則嫌多，減一分則嫌少，移動一分則失去和諧。這種特點在遊戲中是尋不出來的，遊戲沒有客觀的價值和美醜的分別。我們只要把兒童在遊戲時所畫的人物和藝術的作品稍加比較，這種分別就立刻現出。兒童畫純是象徵，藝術品則於象徵之外還須具有形式美。

總觀以上各節，我們對於遊戲和藝術的關係可以作這樣一個結論：藝術和遊戲都要在實際生活的緊迫中發生自由活動，都是爲著享受幻想世界的情趣和創造幻想世界的快慰，於是把意象加以客觀化，成爲具體的情境。這就是所謂「表現」。不過純粹的遊戲缺乏社會性，而藝術則有社會性，它的要務不僅在「表現」而尤在「傳達」。這個新要素加入，於是把原來遊戲的很粗疏的幻想的活動完全變過。原來只是藉外物做符號，現在這種符號自身卻要有內在的價值；原來只要有表現，現在這種表現還須具有美形式。我們可以說，藝術衝動是由遊戲衝動發展出來的，不過藝術的活動卻在遊戲的活動之上下過進一步的功夫。遊戲雜用金砂，無所取擇；藝術則要從砂中煉出純金來。

第十三章　藝術的創造㈠：想像與靈感

一

遊戲是初步的創造，它和藝術一樣，也要應用創造的想像。我們在上章已經說明遊戲和藝術的關係，現在可以進一步討論藝術的創造了。

藝術的創造在未經傳達之前，只是一種想像。就字面說，想像（imagination）就是在心眼中見到一種意象（image）。意象是所知覺的事物在心中所印的影子。比如看見一匹馬，心中就有一個馬的模樣，這就是馬的意象。馬既在心中留下它的模樣，它不在眼前時，我仍然可以回想起它的模樣如何，這是記憶，也就是想像。不過這種想像只是回想以往由知覺得來的意象，原來的意象如何，回想起的意象也就如何，沒有什麼新創，所以它通常叫做「再現的想像」。

「再現的想像」只是在記憶中復演舊經驗，絕不能產生藝術。藝術必須有「創造的想像」。既是「想像」，就不能從無中生有，因爲它不能離開意象，而意象是由經驗得來的。既是「創造的」，就不能只是復演舊經驗，必須含有新成分。這個新成分是什麼呢？它不是想像所用的材料，因爲這材料就是從經驗得來的意象。因此，它只能是材料組合所取的形式。創造的定義可以說是：「根據已有的意象做材料，把它們加以剪裁綜合，成一種新形式。」材料是固有的，形式是新創的；材料是自然，形式才是藝術。舉一個淺近的實例來說，比如「風乍起，吹皺一池春水」一句詞九個字所指的意象，拆開來說，都很平凡，但是合在一起——綜合這個意象所成的形式——卻非常新鮮有趣，叫人不能不承認它是創造出來的藝術。一切藝術作品都可作如此觀。論各部分材料，它是舊有的，所以人人能了解；論全體形式，它是新創的，所以是藝術。凡是藝術創造都是平常材料的不平常綜合，創造的想像就是這種綜合作用所必需的心靈活動。

在一般人看，創造的想像是神祕的，只許人驚讚，不許人分析。其實它像一切自然現象一樣，也可以用科學方法去研究。近代心理學家研究這個問題，已得很多的成績，就中尤以法人里波（Ribot）的貢獻爲最大。

分析起來，創造的想像含有三種成分：㈠理智的，㈡情感的，㈢潛意識的。

就理智的成分說，創造的想像在混整的情境中選擇若干意象出來加以新綜合，要根據兩種心理作用。一爲「分想作用」（dissociation），是選擇所必需的；一爲「聯想作用」（association），是綜合所必需的。

「分想作用」就是把某意象和與它相關的意象分裂開，把它單獨提出。意象都是嵌在整個經驗裡面而不是獨立的。如果沒有分想作用，以往的經驗便須全部復現於記憶。小孩子讀死書，讀熟之後往往只能背誦全篇，而不能單提出該篇中某一段或某一句。如果叫他單提出某一句來，他須從頭背誦起，一直背誦到該句所在的地方才能記起該句。這種記憶是最笨拙的。他只是囫圇吞棗，食而不化。

他雖能背誦全篇，卻永遠沒有應用其中一字一句的可能。如果記憶都像這樣，便不能有創造，因為創造是把向來不在一塊的元素綜合成新形式，記憶如果須全部出現，我們便無法把某元素從全體情境中單獨提出。

里波以為分想作用是消極的，是創造的預備，聯想作用是積極的，是創造的成就。其實這不盡然。有時分想作用自身便是積極的，便是一種創造。藝術的意象有許多並不是綜合的結果，只是在一種混亂的情境中把用得著的成分單提出來，把用不著的成分丟去，有時也能造成很完美的意象，好比在一塊頑石中雕出一座像一樣。比如「長河落日圓」，「微風燕子斜」，「採菊東籬下，悠然見南山」，「風吹草低見牛羊」一類的意象，全無聯想的痕跡，而卻不失其為創造。它們都是只憑分想作用，在一個混整的情境中把和情感相調協的成分單提出來，造成一種新意象。單是選擇有時就已經是創造。

但是文藝上的意象大多數都起於聯想作用。所謂聯想作用就是由甲意象而聯想到乙意象。我們在第六章已討論過聯想的性質，以及接近聯想和類似聯想的分別。

這兩種聯想之中尤以類似聯想為重要，許多漫不相關的事物經過詩人的意匠經營，都可以生出關係來。海棠花可以「凝愁」也可以「帶醉」，浮雲可以是白衣也可以是蒼狗。前例是把物看成人，里波稱為「擬人」，就是我們在第三章中所說的移情作用；後例把甲物看成乙物，里波稱為「變形」。我們在第三章已經說過，「擬人」是美感經驗的要素。靜物的情感化，宇宙的生命化，以及神話寓言的起源，都是「擬人」的結果。「變形」在文藝中也是常見的。「鬢雲欲度香腮雪」，「大弦嘈嘈如急雨，小弦切切如私語」，「大雪紛紛何所似，撒鹽空中差可擬，未若柳絮因風起」，都是「變形」類的類似聯想。里波分析類似聯想，只舉「擬人」、「變形」兩類。其實「擬人」之外還可以另立「托物」一類。「擬人」把物看成人，「托物」則把人看成物。《列那狐的故事》托動物的奸詭隱射中世紀的封建人物，便是「托物」的著例。在中國文藝中「托物」尤其重要。屈原寄孤憤於香草，莊周托玄想於大鵬，這些前例引起後世許多學者的模仿。大約用這一類修辭格者都被逼於環境，不能直說心事，於是以隱語出之。例如：駱賓王〈在獄詠蟬〉詩說：「露重飛難進，風多響易沉」，是暗射讒人的話。清朝人詠紫牡丹說：「奪朱非正色，異種亦稱王」，是暗刺愛新覺羅氏代明朝入主中夏事，都是「托物」以言志。

「擬人」、「托物」、「變形」三種類似聯想雖不同，而在實際上常不可分開。「水是眼波橫，山是眉峰聚」可以說是「擬人」，也可以說是「變形」，「天寒猶有傲霜枝」可以說是「擬人」，也可以說是「托物」。這三種類似聯想在文學上極為重要。它們最普通的用處在「比喻」。上文所舉各例在修辭學中都屬於「比喻」格。文學上的文字大半都不用本意而用引申義。文字的引申義大半都由「比喻」得來的。例如：「流雲吐華月」一句中只有「雲」、「月」兩字用本意，「流」、「吐」、「華」三字都用引申義。依本義說，「流」只能用於水，「吐」只能用於動物，「華」原來是「花」的同義字，引申為「美麗」。再如杜審言的〈早春遊望〉詩中四句：「雲霞出海曙，梅柳渡江春。淑氣催黃鳥，晴光轉綠蘋」之中最見精彩的是「出」、「渡」、「催」、「轉」四個動詞（即詩話家所謂「詩眼」），而這四個動詞都是用引申義。文藝大半是象徵的。「象徵」就是以甲為乙的符號，也可說是一種引申義，它也是根據類似聯想。天平和法律完全是兩件事，因爲同具公平一個特質，所以天平常象徵法律。在陶淵明的詩裡松菊象徵孤高；在周敦頤的〈愛蓮說〉裡，蓮花象徵清潔；《詩經》首章〈關雎〉依毛說是象徵「摯而有別」。在一般成語中狐象徵媚，龍象徵靈，日象徵陽剛，月象徵陰柔，雷霆象徵怒，陰霾象徵淒慘，蒲柳象徵衰弱，葭莩象徵親戚，都是類似聯想的結果。象徵大半是拿具體的東西代替抽象的性質。美感都起於形象的直覺，所以文藝作品都要呈現具體的意象出來，直接撼動感官。如果它用抽象的概念，便不免犯普泛化的毛病，我們只能把它當作一條眞理思索，不能把它當作一個意象觀賞。抽象的概念在藝術家的腦裡都要先翻譯成具體的意象，然後才表現於作品。這種翻譯就是象徵。文藝是象徵的，所以有人說，文藝是在「殊相」中見出「共相」，在「感覺的」之中表出「理解的」，這就是說，它以具體的意象象徵抽象的概念。不過這種說法頗容易惹起誤解。在文藝中概念應完全溶解在意象裡，使意象雖是象徵概念而卻不流露概念的痕跡，好比一塊糖溶解在水裡，雖然點點水之中都有甜味，而卻無處可尋出糖來。「寓言」大半都不能算是純粹的藝術，因爲寓言之中概念沒有完全溶解於意象，我們一方面見到意象，一方面也還見到概念。

二

創造的想像雖要根據「分想作用」和「聯想作用」，但是這些理智的成分絕不能完全解釋創造。比如「細雨魚兒出，微風燕子斜」兩句詩所寫的意象，是在微風細雨的春天許多意象之中選擇出來的，在細雨中不僅見到魚兒出，在微風中也不僅見到燕子斜，詩人選擇這兩個意象出來時就把其他意象丟開，所以可以說是「分想作用」的結果。但是在許多意象之中，詩人何以單提出這兩個意象而忽略其他意象呢？再比如「忽見陌頭楊柳色，悔教夫婿覓封侯」兩句詩是「觸景生情」，因柳色而想到夫婿，可以說是「聯想作用」的結果。但是楊柳所能引起的聯想是無數的，它可以因經驗的鄰近而聯想到栽柳人，或是柳色最佳的河邊，它可以因性質的類似而聯想到眉的輕盈，或是衣衫的嫩綠，何以在這個地方獨喚起夫婿的記憶呢？「分想作用」和「聯想作用」只能解釋意象的發生如何可能，卻不能解釋在許多可能的意象之中何以某意象獨被選擇。

有選擇就有拋棄。選擇和拋棄是心理上普遍的現象。園裡有許多花草，我在一個時間之內只注意到某幾種花草；街上有許多行人，我在一個時間之內只注意某個女子或是某個老翁。選擇之中又有選擇，看花我或只注意到顏色，看女子我或只注意到面孔。原因是很簡單的，我看到的是能引起我的情趣的，我沒有看到的是不能引起我的情趣的。聯想起來的意象也是如此。一般人以為聯想不依邏輯，全是偶然的。其實它不依邏輯是眞，說它是偶然，則不符事實。它也有原因，也有必然性，不過使它具必然性的原因不是理智而是情感。去取全憑好惡，好惡就是情感的流露。比如上文「忽見陌頭楊柳色」例中的楊柳雖然可以喚起無數意象，但是「夫婿」的意象對於「春日凝裝上翠樓」的閨中少婦帶有極深的情感，這情感就是使「夫婿」的意象浮上心頭的原動力。情感觸境界而發生，境界不同，情感也隨之變遷，情感遷變，意象也隨之更換。同一事物在這個境界裡觸動這種情感，喚起這種意象，在另一個境界裡又觸動另一種情感，喚起另一種意象。「昔我往矣，楊柳依依，今我來思，雨雪霏霏」是一種境界，一種情感，一種意象。「無情最是臺城柳，依舊煙籠十里堤」又是另一種境界，另一種情感，另一種意象。情感和意象都是生生不息的，時時刻刻都在創造中。

文藝作品都必具完整性。它雖然可以同時連用許多意象，而這許多意象卻不能散漫零亂，必須爲完整的有機體。創造的想像和尋常幻想的分別就在此。尋常幻想是散漫零亂的。兩個意象稍可接觸，即相依附，輾轉流散，沒有底止。如果把這一串幻想寫出來，處處都是牛頭不對馬嘴。創造的想像卻須把散漫零亂的意象融成一氣。把原來散漫零亂的意象融成整體的就是情感。比如錢起的「曲終人不見，江上數峰青」，秦少游的「可堪孤館閉春寒，杜鵑聲裡斜陽暮」，前句都是說人事，後句都是寫物景，我們卻不覺得這兩種不同的意象擺在一塊嫌不倫不類，它們反而能互相烘托，就因爲它們同是傳出一種淒清的情感。兩個意象在性質上儘管不相類似，如果在情感上能相協調，便可形成一種完整的有機體。「手揮五弦，目送飛鴻」，「鳶飛戾天，魚躍於淵」，「樹搖幽鳥夢，螢入定僧衣」，都是兩種不同的意象因情感的調協而形成整體的。

文藝作品都是把一種心情寄託在一個或數個意象裡，所以克羅齊以爲凡是藝術都是抒情的。意象要恰能傳出情感，才是上品。意象可剽竊而情感則不能假託。前人由眞情感所發出的美意象，經過後人沿用，便變成俗濫浮靡，就是有意象而無情感的緣故。沒有兩個完全相同的境界，便沒有兩個完全相同的情感，傳達情感的語言意象也就不能一致。嚴格地說，這個人所用的語言和意象沒有第二個人可以沿用，沿用便是偷懶說謊。所以「擬古」、「用典」、「集句」、「用陳語」在藝術上都是毛病。江淹擬陶淵明〈歸田園居〉詩在擬詩中算是最上品，仍遠遜原作。辛稼軒詞好用陳語，例如：〈秋水觀〉一首長詞大半用莊子語，這種作品只能說是文字的遊戲，絕不是藝術。「武帝植蜀柳於靈和殿前，常曰：『此柳風流可愛，似張緒當年』」，幾句散文本極富詩意，王漁洋在〈秋柳〉裡引用這個典故造成「靈和殿裡昔人稀」的句子，便索然無味。江淹、辛稼軒和王漁洋都本是很大的詩人，尚且不免蹈這些毛病，下此書蠹詞匠的堆砌典故，更不足談了。

創造藝術是一件煞費心血的事，又不能裨益實用生活，許多藝術家都以窮困終身，何以追求藝術者仍絡繹不絕呢？這就由於藝術是一種情感的需要。眞正藝術家心中都有不得不說的苦楚。如果可以不說而勉強尋話說，那就是無病呻吟。音樂家貝多芬有一個時期以人世爲苦，煩悶想自殺，因爲胸中蘊藉沒有泄盡，所以隱忍不死。司馬遷受腐刑後，也常說他所以忍辱不死者是爲著完成他的《史記》。飢寒可忍，垢辱可忍，煩惱可忍，一切可擺脫，獨有藝術不能擺脫。藝術家的胸襟大半如此。他所以不能放棄藝術者，就因爲受情感的驅迫。人有情感自然要發洩，歡喜必形諸笑，悲痛必形諸哭。倘若心中有情感要勉強壓住隱起，那就是打斷生機的流露。苦樂都是從生機的鬱暢得來的。「舒暢」就是快樂，「抑鬱」就是痛苦。文藝是表現情感的，就是幫助人得到舒暢而免除抑鬱的一種方劑。歌德在二十三歲時曾鐘愛一位已許過人的女子，煩悶無計排解，正謀自殺，忽然聽到耶路撒冷爲失戀而自殺的消息，他拿自己的遭遇體驗那位少年的悲劇，就想像出一部作品出來了。他自己說過：「這個消息對於我彷彿是黑暗中一線光明，我立刻就把《少年維特之煩惱》的綱要想好。」他埋頭兩個星期，把書寫成，於是他的自殺的念頭才打消。文藝發洩情感的功用在這個例子中最易見出了。從亞理斯多德到弗洛伊德，許多學者都以爲文藝對於情感有「淨化」（catharsis）的效驗，就是說情感不發洩對於心身都有壞影響，一經發洩，這種壞影響便被「淨化」不復爲祟。歌德寫《少年維特之煩惱》的經過便是一個好例。

文藝是一種慰情的工具，所以都帶有幾分理想化。藝術家不滿意於現實世界，才想像出一種理想世界來彌補現實世界的缺陷。這個普遍的事實就是弗洛伊德派學說的根據，不過他們把缺陷和彌補都看成性欲的，未免過於偏狹。依他們看，文藝都是欲望的「昇華」（sublimation），把鼓動低等欲望的潛力〔叫做「來比多」（libido），大半是屬於性欲的〕移來鼓動較高尚的情緒。文藝像夢一樣，用處在使欲望得到化裝的滿足。它可以說是性欲的象徵。最早的文藝是神話，它就是原始社會的公共欲望的表現。人類在潛意識中早有弒父娶母的欲望。古希臘俄狄浦斯的故事就是這種欲望的象徵。許多神話都與「俄狄浦斯情意綜」（Oedipus complex）有關係，所以其中主要人物大半都有母無父。姜嫄履大人跡而生后稷，孔子之母禱於尼丘而生孔子，聖馬利亞稟神意而生耶穌，都是著例。近代文藝中性欲的色彩尤其濃厚。例如：屠格涅夫曾迷戀一個很庸俗的歌女，在小說中於是寫出許多戀愛革命家的有理想和熱情的女子，就是在文藝中求缺陷的彌補。弗洛伊德的這番話自然也有一番眞理，不過缺陷和彌補都不必像他所說的全在性欲方面。

欲望昇華說的最大缺點在只能解釋文藝的動機，而不能解釋文藝的形式美。我們在第二章已經說過，生糙的情感是無濟於事的。藝術家之所以爲藝術家不僅在有深厚的情感（因爲只有深厚的情感不一定能表現於藝術），而尤在能把情感表現出來。他的創造要根據情感，而在創造的一頃刻中卻不能同時在這種情感中過活，一定要把它加以客觀化，使它成爲一種意象。他自己對於這個情感一定要變成一個站在客位的觀賞者，然後才可以得到形式的完美。

三

理智的和情感的兩種成分都是意識所能察覺的，但是創造的想像還有意識所不能察覺的成分，這就是通常所謂「靈感」（inspiration）。藝術須賴靈感，這是古今中外的共同信仰。柏拉圖在〈斐德若篇〉對話裡說：

有一種迷狂症是詩神激動起來的。她憑附一個心靈純樸的人，鼓動他的狂熱，喚起詩的節奏，使他歌詠古英雄的豐功偉業來教導後人。無論是誰，如果沒有這種詩人的狂熱而去敲詩神的門，他儘管有極高明的藝術手腕，詩神也永遠不讓他升堂入室。

柏拉圖所謂「詩人的狂熱」就是靈感。依他說，靈感是神的啓示，比藝術手腕還更重要。藝術家在得到靈感時，常不費心血，就可以寫出完美的作品。歌德著《少年維特之煩惱》的經過，便是靈感的好例。他自己說聽到耶路撒冷自殺的消息，彷彿突然見到一道光在眼前瞥過，立刻就把全書綱要想好。他一口氣把它寫完，然後把稿子複閱一遍，自己覺得很詫異，因爲他絲毫沒有費力。他說：「這部小冊子好像是一個患睡行症的人在無意識之中寫成的。」

靈感之來往往出於作者自己的意料之外，作品已經創造成功了，他才發現自己又創造了一件作品。雕刻家羅丹作「流浪的猶太人」的經過便是如此。他在《回想錄》裡說：「有一天我整天都在工作，到傍晚時正寫完一章書，猛然間發現紙上畫了這麼一個猶太人，我自己也不知道它是怎樣畫成的，或是爲什麼要去畫他。可是我的那件作品全體便已具形於此了。」

有時苦心搜索而不能得的，在無意中得到靈感，頓時尋求許久的意象便湧上心頭。音樂家柏遼茲（Berlioz）替貝朗瑞（Béranger）的〈五月五日〉詩譜樂曲，譜到收尾的疊句：「可憐的兵士，我終於要再見法蘭西」時，猛然停住，再三思索，終於想不出一段樂調來傳這疊句的情思。過了兩年，他遊羅馬，有一天失足落下河去，遇救沒有淹死，爬出水時口裡所唱的一段樂調，就是兩年之前再三搜索而不能得的。

從這幾個實例看，靈感有兩個重要的特徵。第一，它是突如其來的。我們在表面尋不出預備的痕跡，它往往出於作者自己的意料之外。根據靈感的作品大半都成得極快。第二，它是不由自主的。希望它來時它偏不來，沒有期待它來時，它卻驀然出現。作者在得靈感時常超過自己平素的能力。平素他所不能做到的在靈感中他可以輕易地做到。憑藉靈感的作品往往比純恃藝術手腕的作品價值較高。

因爲靈感有這兩種特徵，古時學者大半都把它看作神的啓示。在靈感之中彷彿有神憑附作者的軀體，暗中在醞釀他的情思，驅遣他的手腕。作者對於得自靈感的作品只是坐享其成，這種信仰是很普遍的。古希臘人以爲各種文藝都有一個女神（muse）主宰。在原始社會中，詩人大半就是預言者，他是代天傳旨的。西方詩人做史詩，在開章中往往有一段照例的招邀詩神的話。中國文學家也有「下筆如有神助」之說。相傳江淹有一夜夢見郭璞向他說：「吾有筆在卿處多年，可以見還」，他探懷中得一枝五色筆，便還給郭璞。他以後做詩，就絕無美句。這也是相信天才由於神鬼的憑藉。

但是在科學界中這種神祕的解釋已經不能成立了。依近代心理學家說，靈感大半是由於在潛意識中所醞釀成的東西猛然湧現於意識。我們最好擇幾種類似靈感的潛意識現象來研究一番，然後拿它們來比較靈感，就可以見出靈感究竟是怎麼一回事了（「潛意識」和弗洛伊德所說的「隱意識」不同，詳拙著《變態心理學》）。

人於意識之外，還有潛意識，潛意識也可以作想像思考的活動，這是近代心理學上已成立的事實。最顯著的例子是「自動書寫」（automatic writing）。有一種病人在專心做一件事或是和人談話時，你擺一管筆在他的手裡，同時用針刺他的麻木的部分，他意識中雖沒有痛感，而手則在描寫被針刺的經驗。催眠狀態也很相類似。受催眠者的言動和在醒時的言動往往不同。在醒時沒有膂力，在催眠中他可以舉起平時所不能舉起的重量。在催眠中他忘記催眠前的經驗，在催眠後他又忘記催眠中的經驗。「後催眠的暗示」更加奇怪。你吩咐受催眠者在醒後某時某刻做一件事，他醒後雖然記不起你所吩咐的話，到了時刻卻不由自主地無意地把你所吩咐的事做得一字不差。從這些事實看，可見一個人可以有兩重或多重人格。在意識中他呈現一種人格，在潛意識中他又呈現另一種人格。受催眠者和患睡行症者的潛意識往往可以湧上浮面來，把意識完全遮蔽住，於是有「人格的交替」。詹姆斯舉過一個例子：一個人跌下火車之後，把原來的經驗都忘記，在一個鎮市上做了幾個月的小生意。有一天他忽然醒過來，發現身旁事物都不是習見的，才自疑何以走到這麼一個地方。旁人告訴他說他在那裡做過幾個月的小生意，他絕對不肯相信。他在做小生意時，就專靠潛意識的活動。

靈感和這種潛意識的活動是屬於一類的，所不同者在「人格的交替」中潛意識完全把意識遮蔽住，在靈感中潛意識所醞釀成的意象湧現於意識中，而意識仍舊存在。至於潛意識的活動是否與意識的活動相同，想像的進行在潛意識中和在意識中是否遵照同一原理，心理學家對於這種問題還沒有定見，弗洛伊德派學者的「壓抑說」和法國變態心理學者的「分裂說」都各有難點（詳見拙著《變態心理學》）。不過有兩點我們是可以斷定的。第一，潛意識的活動大半仍依聯想作用。在潛意識中聯想不受意識和理性的節制，活動更較自由，所以潛意識的想像比意識的想像更豐富，在意識中所搜索不得的往往可以在潛意識中醞釀成功。不過因為缺乏理性的節制，潛意識的想像也往往較錯亂無章。所以潛意識所醞釀成的須經過意識的潤飾，才能成為完美的作品。第二，在潛意識中，情感的支配力較在意識中更大，這也是因為理智弛懈的緣故。潛意識估定價值的標準也全是情感。意識所認為微細的東西如果帶有濃厚的情感，在潛意識中可以占極重要的地位。創作受情感的影響大半都在潛意識中。弗洛伊德以為文藝是慰情洩欲的東西，就潛意識說，這話頗近於眞理。

靈感既起於潛意識的醞釀，所以雖似突如其來，卻不是毫無預備。比如上文所說的歌德寫《少年維特之煩惱》的例子中就很容易見出預備的痕跡。他自己鍾愛夏綠蒂，久萌念自殺。他自己的經驗恰如他在書中所描寫的。這本書的情節在他的潛意識中醞釀已許久。耶路撒冷的情節和他自己的經驗很相似。這個類似點就成了點燃一大堆火藥的導火線。所謂靈感，就是埋伏著的火藥遇到導火線而突然爆發。靈感也要有預備，所以想一部書的布局或是作一個數學難題，費過一番心血之後，就可以把它丟開不去再想，姑且去玩幾天或是改做旁的事，讓所想的東西在潛意識中去醞釀，到了成熟時期，它自會突然湧現。大數學家普恩加來（Poincaré）的數學發明大半是在街頭閒逛時於無意中得到的。文藝的創作道理也是一樣。許多人不知道發明和創造在潛意識中都早已有預備，便以為它們是「湊巧」、「碰機會」，實在是誤解靈感的性質。

在潛意識中醞釀成的意象何以特別在某一時會才湧現於意識呢？這個問題也很值得研究。概括地說，意識作用弛懈時，潛意識中的意象最易湧現。所以藝術家自述經驗，往往以為創作時的心境有如夢境。音樂家瓦格納的〈萊茵河的黃金〉三部曲的開場調，就是在夢境中作成的。據他的《自傳》說，三部曲已完全寫成時，開場調仍沒有想出。他方乘船過海，晝夜不能安眠，有一天午後，他倦極才得微睡，彷彿覺得自己沉在急流裡面，聽到流水往復澎湃的聲音自成一種樂調。醒後他便根據在夢中所聽到的急流的聲音譜成三部曲的開場調。每個人大概在夢中都做過很好的文章，或是說過很漂亮的話。英國詩人柯爾律治的〈忽必烈汗〉就是夢境的作品。他本來嗜鴉片，有一天醉後坐在椅上睡著。臨睡前他在一部遊記裡讀到這一句話：「忽必烈汗令在此地建一座宮殿，並且修一個堂皇的花園，於是一道圍牆把十里肥沃的土地都圈在裡面。」在三刻鐘的熟睡中他夢見根據這個典故做成二三百行詩。剛醒時他還記得清楚，於是取紙筆把它趕快寫下。寫到數十行時，忽然有客來訪，把他的思路打斷了，客去後則夢中所見已模糊隱約，不能續寫。他所寫下來的五十三行為他的全集中三傑作之一。在中國文學史中我們也常遇到同樣的事。劉後村的〈沁園春〉詞序說：「癸卯佛生之翼日，夢中有作。既醒，但易數字。」傳說周美成的〈瑞鶴仙〉詞也是夢中作的。他在「夢中作此詞，既覺而不知所謂」。這兩首詞也都是名作。

靈感有時來有時不來，於是藝術家想出種種方法來招邀它。招邀靈感的方法也很可注意。意大利戲劇家阿爾菲耶里（Alfieri）在聽音樂時想像力最盛，他的作品大半是在聽音樂時想成的。李白在飲酒時創作力最大，杜工部有「李白鬥酒詩百篇」之語。美國愛倫．坡（Allen Poe）、英國德．昆西（De Quincey）都藉助於鴉片。法國的伏爾泰和巴爾扎克都藉助於咖啡。莫泊桑藉助於以太，據他自己說，《庇耶和姜恩》一部小說全是受以太的影響寫成的。德國詩人席勒在創作時歡喜嗅爛蘋果的氣味，他的寫字臺上常擺幾只爛蘋果。他在創作時又常喜把腳浸在冷水裡。盧梭有所思索，則露頂讓赤熱的太陽晒頭腦。彌爾頓作詩歡喜躺在床上。奧地利作曲家莫扎特（Mozart）在制曲之前常作體操。尼采要在散步時思想才容易湧現。中國的李長吉也有「驢背尋詩」的故事。歐陽修在《歸田錄》裡說：「余生平所作文章多在三上，乃馬上枕上廁上也。蓋惟此尤可以屬思耳。」這些招致靈感的方法目的不同，有些是在提起精神，但是大部分是要造成夢境，使潛意識中的意象容易湧現。音樂、鴉片、酒、強烈的日光以及騎馬、登廁都有催眠的功效。

文藝的創造還有一件有趣的事實，就是意象的旁通。這也有時起於潛意識的醞釀。詩人和藝術家尋求靈感，往往不在自己「本行」的範圍之內而走到別種藝術範圍裡去。他在別種藝術範圍之中得到一種意象，讓它在潛意識中醞釀一番，然後再用自己的特別的藝術把它翻譯出來。郭若虛在《圖畫見聞錄》裡所記的吳道子一段故事就是最好的例：

唐開元中，將軍裴旻居喪，詣吳道子請於東都天宮寺畫神鬼數壁，以資冥助。道子答曰：「吾畫筆久廢，若將軍有意為吾纏結舞劍一曲，庶因猛勵以通幽冥。」旻於是脱去縗服，若常時裝束。走馬如飛，左旋右轉，揮劍入雲，高數十丈，若電光下射，旻引手執鞘承之，劍透室而入。觀者數千人，無不驚慄。道子於是援毫圖筆，颯然風起，為天下之壯觀。道子平生繪事，得意無出於此。

這就是把從劍術所得來的意象翻譯於圖畫。我們也可以說吳道子從劍術中得到靈感。劍術的意象和圖畫在表面上本不相謀，但是實在默相會通。畫家可以從劍的飛舞中得到一種特殊的筋肉感覺，把它移來助筆力，可以得到一種特殊的胸襟，把它用來增進圖畫的神韻和氣勢。唐朝草書大家張旭嘗自道經驗說：「始吾見公主擔夫爭路，而得筆法之意，後見公孫氏舞劍器而得其神。」王羲之看鵝掌撥水的姿勢，取其意為書法；司馬子長遍遊名山大川之後，文章的氣勢日益浩壯，都是由於意象旁通的道理。意象可旁通，所以藝術家如果想得深厚的修養，不宜專在「本行」之內做功夫，應該處處玩索。雲飛日耀，風起水湧，花香鳥語，以至於樵叟的行歌，嫠婦的野哭，當其接觸感官時，我們常不自覺其在心靈中可生若何影響，但是一遇揮弦走筆，它們都會湧到手腕上來，在無形中驅遣它動作。在作品的表面上雖不必看出這些意象的痕跡，但是一筆一劃之中都會潛寓它們的神韻和氣魄。這些意象的蘊蓄就是靈感的培養。

第十四章　藝術的創造㈡：天才與人力

一

創造要有天才，這是大家公認的事實。就字面看，「天才」就是天生的才能，並沒有什麼費解，但是如果我們要研究天才的成因，那就不是一件易事了。古代學者每逢到不易解釋的現象都歸原於天。世界是天造的，語言文字是天造的，一切人所不知不能的事物都有天作主宰。「天」字於是成爲科學的止境，一旦溯原到天，什麼就可以不去追問了。關於天才的信仰大半也是如此。但是近代科學卻不甘心到了「天」就止步，因上有因，它要追問到底，「天」的本身也還是一個未知數。於是心理學家和生物學家們對於一般人所認爲無可解釋的「天才」也偏要去求一個解釋。「天才」問題只是較大的遺傳與環境的問題中一個枝節。學者因側重某一個要素而分爲兩派。

有一派說，天才得諸遺傳。天才好比擁有良田大廈的富家子弟坐享祖宗的餘蔭，他的厚福並非是他自己的勞力的酬報。遺傳的媒介是生殖細胞。每個生殖細胞之中含有四十幾個染色素，而每個染色素又代表無數遺傳的特質。父母兩系的生殖細胞如此配合則生下愚，如彼配合則生上智，也猶如它們如此配合則生高鼻子，如彼配合則生低鼻子一樣。每個人從投胎時賢愚便已命定。祖宗有聰明種，子弟自然聰明；祖宗有愚笨種，子弟自然愚笨，正如種瓜得瓜，種豆得豆一樣。研究天才的心理學專家最歡喜替偉大人物理家譜，說某大音樂家有幾代祖宗都精通音樂，某文學家有幾代祖宗都有文學天才。他們以為這都是天才起於遺傳的證據。

天才自然與遺傳有關，但是絕非遺傳所單能解釋。遺傳學自身還是一種人自為說的科學。「習得的性質」究竟能否遺傳，不類似祖宗的新種究竟如何產生，物種究竟如何起源，如何進化，種種問題都還沒有明確的解決。我們拿自身尚是問題的遺傳來解釋天才，結果亦不過仍是一種問題而已。天才都必超越已有標準。如果天才全賴遺傳，則子孫至多只能像祖宗。只能像祖宗，就是只能達到已有標準，不能叫做天才。比如曹操父子都擅長詩文，似乎可以證明遺傳說，但是他的祖宗和後裔都寂然無聞，他的天才從什麼地方遺傳來，以後又遺傳到什麼地方去了呢？曹丕和曹植在文學上成就都很大，這是由於先天的遺傳好，還是由於後天的教養好呢？德國生物學家魏意斯曼（Weismann）說過：「假如沙摩島上生了一個孩子，天才像莫扎特一般高，他能夠有什麼成就呢？至多只能聽到從三四個到七個單音的音階，他自己至多只能創造比這簡單音階稍複雜的樂調，但是他絕不能創造交響曲，正猶如古希臘科學家阿基米德不能發明電氣機械一樣。」發明和創造都不免有所因襲。第一個拾樹葉遮蔽身體的人，第一個製布帛為衣裳的人，以及第一個發明電氣的人都要有若干天才。但是同樣天才在原始時代只能拾樹葉遮蔽身體，在科學進步時代才能發明電氣。造飛車的墨子，造天風地動儀的張衡倘若生在今日，造就豈不更加偉大？從此可知「社會的遺產」對於天才的影響也很大了。

達爾文派學者多側重環境，所謂「社會的遺產」便是環境中一個要素。側重環境便是側重教養，側重教養便是側重吸收社會的遺產。但是環境的意義卻比社會的遺產較廣。天時、地利、人事，無一不屬於環境。環境對於天才不僅供給滋養品，尤重在供給刺激劑。時代愈有劇烈的變動，則刺激愈大，天才也愈易產生。古希臘的伯里克理斯時代，意大利的文藝復興時代，英國的伊麗莎白后時代，法國的路易十四時代，中國的漢唐兩朝都是轟轟烈烈的時代，所以能產生偉大的文藝作者。因此一般人常說，偉大的人物都是時代的驕子，文藝都是時代和環境所返射的縮影。托爾斯泰說過：「所謂偉大人物不過是貼在歷史上的簽子，他們的姓名只是歷史事件的款識。」

環境的影響自然也不可否認，但是單是環境也絕不能解釋天才。同是一個時代的作者成就往往大相懸殊。隨著時代走的大半都不是天才，天才大半都走在時代前面。古今許多偉大作家對於他們的時代和環境往往持反抗的態度。社會是守舊的，對於天才的新創也往往加以仇視。天才不但要創造新作品，還要創造能欣賞這種新作品的群眾。新群眾的產生往往是在新作品的產生之後的一代中。浪漫派和象徵派的詩，後期印象派的畫，以及中國白話文學，在初出世時都被人唾罵，到後來才有人能欣賞，便是明證。

就史實說，偉大的時代不一定能產生偉大的文藝。美國的獨立和法國的大革命在近代都是極重大的事件，而當時文藝卻卑卑不足高論。反之，偉大的文藝也不一定有偉大的時代做背景。歌德和席勒時代的德國還很混沌紛亂，沒有統一，在當時歐洲先進國家看，還是一個初脫野蠻社會的民族。十六世紀的意大利除了在藝術上的成就，在政治方面也無豐功偉績可言。從此可知文藝與時代並無必然關係。現在一般人頗驚訝俄國和中國在近二十年之內，經過許多的變動，還沒有偉大的文藝產生，又有人在期望激烈變動之後必有偉大文藝爲其當然的結果。這都是過信時代對於文藝的影響。

法國學者泰納（Taine）在他的《英國文學史》中標出種族、時代、環境三大要素來解釋一切文藝作品。他的主張流衍爲近代法國文壇上所謂「科學的批評」。這派學者以爲我們如果能明白作者的種族、時代和環境，便已明白了他的作品。所以他們特別注重傳記的研究。這種見解可謂同時兼顧到遺傳（即種族）和環境（包括時代）兩種影響，恰能調和上述兩說的偏見。但是他們忘記猴公、猴母和看猴戲的群衆之外，還有一個演戲的猴子。遺傳和環境的影響我們並不否認，但是作者的個性也不可一概抹煞。曹丕和曹植，蘇軾和蘇轍，就種族、時代和環境三個要素而言，都大致相同，但他們兩兄弟的作品卻懸殊很遠。這種差異就是個性的表現。

個性也是一個要素，所以研究一個作者時，我們不但要知道他的祖宗如何，他的時代和環境如何，尤其重要的是了解他自己的個性。近代天才心理學專家也頗見到這點，但是他們從個性觀點出發所得的結論是很奇怪的。依法國學者冒羅（Moreau de Tours）說：「天才是一種精神病。」意大利精神病學者郎白洛莎（Lombroso）則更進一步說：「天才只是一種叫做癲癇（epilepsie）的精神病。」弗洛伊德派心理學者以爲文藝是被壓抑欲望的昇華，雖不說文藝活動就是精神病，卻承認文藝活動與精神病的來源成因相同。

如果天才確實是一種精神病，則陶淵明、李太白、吳道子、莎士比亞和米開朗琪羅一類人物都是瘋人，而世界上許多偉大事業都成於瘋人之手了。天才固然往往同時患精神病，但是世間也有不患精神病的天才，至於不是天才的精神病人更不可勝數。少數天才患精神病，其中因果關係也還是問題；

究竟是天才由於精神病，還是精神病由於天才的過度活動呢？運動家往往患心臟病，我們不能拿這種事實來證明運動家就是患心臟病者，這種道理是很顯然的。法國學者耶勒（Janet）曾經說過，精神病大半起於心力的疲乏，而天才則見於心力的飽滿。精神病人大半缺乏綜合力和意志力，而綜合力和意志力恰爲天才的要素。從此可知文藝作者的個性不能完全從精神病學的觀點來研究了。

天才爲精神病說既不圓滿，然則天才所表現的特殊個性究應如何解釋呢？本來「個性」這個東西，如果仔細分析起來，是很不易捉摸的。除了得於遺傳與環境兩者之外，個性還剩下什麼呢？這個問題曾經引起許多學者的爭辯。持「命定說」者（大半是唯物派學者）以爲每個人的生命都是遺傳與環境「命定」或支配的，除了遺傳和環境兩種影響的總和以外，便別無所謂個性，所以人全是被造成的，賢者不必自矜，愚者也不必自咎。持「自由說」者（大半是唯心派學者）則謂人有自由意志，自由意志可以戰勝遺傳與環境，人對於自己的行爲以及自己的造就，須擔負責任，不能把它們委諸盲目的造化。這兩說牽涉到哲學，非本文所能詳論。我們承認遺傳與環境的影響非常重要，但是同時也相信在固定的遺傳和環境之下，個人也還有努力的餘地。「時勢造英雄，英雄亦造時勢。」遺傳與環境對於人只能算是一種機會或是一筆本錢，至於人能否利用這種機會，能否拿這筆本錢做出生意來，則所謂「神而明之，存乎其人」了。

天才所得於遺傳與環境者也是如此。天才大半享有較優厚的遺傳和環境的影響，這是不可否認的事實；但是這句話不一定可以倒過來說：較優厚的遺傳和環境的影響一定能夠醞釀出天才。遺傳和環境相同而成就大小往往懸殊甚遠，這就全靠個人的努力與不努力了。在我們看，這種個人的努力就是遺傳與環境以外組成個性的一個要素。人一半是外力造成的，一半也是自己造成的。

一般人對於天才往往有很大的誤解。他們以爲有天才固然用不著人力，沒有天才也用不著人力；因爲有天才的人力是贅疣，無天才的人力是虛費。這好像說，吳道子生下來就會作畫，許多生來本不會作畫而努力學作畫的人都是勞而無補。這種見解的錯誤，任何大藝術家的行跡都可以拿來證明。牛頓在科學界總算得一個天才，他常常說：「天才只是長久的耐苦。」法國生物學家布豐也說過類似的話。文學界大家所公認爲近代最大的天才作家莫過於莎士比亞和歌德。人人都知道歌德是一個博學者。至於莎士比亞也不是像一般人所想像的那樣毫無憑藉。他在創造之前曾費過半生的精力去改作前人的劇本。在他的著作中我們可以找出許多憑據來，證明他的學識非常豐富。所以醫生們都猜想他當過醫生，律師們都猜想他學過法律。中國詩人中最不像用過功夫的莫如陶淵明和李太白。陶淵明是在性情上做過修養功夫的，至於學問方面他也有「好讀書」的自供。李太白集中極多擬古的作品，他極佩服謝玄暉，杜工部說他「往往似陰鏗」。杜工部自道經驗的話尤其值得玩味。他說：「讀書破萬卷，下筆如有神。」要達到「下筆如有神」的境界，大半都要先下「讀書破萬卷」的功夫。

二

天才都要有人力來完成，在文藝方面尤其是如此。概括地說，文藝所不能不藉助於人力者有三大端。

(一)蓄積關於媒介的知識

各種藝術都有它的特殊的學問，其中最基本的是關於媒介的知識。媒介就是表現和傳達的工具。例如：圖畫的媒介是形色，音樂的媒介是聲音，文學的媒介是語言文字。媒介和藝術的關係非常密切，一種媒介往往只適宜於一種風格，媒介與風格不相稱時則難引起美感。比如同是一座塔，用象牙去雕和用花崗石去雕，儘管模樣相同，而風格卻不能一致。用象牙雕的宜於精緻，用花崗石雕的宜於雄偉。同是一種人情，用詩寫和用詞寫所生的印象不同；同是用詩寫，用古體和用律體所生的印象不同；同是用古體寫，用五言和用七言所生的印象又不同。藝術上風格的變遷，媒介往往是一個主因。比如說畫，歐洲畫風最鮮明的分水線是在十五世紀。在十五世紀以前，油畫法未流行，畫家大半用壁畫法（fresco）。壁畫法須先在壁上敷一層溼堊，趁其將乾未乾時塗上顏色，畫成之後再在面上敷一層油漆，以防風雨的剝蝕。預備了一壁溼堊，即須隨時畫成，不能遷延時日。所以壁畫法下筆須快，塗色之後即不易修改。下筆既要快而又不易修改，所以意大利「原始派」畫家大半都從大處落墨，從線條穩重、顏色鮮明、姿態雄傑上見功夫。到十五世紀以後，油畫逐漸盛行，遠近陰影的研究逐漸精確，於是畫家漸棄粗枝大葉的塗抹，而著意於精細微妙的渲染。從前畫家只留下固定的輪廓，此後畫家卻要捉住飄忽去來的陰影和色調；從前畫家在意境上下功夫，此後畫家則日趨於寫實主義。有人說這是歐洲藝術的進步，有人說這是歐洲藝術的退步，無論如何，這種變遷是很能證明媒介對於風格的影響。

入手學一門藝術，就必先認識它的特殊媒介。認識媒介並非一件易事。再比如說圖畫，媒介的認識要包括透視學、解剖學、顏料製造法和配合法種種專門知識在內。有時很大的藝術家因爲對於媒介沒有十分研究清楚，遂至於誤事。雷阿那多·達·芬奇便是一個好例。他的〈最後的晚餐〉本來是文藝復興後的一大傑作，但是因爲它是用一種不耐潮溼的油畫顏料，塗在一個易受潮溼的牆壁上，不過多時就消蝕去了。雷阿那多時代是壁畫法和油畫法代替的時期，他想用油畫法於壁畫，而對於油畫的性質並沒有澈底認識，以致像〈最後的晚餐〉那樣大的傑作不能以眞面目傳於後世（現在所傳的都是臨摹本或修改本），總算是美中不足了。

各門藝術都有如此等類的關於媒介的專門知識，最顯著的是文學方面。文學的媒介是語言文字。要明白一國的語言文字，第一要知道它的音（音韻學），第二要知道它的義（訓詁學），第三要知道它的音的組合原則（音律學），第四要知道它的意的組合原則（文法學），第五要知道它的音和義的組合對於讀者或聽者所生的影響（修辭學及美學）。這些都是專門學問。在中國和歐洲幾個先進國中，這些學問都各已有幾千年的歷史。這幾千年中學者對於它們已經費過許多心血，積蓄了許多有價值的經驗。這些經驗不是任何天才可以赤手空拳，毫無憑藉，在畢生之內所能積蓄起來的。所以文學家不能不走捷徑，先將前人關於語言文字研究所得的結果加以一番研究，用不著自己去在平地造山嶽。只是這一層就已經夠費心血了。

文學不是可以不學而能的。一般過信天才者往往說：文學是情感的自然流露，比如〈國風〉及一般民歌的作者何嘗研究聲音、訓詁等學問？但是它們終不失其爲天地間至文。這種話本來極有道理，但是如果以古人之已然，責後人之必然，則實在是一大錯誤。從歷史看，文藝都是由不自覺轉到自覺，由「自然流露」轉到「有意刻畫」。各民族文學進化史中都有民歌時期，也都有仿民歌時期。在民歌時期（如中國國風樂府時期）中，作者是全民衆，一人倡之，無數人和之，衆口流傳，互相增改，他們無意於爲文而自中法度。在仿民歌時期（如中國晉唐時期），作者變爲特殊階級的分子，他們在自然流露的作品中見出法度來，便沿用這種法度自作新詩。這種變遷在語言自身就可以見出。語言在原始時期雖沒有文法學而卻有文法。原始人民雖不必學文法而後說話，但是自從後人注意到這種文法把它歸納爲條例之後，學語言者便不能不注意它。法度原來是自然習慣造成的，在開端者本出於自然，在後起者卻不能不學習。語言如此，藝術也是如此。「藝術」一詞在西文中原含有「人爲」的意義。社會愈進化，藝術的人爲的成分也就愈多；人爲的成分愈多，人力的需要也就愈大。這是自然的傾向。

㈡模仿傳達的技巧

我們在第十一章已說過，創造之中都寓有欣賞，但是創造卻不僅是欣賞。欣賞和創造都要直覺到一種形象；欣賞只要直覺到形象就可以止步，創造卻須再進一步，把這個形象外射成爲具體的作品，傳達給旁人看。克羅齊以爲見到一種意象就已經是「表現」，顯然沒有顧到創造所以超過欣賞的地方。見到一種意境是一回事，把這種意境傳達出來卻又另是一件事。蘇東坡論畫竹，常謂須先有成竹在胸，然後鋪紙拈毫，一揮而就。一般人都可以有「成竹在胸」，但是只有畫家才能把在胸的成竹畫在紙上。「成竹在胸」是直覺，是欣賞，是創造的初步。畫在紙上才是創造的完成。畫出之後，在我胸中的成竹才不僅我能見到，旁人也可以因我的畫而見到。如果「成竹在胸」已是「表現」，則畫出成竹便是「傳達」。

我心裡想到一棵竹，枝葉莖幹，件件都了然於心，何以我不能把它畫出來呢？因為我不能動手，所謂「不能動手」就是不能任竹的意象支配筋肉的活動，使筆順著適當的筋肉活動，恰畫出胸中成竹來。窮到究竟，藝術的創造都不過讓所欣賞的意象支配筋肉的活動，使筋肉所發動作，恰能把意象畫在紙上、譜在樂調裡或是刻在石上。這種筋肉活動像走路、泅水一樣，都從習慣得來，不是天生的。習慣的養成都需要人力。我想到一棵竹雖然不能畫一棵竹，但是想到一個「竹」字卻能信手寫一個「竹」字。實在一棵竹和一個「竹」字在心中都不過是一種意象，「竹」字意象能支配我的手腕筋肉作寫「竹」字的活動，而竹本身的意象卻不能支配我的手腕作畫竹的活動，就由於我練習過寫字，沒有練習過作畫，我的手腕筋肉只有寫「竹」字的習慣而沒有畫竹的習慣。我如果勉強提筆畫一棵竹，我所畫出來的和我原來所想像的全不符合。我本來想畫一條直線，而所畫出來的卻是一條七彎八扭的曲線；我本來想在線上表現一種骨力，而所畫出來的卻是一堆毫無生氣的墨跡。畫家能做我所不能做的事，就因為他的筋肉已養成一種意到筆隨的習慣，這種筋肉習慣就是畫藝中的特殊技巧。

各種藝術都有它的特殊的筋肉技巧。例如：寫字、雕刻、圖畫、彈琴，都要有手腕上的技巧；唱歌、演戲、說話、吹簫，都要有喉舌上的技巧，跳舞要有全身筋肉的技巧（嚴格地說，每種藝術都要用全身筋肉，因為每部分筋肉都與全體筋肉系統相聯貫）。要想學一門藝術，就要學習它的特殊的筋肉技巧。天才也逃不脫這一關。所謂「學習」不過包含兩種活動，一種是嘗試，一種是模仿。這兩種活動是分不開的。我們只要看小兒學走，或是成人學游泳，就可以知道嘗試也要根據模仿。藝術的成就本來在創造，而創造卻須從模仿入手。生命是連續的，創造並不是從無中生有，只是舊經驗的新綜合。所謂「舊經驗」涵義甚廣，上文所說的關於媒介的知識是一種，現在所說的筋肉技巧也是一種。

創造都基於模仿，而模仿的目的大半是養成筋肉的技巧，我們可以舉寫字爲例。小兒學寫字，最初是描紅，其次是寫印本，再其次是臨碑帖。這些方法的目的都在以旁人的書跡爲模型，逐漸養成手腕筋肉的習慣。字有骨力，有姿態，骨力和姿態都是筋肉運動的結果。筋肉作某一種活動則得柳公權的勁拔，作另一種活動則得趙孟頫的秀媚。學寫字的最易得益的方法是站在書家身旁，看他如何提筆，如何運腕，如何貫注全身筋力。因爲他的筋肉習慣已經養成了，我在實地觀察他的筋肉如何動作，就可以討一點訣竅來，免得自己去暗中摸索。推廣一點說，一切藝術上的模仿都可作如是觀。

再比如作詩文，似乎不用什麼筋肉的技巧，其實也是一理。詩文都要有情感和思想。情感都見於筋肉和其他器官的變化，喜時和怒時的顏面筋肉和循環呼吸等各不相同，這是心理學家所公認的事實。思想離不開語言，而語言則離不開喉舌的動作，想到「竹」字時，口舌間筋肉都不免有意或無意地作說出「竹」字的動作。這是行爲派心理學的創說，現在也已得多數心理學家的贊同了。詩人和文人常歡喜說「思路」。所謂「思路」並無若何玄妙，也不過是筋肉活動所走的特殊方向而已。這種筋肉活動是否可以模仿呢？中國人論詩文的模仿，向來著重「氣」字。蘇子由說：「轍生好爲文，思之至深，以爲文者氣之所形。然文不可以學而能，氣可以養而致。」這「氣」究竟是怎麼一回事呢？我們最好擇幾段論「氣」的文章來加以分析。

劉海峰〈論文偶記〉說：

> 凡行文多寡短長抑揚高下，無一定之律而有一定之妙，可以意會而不可以言傳。學者求神氣而得之於音節，求音節而得之於字句；則思過半矣。其要在讀古人文字時，便設以此身代古人說話，一吞一吐，皆由彼而不由我。爛熟後我之神氣即古人之神氣，古人之音節都在我喉吻間。合我之喉吻者便是與古人神氣音節相似處，久之自然鏗鏘發金石。

曾國藩在〈家訓〉裡也說：

> 凡作詩最宜講究音調。須熟讀古人佳篇，先之以高聲朗誦，以昌其氣；繼之以密詠恬吟，以玩其味。二者並進，使古人之聲調拂拂然若與我喉舌相習，則下筆時必有句調奔赴腕下，詩成自讀之，亦自覺琅琅可誦，引出一種興會來。

這都是經驗之談。從這兩段話看，可知「氣」與聲調有關，而聲調又與喉舌運動有關。韓昌黎說：「氣盛則言之短長與聲之高下皆宜。」聲本於氣，所以想學古人之氣，不得不求之於聲。求之於聲，即不能不朗誦古人作品。桐城派文人教人學文的方法大半從朗誦入手。姚姬傳與陳碩士書說：

「大抵學古文者必要放聲疾讀，又緩讀，只久之自悟。若但能默看，即終身作外行也。」朗誦既久，則古人之聲可以在我的喉舌筋肉上留下痕跡，「拂拂然若與我喉舌相習」，到我自己作詩文時，喉舌筋肉也自然順著這個痕跡活動，所謂「必有句調奔赴腕下」。從此可知文人所謂「氣」也還只是一種筋肉的技巧。

古今大藝術家在少年時所下的功夫大半都在模仿這種筋肉上的技巧。畫家、雕刻家和音樂家都要把手腕練得嫻熟，歌者、演戲者和演說者，都要先把喉舌練得嫻熟，作詩文者都要先把氣勢聲調練得嫻熟。在練習時他們往往利用前人的經驗，前人的經驗要從他們的作品中揣摩出來。這種練習和揣摩正如小兒學走，打網球者學姿勢，跳舞者學步法一樣，並無若何玄妙，也並無若何荒唐。

㈢作品的鍛鍊

天才的完成須有人力，在作品的鍛鍊中尤易見出。文學家和藝術家所發表給旁人看的作品都是最後的改定本。在這種成熟的作品中我們往往只見到收穫，而不能見到收穫所經過的艱難困苦。成熟的作品大半是水到渠成，不露雕鑿痕跡。所以一般人對於文藝的創造遂有種種誤解。這個人說，文藝是情感的自然流露，不是人力所可強求的；那個人說，創造全憑想像，用不著理解和意志。他們援引「倚馬萬言」、「鬥酒百篇」一類的故事來烘托天才的奇蹟。文藝作者自己也往往有矜才好譽的癖性，明明是嘔心血所得來的作品，他們卻告訴人說是信手拈來、不假思索的。其實他們心裡暗地知道世間並沒有「倚馬萬言」、「鬥酒百篇」那樣容易的事。我們只要到倫敦博物院和巴黎國家圖書館去看看名著原稿的塗抹的痕跡，或是翻翻第一流作家自道經驗的記載，就可以知道許多關於天才的傳說都是無稽之談了。

據里波及一般心理學家的研究，文藝的創造可分為兩種，一種是反省的，一種是直覺的。凡是作品都必有一個中心觀念，不過中心觀念如何發生，則隨人而異。反省類作者在下手時心中就懸有一個中心觀念（或主旨），然後抱著這中心觀念去四方八面地思索，逐漸發展，以至於作品的完成。直覺類作者則入手並無確定明瞭的觀念，他先只作普遍的修養，讓潛意識中醞釀一種觀念，到時機成熟時便猛然爆發，他便趁這一股靈感，構成他的作品。我們一般人先定題目後做文章就是反省的創造，偶然興到即作一詩一文，就是直覺的創造。兩種創造程序可列為下表：

（甲）反省的創造
- 第一步——中心觀念的生發（有意識的思索）
- 第二步——創造（作品的完成）
- 第三步——修改

（乙）直覺的創造
- 第一步——普遍的修養（潛意識的醞釀）
- 第二步——中心觀念的湧現（靈感）
- 第三步——中心觀念的發展及作品的完成

這兩種創造在第二步中都是一線靈光的突現，第一步大半都經過長期的準備，第三步需時的長短則隨人而異，所謂鍛鍊的功夫就在這第三步中見出。從表面看，直覺的創造需人力較少，但是它一定要有普遍的修養。而且里波的區分是抽象的，在實際上凡是創造都不能無直覺，也都不能無反省，所差別的不過是程度的深淺罷了。歌德在著《少年維特之煩惱》時偏用直覺，所以兩星期就可以寫成；在著《浮士德》時偏用反省，所以要費六十年的心血。他自述著《浮士德》的經驗說：「本來只可以從自然流露得來者，我須以意志力得之，此其所以爲難。」（注：這種分別就是周作人先生所說的「賦得」與「偶成」的分別。「偶成」全憑一時興會，往往是長期修養後的收穫。「賦得」是有意爲文，苦心刻畫，許多大藝術家也往往走這條路，也不可一概輕視。據廢名先生談：他的散文小說都是慘淡經營的結果，他的詩則偶然興到，一揮而就。這也是「反省」和「直覺」兩種作法的好例。）

本來「自然流露」一句話是很容易引起誤解的。我們在第二章已經說過，文藝固然不能無情感，但是生糙的情感卻無濟於事，作者在表現情感於文藝時，不能同時仍在那種情感中過活，一定要從主位的經驗者退到客位的觀賞者，把自己的情感懸在心眼前當作一幅圖畫去看。一言以蔽之，直覺之後都須有反省。意象是生生不息的，直覺到一種意象並非難事，所難者在丟開許多平凡的意象而抉擇一個最精妙的意象。最精妙的意象不一定是最初來到的。一般平凡作家大半苟且偷安，得到一個意象便欣然自足，不肯作進一層的思索。眞正藝術家卻要鞭辟入裡，要投到深淵裡去披泥採珠，所以他們所得到的意象精妙深刻，不落俗套。他們使用媒介來傳達意象也是一樣謹愼。每一種話都有幾種說法，但是只有一種說法是精確的。一般人得其近似便已心滿意足，藝術家卻不惜苦心思索，尋得一個字稍嫌未安，便丟開再尋，再尋得一個字仍有未妥，則又丟開再尋，一直尋到最精確的字才肯放手。造句布局也是如此。這種功夫就是從前詩人所謂「鍛鍊」。依皮日休說，「百鍊成字，千鍊成句」，鍛鍊之難可想而見了。

藝術風格有難有易。簡易是藝術最後的成就，古今中外最大的藝術作品都是簡單而深刻。但是要達到簡易，必先從難處入手。入手便簡易，最易流於膚淺俗濫。姜白石論詩說：「人所易言，我寡言之；人所難言，我易言之。」寡言人所易言者便是從難處入手，易言人所難言者便是歸到簡易。比如在詩的方面，陶淵明、蘇東坡和袁子才的作品可以都說是簡易，但是品格彼此各有懸殊。陶淵明專在性情上做根本功夫，他的詩正如姜白石所說「文以文而工，不以文而妙」，自是聖品；蘇東坡是從難處做到平易，所以雖平易而不俗濫；袁子才入手就是平易，便流入下乘了。

從難處入手，便是從鍛鍊入手。鍛鍊有兩個目的，一是避免不精確，二是避免平凡俗濫。它不容有絲毫苟且，所以是「藝術上的良心」的表現。這種功夫常須有絕大的意志和忍耐性才可以做到。李長吉的母親常罵李長吉說：「是兒要當嘔出心乃已爾！」福樓拜在通信中常自道著《包法利夫人》的艱辛說：

我不知道今天何以生氣，許是為了我的小說。這部書總是做不出，我覺得比移山還更困倦。有時我真想哭一場。著書須有超人的意志，而我卻只是一個人。

我今天弄得頭昏腦暈，灰心喪氣。我做了四個鐘頭，卻沒有做出一句來。今天整天就沒有寫成一行，雖然是塗去了一百行。這種工作真難！藝術！藝術！你究竟是什麼惡魔，要咀嚼我們的心血呢？為著什麼呢？

文學家和藝術家的傳記中類似的話舉不勝舉，只是這一兩條就可證明作品的鍛鍊須費極大的精力而不是可以純任天才了。鍛鍊的功夫大半見於修改。歐陽修每作一文，即糊在牆壁上，改而又改，到改定時常不存原文一字。朱晦庵嘗見過他的〈醉翁亭記〉原稿，發端凡三四行，復悉塗去，而易以「環滁皆山也」五字。洪景盧《容齋續筆》裡有一條說：

王荊公絕句「春風又綠江南岸」，原稿「綠」作「到」，圈去，注曰「不好」，改「過」字，復圈去，改為「入」，旋改「滿」，凡如是十許字，始定為「綠」。

像這樣的修改是最值得研究的。西方圖書館及博物院中常存有許多名著的原稿，從中我們可以見出作者自己修改的眞跡。只有莎士比亞有「向來不塗抹一行」的傳說，不過他的原稿已散失，無從證明。拿他的著作集第一次刻本和後來的刻本比較看，修改的痕跡也很顯然。其餘作者沒有不改而又改的。

嚴格地說，詩文都只有作者自己能修改，因爲旁人所感到的興會不同，所見到的意象不同，所想到的語言自亦不同，拿這個人的意思雜入那個人的作品裡，總不免有不相貫注的毛病。杜工部有「文章千古事，得失寸心知」之句，歐陽修也說：「疵病不必待人指摘，多作自能見之。」文藝作家都必須同時是自己的嚴厲的批評者。不過批評他人易，批評自己難。作家大半有把自己看得太高的癖性，在創作時又往往興高采烈，本來是極平常的一個作品，在作者自己看來，卻是一個了不得的成就。所以作品成後請他人評改一番，往往最易得益。韓退之替賈島定「僧推月下門」爲「僧敲月下門」，鄭谷改齊己〈早梅〉詩「前村風雪裡，昨夜數枝開」中的「數」字爲「一」字，李泰伯改范仲淹〈嚴先生祠堂記〉「雲山蒼蒼，江水泱泱，先生之德，山高水長」中的「德」字爲「風」字，都比原作勝百倍。

以上三端——媒介知識的儲蓄，傳達技巧的學習以及作品的鍛鍊——是天才藉助於人力者最重要的功夫。但是我們不要忘記，這三步功夫只是創造的基礎。沒有做到這三層功夫，和只做到這三層功夫就截止，都不足以言文藝的創造。藝術家一方面要有匠人的手腕，一方面又要有詩人的心靈，二者缺一，都不能達到盡美盡善的境界。

第十五章　剛性美與柔性美

一

凡美都是「抒情的表現」，都起於「形象的直覺」，並不在事物本身。所以就理論說，藝術是不可分類的。可分類的只是事物，而直覺是心理的活動，是最單純而不可再區分的現象。克羅齊竭力反對歷來學者把藝術分為抒情的、敘事的、表演的、造形的、悲劇的、喜劇的等，就是因為這個道理。但就事實說，事物的形態不同，它們所引起的美感的反應也往往不一致。為方便起見，我們可把這些不一致的美感的反應加以分類，說某類作品是悲劇的，某類作品是喜劇的，某類作品是敘事的，某類作品是抒情的。本文所說的兩種美也就是根據這種辦法而分別出來的。

自然界事事物物都可以說是理式的象徵，共相的殊相，像柏拉圖所比擬的，都是背後堤上的行人射在面前牆壁上的幻影。科學家、哲學家和藝術家都想揭開自然之祕，在殊相中見出共相。但是他們出發點不同，目的不同，因而在同一殊相中所見得的共相也不一致。

比如走進一個園子裡，你抬頭看見一隻老鷹站在一株蒼勁的古松上，向你瞪著雄赳赳的眼，回頭又看見池邊旖旎的柳枝上有一隻嬌滴滴的黃鶯，在那兒臨風弄舌，這些不同的物體在你心中所引起的情感如何呢？依科學家看，「松」和「柳」同具「樹」的共相，「鷹」和「鶯」同具「鳥」的共相；然而在情感方面，老鷹卻和古松同調，嬌鶯卻和嫩柳同調。借用名學的術語在藝術上來說，鷹和松同具一種美的共相，鶯和柳又同具另一種美的共相。它們所象徵的性格不相同，所引起的情調也不相同。倘若鶯飛上古松的枝上，或是鷹棲在嫩柳的枝上，你立刻就會發生不調和的感覺；雖然為變化出奇起見，這種不倫不類的配合有時也為藝術家所許可。

自然界本有兩種美，老鷹古松是一種，嬌鶯嫩柳又是一種。倘若你細心體會，凡是配用「美」字形容的事物，不屬於老鷹古松的一類，就屬於嬌鶯嫩柳的一類；否則就是兩類的混和。從前人有兩句六言詩說：「駿馬秋風冀北，杏花春雨江南。」這兩句詩每句都只舉出三個殊相，然而它們可以象徵一切美。你遇到任何美的事物，都可以拿它們做標準來分類。比如說峻崖、懸瀑、狂風、暴雨、沉寂的夜或是無垠的沙漠，垓下哀歌的項羽或是橫槊賦詩的曹操，你可以說這都是「駿馬秋風冀北」式的美；比如說清風、皓月、暗香、疏影、青螺似的山光、媚眼似的湖水，葬花的林黛玉或是「側帽飲水」的納蘭成德，你可以說這都是「杏花春雨江南」式的美。這兩種美有時也可以混合調和。老鷹有棲嫩柳的時候，嬌鶯有棲古松的時候，猶如男子中之有楊六郎，女子中之有木蘭和秦良玉，西子湖濱之有兩高峰，西伯利亞荒原之有明媚的貝加爾。比如說菊花，在「天寒猶有傲霜枝」之中它有「駿馬秋風冀北」式的美，在「簾卷西風，人比黃花瘦」之中它有「杏花春雨江南」式的美。李白在寫〈蜀道難〉和〈將進酒〉時，陶淵明在寫「縱浪大化中，不喜亦不懼」時，屬於前一類；李在寫〈閨怨〉、〈長相思〉和〈清平調〉時，陶在寫〈遊斜川〉和〈閒情賦〉時屬於後一類。

這兩種美的共相是什麼呢？定義正名向來是難事，但是形容詞是容易找的。我說「駿馬秋風冀北」時，你會想到「雄渾」、「勁健」；我說「杏花春雨江南」時，你會想到「秀麗」、「典雅」；前者是「氣概」，後者是「神韻」；前者是剛性美，後者是柔性美。

二

剛性美是動的，柔性美是靜的。動如醉，靜如夢。尼采在《悲劇的起源》裡說藝術有兩種，一種是醉的產品，音樂和跳舞是最顯著的例；一種是夢的產品，一切造形藝術如圖畫、雕刻等都是。他拿日神阿波羅和酒神狄俄倪索斯來象徵這兩種藝術。你看阿波羅的光輝那樣熱烈閃耀麼？其實他的面孔比瞌睡漢的還更恬靜，世界一切色相得他的光才呈現，所以都可說是從他腦裡夢出來的。詩人、畫家和雕刻家的任務也和阿波羅一樣，全是在造色相，換句話說，全是在做夢。狄俄倪索斯的精神則完全相反，他要噴出心中積蓄得很深厚的苦悶，要圖剎那間盡量的歡樂，在青蔥茂密的葡萄叢裡，看蝶在翩翩地飛，蜂在嗡嗡地舞，他也不由自主地沒入生命的狂瀾裡，放著嗓子高歌，提著足尖狂舞。他雖然沒有造出阿波羅所造的那些光怪陸離的圖畫，可是他的歌迸出內心的情感，他的舞和大自然的脈搏共起伏，也是發洩，也是表現，總而言之，也是人生一種不可少的藝術。在尼采看，這兩種相反的美熔化於一爐，從深心迸出的苦悶藉鮮明的意象而呈現，於是才有古希臘的悲劇（詳見第十七章）。

尼采所謂狄俄倪索斯的藝術是剛性的，阿波羅的藝術是柔性的。不過在同一藝術之中，作品也有剛柔之別。比如說音樂，貝多芬的第三交響曲和第五交響曲固然像狂風暴雨，極沉雄悲壯之致。而月光曲和第六交響曲則溫柔委婉，如怨如訴，與其謂為「醉」，不如謂為「夢」了。

三

藝術是自然和人生的返照。創作家往往因性格的偏向而作品也因而畸剛或畸柔。米開朗琪羅在性格上和藝術上都是剛性美的極端的代表。你看他的「摩西」！有比他的目光更烈的火焰麼？有比他的鬚髯更硬的鋼絲麼？你看他的「大衛」！他那副腦裡怕藏著比亞力山大的更驚心動魄的雄圖罷？他那只龐大的右臂遲一會兒怕要拔起喜馬拉雅峰去撞碎哪一個星球罷？亞當是上帝首創的人，可是要結識世界第一個理想的偉男子，你須得到羅馬西斯丁教寺的頂壁上去物色。這一幅大氣磅礴的〈創世記〉中沒有一個面孔不露著超人的意志，沒有一條筋肉不鼓出海格立斯的氣力。但是柔性美在這裡是很難尋出的。除德爾斐仙（Delphic Sibyl）以外，簡直沒有一個人像女子。這裡的夏娃和聖母都是英氣逼人的。

雷阿那多．達．芬奇恰好替米開朗琪羅做一個反稱。假如「亞當」和「大衛」是男性美的象徵，女性美的象徵從〈密羅斯愛神〉以後，就不得不推〈蒙娜麗莎〉了。那莊重中寓著嫵媚的眼，那輕盈而神祕的笑，那豐潤靈活的手，藝術家已經摸索追求了不知幾許年代，到達．芬奇才帶著血肉表現出來，這是多麼大的一個成功！達．芬奇的天才是多方面的。他的世界中固然也有些魁梧奇偉的男子（例如：〈自畫像〉），可是他的特長則在能攝取女性中最令人留戀的表現出來。藏在日內瓦的那幅〈授洗者聖約翰〉活像女子化身，固不用說，連藏在盧佛爾宮的那幅〈酒神〉也只是一位帶醉的「蒙娜麗莎」。再看〈最後的晚餐〉中的耶穌，他披著髮，低著眉，在慈祥的面孔中現出悲哀和惻隱，而同時又毫沒有失望的神采，除著撫慰病兒的慈母以外，你在哪裡能尋出他的「模特兒」呢？

四

中國古代哲人觀察宇宙，似乎都從藝術家的觀點出發，所以他們在萬殊中所見得的共相爲「陰」與「陽」。《易經》和後來緯學家把萬事萬物都歸原到兩儀四象，其所用標準，就是我們把老鷹配古松、嬌鶯配嫩柳所用的標準。這種觀念在一般人腦裡印得很深，所以歷來藝術家對於剛柔兩種美分得很嚴。在詩的方面有李杜與韋孟之別，在詞的方面有蘇辛與溫李之別，在書法方面有顏柳與褚趙之別，在畫的方面有北派與南派之別，在拳術有太極與少林之別。清朝陽湖派和桐城派對於文章的爭執也就起於剛柔的嗜好不同。姚姬傳的〈復魯絜非書〉是討論文章上剛柔之別的，他說：

> 自諸子而降，其為文無有弗偏者。其得於陽與剛之美者，則其文如霆如電，如長風之出谷，如崇山峻崖，如決大河，如奔騏驥；其光也如杲日，如火，如金鏐鐵；其於人也如憑高視遠，如君而朝萬眾，如鼓萬勇士而戰之。其得於陰與柔之美者，則其為文如升初日，如清

風，如雲，如霞，如煙，如幽林曲澗，如淪，如漾，如珠玉之輝，如鴻鵠之鳴而入寥闊；其於人也漻乎其如嘆，邈乎其如有思，暖乎其如喜，愀乎其如悲。觀其文，諷其音，則為文者之性情形狀舉以殊焉。

姚姬傳所拿來形容陽剛之美的，如雷電、長風、崇山、峻崖、大河等，在西方文藝批評中素稱爲sublime；他所拿來形容陰柔之美的如雲霞、清風、幽林、曲澗等，在西方文藝中素稱爲grace。grace可譯爲「清秀」或「幽美」。sublime是最上品的剛性美，它在中文中沒有恰當的譯名，「雄渾」、「勁健」、「偉大」、「崇高」、「莊嚴」諸詞都只能得其片面的意義，本文姑且稱之爲「雄偉」（理由見下文）。西方學者常討論「雄偉」和「秀美」的分別，對於「雄偉」的研究尤其努力。

五

sublime一詞起源於古希臘修辭學者郎吉弩斯（Longinus）。他曾著一書《論雄偉體》。不過他專指詩文的高華的風格，後人言「雄偉」則意義較爲廣泛。近代關於「雄偉」的學說大半發源於康德。康德早年曾作一文〈論秀美與雄偉的感覺〉，以爲「秀美」使人欣喜，「雄偉」使人感動；對「秀美」者多歡笑，對「雄偉」者多嚴肅。花塢、日景、女子、拉丁民族都以「秀美」勝，高山、暴風雨、夜景、男子、條頓民族都以「雄偉」勝。在這篇論文裡康德只列舉事實，到後來寫《審美判斷的批判》時他才討論學理。在這部書裡他仍然把「雄偉」和「秀美」對舉，關於「雄偉」的文字占了全書二分之一。他以爲「雄偉」的特徵爲「絕對大」。一切東西和它相比都顯得渺小的就是「雄偉」。「雄偉」有兩種，一種是「數量的」，其大在體積，例如：高山；一種是「精力的」，其大在精神氣魄，在不受外物的阻撓，在能勝過一切障礙，例如：狂風暴雨（我們的譯名中「偉」字可以括盡康德的「數量的sublime」的意義，「雄」字可以括盡「精力的sublime」的意義）。我們對著「雄偉」事物時，心裡都覺到一種「霎時的抗拒」，彷彿自己不能抵擋這麼浩大的力量。這是「雄偉」所以異於「秀美」的，「秀美」所生的情感始終是愉快，「雄偉」所生的情感卻微含幾分不愉快的成分。但是這種「霎時的抗拒」究竟是霎時的，它喚起內心的自覺，使我們隱約想到外物的力量和體積儘管巨大無比，卻不能壓服我們的內心的自由；因此，外物的「雄偉」適足激起自己煥發振作。

六

康德之說如此，後來有許多學者把它加以闡明修改，就中以英人布拉德雷在《牛津詩歌演講集》所提出來的最爲明晰精當，我們現在把它撮要介紹在這裡。上文關於康德的話稍嫌粗略，布拉德雷的學說可以當作一個注腳用。

何種事物才能使人覺得「雄偉」呢？詩人柯爾律治有一次觀瀑布，想找一個最合適的字樣來形容它，推敲了許久，覺得只有「雄偉」兩個字最恰當，他聽到後來的一位遊客驚讚道：「這眞是雄偉！」心裡非常高興。但是他的同遊的一位太太接著說道：「眞的，在我生平所見過的東西之中這是最乖巧（pretty）的了。」「乖巧」用在這裡，何以使我們覺得太殺風景呢？因爲只有很小的東西才可以說「乖巧」，而「雄偉」恰是與「乖巧」相反的，「雄偉」的東西大半具有巨大的體積。比如嶙峋峻峭的懸崖，一望無邊的大海，包羅萬宿的天空，聳入雲霄的高塔，才能產生「雄偉」的印象；在動物中只有狂嘯生風的虎，迴旋天空的鷹和逍遙大海的長鯨；在植物中只有十尋蒼松和千年翠柏，才能配上這個形容詞。一隻貓或是一隻金絲雀，一棵柳或是一朵海棠只能說「秀美」；如果說它「雄偉」，就未免像上例那位太太說瀑布「乖巧」了。

沒有巨大體積的東西是否絕對不能爲「雄偉」呢？「雄偉」不惟在體積方面可以見出，在精神方面也可以見出，有時體積愈弱小，愈足襯出精神魄力的偉大。屠格涅夫在散文詩中所寫的麻雀是一個最好的例：

> 我正打獵歸來，沿著園中的大路向前走，我的狗在前面跑。
>
> 猛然間它的腳步慢了起來，屏聲息氣地偷偷地向前走，好像它嗅到前面有獵物似的。我沿路探望，看見地上躺著一隻還未出窠的小麻雀，喙上有一條黃色的邊緣，頂上的毛還是很嫩的，它中從窠裡落下來的，那時正在颳大風，把路旁的樹吹得發抖。它躺在地上不動，只是鼓著兩隻羽毛未豐的翅膀作半飛的姿勢，卻沒法飛得起。
>
> 我的狗慢慢地向它走去，突然間好像彈丸似的從樹上落下來一隻黑頸項的老麻雀，緊緊地落

在狗的口邊，渾身都蓬亂得不成個樣子，它還是一壁哀鳴，一壁向狗的張著的大口和大齒飛撞了一回又一回。

它要援救它的雛鳥，所以把自己的身子來搪塞災禍。它的渺小的身軀在驚怖震顫，微細的喉嚨漸叫漸啞；它終於倒斃了。它犧牲了它的性命。

在它的心眼中狗是多麼巨大的一個怪物！但是它卻不能留在安全的枝上，一種比它的更強的力量把它拖下來了。

我的狗站著不動，後來垂尾喪氣地踱回來。它顯然也認識到這種力量。我喚它來到身邊；我向前走過時，一陣虔敬的心情湧上我的心頭。

是的，請莫要笑，我在看到那隻義勇的小鳥和它的熱愛的迸發時，心裡所感覺到的確實是虔敬。

愛比死，我當時默想到，比死所帶的恐怖還更強有力。因為有愛，只因為有愛，生命才能支持住，才能進行。

屠格涅夫所描寫的這隻麻雀可以說是sublime了。使它「雄偉」的究竟是什麼東西呢？這自然不是它的體積而是它的愛和勇。愛和勇雖能使人敬重，卻不常使人覺得「雄偉」，何以在這裡特別使人覺得「雄偉」呢？這就與麻雀的體積有關。假使從犬口中營救雛鳥的是一隻巨鷹，它的愛和勇就不免難夠上「雄偉」的程度了。以麻雀那樣微小脆弱的鳥，而能顯出那樣偉大的愛和勇，它的精神和它的體積相比較，更顯出它的偉大，所以它使人產生「雄偉」的印象。

照這樣看，「雄偉」之所以為「雄偉」，不僅在體積而尤在精神。高山大河的「雄偉」在體積，屠格涅夫的麻雀的「雄偉」在精神，前者是康德所說的「數量的雄偉」，後者是康德所說的「精力的雄偉」。康德討論「雄偉」，舉例大半取自然界事物，後人頗疑其主張自然之外無「雄偉」，以為他沒有注意到道德和藝術的「雄偉」，其實這大半可以包在「精力的雄偉」裡面。康德在《實踐理性批判》裡本來說過：「世間有兩件東西，你愈默想它們，愈體驗它們，它們愈使你驚羨敬仰：一個是在我們上面的繁星燦然的天空，一個是在我們心裡面的道德律。」這就是顯然承認後人所謂「道德的雄偉」了。有時一件事物可以同時見出上面所說的兩種「雄偉」。《創世記》開章的「上帝說要有光，世上就有了光」這句話就是好例。從黑暗混沌之中猛然現出光來，而這個光又是普照全世界的，這是「數量的雄偉」。這麼一件大事單靠上帝說一句話就做成了，這是何等氣魄！這是「精力的雄偉」。

康德所下的「雄偉」的定義是「絕對大」，從有限中見出無限才是「雄偉」。後人多附和此說，於是「不可測量」成為「雄偉」的一個特質。法人巴希（V. Basch）在《康德美學論》裡辯駁此說。布拉德雷也頗不以為然。「時間」和「空間」兩個觀念可以說是「不可測量的」，「有限」的東西都不能說是「不可測量」。比如一座高山或是一隻巨鷹可以給人以「雄偉」的印象，卻不是「不可測量」的，據布拉德雷的意見，「雄偉」所具的「大」與其說是「不可測量的」（immeasurable），無寧說是「未經測量的」（unmeasured）。我們在覺得一件事物「雄偉」時，心中只是驚讚其偉大，並不曾有意要測量它究竟偉大到何種程度，並不曾拿它和一個標準來比較，而明確地斷定它比任何物都較大，像康德所說的。我們只覺得它極偉大，非常偉大。這所謂「極」和「非常」常僅爲美感經驗中霎時的幻覺。這種幻覺是感覺「雄偉」所必有的，沒有這種幻覺就不能發生「雄偉」的印象。比如在驚讚泰山「雄偉」時，猛然想到峨眉山還更比它高大，在驚讚一隻老鷹「雄偉」時，猛然想到一隻比它小的鷂子就可以打殺它，「雄偉」的印象便無形消失了。所以「不加比較」、「未經測量」是感覺「雄偉」的一個必要的條件。本來在一切美感經驗中，「意象」都要「絕緣」，都要「孤立」，不僅「雄偉」的意象是如此。

七

在覺到一件事物「雄偉」時，我們的心裡起何種變化呢？我們說嬌鶯嫩柳秀美，說老鷹古松雄偉，就主觀方面說，我們自己的心境有什麼不同呢？感覺「秀美」時心境是單純的，始終一致的。感覺「雄偉」時心境是複雜的，有變化的。秀美的事物立刻就叫我們覺得愉快，它的形態恰合我們感官脾胃，它好比一位親熱的朋友，每逢見面，他就眉開眼笑地趕上來，我們也就眉開眼笑地迎上去，彼此毫不遲疑地、毫無畏忌地握手道情款。我們對於秀美事物的情感始終是歡喜的，肯定的，積極的，其中不經絲毫波折。雄偉事物則不然。它彷彿挾巨大的力量傾山倒海地來臨，我們常於有意無意之中覺得自己渺小，覺得它不可了解，不可抵擋，不敢貿然盡量地接收它，於是對它不免帶著幾分退讓回避的態度。但是這種否定的消極的態度只是一瞬間的。我們還沒有明白察覺到自己的遲疑時，就已經發現它可景仰，可敬佩。我們對它那樣浩大的氣魄，因爲沒經常見過，只是望著發呆。在發呆之中，我們不覺忘卻自我，聚精會神地審視它，接受它，吸收它，模仿它，於是猛然間自己也振作奮發起來，腰桿比平常伸得直些，頭比平常昂得高些，精神也比平常更嚴肅，更激昂。受移情作用的影響，我們不知不覺地泯化我和物的界限，物的「雄偉」印入我的心中便變成我的「雄偉」了。在這時候，我也不覺得還是在欣賞物的「雄偉」，還是在自矜我的「雄偉」，這種緊張激昂而卻嚴肅的情感是極愉快的。總之，在對著「雄偉」事物時，我們第一步是驚，第二步是喜；第一步因物的偉大而有意無意地見出自己的渺小，第二步因物的偉大而有意無意地幻覺到自己的偉大。第一步心情就是康德所說的「霎時的抗拒」，它帶著幾分痛感。第二步心情本已欣喜，加以得著霎時痛感的搏擊反映，於是更顯得濃厚。這個道理我們在看高山大海時都可以體驗得到。山的巍峨，海的浩蕩，在第一眼看時，都要給我們若干震驚。但是不須臾間，我們的心靈便完全爲山海的印象占領住，於是彷彿自覺也有一種巍峨浩蕩的氣概了。

第二種心情是一切美感經驗所同具的，第一種心情是感到「雄偉」時所特有的。始終不帶幾分震驚，不帶幾分自己渺小的意識，便不能感到「雄偉」。英人博克（Burke）所以說「雄偉」之中都含有「可恐怖的」（terrible）一個成分。但是「恐怖」的字樣用在這裡未免稍嫌過火。「恐怖」所引起的反應態度通常是逃避，「雄偉」對於觀者的心魂卻有極大的攝引力。「恐怖」是一種實際人生的情感，而「雄偉」的感覺像一切其他美感經驗一樣，卻離開實用的索絆而聚精會神地陶醉於目前意象。「雄偉」的感覺之中含有類似「恐怖」的成分而卻未至於「恐怖」。我們只能說「雄偉」大半是突如其來的，含有幾分不可了解性的。心靈驟然和它接觸，在倉皇之中，不免窮於應付。但是這只是霎時的，不是明白地現於意識的。這種突然性就是「霎時的抗拒」的主因。失去「突然性」則本來「雄偉」的事物往往失其爲「雄偉」。同是一座高山，第一次望見時覺得它「雄偉」，以後愈熟識就不免愈覺其平常。杜甫在「造化鐘神秀，陰陽割昏曉」中，所見到的是山的「雄偉」，李白在「相看兩不厭，惟有敬亭山」中，蘇東坡在「青山有約常當戶」中，卻只是見到山的和藹可親了。同是一件事物也可以常常使人覺到「雄偉」，這是由於觀者別具慧眼，常常發現它的新奇，並不足證明「雄偉」的感覺不必帶有「突然性」。

所謂「突然性」是出乎意料之外的，是尋常知覺不能完全抓得住的。知覺不能完全抓得住它，便不免嫌它不合常軌，嫌它還有缺陷。「雄偉」的東西往往使人覺得它有些鹵莽粗糙，就是因爲這個道理。米開朗琪羅的作品中往往留有一片不加雕琢的頑石，這種粗枝大葉的作法最易產生「雄偉」的印象，也最易使人嫌它不「完美」，不「精緻」。所以康德派美學往往拿「雄偉」和「美」對舉，不把「雄偉」當作一種美。黑格爾則以爲形式不稱精神，精神不就範於形式而泛濫橫流，才有「雄偉」。其實美有難易，「雄偉」是美之難者，因爲它不像平易的美只容納一些性質相同的單調的成分。它不惟容納美，還要馴服醜，它要把美的和醜的同納在一個爐子裡面去錘煉。

八

和「雄偉」相對的爲「秀美」，歷來學者多偏重「雄偉」，很少把「秀美」單提出來討論的，因爲「秀美」的問題沒有「雄偉」的問題那麼複雜。把它單提出來討論的有斯賓塞（H. Spencer）。在他看，「秀美」的印象起源於筋肉運動時筋力的節省。運動愈顯出輕巧不費力的樣子，愈使人覺得「秀美」。動物中最「秀美」的如羚羊、獵犬和賽跑的馬等，運動器官都特別發達；最不「秀美」的如龜、象、海馬等，運動器官都特別遲鈍。從此可知「秀美」和運動有關了。斯賓塞自述發現秀美和運動的關係之經過說：

> 有天晚上我去看一個舞女奏技；她的動作大半很牽強過分，我暗地罵她鄙陋，如果觀眾不是一般以隨人拍掌叫好為時髦的懦者，她那種技藝是一定受人嗤鄙的。但她偶然也現出一點秀美的動作，都是比較不大費力做出來的，我注意到這點，同時想起許多互證的事實，因而下了這樣一個結論：在要換一個姿勢或是要做一個動作時，費的力量愈少，就愈現得秀美。換句話說，動作以節省筋力者為秀美，動物形狀以便於得到筋力節省者為秀美，姿態以無須費力維持者為秀美，至於非生物的秀美則因其和這種形態有類似的地方。

這個道理很容易拿例證來說明，兵士在稍息時比在立正時秀美，因爲在立正時他現出有意做作的樣子，而稍息時則手足放在自然的位置，無須費力。我們取站的姿勢時常把體重放在一隻腿上，這隻腿總是豎得筆直的，其餘一隻腿則很安閒地彎著，這是由於節省筋力的緣故；頭稍偏向某一方，也是因爲這個道理。雕刻家常模仿這種姿勢，就因爲它特別秀美。初學滑冰或騎腳踏車的東歪西倒，胖漢跑路時肢體不靈活，跛子走路時兩足上下參差，口吃者說話時用盡氣力說不出一個字來，鄉下人在紳士面前講禮，處處都露出尷尬的樣子，這都是最不秀美的舉動。我們何以覺得它們最不秀美呢？就因爲旁人看得出賣氣力的痕跡。會做一件事的人（無論是跳舞、說話、走路或是行禮）往往駕輕就熟，行若無事，旁人看不見他費力，所以覺得他「秀美」。

拿筋力節省的原則來解釋非生物的「秀美」似比較難些，其實也並不難。非生物的形態和生物的形態往往有許多類似點。因有類似點，我們往往把非生物當作生物看待，以爲它也有知覺和情感。原始式的知覺都不免帶有「擬人作用」。看見一棵樹或是一座山，我們常常把它看作一個人，以人的經驗來了解物的姿態。因此「秀美」雖本來是能運動的生物所表現的一種特質，就被人引申用來形容非生物了。比如橡樹看來不如柳樹「秀美」，是什麼緣故呢？橡樹的枝子是平直伸出的，和樹幹幾成垂直線，我們看到它時，便隱約想到維持平直的姿勢，好比人平舉兩手一樣，是多麼費力的事，所以我們說它不「秀美」。反之，柳樹枝條是向下垂著的，我們看到它時，便隱約想到它像人的胳膊在安閒無事時的姿勢，用不著費大力，所以我們覺得它「秀美」。再比如波紋似的曲線是一般人所公認爲最美的線，依斯賓塞說，它所以最美者就由於曲線運動是最省力的運動。直線運動在將轉彎時須拋棄原有的動力（momentum）而另起一種新動力，轉彎愈多，費力愈大。曲線運動則可以利用轉彎以前的動力，所以用力較少。我們覺得曲線運動最秀美，因爲它最省力；我們覺得一切曲線都美，因爲由它聯想到曲線運動。

斯賓塞以爲這種現象起於同情作用。他說：「賴有同情作用，我們看旁人臨險，自己也戰慄起來；看見旁人掙扎或跌落時，自己的肢體也動作起來；我們並且彷彿分享他們所經驗到的筋肉感覺。他們的動作如果鹵莽笨拙，我們也微微覺到自己發笨拙動作時所應有的不快感；他們的動作如果輕巧嫻熟，我們也嘗到輕巧動作所應有的快感。」照這段話看，斯賓塞的「同情作用」（sympathy）就是我們在第三章所討論的「移情作用」（empathy）了。那時候學者本來還沒有採用「移情作用」這個名詞。近來蘭格斐爾德在他的《美感的態度》一書中採用斯賓塞的學說，就把「秀美」當作移情作用的一個實例，我們在上文討論「雄偉」時已經說過感覺「雄偉」時常起移情作用，現在我們知道感覺「秀美」時也是如此，可見得移情作用在美感經驗中是一個最廣泛的現象，而「雄偉」和「秀美」的感覺在根本上也並無二致了。

九

斯賓塞的筋力節省說雖含有一部分眞理，但是並不能盡「秀美」的意蘊。我們看到「秀美」事物時所感覺到的與其說是筋力的節省，不如說是歡愛的表現。「秀美」事物彷彿向我們微笑，這種微笑是表現它自己的歡喜，也是表示它對於我們的親愛。「秀美」是女子所特有的優點，大半含有幾分女性的引誘。德國哲學家謝林（Schelling）說過：「藝術和自然一樣，極境全在秀美。它不但與事物以形象，使它們各具個性，還要進一步作畫龍點睛的功夫，使它們顯出『秀美』。『秀美』事物可愛，就因爲藝術先使它們現出向人表示愛情的樣子。」愛和歡喜是相連的。「秀美」事物表示愛，所以都帶幾分喜氣。英國文藝批評學者羅斯金說過：「你如果想一位姑娘顯得秀美，須先使她快活。」

「秀美」表現歡愛的道理，法國美學家顧約在他的《現代美學問題》裡說得最透闢：

「秀美」不是像斯賓塞所説的，只是力量的節省；最要緊的是它表現一種意志。在生物中「秀美」的動作總是伴著兩種相鄰的情感，一是歡喜，一是親愛。歡喜是由於覺到生活美滿，和環境恰相諧和；既與環境諧和，就已有同情的傾向。「秀美」表現兩種心境：一種是自己的滿意，一種是要旁人也滿意。「秀美」都伴著筋肉的鬆懈，動物只有在安息時，在生活圓滿平靜時筋肉才會鬆懈，到了悲哀、憤怒和鬥爭的時候，肢體就立刻僵硬起來了。比如有一條狗在玩耍，你在樹林裡做一點聲響，便可以看見它立刻變換姿勢，把頸子伸直，耳尾和軀幹也立刻聳豎起不動。反之，親愛往往表現於波紋似的輕巧的動作，全無鹵莽、暴躁或稜角的痕跡。這種動作是同情的流露，所以能引起觀者的同情。此外如微微彎曲的體姿，尤其是頸項稍向下低著，胳膊隨意垂著的時候，除同情之外，還表現一種淒惻、憂愁的神情，似乎求人憐惜的樣子；觀者看到這種姿態就不免起憐惜的心情。垂柳惹人憐惜，就因為這個道理。最後，「秀美」都帶有自捨（abandon）的樣子，人不是在愛的時候不會完全自捨，所以我們贊同謝林的秀美表現愛情說；因其表現愛情，所以「秀美」最易動人：它向人表示愛，所以人也愛它。年輕的姑娘在沒有嘗到愛的滋味時，就還沒有比「美」（beauté）更美的絕頂的「秀美」（grâce）。她像小孩子一樣，可以具有歡喜時的「秀美」，卻還沒有柔情所流露的「秀美」。

總觀上述各節，關於「秀美」的學說有兩種，一派人說它是由於筋力的節省，一派人說它是由於歡愛的表現，這兩說是否互相衝突呢？法國哲學家柏格森也曾經注意這個問題。他兼採這兩個學說。我們看見省力的運動，自己也彷彿覺到它所伴著的筋肉感覺，這是「物理的同情」（sympathie physique）。這種「物理的同情」隨即引起「精神的同情」（sympathie morale）。我們不但覺得秀美的事物表現輕巧的運動，並且還覺得它是向我們運動，來親近我們，我們所以覺得它和藹可親。柏格森不否認秀美中有「物理的同情」，但是以爲「精神的同情」爲它的最要緊的元素。我們覺得柏格森的說法比較圓滿。「秀美」本來是女性的。我們描寫女性美時通常用「幽閒」、「輕盈」、「溫柔」、「嬌弱」等字樣，這些特徵可以說是「不露費力痕跡的」（斯賓塞說），也可以說是「引起同情的」（顧約說）。因爲它現出不費氣力的樣子，所以我們覺得它弱，覺得它不抗拒我們而親近我們，因此向它表示憐愛，這就是柏格森所謂「物理的同情引起精神的同情」。

第十六章　悲劇的喜感

一

莎士比亞曾經說過，世界只是一座舞臺，生命只是一個可憐的演員。從另一意義說，這種比擬是不甚精確的。若是墮樓的是你自己的綠珠，無辜受禍的是你自己的苔絲狄蒙娜，你要哭泣，你要心寒膽裂。但是在看表演他們的悲劇時，你縱然也偶爾灑一灑同情之淚，你的眉宇卻很飛舞，你的心腔卻很伸張。歐里庇得斯和莎士比亞諸大悲劇家都把生的苦惱和死的幻滅通過放大鏡，而後再用極濃的色彩把它們描繪出來。我們站在他們所描寫的圖畫之前，雖然更覺悟到「生命只是一段蠢人演述的故事，滿口的叫囂和憤慨，沒有一點兒意義」，可是並不因此而悲觀絕望。血和淚往往能給我們比歡笑更甜美的滋味。這種悲劇的喜感自何而來呢？

這個問題的歷史同美學思想史一樣久遠，許多詩人、哲學家和科學家都在這上面費過心思，到現在還沒有定論。我們姑且把歷來重要的學說加以介紹和批評，然後再提出一個比較滿意的答案來。

最初想到這個問題的是柏拉圖。他以凌邁千古的大詩人而大聲疾呼，逐詩人於理想國之境外。悲劇家尤其是他所嫉視的。在他看，憐憫和悲愁都是人性中的卑劣癖，應該受理智壓住。悲劇家卻逢迎人性中這個弱點，拿災禍罪孽的幻象來激動它，滋養它，實在不道德。所以他們應該受政府限制。

柏拉圖的學說在後來影響甚深，幸災樂禍說可以說從他起來的。據這一說，悲劇的喜感是幸災樂禍的表示。自己站在乾岸上，所以看到旁人手慌腳亂地救翻船，心裡覺得愉快。盧梭曾寫過一封萬言書勸阻達朗貝爾在日內瓦開劇場，用意就是如此。近來法國批評家法格（M. Faguet）把它更加以擴充。在他看，悲劇和喜劇都是一樣，都是描寫旁人的災禍。這些災禍如果是可笑的，就叫做喜劇；如果是可怕的，就叫做悲劇。悲劇和喜劇所生的愉快程度雖有深淺，而爲幸災樂禍則一。他在《古今戲劇》裡面說：「人是一群猛獸，我知道很清楚，因爲我自己就是其中之一。」他又假設這樣一段對話：

「我看過《斐德爾》（Phédre），真悲慘，我看得哭起來了。」

「戲的情節怎樣？」

「其中有一個女子失戀自殺，還有一個男子因為妒忌，把親生的兒子弄死了。」

「你去看這種戲嗎？不是好人！」

「但是我流過眼淚的。」

「雖然流眼淚，心裡卻覺得一種喜感。」

「這話倒對。」

「這種喜感把哭時一點好意都打消了。你原來是要在旁人的災禍中求喜感，總算你達到了目的。骨子裡就是這麼一回事，你是一個凶惡的人。泰納要說你還沒有脫淨猴子的根性哩。你知道，他以為人的祖先是兩種猴子，一種凶惡，一種狡猾，人還沒有完全變形。愛看喜劇的是狡猾的猴子，愛看悲劇的是凶惡的猴子。」

站在法格這面照妖鏡前，我們都不免有幾分自慚形穢。平心而論，人這種動物確實是魔性多於神性的。羅馬的人獸鬥，西班牙的牛鬥，中世紀凌辱異教徒的酷刑，以及歷史上許多其他殘暴的行爲，都可以證明幸災樂禍的心理。在人世較大的劇場中，也是很普遍的。近代「人道主義」的文化已經把這野蠻根性洗淨了麼？報紙上每遇離婚、暗殺、失火、地震、打仗一類的天災人禍，觀者都彷彿有一種喝熱血似的狂熱，以先睹爲快。這種動機是不難推測的。但丁描寫的地獄，比天堂生動活躍多了。殘酷成性的何止於人？上帝不憚瓊樓玉宇的高寒，怕也是像詩人丁尼生在〈食藕者歌〉裡面所說的，因爲俯看下界陰霾毒焰中的衆生，是一件賞心樂事吧？

但是人性繁複，如果我們把性惡看成悲劇喜感的唯一原因，就不免把問題化得太簡單了。這個世界裡還缺乏災禍罪孽麼？如果你要幸災樂禍，看實在的應該比看想像的更痛快，又何必花錢進劇場呢？何況好事多磨，也是古今中外所同聲惋惜的。讀〈刺客傳〉到圖窮匕首見，秦王繞柱而走時，我們固然覺得興會淋漓，不忍釋手，可是同時也覺得荊軻失敗，是終古一大恨事。讀熱烈悲壯的故事，我們常於不知不覺中替它們臆造一個圓滿收場。有江淹的〈恨賦〉就有尤侗的〈反恨賦〉，有《紅樓夢》就有使寶黛終成眷屬的《續紅樓夢》。十八世紀英國劇場演莎士比亞的《李爾王》，都把它的悲慘結局完全改過，讓Cordelia嫁了Edgar，帶兵回來替李爾王報了仇。這種翻悲劇爲喜劇的玩藝，中外都很流行。我們儘管說它不是藝術，卻不能不承認它有一般人的心理要求做後盾。從此可知幸災樂禍說不圓滿了。

英國十八世紀學者博克所提出來的悲劇說很可以做幸災樂禍說的一個有趣的對比。法格拿悲劇的喜感來證明性惡，博克卻拿它來證明性善。法格比擬人猿，博克也借重於生物學的論證。在他看，社會之所以能成立，全賴同情心的維繫。人在何種境遇最需要同情心的溫慰呢？不消說得，是在悲愁苦惱的時候。如果旁觀者見著悲愁苦惱便生痛感，同情心便不易發生。悲劇的喜感就是同情心的表現。我們同情於不幸者，所以不幸的事能使我們愉快。境界愈悲慘，同情心的需要也愈大，因此它所引起的喜感也愈強烈。實際人生的悲劇，據博克說，比舞場上所表現的更能引人同情，所以引起的愉快也愈大。他曾經用過這樣一個比喻：

> 倘若你擇定一個日子，去表演一部最莊嚴最動人的悲劇，選聘最有本領的名演員，用盡心力去飾臺布景，使詩歌、圖畫、音樂三種藝術熔冶於一爐，正當觀眾齊集，人心懸懸待開幕時，你如果猛然宣告有一位居高位的國事犯要在鄰場就死刑，則立刻之間劇場必為之一空。這時候你就會知道模仿藝術的力量比較薄弱，而承認同情心的勝利了。

這種學說帶著很濃厚的十八世紀英國功利主義的色彩，言之成理，析之無稽。博克忘記人世間確實有痛感這麼一回事，而痛感實在起於災禍罪孽。身經其境，固然叫苦，袖手旁觀，也不免哀矜。親眼看鄰人受刀刺火焚，絕不像看但丁《神曲．地獄》章那樣興會淋漓。實際的悲劇和經過藝術點染過的悲劇究竟不同，歷來談悲劇者很少人注意它的不同點究竟何在，法格和博克都犯了這個毛病。博克的棄劇場而就刑場的假設，拿來說政治趣味濃於藝術趣味的英國人，也許近於事實；若是說人性本來如此，就不免以偏概全，所據不足了。如果依他的見解，我們同情於哈姆雷特，所以歡喜看他慘死，同情於羅密歐與朱麗葉，才高興知道他們的姻緣不成就，這種推理也顯然是怪誕。總之，人性是善的，也是惡的。只見到惡的方面便說看悲劇是幸災樂禍，只看到善的方面便說看悲劇是由於同情心。這對於人生的眞面目和悲劇的眞面目都是沒有看得清楚。

二

法格和博克都拿整個人性來說。還有一派學者丟開性善性惡的爭辯，而專研究觀劇時一瞬間的心理變化。法國十七世紀學者杜博斯（Dubos）在他的《詩畫評論》中首開端倪。他以爲悲劇的功用只是在滿足強烈刺激的需要。人心原來好動，一遇閒散，便苦厭倦無聊。因此，消遣是人生中一大需要。消遣有兩種方法：一種是觀心冥想，一種是感受外來印象的刺激。觀心冥想的樂趣只有少數幸運者能享受，一般人都沉溺於感官刺激。刺激愈強烈，喜感也愈濃厚。最強烈的刺激莫如悲哀苦惱，悲劇之能動人，即由於此。悲劇好比強烈的飲料，是幫助排遣煩悶的。

哥倫布大學教授湯姆斯（C. Thomas）曾作一文，立意與此頗相近。他說：「有一種喜感，只要一出力，只要一運用官能，便可覺到。要尋求這種由發洩心力而來的喜感，我們不一定要去尋通常所謂賞心樂事，最好是去尋苦痛悲慘和危險。這些東西才能給人以強烈的震撼，才能引起與生命同義的情感的興奮。」悲劇常以死爲題材，「因爲在我們遠祖看，死是最大的災禍，是最可恐怖的事件，所以也是激動想像的最強烈的磁石。」

這種學說含有若干眞理，以看戲爲解悶之助者都該承認。但是它的最大弱點在沒有分清實在和想像。實在的災禍苦惱往往使人不快，想像的災禍苦惱才有時引起喜感。如果親眼看見一位白髮衰翁見棄於子女，深夜裡冒著雷電風雨在荒野中挨命，你會像看表演《李爾王》時那樣興高采烈、拍掌叫好麼？

法國十七世紀學者芳丹納爾（Fontenelle）的學說可以拿來做這個難點的答辯，他說：

> 喜和痛雖是兩種不同的情感，而原因卻無大異。如搔皮膚，太激烈則生痛感，稍輕緩則可生喜感。從此可知本來雖是痛感，只要把它變弱些，就變成一種輕鬆愉快的微癢了。人心本來好動，使它動的就是悲哀苦惱也無妨，只要有一件東西把它們的力量減輕一點就行了。在劇場中凡所表現的雖躍躍如實境而究竟不是實境。觀者儘管耳迷目眩，理智儘管為感覺和想像所蒙蔽，心裡總還脫離不了「這是虛幻」一個想頭。這個想頭儘管很薄弱，儘管受蒙蔽，其力量還能減殺觀者看見無辜受禍所生的痛感，把它一直減輕到變為喜感的程度。觀者一方面

見到自己所愛好的主角不幸受禍，替他流淚，而同時返想到這幸虧還僅是空中樓閣，心裡又覺到快慰。

這個學說很值得注意，因爲它從藝術觀點立論，把實際的悲劇和想像的悲劇分開來說，是個創見。它頗近於下文所說的「心理距離說」，不過它著重「這是虛幻」的意識，還是沒有明白美感經驗。觀者在興高采烈時絕不會回想到「這是虛幻」。英國哲學家休謨在他的《悲劇論》裡也不滿意芳丹納爾的學說，但是根據另一理由。羅馬著名演說家西塞羅（Cicero）彈劾維爾斯屠殺西西里人那一篇訴詞，把當時屠殺的慘狀描寫盡致，法官和觀眾聽了都非常高興。他所描寫的盡是事實，所以聽者所得的喜感不能推原於芳丹納爾所謂「這是虛幻」的想頭。據休謨的分析，當時聽者的心理變化有兩種成分，一種是痛感，起於殘酷的印象；一種是喜感，起於雄辯（eloquence）。這兩種成分之中，喜感較占優勢，不但壓住痛感，而且能借用痛感的力量來擴張自己的情緒之流。痛感如何能擴大喜感呢？心好比琴弦，已在震顫之際，稍加彈動，便成宏響。有悲慘印象而無藝術，痛感固終爲痛感；有藝術而無悲慘印象，則喜感雖存在而不強烈。悲慘印象感動心弦之後，心才愈加敏捷，受藝術的浸潤力也愈加強大。比如說，原來痛感只有四成，而喜感卻有六成，弱不敵強，四成痛感於是把所有的力量轉借給喜感，而喜感便擴充爲十成了。悲劇和西塞羅的雄辯同理，所不同者悲劇更能引人入勝，因爲它是一種模仿。而模仿本身就是喜感之源，像亞理斯多德在《詩學》中所說過的。

休漠所謂「雄辯」是指詞藻的富麗和音調的和諧。他雖然反駁芳丹納爾，而以藝術的眼光討論悲劇，則與芳丹納爾同爲傑出。他所著眼的悲劇大半是詩劇，他的弊病在側重悲劇的裝飾方面，而裝飾究竟不是悲劇的命脈所在。圖畫描寫悲慘情境，不必藉助於詞藻音調，固不消說，近代作者以散文寫悲劇也是常事。從此可知悲劇於詞藻音調之外，還別有令人驚心動魄的特質了。

三

英、法兩國學者研究悲劇喜感問題，都專從人類本性和心理變化兩點出發，沒有牽涉到較廣泛的哲學問題。從哲學出發去研究悲劇，要推德國學者爲最起勁。法格、杜博斯、博克諸人的學說已經很光怪陸離，黑格爾、叔本華、尼采諸人的奇思幻想更令人耳昏目眩了。讀他們的作品，我們很難分別哪裡是詩，哪裡是哲學。他們的思想只有他們自己的語言能表達。用別一種語言來申述他們的意思，已近於鸚哥學語，若是再拿尋常理智來分析評判，那更未免剪雲爲裳，以跡象繩玄渺了。但是我們談到悲劇問題，如果把他們的學說完全丟開，也未免有失虔敬。這裡只得明知故犯，將不可申述的申述一遍，將不可批評的批評一遍，讀者須知道這只是古人的糟粕。

詩人席勒要辯護藝術的特質在美不在善，所以拿悲劇的喜感來說明美並不背於善。在他看，宇宙全體以人類幸福爲指歸。一切事變，與這個目標相諧和的生喜感，與它相衝突的生痛感。但是衝突在宇宙中也很必要。無論什麼東西，難能才見可貴。有衝突然後有奮鬥，有奮鬥然後有道德意識，有道德意識然後有快慰。奮鬥愈劇烈，道德意識愈鮮明，快慰也愈深切。因此，最大的喜感是從和最難的逆境相奮鬥而得來的，其中實含有痛感的成分。悲劇能引起最大的喜感，就因為它描寫衝突和奮鬥，就因為它能表現最高的道德意識。有許多情境，就局部看，儘管是悲慘，而就宇宙全體看，卻有理性，卻是一種和諧。悲劇的結局往往為生命的犧牲。「生命的犧牲本是一種矛盾，因為有生命然後有善；但是為著道德，生命的犧牲是正當的，因為生命的偉大不在它的本身，而在它是履行道德的必由之路。如果生命的犧牲成了履行道德的必由之路，我們就應該放棄生命。」

席勒的理想主義到了黑格爾的手裡又得著一個更寬泛的哲學基礎。黑格爾是一位極端的泛理主義者。他眼中的宇宙渾身都是理性。不過要看出宇宙的理性，我們應該著眼全體。貌似相反者往往實在是同一；在局部看來是衝突者在全體看來往往是和諧。悲劇就是一個好例。一般人見著為善不獲報，為惡不見懲，便以為這是冤屈，於理不可解說，只能歸咎於渺茫不可知的命運。其實宇宙中無所謂命運，禍福都是由人自招的。然則一般悲劇的主角都無辜受禍，這應該怎樣解釋呢？黑格爾的答案是他的著名的衝突說。凡是悲劇都生於兩種理想的衝突，例如：做忠臣的往往不能同時做孝子，做孝子的往往不能同時做忠臣。理想而至衝突，就是理想本身的一個缺點；因為有缺點，所以不能在完美的宇宙中實現，它的犧牲實在是孽由自作。換句話說，悲劇主角大半象徵一種有衝突的片面的理想，他陷於災禍時，在表面看雖似命運造的冤屈，而就宇宙全體說，實在是「永恆公理」（eternal justice）的表現。我們看悲劇時見出這「永恆公理」，見出完滿宇宙中不容有衝突的理想存在，所以覺到喜感。換句話說，悲劇的喜感就是「永恆公理」勝利的慶賀。

黑格爾最推尊索福克勒斯的《安提戈涅》（*Antigoné*），以為它最能顯出悲劇的特徵。這部悲劇的情節就是以理想的衝突爲中心。波呂涅刻斯是忒拜國的王子，父死之後，借重敵兵來爭王位，戰敗被殺。新王克瑞翁懸令禁止人收葬他的屍首，違者處死刑。他的妹妹安提戈涅毅然不顧一切，把他收葬了。她本來和克瑞翁的兒子訂過婚，她被處絞刑之後，克瑞翁的兒子也痛悼自殺。依黑格爾說，悲劇生於理想的衝突，這就是最好的實例。克瑞翁所代表的理想是國法，安提戈涅所代表的理想是友愛。這兩個理想，就本身說，都很正當；但是就宇宙全體說，它們都失之太偏，不能調和。安提戈涅喪身，克瑞翁喪子，都可證明太偏的理想就是自己的致命傷，而「永恆公理」終歸勝利。這種勝利的察覺就是喜感的來源。

席勒和黑格爾的毛病都在太看重理性。如果愛悲劇者每人都是像席勒和黑格爾這樣的哲學家，他們的話也許有幾分眞理。但是一般人誰拿憑視宇宙的眼光去看悲劇？誰能時時記起「永恆公理」？任憑黑格爾如何洗清，人世間總不免有冤屈不平存在。《李爾王》中的考狄利婭，《奧賽羅》中的苔絲狄蒙娜，《國民公敵》中的醫生有什麼罪過可指摘呢？兩理想衝突說不但不能應用到近代悲劇上去，就是應用到黑格爾所最推許的《安提戈涅》上面去也說不通。他的學說初出世時，愛克曼曾拿來和詩人歌德談論，歌德付之一笑。他說：「克瑞翁禁止收葬波呂涅刻斯，讓屍臭染汙空氣，又讓鷙鳥銜屍肉汙神壇，這種行爲對人對神就是大不敬，不能算維護國法，實在是叛國違法。」照這樣說，克瑞翁並沒有代表什麼理想，《安提戈涅》一劇也不能說是表現兩理想的衝突了。

如果我們由黑格爾轉到叔本華（Schopenhauer），華嚴世界就一變而爲陰森地獄了。叔本華以爲生命只是無底止的競爭，嘗遍災禍罪孽，到終局仍不免一死。明知在這無涯孽海裡探險是無所歸宿的，人們何以不放棄這種無意義的企圖呢？人生來就披上一個枷，鉗制他不得自由。這個枷就是他自己的「生存欲」。創世主是一個最酷的刑吏，他不僅向衆生施行種種酷刑，而且想出妙計來，叫受刑者不願丟開笞撻之苦。生不過是死的準備，而死卻勝於生，因爲死之後一切憂患苦惱就沉沒到遺忘之國裡去了。「如果你敲墓門問陳死人願否再生，他一定向你搖首。」

人的原始罪孽在投生。既投生之後還有方法從罪孽中逃脫出來麼？這是極難的事，除非你抱有極大的智慧和超人的意志，如釋迦牟尼，看透人生虛幻，毅然擺脫「生存欲」，直接達到「涅槃」。人生最上法門就在「退讓」（resignation）。所謂「退讓」就是知其不可爲而不爲。悲劇是最上的藝術，就因爲它能教人「退讓」，能把人生最黑暗的方面投到焦點上，使人看到一切都是空虛而廢然思返。悲劇主角也像我們自己一樣，賣盡氣力和命運搏鬥；但是我們不如他，他知道勢不均力不敵，就繳械投降，不再受「生存欲」的鉗制。他的「退讓」就是他的勝利。我們本來也以受「生存欲」的鉗制爲苦，無如自己無力解脫；但是看到旁人能解脫，好比聽說戰勝過自己的敵人已被旁人打殺一樣，也是一件快事。不僅如此，在看悲劇的一頃刻中，我們的心魂全讓莊嚴的意象鉤攝住，如火如荼的「生存欲」因之暫時失其作用。這種劇戰後片時的稍息，也是喜感的來源。

在許多人看，人世全是孽海，藝術全是苦悶者的呼號，叔本華的厭世主義比較黑格爾的泛理主義似稍近於眞理。麥克白臨死時叫道：

熄滅罷，熄滅罷，短促的燭火！

巴米爾臨死時叱穆罕默德說：

你應該勝利，世界原來是為強暴者而創造的！

我們聽到這種垂死的呼聲或是看到維尼（De Vigny）的狼閉著眼睛倒下地任獵戶宰割時，都不能不承認叔本華的話言之有理。但是如果我們再走遠一步，便知道概括立論是很危險的，叔本華也不是例外。古希臘三大悲劇家的作品中並未曾表示「退讓」的態度，叔本華自己也承認過。近代悲劇雖較悲觀而卻不能謂爲厭世。姑且拿莎士比亞的作品來說，麥克白死時沒有怨天麼？奧賽羅自殺時沒有尤人麼？怨天尤人都是表示不甘心。他們雖然拋開生命而卻沒有拋開「生命欲」，絕不是叔本華所謂「退讓」。

尼采（Nietzsche）著《悲劇的起源》，用意就在糾正叔本華的錯誤。黑格爾從道德觀點去看世界，以爲世界處處呈現理性。叔本華把這種泛理主義推翻而代以盲目的「生存欲」，看出人生處處是苦，於是「世界何須存在」遂成爲問題。尼采說，生命只是罪孽苦惱，實在像叔本華所說的；你如果從道德觀點著眼，你絕尋不出理由來辯護世界何以應存在。世界的存在只能從藝術觀點去解釋。這花花世界雖然充滿著災禍罪孽，但是如果你從窄狹的現實圈套裡跳出來看看，它卻是多麼光怪陸離的一幅圖畫！創世主丟開丹青粉堊之後，自己諦視這幅偉大的創作，心裡多麼快慰！你如果覺得這世界不是好居住的，你就把它看成好玩賞的也很好，何必太拘泥呢？

古希臘人知道這個祕訣。他們不但能把世界看作一個意象去賞玩，自己還去創造意象，與造物爭巧；所以他們雖然也知道人生苦惱，而卻沒有流於悲觀。他們的救世主是阿波羅（日神）。在他的恬靜幽美、光彩四射的額紋中，古希臘人看出形形色色的奇夢，於是依影圖形，創成他們的偉大的造形藝術和荷馬史詩。

阿波羅之外，古希臘人又崇拜狄俄倪索斯（酒神）。所以他們不僅能酣夢，而又能沉醉。當薰風四煽的豔陽天，羊在草場中跳躍，鳥在綠條上和歌，他們受著狄俄倪索斯的啓示，不由自主地跳入波濤澎湃的生命之流中，遺忘小我，雜入行樂人群中高歌狂舞，跳舞和音樂即起源於此。

在尼采看，阿波羅的藝術（史詩、雕刻、圖畫等）和狄俄倪索斯的藝術（跳舞和音樂）相結合，然後才有悲劇的產生。悲劇一方面是動的，像音樂一樣，是苦悶從心坎迸出的呼號；一方面是靜的，像雕刻、圖畫一樣，是一個熱烈燦爛的意象。悲劇的雛形是狄俄倪索斯神壇前祭奠者的合唱（chorus）。音樂所象徵的苦悶藉阿波羅的意匠經營，成爲具體的形象，結果乃有悲劇。悲劇中的主角如俄狄浦斯、普羅米修斯等都是狄俄倪索斯神的變形。

知道悲劇的起源如此，觀者所得的喜感便不難解釋了。他在莊嚴燦爛的意象之中，窺見驚心動魄的美，霎時間脫開現實的壓迫，忘卻人生一切苦惱，自然是眉開眼笑，喜不可言了。悲劇的主角只是生命的狂瀾中一點一滴，他犧牲了性命也不過一點一滴的水歸原到無涯的大海。在個體生命的無常中顯出永恆生命的不朽，這是悲劇的最大的使命，也就是悲劇使人快意的原因之一。叔本華以為悲劇的結局是「退讓」，只是看見一點一滴的墮落，而沒有望見大海的金波蕩漾。

尼采著書，有如醉漢囈語，心頭無量奇思幻想，不分倫次地亂迸出來，我們只覺得他的話有些可疑，可是他的破綻究竟在哪裡呢？他根本就沒有給一條可捉摸的線索讓你抓住。我們只能以幻想來遇他的幻想，若拿名學來分析，卻有些困難。聽哲學家討論特殊問題，最容易走入迷路。他們關於悲劇的結論大半是從他們的全部哲學演繹出來的，不是從研究作品歸納出來的，所以像遊絲懸在虛空裡。他們的話固然不是全盤錯誤，他們的慧眼固然有時窺透常人所不能窺透的地方，但是他們的弊病在偏：以一點心得當作全部眞理。幸好這個世界裡哲學家占極少數，不懂得黑格爾、叔本華和尼采的愚夫愚婦們也還能欣賞莎士比亞或是易卜生。我們姑且把「永恆公理」、「生命欲」和「狄俄倪索斯」等音調鏗鏘的字還給哲學家們去咀嚼罷。

四

轉身向近代心理學，看它能給我們一線微光麼？弗洛伊德的門徒無孔不入，悲劇這塊田地自然也沒有被放棄。法格的「凶惡的猴子」到他們的手裡更醜惡不堪了。他們說，文明只在表皮，裡皮還是野蠻。人心深處全充滿著原始欲望，尤其強烈的是性欲。在文明社會裡面，原始欲望與道德法律不相容，於是被壓抑到隱意識裡去，形成所謂「情意綜」（complexes）。這種「情意綜」受意識作用的檢察，想發洩而不得發洩，往往釀成迷狂症及其他神經病。要醫治神經病，須設法使鬱積在隱意識裡的「情意綜」得正當發洩，就是用弗洛伊德所謂「發散治療」（cathartic cure）。有時被壓抑的欲望也不一定釀成神經病，它們可以化裝偷入意識閾而求滿足。夢、幻想、神話之類都是原始欲望的化裝。悲劇也是如此。弗洛伊德最歡喜談「俄狄浦斯情意綜」（Oedipus complex）。這個名詞就出於索福克勒斯的一部悲劇。他以爲弒父娶母是一個極強烈的原始欲望，它在《俄狄浦斯》這部悲劇中赤裸裸地流露出來而得滿足了。我們每個人都有「俄狄浦斯情意綜」，看這部悲劇時無心地把自己擺在主角的地位，被壓抑的欲望於是得間接的滿足，所以發生喜感。

這種風靡一世的學說能使我們滿意麼？要接受弗洛伊德的結論，須先接受他的「隱意識」這個大前提。這個前提在心理學本身的領域中還沒有站得穩，我們最好不要過於趨時，把它應用來解釋文藝。

弗洛伊德的「發散治療」這個名詞使我們聯想到亞理斯多德在《詩學》中所說的catharsis。這個詞是二千年來學者聚訟的焦點，與悲劇喜感的問題關係尤其密切，因爲它和近代心理學有淵源，所以我們不顧歷史的次第，把它延遲到現在才討論。

《詩學》第六章悲劇定義中有一句話，說悲劇「藉引起哀憐和恐怖的情節，完成這些情緒的catharsis」。以前學者大半都把catharsis這個字釋作「淨化」，以爲悲劇可以淨化哀憐和恐怖兩種情緒中不潔的成分，所以有道德上的效用。十九世紀德國學者貝內斯（Bernays）才考定catharsis是醫學上的一個術語，意爲「發散」，這個解釋現在已得一般學者的公認。「發散」是一種治療法。例如：體膚有膿汁淤積成腫毒時，可以用藥「發散」去。古希臘人常患一種宗教狂，情感過度興奮，以致心神不寧。他們醫治這種病的方法是使病人聽一種狂熱的音樂。音樂把作祟的情緒「發散」了，病自然痊癒。因此亞理斯多德在《政治學》中提到音樂的catharsis。音樂能「發散」宗教狂，就因爲它能發洩淤積的強烈的情緒。《詩學》中所用的catharsis意義當然也和《政治學》中所用的相同。人生來就有哀憐和恐怖兩種情緒，如果不發洩，也可以淤積起來，釀成苦悶。悲劇給這兩種情感以發洩的機會，所以能引起喜感。

觀此可知亞理斯多德的學說近於弗洛伊德的學說，不過比弗洛伊德說較爲精當。他單提「哀憐」（pity）、「恐怖」（terror）兩種情緒，或只是隨意舉例說明，不一定說悲劇所能「發散」的情緒只限於這兩種。他在《倫理學》中說過：「活動不被阻撓者（unimpeded activity）就是快樂。」這個定義也可以拿來和悲劇的效用相印證。活動是生命的特徵，情感是活動的一種。人須生存，便須活動，便須發洩情感。「發洩」是自然界一個普遍的需要，是生命的別名。喜必露於笑，悲必露於哭。這種普遍的需要不滿足，痛苦就跟著來。普通語言中「憂鬱」、「苦悶」連著說，「舒暢」則和「快樂」同義，可見得「憂」由於「鬱」，「苦」由於「悶」，「舒暢」而後「快樂」，是一般人所公認的。叔本華以爲生命充滿著苦惱，尼采以爲悲劇發源於音樂，是苦悶從心坎迸出的呼號，這話都很眞確，只是他們的結論未免怪誕。他們不曾覺到隱憂沉痛之際，放聲一哭，心頭就輕鬆愉快麼？苦悶的呼號接著就是發洩後所應有的快慰。悲劇能生喜感，就是因爲它能使人在想像的情境中發洩情感。這就是亞理斯多德所謂悲劇的catharsis。

照這樣說，實際的悲劇和藝術的悲劇不是沒有分別麼？弗洛伊德派學者除了用「化裝」一個觀念之外，似乎把實際上的情緒與藝術上的情緒看作一回事。亞理斯多德卻把這個分別看得很清楚，所以他的悲劇定義中又有「飾以詞藻」的話。用近代語來說，悲劇單引起「哀憐」、「恐怖」等情緒還不夠，還要「出以藝術的手腕」。所以悲劇的喜感不單起於情緒的發洩，尤其重要的是起於藝術的欣賞。

五

悲劇是一種藝術作品，觀悲劇是一種美感經驗。我們在首二章中已詳細說過，美感經驗起於形象的直覺，在觀賞的一剎那中，我們忘卻實際的利害，專站在客觀地位，把世界和人生當作一幅熱烈燦爛的圖畫去看。同是災禍，在實際人生中只能引起我們的哀憐和恐怖，我們不能把這種哀憐和恐怖化爲喜感；在悲劇中它也引起哀憐和恐怖，但是藝術的欣賞把哀憐和恐怖所帶的痛感的成分消淨，所餘的只是美感。窮到究竟，「悲劇何以發生喜感」的問題就是「藝術的欣賞何以能消淨哀憐和恐怖所帶的痛感」的問題。

這個問題的答案以第二章所說的「心理的距離說」爲最圓滿。在實際人生中遇見災禍，如行船遇海霧，心裡只驚怖臨頭的危險；在悲劇中遇見災禍，如站在客觀的地位看海霧，只嘆賞它的景致美妙。換句話說，在悲劇中我們在目前情境和實際人生之中留出一種適當的「距離」來。這種「距離」不可太遠，太遠則不能取實際經驗來印證，無從了解；也不可太近，太近則太關切身利害，結果不免使實用的動機壓倒美感。在成功的悲劇中「距離」不太遠，因爲它所表現的是合於情理的事實；也不太近，因爲悲劇的語言是經過藝術陶鑄出來的，它的人物和情節是想像的，不尋常的，於近情理之中卻含有若干不近情理的成分，不至使觀者誤認戲劇爲實際人生。凡是眞正的悲劇都絕對不是寫實的；凡是善於觀劇的人也絕不讓尋常實用的情緒來混亂美感。這個道理最好拿布洛所舉的《奧賽羅》的例子來說明。莎士比亞這部名著描寫一個名將因信讒言疑心妻子不忠實。如果本來也疑心妻子的人去看這部戲，他應該比較一般人能了解奧賽羅的妒忌心理；但是因爲悲劇情節太和自己的經驗相像了，他不免回味自己的苦痛，而不能把心放在戲上。因此，他雖然因觀劇而發生熱烈的情感，而卻不是愉快的美感。這就是因爲他把「距離」擺得太近的緣故。如果信弗洛伊德派學者的話，看悲劇也是帶假面具去滿足被壓抑的欲望，那就是沒有「距離」，所生的情感便不是美感了。亞理斯多德的「發散說」如果沒有「飾以詞藻」一句話去糾正，也就要犯同樣的毛病了（詳見第二章）。

總而言之，情感在悲劇中「發散」和在實際生活中發洩是不同的。悲劇所表現的世界在觀賞者的心中是一個孤立的世界，和實際利害相絕緣。觀賞者在聚精會神觀賞劇中情節時，不知不覺地隨流旋轉；他在過一種極濃厚的生活，他在盡量活動，盡量發散情緒；但是這種生活，這種活動，這種情緒都和他日常所經驗的完全是兩回事。它們帶著活動和發散所常伴著的愉快，而卻不帶實際生活的憂慮和苦惱。這是悲劇的喜感的特質。

觀此可知「悲劇何以發生喜感」和「自然醜何以能化爲藝術美」（參看第十章）是一個道理。悲慘的情境和自然醜都只是生糙的材料。須經藝術加以陶鑄，給以新生命，然後才能引起眞正的美感。因此，悲劇的喜感和一團美感一樣，都是起於形象的直覺（參看第一章）。從前討論這個問題的學者如杜博斯注重「這是虛幻」的意識，休謨注重「雄辯」的影響，叔本華注重「生存欲」的消失，尼采注重阿波羅的意象和狄俄倪索斯的熱情相結合，本來都已隱約窺見悲劇喜感問題的正當答案。他們都沒有把它握住，或是因爲分析不澈底（如杜博斯和休謨），或是因爲誤於哲學成見（像叔本華和尼采）。〔參看作者用英文寫的《悲劇心理學》（K. T. Chu: *The Psychology of Tragedy*, 1932, Strassburg.）〕

第十七章　笑與喜劇

一

柏拉圖在〈會飲篇〉裡說過蘇格拉底的一件軼事。有一晚，蘇格拉底和雅典少年討論戀愛問題，痛飲通宵。到天明時坐客都昏昏欲睡，只有蘇格拉底一個人還是清醒的，仍然向坐客滔滔清辯。一位新加入的飲客也喝醉了，他彷彿聽見蘇格拉底「逼得其餘兩個人承認喜劇和悲劇在精神上是相同的，長於悲劇者也一定能做喜劇。他們不得不承認，因為他們都喝醉了，沒有十分聽懂他的理由。」這是一件可惜的事。假如他們少喝幾杯，把蘇格拉底所說的悲劇和喜劇相同的理由記下來傳給我們，也許我們在討論悲劇之後，可以少費些精神來討論喜劇。

悲劇和喜劇的心理有一點相同，是我們立刻就可以看出來的。它們都是一樣難捉摸，一樣可以容納許多互相矛盾的意見。從柏拉圖以來二千餘年中學者對於「悲劇的喜感」這個問題固然仍是莫衷一是，對於喜劇的官司也還沒有打得了結。

問題本來似乎很簡單的。喜劇何以能引起快感呢？我們聽到某一種話，看到某一種人物，或是處在某一種情境，何以發笑呢？何以覺得暢快呢？這種快感是否盡是美感呢？我們先把重要的學說介紹出來，加以討論，然後再參較事實，尋出一個試用的結論來。

我們在上章已經談過，有一派學者以爲悲劇的喜感是幸災樂禍的表示，最早而且最流行的喜劇學說也是著重幸災樂禍的心理。柏拉圖在〈斐利布斯篇〉對話裡說：

「悲劇的觀眾常在淚中帶笑，你記得麼？」

「我自然記得。」

「就是看喜劇時心裡也是悲喜交集，你覺得不？」

他分析這種情感，以爲它起於妒忌，於是接著說：

「我們剛才說過：不美而自以為美，不智而自以為智，不富而自以為富，都是虛偽的觀念。這三種虛偽觀念弱則可笑，強則可憎。假如我們的朋友存著這些虛偽觀念而對於他人卻無損害，他們不只是可笑麼？」

「自然可笑。」

「他們的這種蒙昧算不算是一種災禍呢？」

「是的。」

「我們笑他們時，是暢快還是苦痛呢？」

「顯然覺得暢快。」

「見到朋友的災禍而覺得暢快，這不是由於妒忌麼？」

「是的。」

「照這樣看，我們笑朋友的愚蠢時，快感是和妒忌相聯的。我們已承認妒忌在心理上是一種痛感，然則拿朋友的愚蠢作笑柄時，我們一方面有妒忌所伴的痛感，一方面又有笑所伴的快感了。」

柏拉圖這一段話是喜劇心理學的發軔點，它一方面拿妒忌作笑的動機，爲後來霍布斯的「鄙夷說」所自出；一方面又指出悲劇和喜劇的關聯，說明喜劇同時具有快感和痛感，這個主張在近代也有附和者。

二

亞理斯多德的《詩學》中論喜劇的一部分已經散失。就所存的殘編斷簡看，他的主張也很近於「鄙夷說」。他說：「喜劇所模仿的性格較我們自己稍低下，但所謂低下，並非全指凶惡。可笑性只是一種醜。」照這樣說，笑的對象和憎的對象有分別。凶惡可以令人憎，無傷大節的拙劣才可令人笑。我們對於所笑的人物常不覺其可憎，許多著名的喜劇角色有時甚至是很可愛的。亞理斯多德以喜劇爲藝術取丑爲材料的實例，也是很可注意的一點。

「鄙夷說」的重要的提倡者要推英國哲學家霍布斯。他在《人類本性》（*Human Nature*）裡說：

有一種情感還沒有名稱，它的表徵就是我們所稱為「笑」的面容變化。它通常是快感，至於它是怎樣的快感，以及笑時心中所想的是什麼，何以覺得高興，向來還沒有人說過。如果說它起於「巧慧」或「詼諧」，這不免與事實不符，人們遇到不尷尬的失儀的事，雖然其中沒有什麼「巧慧」或「詼諧」，仍然是發笑。大家看慣的事物，就變成平淡無奇，也不足令人發笑。凡是令人發笑的必定是新奇的，不期然而然的。人有時笑自己的行動，雖然它並不十分奇特。人也有時笑自己所發的「詼諧」，尤其是愛人稱讚的人。就這些實例說，笑的情感顯然是由於發笑者突然想起自己的能幹。人有時笑旁人的弱點，因為相形之下，自己的能幹愈易顯出。人聽到「詼諧」也發笑，這中間的「巧慧」就在使自己的心裡見出旁人的荒謬。這裡笑的情感也是由於突然想起自己的優勝。若不然，藉旁人的弱點或荒謬來抬高自己的身價，究竟是怎麼一回事呢？如果我們自己或是休戚相關的朋友成為笑柄，我們絕不發笑。所以我可以斷定說：笑的情感只是在見到旁人的弱點或是自己過去的弱點時，突然念到自己某優點所引起的「突然的榮耀」（sudden glory）感覺。人們偶然想起自己過去的蠢事也常發笑，只要他們現在不覺到羞恥。人們都不歡喜受人嘲笑，因為受嘲笑就是受輕視。

霍布斯的「突然榮耀」說在近代頗多附和者。英國的倍恩（A. Bain）和薩利（Sully）、德國的谷魯斯（K. Groos）、法國的拉穆來（Lamennais）和美國的莎笛斯（Boris Sidis）諸人都接受他的要旨而略加更改。笑有時的確是表示鄙夷的。在奸險的人，笑往往是惡意的遮面具，所以有「笑面虎」和「笑裡藏刀」之說。不過「突然榮耀」說並不可以解釋一切事實。兒童的笑是天眞的流露，同情的笑是親善的表示，在風和日暖時對著花香鳥語的微笑是生存歡樂的表現，都絕不能說是由於感到「突然的榮耀」。「鄙笑」（scorn）只是笑的一種，霍布斯的錯誤在把一切笑都當作鄙笑。

三

柏格森（H. Bergsoa）的笑的學說在近代也很重要，很可以拿來和霍布斯說相較。霍布斯以爲笑起於兩種發現，一是發現旁人的欠缺，一是發現自己的優勝。柏格森也注重發現旁人的欠缺一點，但是他拿糾正這種欠缺的念頭來代替自豪的心思，所以笑雖起於發現旁人的欠缺而卻不必含有惡意。依他看，笑有三大特點。第一，笑的對象限於人事。只有人才可笑，自然景物有美有醜，有可愛，有可惡，卻沒有可笑者。見動物或用器而發笑者大半因爲它們而聯想到人的拙劣。第二，笑是不關痛癢的，和強烈的情緒絕不相容。在見人言動拙劣而起哀憐或憎惡時，我們絕不會發笑。既然笑，心中便沒有深厚的情感。笑的趣味完全是理智的。第三，笑須有回聲，須有附和者。單獨一個人很不容易發笑，笑要有同情的社會來推波助浪。這種社會是有限制的。某種社會中的人對於某種笑話才會發笑。

同是一個笑話換一個社會就不易引人發笑，所以喜劇最難翻譯。

柏格森從這三個特點去尋笑和喜劇的來源，以爲它在「生氣的機械化」，在「把有生氣的和機械的嵌合在一塊」。比如說，一個行路人猛然跌倒，是一件可笑的事。假如他出於本意地坐在地上休息，就沒有什麼可笑。這就因爲他遇到障礙物而不能隨機應變，仍然很機械地用原來的步法走。他跌倒是表示他「心不在焉」，表示他笨拙，表示他像一件無生氣的機械。凡是惹人發笑的人物和情境都可作如是觀。比如丑角模仿旁人的動作姿勢，愈逼眞愈惹人發笑，是什麼緣故呢？有生氣的東西是瞬息萬變的，沒有兩個人的面孔完全相同，一個人的動作姿勢也不會前後完全一樣。一個人可以把旁人的動作姿勢模仿出來，那就顯出那種動作姿勢像機械的活動，缺乏生氣應有的靈變了。凡是機械的動作都缺少彈性，都是把某一種活動復演到無窮止，環境儘管千變萬化，而它的應付的方法卻依然如故。無論是個人的行動或是社會的風俗制度，一到了變成呆板不合時宜的時候都可以成爲笑柄。從前有一只船剛抵法國海岸就沉沒了，法國關吏去救乘客的命，慌忙間第一句話就是：「你們有什麼東西要報關麼？」一位退伍的老兵改充堂倌，旁人戲向他喊「立正」時，他就慌忙把兩手垂下，讓所捧的杯盤落地打碎。這兩個例子都是以有生命之物而呈現無生氣的機械動作，所以惹人發笑。許多引人發笑的情境雖然在表面看來不能納入這個公式裡，但是仔細分析起來，都可以看成生氣的機械化。喜劇家的本事就在拿這種情境和人物來引人發笑。莫里哀所描寫的醫生、律師、守財奴以及扮紳士氣的暴發戶種種喜劇角色，都是帶有幾分木偶氣的人。

生氣的機械化何以可笑呢？要明白這個問題，我們就要談到笑的功用了。生命就是變化。要使生命美滿，我們的心靈一要緊張，二要有彈性，才能隨機應變。假如缺乏這兩種生命的要素，縱使幸而可免生存競爭的淘汰，對於日常生活的粗淺的需要能夠應付得大致不差，也終不免露笨拙醜陋的言動。這種笨拙醜陋的言動就是喜劇。它雖不是生命的危機，卻是生命的美中不足。社會想生命盡美盡善，想每個分子都緊張而有彈性，不至於機械化，所以遇到笨拙醜陋的言動就以笑報之。笑是一種警告，也是一種懲罰。發笑者對於笑者彷彿是做一個姿勢，使他覺悟自己的笨拙醜陋，立刻加以改正。笑既有這樣的一個實用目的，所以柏格森以爲笑的情感不純是美感，喜劇也不能歸到純粹的藝術裡面。但笑雖不純是美感，它既是社會要求生命盡美盡善的表示，也就含有若干美感在內：

笑既是追求普遍完美這個實用目的（無意識的，有時並且是不道德的），所以不是生於純粹的美感。但是它卻也有幾分美感，因為社會和個人在能超脫生存的急需時，把自己當作藝術品看，然後才有喜劇。總而言之，損害個人或社會生命的動作和習性，有自然結果去懲罰它。如果我們畫一個圓圈把這些動作和習性包括起來，則在這個騷動和衝突的領域之外還另有一個中立圈，其中人與人相見，在身體心靈性格各方面仍不免流露醜拙。這雖無傷大體，但是社會為使每個人都具有最高限度的彈性和處群的能力起見，卻也不能容留它。這種醜拙就是喜劇，笑就是對它們的懲罰。

柏格森的學說自然含有片面的眞理。拘守陳規的小吏，賣弄文字的書蠹，以及戲臺上傀儡似的丑角，都可以拿來說明「生命的機械化」這條原理。不過柏格森的錯誤和其他哲學家的錯誤一樣，在想把繁複的事例勉強納到一個簡單的公式裡去。他要拿笑來證明他的「生命就是變化」這個哲學前提。合這前提的他極力鋪張，不合這前提的他一概抹煞。像霍布斯一樣，他也沒有顧到嬰兒的笑。他沒有顧到人像傀儡像機械固然是笑柄，像牛像驢時雖不能說是生氣的機械化，也還是可令人發笑。他沒有顧到人像機械固然可笑，機械像人也可以令人展頤，近代影戲中就常用這種玩藝。柏格森的學說還有一個最大的缺點，就是只解釋笑的起源和功用，而沒有解釋笑時何以發生快感。他把笑完全看作理智的產品，對於它的情感一方面則完全忽略了。

四

柏格森把笑完全看作理智的產品，就這一點說，他的學說和德國哲學界所流行的「乖訛說」（incongruity）或「失望說」（nullified expectation）頗相類似。依這個學說，可笑的事物大半是不倫不類的配合；我們根據尋常事理所起的期望如此，而結果卻不如此，笑便是期望消失的表現。一個人聽見衣櫥裡有聲響，以為是老鼠，把它打開來看，才知道藏在裡面的是他的嬸母，他於是不由自主地發笑。這就是「失望說」的最好實例。嬸母在衣櫥裡是一種不倫不類的「乖訛」，他原來沒有「期望」她在那裡，她在那裡是出乎意料之外，所以令他發笑。

這個學說的來源極早，亞理斯多德在《修辭學》裡便已提及，近代附和者極多，不過最重要者是康德。他在《審美判斷的批判》裡說：「一種緊張的期望突然歸於消失，於是發生笑的情感。」不過期望的消失本身並不能直接引起快感，快感是體力恢復平衡的結果。他曾經舉過這樣的一個實例：「假如有人談這麼一個故事：一個印度人在蘇拉鎮上的英國人家看見一瓶啤酒打開時蒸發成泡沫流出，不禁連聲驚訝。英國人問：『有什麼奇怪的事？』印度人答道：『它流出來我倒不覺奇怪，我所驚訝的是原先你怎樣把它裝進瓶裡去？』我們聽到這個故事就發笑，並且覺得很大的快感。這並不是因為我們想到自己比這位無知的印度人聰明，也並不是因為理智能夠發現其他愉快的理由。它是由於我們的期望漲到極點時突然消失於無形了。」

康德沒有詳細說明他的道理，後來叔本華才把它加以引申。依他說，笑起於期望的消失，而期望的消失則起「感覺」和感覺所依附的「概念」有乖訛。他舉過這樣一個實例：巴黎某戲院的觀眾，有一晚要求奏〈馬賽曲〉，經理不允許，大家就擾鬧起來。一位警察站上臺去維持秩序，說照例凡是沒有登在戲的節目裡面的東西都不能演奏。聽眾之中有一個喊著問：「警察先生，你自己呢？你登在戲的節目裡面麼？」全場聽到這句話都哄然大笑。叔本華以為一切笑話都可以作如是觀。「登在節目裡的才能演奏」是一個「概念」（conception），即通常所謂大前提。「警察的解釋不在節目裡」是一種感覺（perception），即通常所謂小前提。我們原來沒有期望把這個感覺納在上述的概念中去想，把它們混在一起是出於意料之外，所以引起我們發笑。依叔本華看，一切笑話都可以化成第一格的三段論法，其中大前提是不周延的，小前提是出於意料之外，僅含貌似眞理的。

近代心理學家中贊成「乖訛說」者頗多，並且替它尋出實驗的證據。我們都知道，呵癢最易使人發笑，尤其是被呵者爲兒童。但是呵者一定是旁人。自己呵自己絕不會發笑，如果呵者預先警告被呵者，說要呵他的某部體膚，然後再去呵它，他也不會發笑。但是說要呵他，作起勢來忽然又停手不呵，他也會發笑。法國心理學家杜蒙（Léon Dumont）根據這種事實證明笑是起於失望和驚訝。美國心理學家馬丁女士（L. J. Martin）曾經採用若干可笑的事物試驗過六十人，同時把許多關於笑的學說解釋給他們聽，叫他們內省自己發笑時的經驗，看哪一家學說最能解釋笑的事實。大多數受驗者都以爲叔本華說爲最圓滿。笑既起於驚訝，則某種笑話既被人聽慣變成熟爛陳腐之後，照理即不能再引人發笑。美國心理學家浩林司瓦茲（H. L. Hoelingsworth）在這方面曾經做過一番研究，據他的結論，可笑的事物都必有令人驚訝的成分。

這個許多哲學家和科學家所公認的學說可以完全解釋笑和喜劇麼？笑固有時起於意料之外的「乖訛」，但是出於意料之外的「乖訛」不盡能引人發笑。倍恩說過，殘廢人負重載，蒼蠅陷油漆，五月飛雪，父不慈，子不孝，以及一切欺詐暴戾的行爲都可以說是出於意料之外的「乖訛」，何以我們不覺得它們可笑呢？這是「乖訛說」的第一難點。有時在意料之中的事情也可以引人發笑。薩利說過，假如我們預先做好一個圈套，引傻子「上當」來開玩笑，他怎樣「入彀」，怎樣「落阱」，都是我們預料所及的，我們卻仍發笑。《紅樓夢》中「王熙鳳毒設相思局」一段故事就是一個好例。這是「乖訛說」的第二難點。但是它的最大難點還不在此。笑是突如其來、不假思索的。每個人不都是哲學家，我們就難說每個人在發笑時都存有康德所說的「預期」，或是叔本華所說的把「感覺」納入「概念」裡去思索。康德和叔本華的笑的心理學渾身都是理智主義，我們現在知道了，理智在心理上的威權並沒有他們所想的那樣浩大。所以我們對於這種完全根據理智的「乖訛說」，至多也只能承認它含有一部分眞理，不能全盤接受它。

五

英國心理學家斯賓塞也是相信「乖訛說」者，但是不從理智的觀點出發。從來學者都沒有注意到笑的生理變化和心理變化的關係，斯賓塞才是研究這種關係的第一個人。我們討論「藝術與遊戲」時曾經提及他的精力過剩說。他的笑的學說還是根據精力過剩的原則。精力過剩時須求發洩於筋肉動作，而發洩的途徑往往向抵抗力最小的一方面。我們的筋肉哪一部分抵抗力最小，最容易感受情感的變化呢？第一是語言器官。口部筋肉最細小，所以最便運動，情感微有變化，口部筋肉立刻就把它表現出來。其次是呼吸器官。情感興奮時需要養化血液較多，所以呼吸比較急促。這兩處筋肉都是所謂「抵抗力最小」的地方，所以過剩精力先從這兩處發洩。發洩時於是有笑的容貌和聲音。

但是我們何以恰在發笑時有過剩精力呢？斯賓塞以爲這是由於「下降的乖訛」（descending incongruity）。什麼叫做「下降的乖訛」呢？我們最好舉一個實例來說明。比如在玩馬戲時，一位跳繩人一步跳過四匹馬背，後面一位丑角也鄭重其事地作勢跟他跳，但猛然出於意料地停止，在馬身上掃去一點灰。這種微細的動作和原來的浩大準備姿勢太不倫不類，是一種「虎頭蛇尾」的「下降的乖訛」。他原來作勢跳馬時，我們正聚精會神地期待一個重大事件，正準備大量的精力來看他顯驚人的本領，結果他只在馬身上掃去一點灰，我們原來所準備的精力便無所用而成過剩。這過剩的精力向抵抗力最小的顏面和呼吸器官發洩爲筋肉動作，於是才有笑。有時事變超過期待，所準備的精力不敷應用。這是「上升的乖訛」，結果不是笑而是驚奇（wonder）。

斯賓塞的「下降的乖訛」說在近代影響頗大。立普斯和弗洛伊德兩人的學說都是從它發揮出來的。現在先講立普斯說。

斯賓塞從生理學觀點立論，他所要解釋的是笑何以發生；立普斯從心理學觀點立論，他所要解釋的是笑所伴著的情感。他的要旨在把康德的期望消失說和斯賓塞的精力過剩說合併起來。在他看，可笑的情境都生於「大」、「小」的懸殊。注意力正集中於「大」時，猛然跳出「小」來，它於是移注於「小」。這時的情感就是喜劇的情感，它卻不純是快感。專就質言，期「大」而得「小」的失望原來帶有幾分痛感。但是就量說，準備的心力多而花費的心力少，心中卻有一種「綽有餘裕」的快感。喜劇的情境都是「大」和「小」的對比，「大」者一定在先，「小」者一定在後，「小」獨立不見其可笑，和「大」相形才見絀。喜劇的情境不可無「大」，但是可笑者不在「大」而在「小」。比如大人戴小人帽，和小兒戴大人帽，同爲可笑，而可笑的理由卻不同。在看大人戴小兒帽時，我們先注意到人，預期這樣大人所戴的帽子一定和他的身材相稱，他的頭上偏有一頂不倫不類的小兒的帽子在那裡聳起。人的「大」把帽的「小」映得格外分明，所以可笑者是帽不是人。在看小兒戴大人帽時，我們先注意到帽，預期這樣一頂大帽下面一定有一個身材相配的人，但是他偏在小孩的頭上。帽的「大」把人的「小」映得格外分明，所以可笑者是人不是帽。

我們對於這個「言之成理」的學說應該如何看待呢？這要分兩層說。第一層，專就笑的生理學來說，暫時還沒有圓滿的解釋，斯賓塞說是比較近於情理的。不過批評「遊戲起於精力過剩」說的理由，也可以應用來批評「笑起於精力過剩」說。如果笑由於精力發洩，精力既已發洩之後即不能有笑，而好笑者遇到可笑的事往往愈笑愈起勁，這顯然難用精力過剩說來解釋。第二層，專就笑的心理學而言，「下降的乖訛說」除了一般「乖訛說」所有難點之外還另有它的特殊的難點。可笑的「乖訛」不盡是下降的。伊斯特曼（Eastman）說過，上面作跳馬勢的丑角猛然停住替馬掃去一點灰固然可笑，但是在掃灰之後他如果出於意料地又跳過馬背，也還是可笑，這一次的乖訛卻不是下降的。薩利在他的《論笑》裡攻擊立普斯說的理由也頗充足。在發笑時我們所注意到的是整個的情境，並沒有功夫去分析它的部分的大小先後。笑是突如其來的，我們並不曾拿「大」的觀念來比較「小」的觀念。比如立普斯所引的實例，大人戴小兒帽和小兒戴大人帽，可笑者本都只是一個整個的乖訛的情境，立普斯強立分別，以為前例可笑者是帽而後例可笑者是人，實在不明白知覺的特質。薩利說這番話時，完形派心理學還沒有出世，現在完形派心理學已明白告訴我們，知覺是先統觀整體而後以整體定部分的，立普斯說更難成立了。

六

康德的期望消失說和斯賓塞的精力過剩說，就心境由緊張而弛緩一個意義說，和「自由說」（liberty theory）有關聯。法國的彭約恩（Penjon）、英國的倍恩、美國的杜威和克來恩（Kline），都是主張「自由說」的代表。倍恩說：「笑是嚴肅的反動。我們常覺得現實界事物的尊嚴堂皇的樣子是一種緊張的約束；如果突然間脫去這種約束，立刻就覺得喜溢眉宇，好比小學生在放學時的情形一樣。」最難堪的約束就是心裡本不想如此而面上卻要扮得如此。如果心裡覺得怎樣，面上就表現怎樣，那就是沒有約束了。比如在做禮拜時，大家都很嚴肅虔敬地祈禱，猛然有一個人睡著打呼鼾，如果你眞虔敬，自然厭惡他褻瀆神聖，否則你會覺得他的呼鼾彷彿像沉悶天氣中的偶然起來的涼風，給你一種輕鬆的感覺，使你從心裡笑出來。禮節愈嚴重時，愈使人覺得些小的失儀爲可笑。戎裝盛服的軍警，拘謹矜持的文吏，假扮面孔的僞善者，以及一切名存實去的禮俗制度和信仰都是極好的笑柄。這都由於我們以不是自然流露的嚴肅爲苦事，一遇到機會就要把它擺脫。

推廣一點說，現實世界和實際生活都是人生一種約束。笑也有時起於解脫這較廣義的約束。現實世界是有條理法則的，所以乖舛錯誤常能引起我們發笑。現實世界好比一池靜水，可笑的事好比偶然吹起的微波，笑就是對於這種微波的欣賞。文化和自然常處在對敵的地位。文化愈進步，生活愈繁複，約束也愈緊張，自然也就愈不容易呈現。現代人個個都不免帶有幾分假面孔，把自然傾向壓下去，來受禮俗制度以及種種實際需要的支配。維持這種緊張狀況須費大量心力，所以是一件苦事。在嬉笑戲謔時，我們暫時把面具揭開，來享受一霎時的自由人的歡樂，所以彭約恩說：「笑是自由的爆發，是自然擺脫文化的慶賀。」

這個「自由說」和弗洛伊德派的學說頗相近，後當詳論。笑有時是起於自由的恢復，兵士在劇戰和久圍之後最喜笑謔，就是一個明證。但是「自由說」也有時不能適用。嚴肅者處處嚴肅，並不因其常緊張而在笑中尋解脫；好笑者處處好笑，也不因其少緊張而無須發笑。我們終日勞作，晚間坐下休息，也是由緊張而弛緩。這時候如果有親朋助興，笑謔固然容易起來，如果單獨一個人，就絕不會發一陣狂笑來慶賀自由的恢復了。像柏格森所說的，笑不能離去社會的成分，由緊張而弛懈的變動雖是笑的助力，卻不必是它的主因。

七

「精力過剩說」和「自由說」都隱含笑爲遊戲的意思。笑是不是一種遊戲呢？英國薩利、法國杜嘉（Dugas）和美國莎笛斯都是主張笑爲遊戲說者。薩利說：「我們在發笑時和在遊戲時的心緒是根本相同的。」他分析許多可笑的情境，以爲它們都有遊戲的成分在內。「姑先就對於新奇怪誕的事發笑來說，這不全是由於遊戲的衝動麼？我們笑新奇怪誕，就由於暫時故意不把事認眞，不顧到事物的實際上的、理論上的乃至於美感方面的性質和意象，專拿它們當玩具玩，以圖賞心娛目。再譬如一位新來客破壞了一條規則，我們向他發笑，這也就是宣布這種錯誤並無妨礙，規則的破壞也可以當作一個笑柄來取樂。」莎笛斯說：「可笑的事物都是屬於玩具之類。小孩子們在拿玩具遊戲時要跳著笑，這是常見的。成人也歡喜拿玩具來取笑作樂。不過他們的玩具是經過化裝的，比較更爲複雜罷了……玩具的性質隨國別、年齡、環境而變遷，不過變來變去，都脫不去玩具的本色。我們藉遊戲取笑。遊戲本能就是笑的原動力。」

同是從一個觀點出發而所達到的結論往往相反，這是學問上一件很有趣的現象。譬如谷魯斯和伊斯特曼也都是持「遊戲說」者，但是一個把笑看作惡意的，一個把笑看作善意的。在谷魯斯看，笑是爭鬥本能見於遊戲，後來又加上乖訛的觀念來助長勢力。所以他的學說是「鄙夷說」、「乖訛說」和「遊戲說」所混合成的。伊斯特曼則取麥獨孤的本能定義做標準來分析詼諧（humour），以為詼諧就是一種本能，我們有詼諧本能，所以能拿遊戲態度來看事物。連失意的事也可以變成快感的來源，只要我們能拿「一笑置之」的態度來看它。他說過這樣一段很有意味的話：

穆罕默德自誇能用虔信祈禱使山移到面前來。一大群徒弟圍著來看他顯這種本領，他儘管祈禱，山仍是巍然不動，他於是說：「好，山不來就穆罕默德，穆罕默德就去就山罷。」我們也是同樣的竭精殫思來求世事恰如人意，到世事盡不如人意時，我們說：「好，我就在失意事中尋樂趣罷！」這就是詼諧。詼諧就像穆罕默德走去就山。它的生存是對於命運開玩笑。

這種詼諧本能和合群本能是互相攜手的。笑就是親善的表示。「語言之外，笑是把社會聯絡在一起的最重要的媒介。它似乎是人類合群本能中一個要素，表示人不是甘於寂靜躺在同類的身旁咀嚼的動物，表示合群是他的天然的活動，也是他的極大的快樂。微笑是普遍的歡迎符號，大笑是向碰到的朋友致敬禮，都是一種很確定的親善的表示。笑就是說：『對，不錯』，『好！』『我和你同情』，

『我看見你眞高興！』一聲微笑是使兩個人相接近的媒介，不笑就是明白的告別。」

伊斯特曼的這個學說不但和霍布斯的「鄙夷說」適相反，就是和柏格森的「笑爲社會的懲罰說」也不相容。他的「笑爲快樂的表現說」是和常識相符合的。達爾文研究笑的顏面表現，結論也是如此。它可以補救霍布斯和柏格森兩說的欠缺。不過他把「鄙笑」置之不論，也是一個弱點。至於他和杜嘉、薩利諸人所共同主張的「遊戲說」，也可以包涵「自由說」而卻可以免去「自由說」的弱點，在近代各家學說之中可以說是最合理的。我們承認笑是一種遊戲，不僅使遊戲和藝術的關聯更加顯著，而且把笑的實用目的丟開，使嬉笑和詼諧的情感成爲一種眞正的美感。柏格森不承認笑爲純粹的美感，就因爲他以爲笑有改正醜拙言動一個實用目的，沒有顧到笑的遊戲性。

笑雖是一種遊戲，卻不完全和遊戲是一件事，如薩利所說的。笑是不由人意的，突如其來的，被動的；遊戲大半是有意的，主動的，可隨時進行隨時停止的。笑是人類所特有的（雖然少數學者說最高等動物也有能表現近於笑的面孔者，這究竟是例外）。遊戲則爲人和一般動物所公有的。我們可以說，笑是一種進化程度較高的遊戲。眞正的笑都是突如其來、不假思索的，所以也是形象直覺的結果。

八

現代關於笑和詼諧的學說除柏格森說之外，自然以弗洛伊德的「心力節省說」爲最重要。我們故意把它留到現在才講，因爲它是「精力過剩說」、「自由說」、「遊戲說」以及「鄙夷說」的合併，要先明白這幾個學說，才能明白它的意義和價值。弗洛伊德在他的《詼諧和隱意識的關係》一書中並沒有討論全部喜劇心理學，他所討論的只是其中一部分，就是關於詼諧的，尤其是以文字取巧的詼諧。

他分詼諧爲兩種，一是「無傷的詼諧」（harmless wit），一是「傾向的詼諧」（tendency wit）。所謂無傷的詼諧就是「不虐之謔」，專在字面取巧。它儘管含有很深的意義，我們所得的快感卻只在它的技巧方面。它的技巧有多種，大體略似「夢的工作」，有時是「凝聚」，把幾個不同的意義聚在一起，有時是「代替」，言在此而意在彼。這些技巧都根據「節省」一個原則，一個字可以用來包涵幾個意義。海涅曾經說過這樣的一個故事：「我坐在富翁勞特齊爾德的身旁，他待我像一個平輩一樣，很famillionaire。」famillionaire這個字是兩個字合併起來的，前半是familiar，意謂「彼此很熟，很親熱，用不著客氣」，後半是millionaire，意謂「百萬富豪」。他的意思是說：「他待我像一個老朋友，可是富豪的氣派也還是在那裡。」這兩層意思在通常要用兩句話說，現在用一個字就把它說得了無餘蘊。我們初聽famillionaire這個奇怪字時，預期它有一種新奇的意義，可是了解之後，它的意義卻是我們所習見習聞的。這可以說是雙料的心力的節省。我們的快感就是由這種節省得來的。弗洛伊德又說我們嗜好這種詼諧時，是「退向」到嬰兒遊戲時的心境。所以專就「無傷的詼諧」而言，弗洛伊德的學說是從「精力過剩說」和「遊戲說」脫胎出來的。

在「傾向的詼諧」中，弗洛伊德才把他的隱意識說滲進去。「傾向的詼諧」像夢一樣，是隱意識中的欲望浮到意識中求滿足。傾向分兩種，一種是「性欲的傾向」（sexual tendency），一種是「仇意的傾向」（hostile tendency）。滿足性欲傾向的詼諧大半是淫猥的，針對異性而發，用意在挑撥性欲。一個女伶向一個求婚的富豪說她的心已許給別人了，富豪回答說：「馬丹，我的希望並沒有那樣高！」那是淫猥詼諧的好例。滿足仇意傾向的詼諧大半以壓倒旁人來取樂。「我們嘲笑仇人時惹起旁觀者發笑，他的失敗就是我們的快感的來源。有一位牧師問美國釋奴運動家菲利普斯（Phillips）說：「先生要救濟黑奴，何不到南美洲去呢？」他回答說：「先生不是以救濟靈魂爲職業麼？何以不到地獄中去呢？」這都是含有仇意的詼諧。這裡弗洛伊德的意見似乎很近於霍布斯說。性欲傾向和仇意傾向都是和禮俗制度相衝突的，在平時很難直接出現，一出現就要被意識的「檢察作用」壓抑下去。這種壓抑的支持須耗費不少的心力。在詼諧中我們採用一種取巧的辦法，將性欲傾向和仇意傾向所用的言語或動作，以遊戲態度出之，使傾向可發洩而同時又不至失禮違法，受社會的裁制。

傾向詼諧的快感是多方面的。一、像上述無傷的詼諧一樣，它可以藉文字技巧引起「遊戲快感」。二、傾向的滿足也是快感的來源。三、傾向詼諧對於心力是兩重節省，第一重是像無傷的詼諧從技巧方面所得的節省；第二重是移除壓抑所費心力的節省，這第二重節省所生的快感，弗洛伊德稱爲「移除快感」（removal pleasure）。壓抑既移除，被節省的心力於是自由發洩，見諸顏面而爲笑。在詼諧時說者自己大半不笑，笑的大半是聽者，因爲說者和聽者的心力發洩的速度不同。說者的心力發洩，好比鐘的彈簧逐漸開展出來，只能丁當丁當地慢響；聽者的心力發洩，好比炮機被觸，來勢甚促，轟然一聲地就爆發出來了。從這一段解釋看，弗洛伊德的話大半是前人所已說過的。他的新貢獻只在拿「節省心力」和「移除壓抑」兩層道理來解釋過剩精力所由來。

我們現在就來分析「節省心力」和「移除壓抑」兩個觀念。就大旨言，「移除壓抑」就是「自由說」所說的由緊張而弛緩，所不同者只是這種緊張在弗洛伊德說中起於意識和隱意識的相持，這是弗洛伊德對於「自由說」所加入的新成分。這一個說法能否成立，以弗洛伊德的隱意識說全部能否成立爲轉移。這個問題過大，不是本編所能解決。至於「節省心力」這個觀念頗有毛病。第一，「節省」不盡能引起快感。這一層道理莎笛斯已經詳細說過。凡是科學上的定律都是「心理上的縮寫」，用字有限而包涵事例無窮，可以說是一種最經濟的表現法。但是它顯然不是一種詼諧。「凡物下墜」、「生物進化」種種原則都不能令人發笑。弗洛伊德並沒有替詼諧時的「節省」尋出一個特點來。莎笛斯說：「在美感的活動中，經濟學原理是完全不能適用的。這裡的原則是『餘力』，不是『節省』。遊戲的唯一目的都在表現餘力。」第二，在詼諧技巧中心力實在並沒有節省。比如上述familionare例子，就有些像一個難字謎，很要費一番心力才能尋出它的意義。假如直截了當地說：「他待我像一個老朋友，不過還不免帶有富豪氣」，我們一聽就懂得，心力節省得更多了。所以「節省」是很難成立的。

弗洛伊德的門徒擴充他的學說者頗多，最重要的是英國谷利格（Greig）。在他看，愛的衝動被阻礙，心裡於是起移除這種阻礙的精力；這種精力供過於求，於是乃發洩而爲笑。這種學說仍然是弗洛伊德說和斯賓塞說的合併。我們對於這兩說已經詳論，所以不必再詳論谷利格說。

九

此外關於笑和喜劇的言論還很多。谷利格曾編過關於這個問題的書籍目錄，總共有三百幾十種之多。而一九二三年以後所出的書尚不在其列。這許多紛歧的意見絕非本文所能詳論，不過我們總算把重要的學說討論得很詳細了。在這些紛紛衆說之中，究竟哪一說最爲圓滿呢？哪一說是，哪一說非呢？它們都是，它們也都不是。它們都是，因爲它們都含有幾分眞理，都各能解釋一部分的事實。它們都不是，因爲它們都想把片面的眞理當作全部的眞理，都想把笑和喜劇複雜的事例納在一個很簡短的公式裡面。薩利說過：「關於喜笑的各種學說個個都不能推行無礙，就因爲在『複雜原因』特別鮮明的領域中，它們偏要尋出一個唯一無二的原因來。」這是一句至爲精確的話。笑的種類不同，笑的情境不同，發笑者和被笑者的性質不同，笑的原因也自然不一致。這個道理我們只要把諸家學說擺在一起來參觀互較，就可以見出。

第一件很刺眼的事實就是：諸家學說往往是互相衝突的。霍布斯的「鄙夷說」和康德的「乖訛說」出世最早，影響也最大。它們一從情感出發，一從理智出發。後來學者如提倡「自由說」、「遊戲說」、「隱意識說」以及「歡樂表現說」者都是從情感著眼；如叔本華、立普斯以及柏格森都是從理智著眼。柏格森並且說喜劇完全是理智的，和情感絕不相容。這是出發點的衝突。再就諸家互相比較來看，霍布斯把笑完全看作惡意的，伊斯特曼把笑完全看做善意的；柏格森說笑有實用目的，薩利說笑是一種遊戲；多數學者以爲笑是喜感，柏拉圖和後來幾位德國學者則以爲笑之中雜有痛感；柏格森以為可笑的事物是生氣的機械化，笑是社會對於個人的糾正，持「自由說」者則以為可笑的事物是板滯現實中所露的變化，笑是個人對於社會習俗的反抗；弗洛伊德以為笑由於心力的節省，莎笛斯以為心力本來有餘裕才發洩於笑。這都是完全相反的。這種矛盾如果不能證明這些學說都是錯誤，至少也可以證明它們都不是全部眞理，都各有缺點。

但是在這些互相衝突的學說中我們也可以見出關聯來。康德的「乖訛說」流衍為斯賓塞和立普斯的「下降乖訛說」，斯賓塞的「精力過剩說」流衍為「自由說」和「遊戲說」，谷魯斯拿「遊戲說」來溝通「鄙夷說」和「乖訛說」，「自由說」和「精力過剩說」又流衍為弗洛伊德的「移除壓抑說」。柏格森的學說，就其注重懲罰醜拙一點而言，半近於霍布斯說；就其偏重理智一點而言，又半近於「乖訛說」。沒有一個學說可以說是完全獨立的，也沒有一個學說可以說是和另一個學說是完全相反的。這種關聯至少可以證明諸家學說並非不能互相調和補充。

總而言之，笑的原因甚多。像呵癢所引起的笑幾乎純粹是生理的。小兒的嬉笑由於歡樂，見朋友時的笑由於表示親善。我們有時鄙笑仇人的醜拙的言動，有時對於自己的失敗以「一笑置之」，表示自己比命運強悍，拿生命作玩具來戲弄。在大多數情境中笑都是一種遊戲的活動，功用在使心境的緊張變為弛懈。笑有時是偏於情感的，仇意的詼諧和淫猥的詼諧都是要滿足自然傾向。有時它偏於理智，情境的乖訛和文字的巧合都屬於理智類的喜劇。笑是一種社會的活動，諷刺譏嘲的用意大半都是以遊戲的口吻進改正的警告。喜劇家大半在無意識中都明白這些笑的來源，把它們利用在舞臺上面，所以懂得日常生活中的笑，對於藝術上的喜劇也就能明白大要了。

笑的來源既不同，所生的快感也就不一致。笑的情感是否爲美感呢？喜劇是否屬於純粹藝術呢？這是一個極難的問題。如果肯定地回答，則我們分析美感經驗所得的不帶實用目的而觀賞形象一個原則不盡能適用。如果否定地回答，則莎士比亞和莫里哀的許多作品都須被擯於藝術之外。我們已經說過，柏格森以爲笑是社會對於醜拙言動的警告，含有實用目的，不能算是純粹的美感，但是社會所以要對於醜拙言動加以懲責，便是要求生活的美備，便是一種美感的表現。英人伽瑞特（Carritt）也以爲笑是美感的表現，是對於醜的不滿。他說：

歷來諸家解釋可笑的特性，都以為它和美是相關聯的，也是相衝突的，都以為它是一種醜陋或缺陷。至於缺陷事物之所以令人發笑者，則他們都以為我們覺得自己優勝，或是覺得自己能與這種缺陷事物相安。但是由此點更進一步，到釐定所說的缺陷、乖訛和優勝究竟是什麼時，諸家的學說就彼此分歧，莫衷一是。有人說缺陷在理智方面，有人說缺陷在身體方面，又有人說缺陷在道德方面。在我看，它只是一種美感方面的缺陷。依據克羅齊的見解，凡是美感的缺陷都是由於表現不成功。感覺到美感的失敗而對於醜陋起嫌惡時，唯一的救濟的方法就是把它表現出來。所以如果可笑的事物確是美感的，那一定是由於它能表現我們對於醜陋的嫌惡……凡是我們想看成有表現性而實無表現性的東西都是醜陋，我們意識到它的欠缺而把這種意識表現出來就是喜劇。

這段話暗合我們在第十章所說的醜的定義，以及本章所引的亞理斯多德的「可笑性是一種醜」的原則，它和柏格森的學說也很相近。一言以蔽之，笑雖非一種純粹的美感，而它的存在卻須先假定美感的存在。把生命當作藝術看，言動的醜陋也引起我們的嫌惡和訕笑。就這個意義說，喜劇的情感自然可以說是一種美感了。不過這種訕笑雖有糾正醜陋的效用，而卻不必預存一種有意識的目的。笑都是突如其來的，不假思索的，所以見到可笑的事物而發笑，自然可以說是直覺形象的結果。

附錄　近代實驗美學

第一章　顏色美

拿科學方法來作美學的實驗從德國心理學家斐西洛（Fechner，一八〇一－一八八七）起，所以實驗美學的歷史還不到一百年。這樣短的時間中當然難有很大的收穫，不過就已得的結果說，它對於理論方面有時也頗有幫助。理論上許多難題將來也許可以在實驗方面尋得解決，所以實驗美學特別值得注意。我們在以下三章中約述近代美學對於色、形、聲的實驗。

實驗美學在理論上有許多困難，這是我們不容諱言的。第一，美的欣賞是一種完整的經驗，而科學方法要知道某特殊現象恰起於某特殊原因，卻不得不把這種完整的經驗打破，去仔細分析它的成分。譬如一幅畫所表現的是一個完整的境界，它所以美也就美在這完整的境界，其中各部分都因全體而得意義。實驗美學格於科學方法，不能很籠統地拿全幅畫來做對象，須把它分析爲若干顏色、若干形體、若干光影，然後再問它們對於觀者所生的心理影響如何。但是獨立的顏色、形體和光影是一回事，在圖畫中顏色、形體和光影又是一回事。全體和部分相勻稱、調和才能引起美感，把全體拆碎而只研究部分，則美已無形消失。總之，藝術作品的各部分之和並不能等於全體，而實驗美學卻須於部分之和求全體，所以結果有時靠不住。把全幅畫拆碎而單論某形某色以尋美之所在，也猶如把整個的人剖開而單論手足臟腑以求生命之所在，同是一樣荒謬。因此，文學家和藝術家們聽到心理學家們把文藝作品拿到實驗室裡去分析，往往嗤笑他們愚昧。在他們看，文藝作品都帶有幾分飄忽的神祕性，不是科學所能捉摸到的。拿科學來討論文藝，好比拿燈光來尋陰影。

第二，個個人不一定都知道什麼叫做「美」，但是個個人都知道什麼叫做「愉快」。拿一幅畫給一個小孩子或是一個鄉下人看，問他的意見如何，他說「很好看」。他所謂「很好看」就是指「美」麼？如果追問他一句「它爲什麼好看？」他說：「我歡喜看它，看了它我就覺得愉快。」通常人所謂「美」大半都是指「愉快」，他看得很愜意，所以就說是「美」。心理學家的毛病也往往就在不分「美」與「愉快」，所以在實驗時不問：「你覺得它美麼？」只問：「你歡喜它麼？看見它覺得愉快麼？」本來一般人不明白「美」和「愉快」的分別，你就是問到美不美，他心裡也還是只想到愉快不愉快，所以心理學家就是換個字樣來問，也並無濟於事。美感雖是快感，而快感卻不一定是美感。實驗心理學只能研究某種顏色、某種形體或是某種聲音最能引起快感，卻不能因而就斷定它就是美。如果他這樣斷定，他就不免墮入「享樂派美學」的謬誤了。

我們研究近代美學實驗時，心裡應時常記起這兩個要點。在我們看，近代許多實驗都忽視了這兩個要點，所以它們的結果對於普通心理學雖頗重要，而對於文藝心理學則只能供給一點聊助參考的材料。

我們先講顏色。在圖畫、服裝、器皿和自然景物之中，顏色都是很重要的成分。近代畫家對於顏色和線形的重要爭論極烈。佛羅倫薩派頗重線形的布置，以爲圖畫的要務在製圖；威尼斯派和印象派都偏重顏色的配合，以爲圖畫的要務在著色。顏色所生的影響隨人而異，甲歡喜紅色，乙歡喜綠色，各有各的偏好。這種偏好是怎樣起來的呢？顏色心理學所要研究的就是這個問題。概括地說，顏色的偏好一半起於生理作用，一半起於心理作用。

生理的組織不同，顏色所生的影響也就隨之而異。同是一個顏色，合於某個人、某民族或是在某年齡的生理組織，不必合於另一個人、另一民族或是另一年齡的生理組織，所以甲歡喜它而乙嫌惡它。從前心理學家大半以爲顏色的偏好全起於心理的聯想作用。例如：紅是火的顏色，所以看到紅色可以使人覺得溫暖，青是田園草木的顏色，所以看到青色可以使人覺得平靜。這種聯想作用我們在下文還要詳論，它自然可以解釋一部分的事實，但是有些顏色的偏好卻與聯想無關。初出世的嬰兒沒有多少聯想，可是他對於顏色也有偏好。據拉塔（Latta）教授的實驗，有一個生來盲目者後來經醫生施用手術，把障膜割去，第一次張眼看世界，見到紅色就覺得愉快，見到黃色就發暈。這絕不是聯想作用可以解釋的。動物對於顏色也有偏好，阿米巴避紅光不避綠光，就是一個好例。有一位科學家曾經用同數蚯蚓擺在中有一孔相通的兩個盒子裡，一個盒子含紅光，一個盒子含綠光。他每點鐘開盒檢點一次，發現綠光盒的蚯蚓逐漸爬到紅光盒裡去。他又用同樣方法證明蚯蚓歡喜紅色甚於歡喜綠色。這樣低等的動物在生理方面都有適應顏色的生理組織，在人類自不用說了。

據一般實驗的結果，兒童大半歡喜極鮮明的顏色，紅、黃兩色是一般兒童的偏好。實驗時大半用兩種顏色紙或木塊擺在兒童面前，看他伸手抓某種顏色，就把它記錄下來。實驗的次數愈多，結果自然也愈可靠。每兩種顏色至少須實驗兩次，第二次須把左右的位置互換，因爲在右手方的顏色比左手方的被抓的機會較大。瓦倫汀（Valentine）教授曾經用下列方法試驗一個三月半的孩子。他把孩子擺在褥子上，自己用兩手執兩個著色的羊毛球站在他面前一英尺半路的地方讓他看。他看到孩子的眼球向某顏色移轉，就告訴助手把該顏色記下。他的眼球轉去時，他又叫助手記錄下來，把每轉動的時間也記著。每一對顏色都給他看兩次，每次的左右的次序不同，都以兩分鐘爲限。隔一天他又另換一對顏色試試。總共他用了九種顏色，作了七十二次試驗，所以每種顏色都和其他八種顏色相對比較過。他把孩子看每種顏色的各次的時間總數相加起來，和他看其餘八種顏色各項的時間總數相較，得到下列的百分比：黃，百分之八十；白，百分之七十四；淡紅，百分之七十二；紅，百分之四十五；棕，百分之三十七；黑，百分之三十五；藍，百分之二十九；青，百分之二十八；紫，百分之九。最鮮明的（就是含白的成分最多的）顏色都列在前面。

年齡漸大，顏色的偏好也漸改變。比利時心理學者在安特衛普城各學校實驗兒童的色覺，發現四歲至九歲的兒童最愛紅色，九歲以上的兒童最愛綠色。文齊（Winch）在倫敦試驗過二千學童（從七歲至十五歲），叫他們順自己的嗜好把黑、白、紅、青、黃、綠六種顏色列出次第來，發現男生的平均次第爲綠、紅、青、黃、白、黑，女生的平均次第爲綠、紅、白、青、黃、黑。再就年齡的差異說，最幼的多愛紅色，較長的多愛綠色，和比利時的結果相符合。在嬰兒時期中顏色的偏好可以說全由生理作用；年齡漸長，聯想作用便逐漸滲入。據實驗的結果，鄉間兒童比城裡兒童較愛青色，這有一部分由於青色和草木的聯想。女孩比男孩較愛白色，也由於白色和清潔的聯想。

愈近成年期，顏色的偏好就愈受聯想作用的影響，所以對於成人的顏色試驗頗非易事。據實驗的結果，美國大學生偏好白、紅、黃三色；英國男子愛好顏色的次第爲青、綠、紅、白、黃、黑，女子的次第爲綠、青、白、紅、黃、黑。這兩種結果顯然互相衝突。這或因爲種族和區域的差異。南歐和熱帶的人所好的顏色較鮮明，北歐和寒帶的人所好的顏色較暗淡。這種分別只要拿意大利畫和荷蘭畫相較，或是拿熱帶人的衣服和寒帶人的衣服相較，便易見出。

各民族感覺顏色的能力往往隨文化程度而變遷。古希臘荷馬史詩中有「黃」字和「紅」字，有意義較曖昧的「青」字，沒有「藍」字和「棕」字。在中國古書中，依我所記得的，「藍」字最早見於《荀子》（「青出於藍」）。其他各國古書中「藍」字也少見。據近代學者的調查，許多蒙昧民族（例如：Madras 的 Uralis 和 Sholagas 兩民族及 Murray 島人）的語言中都只有「紅」字和「黃」字，沒有「藍」字，「青」字也很少見。因此有人以爲「藍」的色覺起來最遲。嬰兒在九歲以下都不好藍色，也許與種族史有關。至於遲起的原因有人以爲是生理的。較原始的民族的眼膜「黃點」的色斑較強，藍色光和青色光到眼膜時就被它吸收了。有人以爲它是心理的。原始的民族不很注意青、藍二色，所以沒有替它們起名字。

顏色的偏好不僅因種族和年齡而異，就是在同一種族、同一年齡的人也有差別。以前各種實驗大半都是窺測大多數人的普遍傾向，首先顧到色覺的個別的差異者要推布洛（他的「心理的距離」說已詳第二章）。他的實驗結果是對於美學頗有貢獻的，不像從前的試驗把「美」和「愉快」混爲一談，在一切顏色實驗中它最爲重要。他的方法和從前所用的也微有不同。從前人大半取兩種或數種顏色叫受驗者看，問他偏好哪一種。布洛每次只取一種顏色給受驗者看，問他歡喜不歡喜，並且要他說出緣故來。他先後試驗過四十三個成年人，每人都看過三十種顏色。結果他發現人在色覺方面可分爲四類。

一、客觀類（objective type）：這一類人看顏色只注意到它是否鮮明，是否飽和，是否純粹。他的態度是理智的，批評的，不雜有絲毫情感的成分。他看到一種顏色，立刻就去分析它，看它的成分如何，有沒有旁的顏色夾雜在內。他對於顏色的欣賞力最薄弱，對於許多顏色都不表好惡，聽到旁人說某種顏色美，某種顏色醜，他只覺得茫然。他心中也有所謂「好顏色」，但是大半只指純粹、飽和的顏色。他好像嚴守義法的批評家，拿預定的標準來批評顏色的好壞。

二、生理類（physiological type）：這一類人看顏色，偏重它的生理的影響。他說：「我歡喜這種顏色，因爲它很溫和，看起來眼睛很爽快；我不歡喜那種顏色，因爲它刺激太烈，令人頭昏目眩。」這類人的偏好大半都很明顯，歡喜強烈刺激者偏好紅色，歡喜和平刺激者偏好青色。顏色對於他們都有溫度，有些是「熱」的，有些是「冷」的。有一個受驗者看到淺藍色時甚至於打寒顫。有時他們又覺得顏色有重量。深暗的顏色都很沉重，令他們倦悶，淺淡的顏色都很輕便，令他們欣喜。這類人極多。他們的欣賞顏色的能力雖較客觀類稍強，但是他們的注意力集中於顏色的生理影響，對於美感的欣賞還是缺乏。

三、聯想類（associative type）：這類人看顏色，往往立刻就想到和它有關聯的事物，例如：見藍色聯想到天空，見紅色聯想到火，見青色聯想到草木。這種聯想大半是很普遍的，紅色的聯想大半是火，藍色的聯想大半是天空。但是它有時也是個別的，例如：有一位受驗者見到黃青色就聯想到金雞納霜。聯想可以把以往附麗在某事物的情感移到和它發生聯想的顏色上面去。所以顏色對於這類人所引起的情感往往很強烈。「記得綠羅裙，處處憐芳草」就是一個好例。從生理的觀點看來是不常引起快感的顏色可以因情感的聯想而引起快感。例如：正藍色向來比深暗的黃青色較悅目，但是據瓦倫汀的實驗，有一個女子卻取深暗的黃青色而不取正藍色，因爲深暗的黃青色使她聯想到她所最愛的秋天景色。屬於這類者女子居多。我們在第六章已討論過聯想和美感的關係，曾否認聯想所引起的情感爲美感。依布洛說，聯想有種類的不同，其在美感上的價值自亦不能一致。譬如同是青色，甲見到它聯想到草木，乙見到它聯想到藥水，甲和乙的情感在美感上的價值自不能相提並論；甲的聯想帶有幾分客觀性，多數看見青色都聯想到草木；乙的聯想卻完全是主觀的，偶然的。論理，甲比乙對於青色的反應較近於美感經驗。聯想愈客觀愈近於美感。但是只是「客觀」一個條件也不能組成美感。如果甲的情感眞是美感，他的生於聯想內容（草木）的情感須能和生於顏色（青色）的情感相融化，使顏色恰能表現聯想內容的神髓。布洛分聯想爲「融化的」（fused）和「不融化的」（non-fused）兩種。不曾和聯想內容相融化的顏色所聯想起的情感就不是美感。

四、性格類（character type）：在這類人看，每種顏色都像人一樣，都各有特殊的性格。有些顏色是和善的，有些顏色是勇敢的，有些顏色是狡猾的，有些顏色是神祕的。他們和以上三類都不相同。他們對於顏色能發生情感的共鳴，不像「客觀類」全用冷靜的分析。他們覺得顏色自身能表現情感，不像「生理類」只覺得顏色能引起人的情感。譬如他們和「生理類」都說「黃色是一種暢快的顏色」，而意義卻不同；他們覺得黃色自己暢快，而「生理類」則只覺得它能使人暢快。他們對於同樣顏色的性格，往往彼此所見略同。顏色的性格對於他們常有很深的客觀性，不像「聯想類」全憑主觀，飄忽無定，這個人見到青色聯想到草木，那個人見到青色聯想到藥水。在他們看，顏色的性格大半是固定的。紅色大半是活躍的，豪爽的，富於同情心的。藍色大半是冷靜的，深沉的，不輕於讓旁人知道自己的。黃色是暢快的，輕浮的。青色是古板的，閒逸的，帶有幾分「中產階級的氣派」。兩種顏色相配合時，所生的性格往往恰能調劑兩種本色的性格。例如：橙色是紅、黃兩色配合而成的，它一方面失去若干黃色所固有的輕便，一方面也失去若干紅色所固有的豪爽。顏色都有性格，所以在文藝上和宗教上常有象徵的功用。中國從前每朝代都有「色尙某」的規定，就是用顏色來象徵一種性格。

顏色何以使人覺得它有性格呢？我們看見紅色，何以覺得它活躍豪爽，富於同情心呢？各派學者對於這個問題有種種的解答。有人說它由於顏色和事物所發生的聯想。這種解釋顯然不甚圓滿，因爲聯想隨人而異，而顏色的性格則許多人所覺得的都相同。屬於「聯想類」者常自己覺得某種顏色和某種事物可發生聯想，屬於「性格類」者並不覺得有這種聯想存在。立普斯派學者用「視覺的移情作用」來解釋。我們在第三章已見過，「移情作用」以類似聯想爲基礎。象徵派文學家常覺得每個字音都有顏色，便是類似聯想的好例。例如：u的聲音常令人聯想到深藍的顏色。聲音由聽覺得來，顏色由視覺得來，兩種經驗的內容絕不相同。但是見藍色和聽u音時，兩種經驗在形式上卻有幾分類似；它們對於自我所生的影響都是很平靜的，嚴肅的，深長的，所以它們能發生聯想。見到紅色感到豪爽的性格也由於這種形式上的類似，紅色和豪爽人所引起的情感是相同的。見到紅色，喚起我的豪爽的情思，我於是本移情作用把豪爽看成顏色的性格。

布洛承認顏色的性格起於移情作用，而卻否認它起於類似聯想。依他說，在見顏色具有性格時，我們先把物對於我所生的生理的影響移還到物的本身上去，然後再把物理的性質（如溫暖、沉重、力量等）譯爲心理的性格（如和藹、豪爽、狡猾等）。比如大紅色本有很強烈的刺激性，受驗的如果只覺得這種強烈的刺激因而發生快感或不快感，他就只屬於「生理類」。「性格類」由「生理類」再進一步。他把物我的界限忘去，把本來在我的印象混爲物的本質，使強烈的刺激經「外射作用」移到顏色本身上去，於是本來在我的強烈刺激的感覺遂變爲在顏色的力量。這所謂「力量」還只是一種物理的性質。屬「性格類」者又把這種物理的性質譯爲心理的性格，於是有「活躍」、「豪爽」等感覺。同理，紅色本來是「暖」色，「暖」是在我的感覺，我把它移到色的本身上去，於是紅色便變爲「暖」的東西，次又把這物理的「暖」譯爲心理的性格，於是紅色便「富於同情心」了。照這樣看，屬「性格類」者感覺顏色時恰能做到我們在第三章所說的「物我的同一」。他以整個的心靈去觀照顏色，而卻不自覺是在觀照顏色，以至於我的情緒和色的姿態融合一氣，這是眞正的美感經驗。所以布洛以爲在上述四類人之中，「性格類」最能以美感的態度欣賞顏色。

以上都是個別顏色的研究。藝術作品單用一種顏色的很少。用顏色最多的藝術是圖畫，圖畫大半都是把許多顏色配合在一塊。配合的次第和美感的關係亦極密切。顏色的配合有一條極重要的原理，就是布洛所說的「重量原理」（Weight principle）。依這個原理，較深的顏色應該擺在較淺的顏色之下，如果把淺色放在深色之下，我們就覺得上部太沉重，下部基礎太輕浮，好像站不穩似的。比如把一丈高的牆壁從中腰平分，用深紅和淺紅兩種包紙來糊它，我們總歡喜把深紅糊在淺紅之下；如果

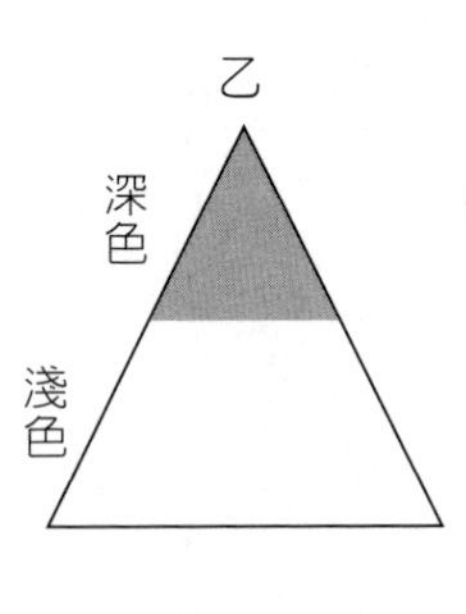

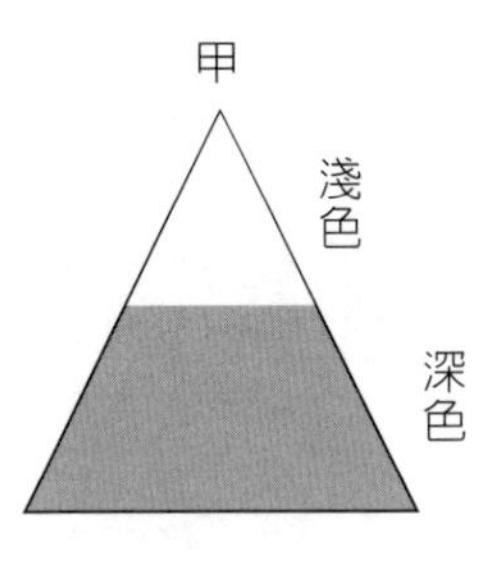

深紅糊在淺紅之上，我們就嫌輕重倒置，覺得不爽快。這個重量原理是畫家和裝飾家所必須注意的。

布洛常用各種顏色的形狀來試驗顏色的重量原理，比如有兩個積角度都相等的三角形叫做甲和乙（如上圖），它們都從中腰平分，然後著兩種深淺不同的顏色，使在甲形占上半的淺色在乙形占下半，在甲形下半的深色在乙形占上半。布洛使受驗者比較甲乙兩形，問他喜歡哪一個，並且叫他說出理由。他試驗過五十人，發現多數人都歡喜甲形而不歡喜乙形。他們大半說甲形比較穩定，乙形上半太沉重，下半太輕浮，令人生首尾倒置的感覺。

事實是如此，它的理由何在呢？顏色何以使人生重量感覺呢？淺色在深色之下何以看起來不穩定呢？多數受驗者對於這件問題都茫然不能作答。有一部分人說它起於聯想作用。我們在自然界中常見深色在下，淺色在上，海的顏色通常較深於天的顏色，山腳的顏色通常較深於山頂的顏色。我們對於上淺下深習以爲常，猛然間看見習慣的次第顛倒過來，便不免感覺不快。顏色的重量原理即起於此。布洛舉出兩條理由，證明這種聯想說不能成立。第一，在自然界中淺色並不常在深色之上。例如：一片金黃色的麥浪和一座蔥翠的叢林相鄰接，從這一方看，深色固然在淺色之下，可是從反對的方面看，深色卻在淺色之上。淺色的牆壁上面蓋著深色的屋頂也是很尋常的。第二，從實驗的結果看，重量原理和聯想原理也常相衝突。例如：一個圓形上半著藍色，下半著青色，常使受驗者聯想到蔚藍的天空籠蓋著青綠的山水，可是在發生這種聯想時他就不覺得顏色有重量，就不覺得它上重下輕。有時同一受驗者對於同樣的顏色配合可以發生兩種不同的反應。他說：「如果把它看作一個小坡，我覺得甲形和乙形沒有什麼分別，可是如果不起聯想，只把它當作一種形體看，我卻歡喜甲形」，從此可知重量原理和聯想原理是不相容的。依布洛的意見，重量原理完全起於數量的比較，與聯想作用並無關係。在深紅中紅的顏料比在淺紅中的較多，深紅比淺紅更紅。這種「較多」、「更紅」的感覺就是引起重量感覺的。我們無意中拿「重輕」來翻譯「多寡」。

不但深淺兩種顏色配合在一塊可以見出顏色的重量，就是個別的顏色單獨看起來也有輕重的分別。黃色和青色比藍色和紫色較淺，所以單看起來黃色和青色是輕的，藍色和紫色是重的，顏色的性格也有時起於重量感覺。金黃色是很輕的，所以看起來像是很靈活快樂；深藍色是很重的，所以看起來很嚴肅沉悶。

顏色的配合不僅要顧到上下左右的位置，還要顧到色調的種類。據法國效佛洛爾（Chevreul）的研究，凡是顏色在獨立時看起來是一樣，在和其他顏色相配合時又另是一樣。換句話說，兩種顏色相配合時，它們本來的色調都要經過若干變化。例如：紅色擺在黃色旁邊時，紅色便微帶紫色，黃色便微帶青色。所以有些顏色宜於相配合，有些顏色不宜於相配合。什麼顏色才宜於相配合呢？據一般科學家的研究，最宜於的配合的是互爲補色的兩種顏色，補色（complementary colour）就是兩種色光相合即成白色的顏色。紅色和青色、藍色和黃色都是補色。所以繪畫著色時，紅色和青色宜於擺在一塊，紅色和黃色不宜於擺在一塊。畫家往往於青色山水的背景上面加上穿紅衫的婦女，就是要使全畫的色調帶有生氣。冬天花瓶裡插冬青葉果，葉是青色，果爲紅色，彼此相得益彰，所以非常雅觀。如果只有青葉，或是只有紅果，印象便比較呆板。這就是補色相調和的道理。

補色何以能互相調和呢？我們何以歡喜看互爲補色的顏色擺在一塊呢？據格蘭特．亞倫（Grant Allen）的解釋，補色的調和起於生理作用。如果我們注視紅色物過久至於疲倦時移視白色天花板，則在板上仍能見出原物的「餘像」，不過它的顏色由紅變而爲青。反之，如果我們注視青色物過久至於疲倦時移視白色天花板，則在板上亦仍能見出原物的「餘像」，不過它的顏色由青變而爲紅。這件事實就可以解釋補色相調劑的道理。注視紅色物過久時，網膜上感受紅色的神經就要疲倦，但是周圍感受青色的神經仍未使用，仍甚靈活，所以移視天花板時，感受紅色的神經因疲倦而休息，而感受青色（紅色的補色）的神經則繼之活動，所以原物的「餘像」爲青色。換句話說，青色可以救濟感受紅色神經的疲倦，紅色也可以救濟感受青色神經的疲倦。因此，任何兩種補色擺在一塊時，視神經可以受最大量的刺激而生極小量的疲倦，所以補色的配合容易引起快感。

第二章　形體美

一、嚴格地說，凡是美的事物都必具有一種形體。圖畫、雕刻、人物、風景，固不用說，就是音樂的節奏也可以說是形體的變象，所不同者形體是空間上的配合，節奏是時間上的配合而已。形體的單位爲線。線雖單純，也可以分別美醜，在藝術上的位置極爲重要。建築風格的變化就是以線爲中心。希臘式建築多用直線，羅馬式建築多用弧線，「哥特式」建築多用相交成尖角的斜線，這是最顯著的例。同是一樣線形，粗細、長短、曲直不同，所生的情感也就因之而異。據畫家霍加斯（Hogarth）的意見，線中最美的是有波紋的曲線。近代實驗雖沒有完全證實這個說法，曲線比較能引起快感，是大多數人所公認的。

同是單純的線，何以有些能引起快感，有些不能引起快感呢？最普通的解釋是筋肉感覺說。依這一說，眼球在看曲線時比較看直線不費力，所以曲線的筋肉感覺比較直線的筋肉感覺爲舒暢。如果這一說可靠，則形體美的欣賞完全是感官的快感。但是斯屈拉東（Stratton）和瓦倫汀（Valentine）都反對這一說。他們舉了三個反證。第一，我們尋常對於眼球運動並不能意識到。比如深夜裡有一微光射在牆壁上，光雖然是固定的，我們看來卻常覺它移動，這就由於我們把自己沒有意識到的眼球運動誤認爲光的運動。如果我們對於眼球筋肉的一動一靜都能意識到，就不會發生這種錯覺。第二，我們

1

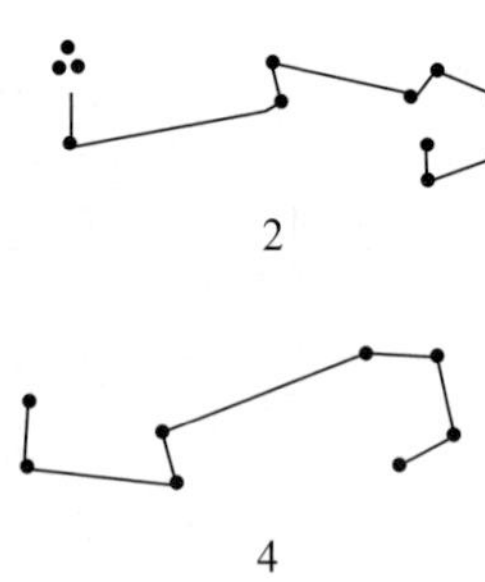
2

3

4

把眼睛閉起，隨意轉動眼球，無論轉得如何輕便，我們也絕不能得到欣賞美線形的快感。這也可以證明筋肉感覺和美感是兩件事。第三，斯屈拉東曾用照相機攝取眼球在看曲線的運動路徑，發現它並不循曲線運動的軌道（如第一圖），而是跳來跳去，忽斷忽續，忽曲忽直，結果有如第二圖。第一圖是所看的曲線，它是很秀美的；第二圖是看這條曲線時眼球運動所成的線形，它是很零亂的。如果所看的曲線如第三圖，則眼球運動所成的線形如第四圖。第三圖曲線頗陋劣，與第一圖曲線相差頗遠，但是第四圖的線形和第二圖的線形卻沒有多大分別。這些事實都足證明筋肉感覺說不能解釋從美線形所得的快感。縱或筋肉感覺是這種快感的一種助力，卻不能成爲主因。

然則單純的線形所引起的快感和不快感究應如何解釋呢？它的原因是很複雜的。

第一，它是節省注意的結果。有規律的線比雜亂無章的線容易了解，所耗費的注意力較少，所以比較能引起快感。有規律的線是首尾一致的。看到它的首部如此，我們便預期它的尾部也是如此；後來看到它的尾部果然如此，恰中了我們的預期，注意力不須改變方向，所以不知不覺地感到快感。醜陋的線沒有規律，我們看到某一部分時，不能預期其他部分應該

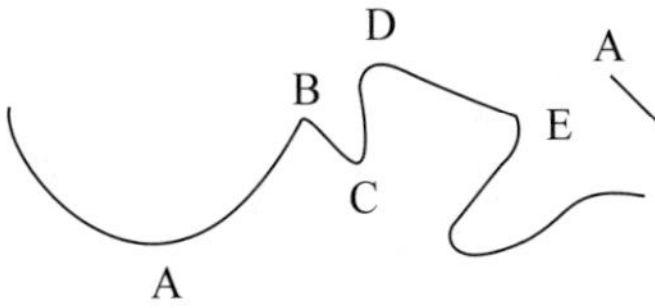

如何，各部分無意義地湊合在一起，彼此並沒有必然的關聯，我們預期如此，而結果卻如彼。注意力常須改變方向，所以不免失望。這個道理可以拿第五、第六兩圖來說明。

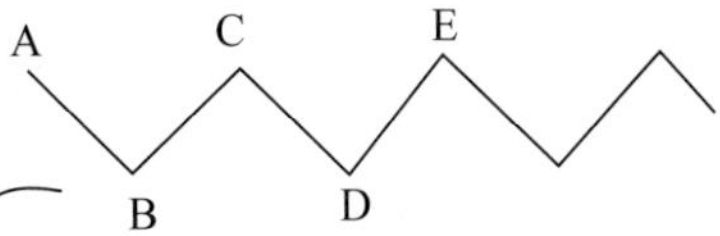

第五圖是不能引起快感的，它起首是弧線，是有規律的。我們看到A部時自然預期它以後還是照這個規律進行，可是它到B、C、D、E各部屢改方向，與預期恰相反，所以引起不快的感覺。不過規律和變化並不是相妨的。浪費心力固然容易引起厭倦，心力無所活動仍是不免厭倦。所以規律之中寓變化，變化之中有規律，是藝術上一條基本原理。比如第六圖就是在制圖案時所常用的線形。它從A起到B止，是守直線的規律的，由B點它忽然離開這個規律，轉走另一方向，這是和預期相反，不免惹起若干驚異。不過它到了C點隨即取A—B的方向和長度走到D，心力也因之由活動而恢復平衡。這樣寓變化於規律時，變化的結果不是失望，不是挫折注意力，而是打消單調，提醒注意力。

第二，線形所生的快感有時由於暗示的影響。我們歡喜秀美的線紋而不歡喜拙劣的線紋，因爲秀美的線紋所表現的是自然靈活的運動，拙劣的線紋所表現的是不受意志支配而時遭挫折的運動。比如乘腳踏車或划船，在初學時都不免轉動不如人意，本來可以走直路，因爲手腳不靈活，往往不免東歪西倒；但是練習既久，手腕嫻熟之後，便可駕輕就熟、縱橫如意了。生活中一切活動都可以作如是

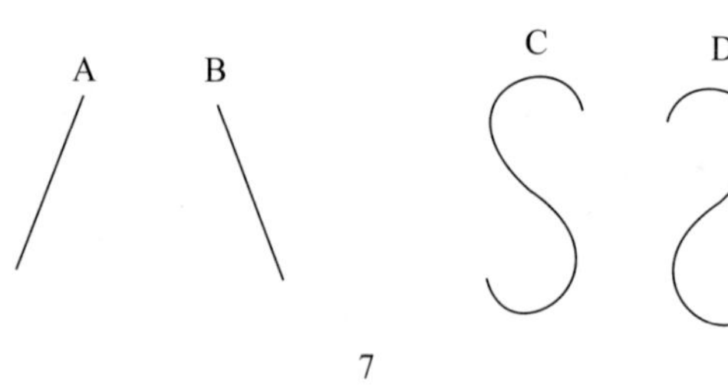

7

觀。有時環境如煉鋼，可以在指頭回繞；有時能力不可應付環境，一舉一動都不免流露醜拙。我們看到秀美的線覺得快意，就因爲它提醒我們的駕輕就熟、縱橫自如的感覺；看到拙劣的線覺得不快，就因爲它提醒我們的東歪西倒、一無是處的感覺。這都由於潛意識的暗示作用。

第三，我們在第四章已經說過，知覺事物常伴著模仿該事物的運動，看線形也是如此。例如：看曲線時筋肉就不知不覺地模仿曲線運動，看直線時筋肉就不知不覺地模仿直線運動。筋肉運動有難易，所生的情感即隨此爲轉移；易則生快感，難則生不快感。例如：第七圖A和B同是斜線，而多數人卻覺得A比B較易生快感；C和D同是曲線，而多數人也覺得C比D較易生快感。這就因爲它們有順反的分別，筋肉因爲習慣的關係，描畫A和C比描畫B和D較順便。

不過據馬丁（J. Martin）的實驗，模仿動作對於線形所生的情感究竟能影響到如何程度，還是一個疑問。她曾叫一百個學生畫側面人形，結果有八十八個學生都把面孔畫得向左。原始民族的畫像也大半是面孔朝左。我們就可以根據這些事實斷定朝左的畫易起快感麼？她又常拿作幻燈影片的側面像叫五十個學生看，先使它們向左，後又把它翻轉過來向右，問他們最歡喜哪一種，結果有二十五人歡喜朝左的，十五人歡喜朝右的，餘十人不覺到分別。她檢查過五十三冊名畫集，發現朝左的像和朝右的像在數目上相差並不甚遠。照這

8　原始陶器的圖案

樣看，模仿動作雖有影響也很微細，它可以作助力，不可以作主因。

第四，我們雖不贊成舊心理學家以聯想作用解釋一切美感經驗，但是卻不否認聯想可以影響美感。在看線形時，聯想作用常是一個要素。據塞格爾（J. Segal）的實驗，同是一個線形讓同一個人去看，所生的聯想不同，所生的情感也就隨之而異。例如：第七圖斜直線A或B，在把它看作畫歪了的垂直線時，受驗者覺到不快感；在把它看作向上斜飛的箭頭時，他就覺到快感。這裡顯然可以見出聯想的影響了。

第五，立普斯所說的「移情作用」（詳第三章）對於線形所生的情感影響也頗大。我們往往把意想的活動移到線形身上去，好像線形自己在活動一樣，於是線形可以具有人的姿態和性格。例如：直線挺拔端正如偉丈夫，曲線柔媚窈窕如美女。中國講究書法者在一點一劃之中都要見出姿韻和魄力，也是移情作用的結果。我們見到柳公權的字，心中就浮起一種勁拔的意象，見到趙孟頫的字，心中就浮起一種秀媚的意象。這個意象本在我的心裡，我卻把它移到筆劃本身上去。移情作用是美感經驗的要素，凡是線形可以引起移情作用，大半都可以引起幾分美感。

二、以上都是說簡單的線形。一條簡單的線所引起的情感，其原因已如此複雜，聯合數線而圍成一空間，其美感的因數自然更難分析了。美的形體無論如何複雜，大概都含有一個基本原則，就是平衡（balance）或勻稱（symmety），這在自然中已可見出。比如說人體，手足耳目都是左右相對稱的，鼻和口都只有一個，所以居中不偏。原始時代所用的器皿和布帛的圖案往往把人物的本來面目勉強改變過，使它們合於平衡原則。我們看第八圖幾個擬物形的圖案就知道。

此外如希臘瓶以及中國彝鼎都是最能表現平衡原則的。在雕刻、圖畫、建築和裝飾的藝術中，平衡原則都非常重要。

我們何以歡喜平衡、勻稱的圖形呢？有一派學者以爲它像簡單的線形一樣，也應該拿筋肉感覺來解釋。我們看勻稱的形體時，兩眼筋肉的運動也是勻稱的，沒有某一方特別多費力，所以我們覺得愉快。這一說也被斯屈拉東辯駁過。據他用快鏡攝影的結果，眼睛看勻稱形體時所走的路徑並不是勻稱的。例如：下列第九圖是眼睛看第十圖瓶形時運動的路徑，在第九圖中看不出第十圖的平衡原則，是很顯然的。

有一派學者以爲我們歡喜勻稱，由於在潛意識中見出它的數理的關係。

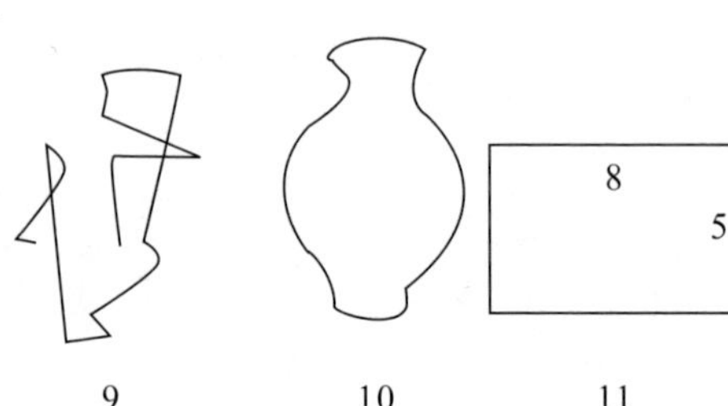

9　　10　　11

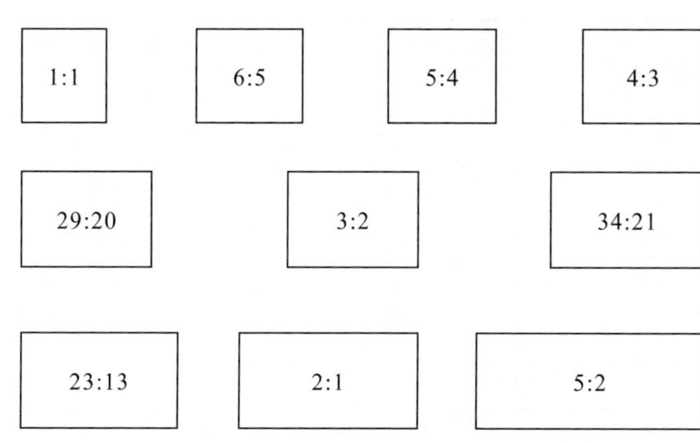

12　裴西洛的方形試驗（原形五分之一）

這個學說發源於古希臘數學家畢達哥拉斯，在美學思想上影響頗大。實驗美學發源於斐西洛。斐西洛的實驗就是從研究形體的數量關係入手。在各種形體中我們所最歡喜的是長方形，所以窗、門、書籍等都是長方形。長方形的兩邊的長短也各各不同，究竟長邊和短邊成什麼比例才能引起美感呢？從達·芬奇起，歷來畫家都以爲在最美的長方形中，短邊和長邊的比例須與長邊和長短兩邊之和的比例相等，這就是說，短邊和長邊須成一：一·六一八或五：八（如第十一圖）。他們把這種比例叫做「黃金分割」（golden section）。斐西洛用白紙板剪成十個面積相同（六十四平方釐米）而兩邊長短有變化的方形（如第十二圖），把它們擺在黑板上面，次序是隨意定的，每試驗一次，次序即更換一次，使形體和部位的影響消去。他叫受驗者在它們之中選擇一個最美的和一個最醜的出來。每一次選擇算一分。如果受驗者同時選擇兩個形狀，則每個形狀得半分，同時選擇三個形狀，則每個形狀得三分之一分，餘類推。他費了許多年的精力，總共試驗男子二百二十八人，女子一百一十九人，結果如下表：

長短兩邊比例	選取的數目		選取的數目		選取數的百分比	
	男	女	男	女	男	女
1:1	6.25	4.0	36.67	31.5	2.74	3.36
6:5	0.5	0.33	28.8	19.5	0.22	0.27
5:4	7.0	0.0	14.5	8.5	3.07	0.00
4:3	4.5	4.0	5.0	1.0	1.97	3.36
29:20	13.33	13.5	2.0	1.0	5.85	11.35
3:2	50.91	20.5	1.0	0.0	22.33	17.22
34:21*	78.66	42.65	0.0	0.0	34.50	35.83
23:13	49.33	20.21	1.0	1.0	21.54	16.99
2:1	14.25	11.83	3.83	2.25	6.25	9.94
5:2	3.25	2.0	57.21	30.25	1.43	1.68
總數	228.00	119.00	150.00	95.00	100.00	100.00

從這個結果看，多數人歡喜長短兩邊成三十四：二十一比例的長方形（表中用＊符號標出的），這恰是「黃金分割」的比例。斐西洛以後，韋特默（Witmer）、安基耶（Angier）、拉羅（Lalo）諸人依法實驗，所得的結果大致相同。

多數人何以特別歡喜「黃金分割」呢？有一派學者說，我們歡喜兩邊含「黃金分割」的長方形，並非歡喜這形體本身而是歡喜它所含的數學的比例。我們在潛意識中把它的長短兩邊相加起來，和長邊比較，見出長短兩邊之和與長邊的比例，與長邊與短邊的比例適相等。這種條理、秩序的發現就是快感的來源。他們以爲聽音樂所得的快感也是如此。我們在潛意識中比較音波的震動數，發現它們的數量的比例，所以覺得高興。這種學說顯然是很牽強的。同是一個比例在形體中爲美而在音樂中卻不一定爲美。比如有兩個音，一個震動數爲一百二十八次，一個震動數爲二百零七次。這個比例很近於「黃金分割」，而它們在一塊卻不和諧。這件簡單的事實即足推翻數理說了。

依我們看，「黃金分割」是最美的形體，因爲它能表現「寓變化於整齊」這個基本原則。太整齊的形體往往流於呆板單調，變化太多的形體又往往流於散漫雜亂。整齊所以見紀律，變化所以激起新奇的興趣，二者須能互相調和。「黃金分割」一方面是整齊的，因爲兩對邊是相等的；一方面它又有變化，因爲相鄰兩邊有長短的分別。長邊比短邊較長的形體很多，而「黃金分割」的長邊卻恰長到好處，無太過不及的毛病，所以最能引起美感。它是有紀律的，所以注意力不浪費；同時它又有變化，所以興趣不致停滯。

三、代替的平衡。平衡的形體易引起美感，已如上述；但是有時不平衡的形體也很美觀。在第一流的圖畫、雕刻之中，眞正左右平衡、不偏不倚的居極少數。不但如此，眞正左右平衡、不偏不倚的作品往往呆板無生氣。然則平衡原則不是不可靠麼？依美國文藝心理學家帕弗爾（Puffer）的研究，凡是貌似不平衡的第一流作品其實都藏有平衡原則在裡面。她把這種隱含的平衡叫做「代替的平衡」（substituted symmetry）。「代替的平衡」在圖畫上極爲重要，現在我們來詳加解釋。

我們先說帕弗爾的實驗。她用一塊蒙著黑布的長方形木板擺在受驗者的面前。板的左邊釘上一個長八釐米、寬一釐米的固定的白紙板。右邊另有一個長十六釐米、寬一釐米的可移動的白紙板。受驗者須將可移動的白紙板擺得和固定的紙板相平行。遠近由他自己定奪，但是要使兩個紙板所成的形體最美觀。以後她又把長紙板改爲固定的，使受驗者依同法把短紙板擺在最美觀的位置。她試驗過許多人，發現他們大半把長紙板擺得離中央較近，短紙板擺得離中央較遠，有如第十三圖——這種擺法便含有代替的平衡。好比一條長板，中心安在一個石凳上面，左右恰相平衡，如果它一頭坐著一個小孩，另一頭坐著一個大漢子，大漢子須坐在離中心較近的位置，小孩須坐在離中心較遠的位置，木板才能保持原有的平衡。因此，帕弗爾把長板叫做重線，短板叫做輕線。就表面說，長線和短線離中心的距離不等，不能算是平衡，但是根據機械的平衡原則，輕物本來比重物離中心須較遠才能保持平衡，所以長線比短線擺得離中心較近，實在還是遵守平衡原則的。

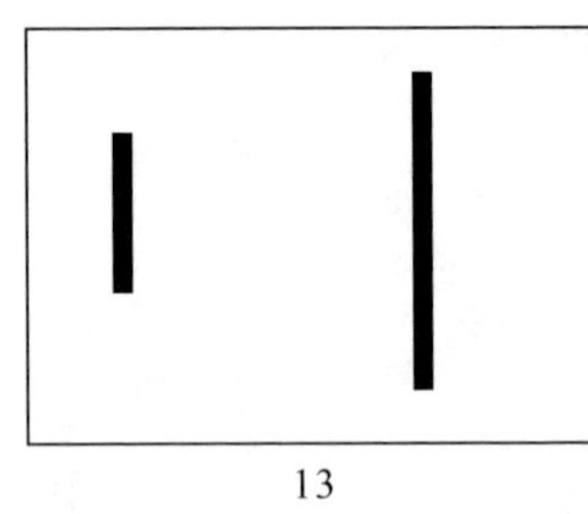

13

如果不用紙板，一邊用簡單的畫片，一邊用面積相等的白紙，則大多數人把畫片擺得比白紙離中心較近；如果兩邊都用畫片，只是畫中情景有簡繁的分別，則大多數人也把較繁的畫片擺得比較簡的畫片離中心較近。這都由於簡單的東西較輕，繁複的東西較重。用兩件東西擺在一個固定的平面之上，如果要把它們擺得美觀，輕的東西須離中心較遠，重的東西須離中心較近。這就是「代替的平衡」的原則。

但是這個輕重標準是如何規定的呢？我們何以把長線叫做重，短線叫做輕，繁複的畫叫做重，簡單的畫叫做輕呢？我們何以看到這種輕重遠近相稱的布置就覺得愉快呢？帕弗爾的解釋以谷魯斯的「內模仿說」爲根據。依她看，美感的愉快都起於「同情的模仿」。我們看形體，常不知不覺地依本能的衝動去描摹它的輪廓，衝動起於動作神經，傳布於筋肉，筋肉系統和神經系統都是左右對稱的。

平衡的形體所喚起的左右兩邊的衝動也是相稱的，神經和筋肉的活動都依天然的節奏，所以最能引起愉快，幾何的平衡之心理的解釋如此。

衝動的平衡就是左右筋肉動作的平衡，也就是注意力的平衡。要達到注意力的平衡，形體的左右兩方大小遠近都相等，固然是一個辦法，但是大而近，小而遠，也是一個辦法。較大的東西、較繁的東西或是較有趣味的東西（總而言之，較「重」的東西），比較小的東西、較簡的東西或是較乏味的東西（總而言之，較「輕」的東西）都較易引起注意力。如果較輕的東西和較重的東西距離中心都相等，則注意力全在較重的東西上面，結果就是心理上的不平衡了。如果要使輕的東西所引起的注意力和較重的東西所引起的注意力恰相平衡，則較輕的東西一定須擺在離中心較遠的地位，因爲距離中心愈遠，所需的注意力也愈大。總而言之，近而重的東西所引起的注意力是自然的，遠而輕的東西所引起的注意力是勉強的，這兩種注意力質不同而量則相等，所以彼此能相平衡。再拿前面近的畫片和遠的白紙爲例，眼睛看近的畫片，自然能產生注意力，因爲它本身有趣味；白紙平滑單調，不能引起自然的注意，所以須擺遠一點：距離既隔得較遠，眼睛看它時眼球的筋肉必須經過一番轉動，所以它所喚起的注意力能夠與畫片所引起的注意力相平衡。

代替的平衡在圖畫中極爲重要。帕弗爾曾經研究過一千幅名畫，發現每幅畫後面都含有代替平衡的原則。各種圖畫之中大概都有五個要素。一爲體積（mass），指畫中人物所集中的地方，即著墨最多的一部分。二爲情趣（interest），即觀者注意力所最易集中的地方，例如：人物的動作。三爲注意的方向（direction of attention），指畫中人物注意所指的方向，大半表現於視線。四爲線的方向（direction of line），畫中線紋大半是傾斜的，它向某一方傾斜，線的方向就集中在那一方。五為遠景（vista），指距離較遠的背景。如果在畫的中央定一條想像的垂直平分線，則這五種要素常平均分布左右兩方，使所引起的注意力左右平衡。例如：人事畫中體積偏左者則注意的方向往往偏右，風景畫中體積偏左者則遠景往往偏右，以求左右兩方無畸輕畸重的毛病，這就是用代替的平衡。

第三章　聲音美

一、英國文藝批評學者佩特（W. Pater）說過，一切藝術到精微境界都求逼近音樂；因為藝術須能泯滅實質與形式的分別，而達到這種天衣無縫的境界的只有音樂。這個道理是一般美學家所公認的。叔本華把音樂認為最高的藝術，因為其他藝術只能表現意象世界，而音樂則為意志的外射。圖畫所不能描繪的，語言所不能傳達的，音樂往往能曲盡其蘊。它的節奏的起伏，音調的宏纖，往往恰合人心的精微的變化。個人的性格、民族的特徵以及時代的精神都可以從音樂中窺出。中國古時掌政教的人往往於音樂歌謠中觀民風國俗，就是這個道理。音樂不但最能表現心靈，它也最能感動心靈。其他藝術感動人心常不免先假道於理智，有了解然後有欣賞，音樂固然也含有理智的成分，但是到極精微的境界，它能直接引起心弦的共鳴。能受音樂感動的人不必明白音樂的技巧。音樂所表現的往往是超乎理智所能分析的。在諸藝術之中，音樂大概是最原始的，不但蒙昧民族已能欣賞音樂，即飛禽走獸也有音樂的嗜好。瓠巴鼓瑟，游魚出聽，這並不是不近情理的傳說。

但是音樂也是最難的藝術。它的感動人心的力量大多數人都能體驗到；可是如果問它何以有這麼大的力量，精確的答案卻不易尋出。一曲樂調奏完時，滿場人都表示滿意，可是滿意的理由彼此卻不一致。這個人說它喚起許多良辰美景的聯想，那個人說它引起柔和悱惻的情感，另一個人則誇獎它的抑揚開合布置得很周密，很完美。各人所見到的美不同，於是音樂的美究竟何在，遂成爲美學上的最大疑問。歷來美學家對於音樂有兩種不同的意見：表現派說，音樂之所以美者在能表現情感和思想；形式派說，音樂之所以美者在它的本身形式之完備，情感和思想是偶然的，不必要的。要了解音樂，第一關就要了解這個爭執的意義。我們姑且慢些講學理，先來研究近代實驗美學對於音樂所研究得來的證據。

二、近代實驗美學所最注意的就是音樂，所以對於音樂研究的成績之豐富遠過於其他藝術。關於音樂的實驗材料可區分爲四大類：㈠關於聽音樂者的反應的分別，㈡關於音樂與想像的關係，㈢關於音樂與情感的關係，㈣關於音樂與生理的關係。

關於聽音樂者的類別，英國劍橋大學教授馬堯斯（C. S. Myers）的工作最値得注意。在前章討論顏色美時，我們見過布洛的實驗，知道在顏色方面，審美者有四類的分別。據馬堯斯的實驗，聽音樂者也可以分爲同樣的四類。他選出六種名曲的留聲機片在受驗者的背後開放。每張片子都須聽過兩次。受驗者於聽完第一次之後把音樂所引起的感想說出。第二次開放時留聲機上附加一種機器，如果受驗者覺得某一段沒有聽清須再聽時，可以把該段重新開放一次。這次他須用速記法把心中感想仔細記下。從十五個受驗者內省所得的報告中，馬堯斯分析出下列四類：㈠主觀類，即布洛所說的生理類。這一類人專注重音樂對於感覺情緒和意志的影響。他們在報告裡說：「通篇都是一種很平靜的感覺，好像游水似的，我彷彿想倒臥下來，順著水流去。」「彷彿是臨死時的情境，我覺得生命向外流出。」「感到非常愉快，身體內部隨音樂擴張起來了，因此很興奮，呼吸忽然也停住了。」㈡聯想類，這一類人專注意到音樂所引起的聯想。音樂的美醜以聯想起來的事物愉快與否爲斷。他們在報告裡說：「我彷彿坐在皇后的大廳裡。一位穿紅衣的女子在拉提琴，另外一位女子在對著琴譜唱歌。那位拉琴者面容很淒慘，她生平一定有什麼失意的事。」「開場時滿臺都是人，顯出一種很輝煌喧擾的樣子。他們都穿著戲裝。後來一位歌者從室內走到臺右，說了一段很生動的戀愛故事。」㈢客觀類，這一類人專拿一種客觀的標準來批評音樂本身的技巧。他們在報告裡說：「我覺得第二號角的聲音太洪亮。到第三節有四弦琴時它又嫌不夠清朗。」「在貝多芬的作品中我們應該注意他的極大的反稱，尤其是有動性的反稱。他的『上升調』是我最愛聽的。」「這位提琴手用顫聲總是太過火。」㈣性格類，這一類人把音樂加以擬人化，樂調都各有各的性格，有些是快樂的，有些是悲慘的，有些是神祕的。他們在報告裡說：「它本想顯出高興的樣子，但是終於很悲慘。「有些部分帶著悔悼的聲調。」「它好像在惹我笑。」

這四類人的美感的程度，依馬堯斯看，以性格類爲最高，次爲客觀類及聯想類，主觀類最低。音樂專家大半屬於客觀類，這是由於訓練的影響，他們平時注意偏向技藝方面，於是把情感和聯想都壓抑下去了。他們的態度是批評的而不是欣賞的。一般人能聽音樂大半只注意它所引起的聯想。注意力集中於聯想事物時就不免忽略音樂本身，所以聯想所生的快感往往不一定是美感。但是聯想有偶然的，有與音樂性質有密切關係的。如果聯想起的情境與音樂能化成一氣，忻合無間，它就能增大音樂所引起的美感了。主觀類的毛病，在只注意到自己所受的音樂影響，而致忽略音樂本身的形式。這種態度不是欣賞的，因爲他沒有在藝術和實際人生中維持一種適當的距離。性格類的審美程度比其他三類都較高，因爲他們一方面沒有聯想類和主觀類忽略音樂本身的毛病，同時又不像客觀類因過重音樂形式而不能發生情感的共鳴。只有性格類才能達到美感經驗中物我同一的境界。

美國美學家浮龍．李（Vernon Lee）曾舉行過類似的實驗，不過她的目的和方法都比較簡單，她先假定聽音樂的經驗不外兩種，一種是只顧到音樂本身，一種是顧到音樂所聯帶的意義。她請受驗者自省屬於哪一類，她以爲我們只要知道聽者的心理變化如何，便可以研究音樂的性質。因此她向受驗者問道：「音樂使你感到趣味時，你覺得它本身以外另有一種意義呢？還是覺得音樂只是音樂，別無所有呢？」據她的報告，肯定的答案和否定的答案各居半數。肯定音樂別有意義的人們所謂「意義」大半是很模糊隱約的，只有少數人在音樂背面見出整幅的情景或是整篇的故事。否定音樂別有意義的人們大半只留意形式的配合如起承轉合、抑揚頓挫等。欣賞力較大的人們大半都否定音樂於本身以外別有意義。這是一件最可注意的事實。

三、多數人雖然對於音樂爲門外漢，不能得到音樂所應給的特殊美感，卻眞能嗜好音樂。他們所玩味不捨的並不是音樂本身而是音樂所引起的幻想。他們常常把音樂的節奏翻澤成很生動的情節或是很鮮明的圖畫。詩人尤其易犯這種毛病。意大利戲劇家阿爾菲耶里（Alfieri）嘗說他的作品大半是在聽音樂之後結構成的。歌德聽門德爾松（Mendelssohn）彈奏一曲巴赫（Bach）作品之後，驚讚道：「這眞是堂皇典麗！我彷彿見到一隊衣裳齊楚的豪貴人踏大步下一個巨大的臺階。」海涅（Heine）在〈翡冷翠的幾夜〉一篇散文裡描寫他在意大利聽音樂的經驗，尤其是一幅光怪陸離的圖畫。李東川的〈琴歌〉、〈聽董大彈胡笳〉、〈聽安樂善吹觱篥〉幾首七古都是中國描寫音樂的名作。其中警句如「月照城頭烏半飛」、「長風吹林雨墮瓦」、「黃雲蕭條白日暗」等都只是描寫音樂所喚起的聯想。白香山的〈琵琶行〉中「大珠小珠落玉盤」、「鐵騎突出刀槍鳴」諸句也是如此。

這一類的人大半以為玩味音樂所引起的意象就是欣賞音樂。法國小說家司湯達（Stendhal）甚至於說：「一切叫我注意到它本身的音樂在我看都是下乘。」從上面馬堯斯和浮龍．李的實驗看，我們可以知道這句話恰和事實相反。法國心理學家里波（Ribot）的實驗尤足證明玩味意象和欣賞音樂是兩回事。他問過許多人在聽音樂時或是回憶某樂調時心中是否現出關於視覺的意象。他把表戲情的音樂特別除開。結果他發現聽音樂的人可分兩類。一類是有音樂修養的，音樂對於他們很少能引起意象。他們說：「我絕對意想不到什麼視覺的印象，我渾身被音樂的快感占著，我完全在聽覺世界裡過活。我根據自己的音樂知識去分析各部分的呼應，但也不過於仔細推敲。我只留心樂調的生展。」一類是沒有音樂修養而欣賞力平凡的。他們在聽音樂時常發生很鮮明的視覺的意象，因為玩味意象，他們的注意於是不能集中於音樂。里波以為想像本有兩種，一種是「造形的」（plastique），一種是「流散的」（diffluente）。「造形的想像」以知覺為中心，宜於圖畫，因為它能產生極明確的意象；「流散的想像」以情感為中心，宜於音樂，因為它所產生的意象雖極模糊而卻常深邃微妙。古典派、「帕爾納斯派」（Parnasse）和寫實派重客觀的藝術家大半富於「造形的想像」，浪漫派、象徵派和印象派重主觀的藝術家大半富於「流散的想像」。這兩種想像常格格不入。想像屬於造形類者歡喜把迷茫隱約的東西變成固定清晰的，所以在聽音樂時常把耳所聞者譯為目所能見的圖畫。音樂家在作樂制譜時心理過程恰與此相反。人事和物態本來是很固定明晰的，印入音樂家心裡之後，便醞釀成一種不易描繪的情調，這種情調譯爲音樂的語言，便成樂譜。

四、音樂與幻想的關係是很值得研究的。同是一曲樂調，甲聽之起一種幻想，乙聽之又另起一種幻想。然則音樂和它所引起的意象之中是否毫無關聯呢？據英人蓋爾尼（Gurney）的研究，凡一種樂調喚起某事物的意象時，它的節奏大半和事物的動作有直接類似點。描寫類音樂大半如此。瓦格納取鳥語入樂曲，肖邦取急雨墮瓦聲入樂曲，都是著例。有時音樂雖不直接模仿事物的音調，卻可從節奏起伏上暗示事物的性質和動作。例如：飄蕩幽婉的舞曲常暗示仙女，沉重低緩的舞曲常暗示巨人。普賽爾（Purcell）用下降調暗示特洛伊城（Troy）的衰落，也是以節奏象徵動作。樂曲的命名也是喚起聯想的一個主因。例如：以溪流、瀑布、鈴聲、馳馬、蕩舟爲名的音樂自然容易喚起這些事物的意象。以晚景、月夜、晴景爲名的音樂自然容易喚起這些時候所常有的情調。

如果一曲樂調不是完全模仿外物聲音的，又沒有固定的名稱暗示聯想的方向，則聽者所生的意象必人人不同。美國梵斯華茲（Farnsworth）和貝蒙（Bemont）兩教授常叫一班學圖畫的學生聽兩曲性質不同的樂調，每次都隨時把音樂所引起的意象畫在紙上。樂調和作者的名稱都不讓學生們知道。拿這些圖畫來比較，各人所起的意象彼此很少類似點。但是有一點是很值得注意的，在聽同一樂調時所作的圖畫其中情景雖各各不同，而情調和空氣則很相近。樂調淒慘時各圖畫的空氣都很黯淡，樂調喜悅時各圖畫的情調都很生動。從這個事實看，我們可以見出音樂雖不能喚起一種固定意象，卻可以引起一種固定的情調。同樣的樂調常發生同樣的情調，不過各人由這情調所生的意象則隨性格和經驗而異。據弗洛伊德派心理學者說，幻想都是意識欲望的湧現，所以幻想中的意象都象徵情欲中一種傾向。照這樣說，音樂激動意識時，被壓抑的欲望化裝湧現，於是才有意象。化裝儘管不同，而化裝所掩蓋的欲望，則爲原始的，普遍的。

五、與音樂所引起意象這件事實密切相關的還有一個很奇怪的現象，就是「著色的聽覺」（colour hearing）。有一部分人每逢聽到一種音調常立刻聯想起一種顏色，同是一個音調而各聽者所聯想起的色覺往往不一致。據奧特曼（Ortman）的實驗，有些人聽高音生白色的感覺，中音生灰色的感覺，低音生黑色的感覺。有些人從低音到高音順次生黑、棕、紫、紅、橙、黃、白諸色覺。據德拉庫瓦（Delacroix）教授的報告，他曾見過一位瑞士學生每逢聽提琴的聲音，都彷彿見到一條波動的黑色藍邊的長帶，嗅玫瑰花的香氣時也起同樣的幻覺。他所喜歡的東西都帶著藍色。例如：他第一次看見「密羅斯愛神」的雕像，和聽柴可夫斯基的悲歌時，他眼裡都看到藍色。此外他又遇見一個受驗者聽到瓦格納的〈歌師曲〉的引子時發生黑色、紅色和金黃色的幻覺。據說瓦格納〈歌師曲〉的引子是在萊茵河上觀日落之後得到靈感而譜成的，可見聽者所起的金黃色的幻覺並非偶然了。這種「著色的聽覺」現象的原因何在，學者還沒有定論。有一派人以爲它是生理的，他們說，聽覺神經和視覺神經混合才呈這種現象，不過這還是揣摩之詞。法國象徵派詩人嘗根據這種現象發揮爲「感通說」（correspondance）。依他們看，自然界中聲色形象雖似各不相謀，其實是遙相呼應的，由視覺得來的印象往往可以和聽覺得來的印象相感通，所以某一種顏色可以象徵某一種形象或是某一種音調。蘭波（A. Rimbaud）嘗做一首十四行詩拿顏色來形容A、E、I、O、U五個母音，就是象徵派的一種信條。

六、近代實驗美學對於音樂與情緒的關係所得的成績，比音樂和想像的研究尤其豐富。音樂對於情緒的影響是古今中外詩人們所常歌詠的。不但在人類，連動物也有音樂的嗜好。瓠巴鼓瑟，游魚出聽，這種傳說在一般人看來或近於荒唐，但是據美國音樂心理學者休恩（Schoen）所援引的實例，它卻有很多的實驗證據。他們在動物園裡奏提琴，同時觀察各動物的反應，曾記載下來這樣的結果：蠍舞動，隨音調的揚抑而異其興奮程度；蟒蛇昂首靜聽，隨音樂的節奏左右搖擺；熊兀立靜聽；狼則恐懼號啼；象常喘氣表示憤怒；牛則增加乳量；猴子點頭作勢。從這些實例看，我們可以知道音樂的感動力是極原始極普遍的。達爾文以為音樂的起源在異性的引誘，所以在動物中以雄的聲音為最洪亮最和諧，弗洛伊德派學說頗近於此。

音樂所引起的情緒隨樂調而異，每個樂調都各表現一種特殊的情緒。這種事實古希臘人即已注意到。他們分析當時所流行的七種樂調，以為E調安定，D調熱烈，C調和藹，B調哀怨，A調發揚，G調浮躁，F調淫蕩。亞理斯多德最推重C調，因為它最宜於陶冶青年。英人鮑威爾（E. Power）曾作同樣的研究，以為近代音樂所用的各種樂調在情緒上所生的影響如下：

C大調　純粹堅決的情調，純潔，果斷，沉毅，宗教熱

G大調　真摯的信仰，平靜的愛情，田園風味，帶有若干諧趣，為少年所最愛聽

G小調　有時憂愁，有時欣喜

A大調　自信，希望，和悅，最能表現真摯的情感

A小調　女子的柔情，北歐民族的傷感和虔敬心
B大調　用時甚少，極嘹亮，表現勇敢、豪爽、驕傲
B小調　調甚悲哀，表現恬靜的期望
升F大調　極嘹亮，柔和，豐富
升F小調　陰沉，神祕，熱情
降A大調　夢境的情感
F大調　和悅，微帶悔悼，宜於表現宗教的情感
F小調　悲愁

兩音合奏時，其和諧程度視音階距離的遠近爲準。通常以八階（即C'—C"）爲最和諧，二階（即C'—D'）爲最嘈雜。每個音階也各表現一種特別的性格與情感。據休恩所引意大利學者的報告，音階和它的影響如下：

短二階　悲傷，痛悼，退讓，焦躁，疑慮
長二階　較短二階稍愉快，仍帶嚴肅氣
短三階　悲傷，愁苦，騷動，有人以為它表示平靜、滿意及宗教熱
長三階　欣喜，顏色，勇敢，果決，自信，發揚

四階　滿足，欣喜，顏色，力量，發揚，間帶傷感
五階　反應甚多，通常為平靜、欣喜，間帶傷感
六階　和悅，力量，勇敢，勝利
短六階　通常是靜穆
長六階　通常表示滿意、柔情、希望，間帶傷感
七階　騷動，不滿意，驚訝，幻覺
短七階　不和諧，疑慮
長七階　不和諧，疑慮，間或表示希望、信仰
八階　完美，成就，間或表現招邀、焦躁或哀悼

從這個表看，音階雖各有特殊的影響，而卻沒有定準。二階、七階本來是兩種嘈雜的音階（dissonances），所以影響很明白，其餘如五階、四階、長三階等所生的影響並不確定。音樂的影響應從整個樂調研究。如果單研究獨立的音階，則所得結論不能適用於全體樂調。獨立的音階是不能成為樂調的，和其他音階並用時，則受其他音階的影響，不能保存其在獨立時的特性。所以上面所述的結果在科學上價值甚小。

七、在聽音樂時各人所注意的要素往往不同，有人偏重節奏，有人偏重布局，有人偏重音色，有人偏重其他要素。音樂家作曲對於這些要素也往往有所偏好。美國心理學家華希邦（M.

F. Washburn）和狄金生（G. L. Dickinson）嘗把音樂快感的來源分爲節奏（rhythm）、旋律（melody）、布局（design）、諧聲（harmony）及音色（tonecolour）五種。她們用一百八十二種名曲測驗許多學音樂的學生。發現這五種要素之中以旋律爲最重要，依次而降爲節奏、諧聲、布局、音色。旋律在一般音樂家中都占第一位，只是在韓德爾（Händel）、勃拉姆斯（Brahms）、德彪西（Debussy）諸人作品中才占第二位。節奏在勃拉姆斯的作品中占第一位；在海頓（Haydn）、貝多芬、舒曼、肖邦、門德爾松諸人作品中占第二位；在巴赫、莫扎特、瓦格納、李斯特、德彪西諸人作品中占第三位。布局沒有音樂家把它擺在第一位的，它在巴赫和莫扎特的作品中占第二位，在韓德爾、海頓、貝多芬諸人作品中占第三位。諧聲只在德彪西的作品中占第一位，在瓦格納的作品中占第二位，在舒曼、肖邦、門德爾松、李斯特、勃拉姆斯諸人作品中占第三位。音色只在韓德爾的作品中占第一位，其餘音樂家都把它放在第三、四位以下。從這個實驗中她們又另外推出兩個結論：一是含快感來源（即指以上五種）愈多的音樂，所引起的快感也愈大；二是最興奮和最平和的音樂發生最大快感，中平的音樂影響最小。

八、關於音樂與情緒的實驗要推美國賓漢（W. V. Bingham）、休恩（M. Schoen）諸人所做的規模爲最大。他們用二百九十種名曲留聲機片，在三年之中（一九二〇—一九二三）先後測驗過兩萬人。他們得到下列幾條重要的結論：

1. 每曲樂調都要引起聽者情緒的變遷。

2. 同一樂調在不同時間給許多教育環境不同的人們聽，所引起的情緒變遷往往很近似。

3. 情緒變遷的大小與欣賞力的強弱成比例。

4. 樂調的生熟往往能影響欣賞程度的深淺。但是欣賞力愈強者愈不易受生熟差別的影響，欣賞力愈弱者愈苦陌生的新音樂不易欣賞。

5. 聽音樂者可分三類：欣賞力弱者欣賞時甚少，欣賞的強度也甚小；欣賞力平庸者欣賞時甚多，欣賞的強度卻甚小；欣賞力強者欣賞時甚少（因爲慎於批評），但是欣賞的強度卻很大（因爲了解技藝）。

6. 情緒的種類與欣賞的強度無直接關係，唯由和悅而嚴肅時比由嚴肅而和悅時所生的快感較小。

7. 對於樂調價值的評判與欣賞的強度成比例。

8. 音樂只能引起抽象的普遍的情調如平息、欣喜、淒惻、虔敬、希冀、眷念等，不能引起具體的特殊的情緒如憤怒、畏懼、妒忌等。

九、音樂所以能影響情緒者大半由於生理作用。

關於聲音的生理基礎，學說頗多，以德國心理學家海爾門霍茲（Helmholtz）的爲最圓滿。我們知道，聽覺器官分外耳、中耳、內耳三部分。音波來時，外耳任收集，中耳任傳達，內耳任接收。這三部分器官尤以內耳爲最重要。內耳又分三部分，外部爲三個半規狀管，藉中耳的骨狀體與鼓膜相連，中部爲前庭，內部爲螺狀體。螺狀體之中盛滿液體，其中有一條帶狀基膜。聽覺神經即散布在這條基膜上，音波入耳孔時先引起基膜的震動，這個震動傳到螺狀體，引起其中液體的震動，聽覺神經受這震動的刺激，傳到腦的聽神經中樞，於是有音樂的感覺。所以眞正的聽覺器官只是內耳的螺狀體。近代心理學家嘗把動物的螺狀體設法移去，結果該動物即失其聽覺作用，可爲明證。但是音的高低是怎樣感覺到的呢？依海爾門霍茲說，螺狀體的基膜好像鋼琴，鋼琴上弦子排列由左而右，愈左愈長，愈右愈短，所以它們發的音愈左愈低，愈右愈高。每條弦子都只能發一種音。螺狀體的基膜是夾在兩條軟骨中間的，下部甚窄，愈近螺頂愈闊，基膜上面橫列著無數細胞纖維，纖維的兩端都嵌在夾著基膜的軟骨裡，所以愈在基膜窄部愈緊張，愈在基膜闊部愈鬆弛，每條神經纖維即相當於一條琴弦，只能吸收一種音波。長而鬆的纖維吸收低音，短而緊的纖維吸收高音。換句話說，每條神經纖維就是一個共鳴器。根據物理學的原理，每一個共鳴器只能和一種音共鳴。聽神經纖維也是如此。某纖維只能和每秒震動三百次的音波共鳴，某纖維只能和每秒震動六百次的音波共鳴，都不能稍有改變。如果有「純音」的可能，在它入耳時，就只有一條聽神經纖維行使其機能，在無數複音入耳時，好比幾個琴弦同時被彈一樣，就有無數聽神經纖維行使其機能。人的螺狀體基膜上共含兩萬四千條聽神經纖維，所以在理論上有聽兩萬四千種音的可能。

近代科學家有人拿狗來試驗，發現狗的基膜下部毀壞時即不能聽高音，上部毀壞時即不能聽低音。又有人拿幾尼亞豬來實驗，給一種震動數固定的單調音接連讓它聽數星期，以後它就不能聽該音調。它死後，我們如果檢驗它的基膜，就可以發現擔任聽該音調的纖維已腐爛，這就由於該纖維行使機能過久，缺乏休息和營養，所以失其作用。如果實驗用的音很高，則腐爛的纖維常在基膜下部；如果實驗用的音很低，則腐爛的纖維常在基膜上部。這種實驗是海爾門霍茲的學說一個有力的證據。

但是音樂實不僅能影響聽神經，還可以影響周身的筋肉和血脈的運動。近代實驗美學家應用種種儀器測驗音樂對於血液循環及脈搏起伏的影響也頗可資參考。據斐芮（Feary）、斯庫普秋（Scripture）諸人的研究，聲音都可以使筋肉增加能力，迅速的和愉快的音樂尤其可以消除筋肉的疲勞。孟慈（Mentz）發現凡在音調完全和諧時，音的強度猛然更換時以及一曲樂調將終結時，血脈和呼吸都變慢；在聽者注意分析樂調時，血脈和呼吸都變快。比納（Binet）和庫地耶（Courtier）的結論與此稍不同。他們都說一切音的刺激都可以增加血脈和呼吸的速度，不過在聽不調和的音階、大音階以及音階迅速更換時，血脈和呼吸的速度變得更快。據福斯特（Foster）和干伯爾（Gamble）的研究，聽音樂時的呼吸和平常工作時的呼吸速度並無分別，不過平時呼吸有規律，聽音樂時呼吸大半沒有規律。斐拉芮（Ferrari）拿瘋人和健全人來比較，發現只有瘋人在聽音樂時血脈的起落才直接受音樂的影響，他以爲這是由於瘋人的心臟失去控制作用。據海依德（Ha M. Hyde）的報告，悲傷的音樂可以使血脈速度變緩，愉快的音樂可以使血脈速度變快，生理的變遷和心理的變遷是相平行的。她以爲愉快的音樂對於病有治療的功效。康寧（L. Corning）也說患神經病的人在聽音樂之後病勢可略減輕。古希臘常用音樂來治療病症，亞理斯多德曾說音樂有「發散」（catharsis）的功效。音樂何以能治病，科學家尚無滿意的解釋，但是它的功效大半是生理的，則已爲一般人所公認。

十、近代實驗美學對於音樂所得的結果大致如此。在理論方面，我們前已提及，近代美學家對於音樂有表現派和形式派的分別。表現派以爲音樂是情感的流感，音樂家和詩人一樣，心中都有一種深厚的感情要表現出來，不過他們所用的工具不同，詩人表情用文字，音樂家表情用樂調。音樂的好壞以其所表現的感情深淺為準。這種學說在中國從來沒有人置疑過。《樂記》中有一段話把這個道理說得最透闢：「樂者，音之所由生也，其本在人心之感於物也。是故其哀心感者其聲噍以殺，其樂心感者其聲嘽以緩，其喜心感者其聲發以散，其怒心感者其聲粗以厲，其敬心感者其聲直以廉，其愛心感者其聲和以柔，六者非性也，感於物而後動。」在西方思想史中這種學說在近代才盛行。叔本華是一個先導。他的音樂定義是「意志的客觀化」（the objectification of will），其他藝術表現心靈都須藉助於意象，只有音樂才能不假意象的幫助而直接表現意志。德國大音樂家瓦格納根據叔本華的哲學，倡音樂表情之說，以為凡可以音樂表現者同時也可以文字表現，於是開近代「樂劇」（music drama）的先河。這種音樂表情說與當時浪漫主義的文學主張相吻合，都是注重情感，薄視古典派的明晰的形式。浪漫時期的音樂大半迷離隱約，沒有明確的輪廓，就是受表現說的影響。

贊成表現說者大半以為音樂與語言同源。語言的音調往往隨情感變化而起伏，所以同是一句話在怒時說出和在喜時說出的語調不同。語言背後本已有一種潛在的音樂，正式的音樂不過就語言所已有的音樂加以鋪張潤色。持此說最力者在法有格列屈（Gretry），在英有斯賓塞（Spencer）。斯賓塞嘗說，音樂是一種「光彩化的語言」（glorified language）。他以為情感可影響筋肉的變化，而筋肉的變化，則可以影響音調的宏纖、高低、長短。照這樣看，樂器所彈奏的音樂是由歌唱演化出來的。

就常識說，音樂表現情感說似無可置疑，但在近代極受形式派的攻擊。形式派首領是德國漢斯力克（Hanslick）。他曾著一書，叫做《音樂的美》，用意在反駁瓦格納的音樂表情說。在他看，音樂就是拿許多高低長短不同的音砌成一種很美的形式。在其他藝術之中形式之後都有意義，在音樂之中則形式之後絕對沒有什麼意義。音樂的美完全是一種形式的美。聽音樂的人須能把全曲樂調懸在心眼面前，仔細玩味它的各部分抑揚開合的關係，才能見到音樂的美。音樂能引起情感，固然是事實，但是音樂的美卻不在它能引起情感。「嚴格地說，凡美都無所爲，因爲它除形式之外即別無所有。形式儘管可以有用場，可是就其爲形式而言，自身以外實別無目的。如果審美能引起快感，這是影響，和美的本身不是一件事。我示人以美時，目的儘管在引起他的快感，但是這個目的與美的本身卻不相干。美縱然不能引起任何情感，縱使沒有人去看它，它卻仍不失其爲美。換句話說，美雖是爲給觀者以愉快而存在的，至其可否存在卻不依賴它能否給人以愉快。」這是藝術上形式主義的一段最明顯的供詞。

英人蓋爾尼（Gurney）也反對音樂表現情感說。他以爲音樂的美不在情感，就如美人的美不在她的憂喜。他引了許多大音樂家的話來證明「表現說」的無稽：

貝多芬埋怨人對於他的作品曲為解說，曾經說許多很酷毒的話。但是要尋關於這個問題的聯貫的主張，自然要去看門德爾松和舒曼一班文人派音樂家的著作。門德爾松說：「如果你問我在制某樂譜時心裡所想的是什麼，我只能說，那恰是該譜制成時的形樣……」從此可知音樂本身以外的觀念和情感都非必要了，——至少在門德爾松是如此。舒曼對於在音樂中尋文字的意義之意見，可從下面的話看出：「批評家們老是想知道音樂家自己所無法用文字說出的東西，他們對於所談的東西往往連十分之一也沒有懂得。天！將來有一天人們不再問我們在神聖的作品之後隱寓什麼意義麼？把第五階辨別出來罷，別再來擾我們的安寧！」「貝多芬譜田園交響曲所冒的危險，他自己知道的。畫家們因此把貝多芬畫在一條小河旁邊坐著，捧著頭聽潺潺的流水，這是多麼荒謬！」「人們總以為音樂家在制譜時，先準備好紙筆，打定主意來作描寫的工作，來表現這樣，表現那樣，這實在是大錯。不幸得很，這恰巧是柏遼茲（Berlioz）所做的勾當，而且有許多人因為他專做這種勾當而去捧他！」

這番話不但是攻擊表現說，對於音樂起於語言一說也可以說是一個打擊。音樂起於語言說本來很難成立。據德國華拉歇克（Wallaschek）的研究，野蠻民族所唱的歌調毫無意義，他們卻歡喜唱它，歡喜聽它，都只是因爲音調和諧。兒歌也是如此。格羅塞（E. Grosse）在《藝術源始》裡也說：「原始的抒情詩最重的成分就是音樂，至於意義還在其次。」從此可知語言和音樂是兩件事，語言有意義，了解語言就是了解它的意義；音樂無意義，要欣賞它，只要能覺得它的音調和諧就夠了。不但如此，樂調的高低是有定準的，語調的高低是無定準的；音樂所用的音是有限的，斷續的，語言所用的音是無限的，聯貫的。這個道理，斯徒夫（Stumpf）早已說過，也是證明音樂和語言並沒有直接的關係。音樂既不是一種語言，就不能算是一種表現情感的藝術了。

表現派和形式派的爭執大要如此。他們都似持之有故，言之成理，我們究竟何去何從呢？從上述各實驗看，我們很難偏袒某一派。從表現派說，每個樂調和每個音階既都各有特殊的情感，而同一樂調在許多聽者所生的情感既又相近似，則音樂表現情感之說有證。說到究竟，凡是關於音樂與情感的測驗大半都以表現說爲出發點。反之，從形式派說，如果音樂表現固定的情感和意義，則聽者所生的意象不應人各一樣，毫不相謀，而發生聯想也就是了解音樂所表現的意義，也就是欣賞音樂；但是據實驗結果看，同一樂調可以引起許多不同的幻想，聯想類聽者和主觀類聽者對於音樂的欣賞力又極薄弱。這些事實都與表現說不甚符合。然則形式派與表現派的爭執，究應如何解決呢？

我們在第一章分析美感經驗時已詳細說過，一切藝術都是抒情的表現，都是實質和形式婚媾後所產的寧馨兒，有實質而無形式則粗疏，有形式而無實質則空洞，音樂自然也不能跳開這個公例，離開情感，單靠形式而存在。專在形式上下功夫而不能表現任何情感的音樂，究非上品。大音樂家如貝多芬、瓦格納、巴赫諸人的作品都有很深厚的情思在後面，這是多數人所公認的。絕對否認音樂爲表現的藝術，這實在是形式派的誤解。不過表現派以爲音樂所表現的是固定的具體的情思，說貝多芬的〈第九交響曲〉用意在證明神的存在，說他的〈田園交響曲〉是描寫某處的田園的風味，這也是沒有明白音樂的眞使命。德拉庫瓦教授說得好：「音樂把情感加以音樂化。」音樂確實是表現情感的，但是像其他藝術一樣，它所表現的並非生糙的情感。生糙的情感通過音樂之後，好比泥水通過滲瀝器，渣滓脫盡，僅餘精萃。音樂僅攝取諸個別情感的共相，它所表現的只是情感的原型，好比名理範圍裡的由普遍化及抽象化得來的概念。概念隱括諸個別事物的意義，卻不帶諸個別事物的殊相。音樂所表現的也是如此。譬如一曲音節響亮、節奏飛舞的音樂所表現的只是一種欣喜煥發的情調，有人聽見發生行婚禮時的情感，有人聽見發生奏凱旋時的情感，有人聽見覺得它是表現春天的景象，有人聽見覺得它是描寫少年英雄的豪情勝概。這些都是特殊的固定的具體的情思，卻同具欣喜煥發的情調。音樂只能表現這種普遍的抽象的情調，卻不能表現特殊的具體的情思。由普遍的抽象的情調而引起特殊的具體的情思，這是由全體到部分的聯想。一般人因爲聽某種樂調起某種特殊的情感或意象，便以爲該種樂調就是表現該種特殊的情感或意象，這是陷於以偏概全的誤謬，猶如看到一幅青色的圖案畫聯想到某一棵松樹，便說該圖案表現那一棵松樹，同是一樣無稽。梵斯華茲和貝蒙叫一班學音樂的學生在聽音樂時隨時將所生的意象畫下，結果各畫所表現是不同而情調則一致。賓漢和休恩諸人發現音樂只能表現平息、淒惻、欣喜、虔誠、眷念一類的普遍的情調，而不能表現憤怒、畏懼、妒忌一類的特殊的情緒。這些實驗都足證明我們的見解。

簡要參考書目

一、目錄

Croce: Aesthetic 及 Lalo: Esthètique 均附有詳細目錄。關於各專題的最近的發展可參看美國每年出版的《心理學引得》（*Psychological Index*）所引的論文和專著。

二、重要原著

1. Kant: *Critique of Judgment*（Meredith 的英譯本。參看 V. Basch: *Étude sur l'esthètique de Kant*）。
2. Schopenhauer: *The World as Will and as Idea*, Book III.
3. Schiller: *Letters on Aesthetic Education*（參看 V. Basch: *La Poétique de Schiller*）。
4. Hegel: *Philosophy of Fine Art*（Osmanton 的英譯本，初學者可緩讀。參看 Stace: *Philosophy of Hegel*）。

5. Tolstoy: *What is Art*.
6. Croce: (a) *Aesthetic*, (b) *Essence of Aesthetic*（Ainslie 的英譯本，參看 Wildon Cart: *Philosophy of Croce*）。
7. Carritt: *Philosophies of Beauty*（美學名著集，最便初學）。

三、入門書籍

1. Langfeld: *Aesthetic Attitude*.
2. Reid: *A Study in Aesthetics*.
3. Vernon Lee: *The Beautiful*.
4. Münsterberg: *Principles of Art Education*.
5. Puffer: *Psychology of Beauty*.
6. Santayana: *The Sense of Beauty*.
7. Carritt: *The Theory of Beauty*.
8. Delacroix: *Psychologic de l'art*.

四、專題要籍

1. Edward Bullough: Psychical Distance, *British Journal of Psychology*, 1912（距離說）。
2. Vernon Lee and Thomsow: *Beauty & Ugliness*（此書載有 Lipps 的移情說的節譯）。
3. K. Groos: (a) *The Play of Animals*, (b) *The Play of Men*（內模仿說，遊戲與藝術）。
4. Clive Bell: *Art*（最雄辯的形式主義宣言）。
5. Richards: *Principles of Literary Criticism*（傳達問題與價值問題）。
6. Spencer: *Principles of Psychology*, II（遊戲與藝術）。
7. Grosse: *Origin of Art*（藝術起源）。
8. Ribot: *Essai sur l'invention Créatrice*（有英譯本，創造的想像）。
9. Paulham: *Psychologie de l'invention*（創造的想像）。
10. Prescott: *Poetic Mind*（創造的想像）。
11. Downey: *Creative Imagination*（創造的想像）。
12. Dixon: *Tragedy*（悲劇）。
13. K. T. Chu: *The Psychology of Tragedy*（附有關於悲劇心理學的詳細書目）。
14. Bergson: *Le Rire*（有英譯本，論喜劇）。
15. Greig: *The Psychology of Laughter and Comedy*（附有喜劇心理學詳細書目）。

16. Bradley: *The Sense of Sublime, Oxford Lectures on Poetry*（論雄偉）。
17. Spencer: *Essays*（論秀美）。
18. Bergson: *Essai sur données immediates do la Conscience*（論美感經驗及秀美）。
19. Guyau: *l'Art au point de Vue Sociologique*（藝術與社會關係）。
20. Bosenquet: *Hestory of Aesthetics*（美學史）。

再版附記

這部書印行之後，承許多讀者給以好評，有些學校哲學系和藝術系專修科已採用它為課本。這些鼓勵引起我讓它出再版的意思。第一版中有錯字二十餘，已承北京大學同學劉禹昌君替我勘正。常風君勸我加上一個參考書目錄，使有志作進一步研究的人們有途徑可尋。我原有一個很詳細的書目，怕它占篇幅太多，所以沒有付印。讀者既然覺得這是本書的一個缺陷，我所以趁再版的機會設法來彌補它。現在附加的書目力求簡要，因為書開得太多了，徒眩讀者的心目，反而阻礙進一步研究的企圖。

一九三七年二月北平慈慧殿附錄

大家講堂 011

文藝心理學

作　　者 —— 朱光潛
發 行 人 —— 楊榮川
總 經 理 —— 楊士清
總 編 輯 —— 楊秀麗
叢書企劃 —— 蘇美嬌
封面設計 —— 姚孝慈
出 版 者 —— 五南圖書出版股份有限公司
地　　址 —— 臺北市大安區 106 和平東路二段 339 號 4 樓
電　　話 —— 02-27055066（代表號）
傳　　眞 —— 02-27066100
劃撥帳號 —— 01068953
戶　　名 —— 五南圖書出版股份有限公司
網　　址 —— https://www.wunan.com.tw
電子郵件 —— wunan@wunan.com.tw
法律顧問 —— 林勝安律師事務所　林勝安律師
出版日期 —— 2020 年 11 月初版一刷
出版日期 —— 2022 年 8 月初版二刷
定　　價 —— 420 元

國家圖書館出版品預行編目資料

文藝心理學 / 朱光潛著 . -- 1 版 . -- 臺北市：五南，2020.11
面；公分
ISBN 978-986-522-258-1 (平裝)

1. 文藝心理學

810.14　　109013459